꺽정 임 진 강

이준연 장편소설집

문학여행

펴내는 말

  소설과는 거리가 먼 사회과학을 공부하고 밥도 먹었던 사람이 때론 한계를 느꼈다. 일정한 준거적 지식이나 정사적 기록, 조각난 유물 의존성은 늘 지적 갈증이었다. 과학의 영역이라고 하기에는 심리 사회적 변수가 개입되는 가변적 추상성은 사회과학을 법칙이 아닌 원칙과 원리로 포장하지만 현실적 괴리감이 상존한다. 역사가 사실과 기억의 기록이라고 하지만 선택되어 남겨지는 자기중심성, 승자 관점이 지배하는 한계를 벗어나기 어렵다. 상상력이 필요한 이유다.

  문학적 상상력은 무시당하면서도 불꽃같은 삶을 살다간 민초들의 흔적을 찾아내고 보충하여 한 시대를 온전한 모습으로 복원하는 창조적 과정이다. 고분에서 발굴된 희미한 人跡과 파편화된 물적 흔적을 수습해서 맞추고 붙여 본래 형상으로 되살려내는 것과 같다. 꿈의 산통이다. 그 상상의 방법론 일단을 소설에서 찾았다.

  무심 선생이 본인의 단편 20여 편을 보내오기 시작했다. 도리 삼아 열심히 읽었다. 낯선 경험이었다. 점점 소설의 전지성과 기록성에 동기가 생겼다. 이 소설집은 그 결과물이다.

  '임진강'은 필자의 청소년기 시대, '최후의 연장전'은 앞편 속 화자의 중년기, '첫눈'은 소년기다. 내놓기 부끄러운 첫 소설집이긴 하나 새로운 시도로 봐주면 고맙겠다. 출판을 쾌히 받아준 아내 박문숙 여사와 격려를 보내준 정준이 샘물이, 작품 속에 녹아있는 사랑하는 형제자매 지인들께 감사하다.

2022년 10월

현산봉명 이준연

민중의 고통을 안고 민족의 아픔을 살다 간
꺽정 임진강(林眞江) 序說(서설)

현대 한국사에서 가장 본질적인 문제는 외세에 의한 민족의 분할 점령과 그에 따른 반쪽짜리 껍데기 해방이다. 남북한에 각기 미국, 소련이 점령군으로 진주하면서, 1945. 8. 15 직후에도 가정이나 상상조차 할 수 없었던 일이 현실로 나타나기 시작했다.

불과 수개월 전까지만 해도 서울 부민관을 비롯해 조선 8도 방방곡곡을 떼 지어 돌아다니며, "원쑤 미 제국주의 타도를 위해 영광스러운 황국신민의 책무를 다하자"며 조선의 젊은이들을 '성전聖戰'의 제물로 징병 징용 정신대 위안부로 내몰던 이들이 점령군에 업혀 들어온 인물들에 의해 기적같이 부활한 것이다. 이 때부터 모든 게 뒤틀리기 시작했다.

같은 시기 세르비아의 티토는, 연합 승전군의 분할점령 전략을 간파하고 제 정파를 설득하여 대통합 비전을 내세우며 종교도 민족도 다른 발칸의 피압박 약소민족들을 묶어 일으켰다. 독일 점령통치에 협력했던 부역 매국노들을 철저히 숙청 단죄한 토대 위에서 새롭게 성립한 '유고슬라비아 연방국'의 탄생이다.

그리고 비동맹 제 3세계론을 주창 주도해 나갔다. 그는 2차 세계대전 후 새롭게 형성된 신 냉전(Cold War) 미·소 양극 체제의 균형추 역할을 하면서 긴장완화와 세계 평화에 큰 역할을 했다.

그런데 우리는 그에 상반되는 길을 걸어갔다. 하나의 땅에 존재하는 하나뿐인 민족이 외세와 이념에 갈라지고, 민중은 그 이념적 도그마에 휩쓸려 죽창을 들고 서로 적이 되어 찢겨지는 싸움을 벌였다.

반민족 친 외세 세력은 저마다의 새로운 지배체제에 기생하여 패권적 신 권력질서를 세우고자 골몰하는데 혈안이 됐다. 그러는 사이 일본군 무장해제를 구실로 한 미·소 진주군의 임시 경계선은 어느덧 국경선이 되고, 남북한 저마다 승전국의 전략적 이해관계에 정치적으로 복무하는 낯선 이들이 어느 날 구름타고 하강하듯 갑자기 등장했다.

서로 부대끼고 부딪치면서도 1만년 삶의 공동체를 일구며 역사를 이어온 겨레가 외세의 분할 통치에 더해 내부적으로 분열되기 시작했다. 통합은커녕 저마다 제 갈 길로 걸어갔다. 남은 건 양쪽 점령국들이 심어놓은 체제 대결과 그 속에서의 권력 유지라는 생태적 이해관계 구도와 생경한 내외정세의 성립이었다.

당시 국제 정세에 눈을 가진 지식인들마저 꿈에도 상상치 못할 최악의 가정이 현실화됐다. 민족 내부적 대결로 전화된 재앙적 상황이었다. '혹시나', '설마'했던 더 끔찍한 일이 결국은 일어났다.

해방이 되고 불과 5년이 채 못 되어 동족상잔의 잔인하고 참혹한 전쟁이 터졌다. 단군 이래 처음 겪는 초유의 내전이자 국제적 대 사변이었다. 2차 대전을 넘어선 3차 대전이다. 대륙본토에서 밀려들어와 살아온 500여년… 자손 누대 터를 잡고 살던 이 좁아터진 한반도 등허리가 휘고 대간정맥이 몇 미터씩 주저앉는 참화였다.

남·북한 군인과 유엔군 중공군 등 참전 사망자만 100만 이상에, 민간인 사망자 350만 명이었다. 남북 온 겨레 민중의 10% 이상이 죽었다. 미국정부와 UN이 발표한 공식 통계가 그 정도다. 실제는 이보다 더 크다. 죽은 이들보다 더 많은 부상자들은 뺐다. 국토 생태계는 절단이 나고 보잘 것 없던 공장… 사회간접시설도 박살났다. '잿더미'가 이런 것이다. 당장의 화급한 전쟁 후유증 아물리는 일에 한 세대 30년이 갔다. 고아는 넘쳐나고 수많은 과부 홀아비는 혼례식도 못 올린 채 길거리에서 거지 옷차림새로 재혼하여 새살림을 차렸다.

서로의 자식들을 안고 들어와 새로 출생하는 자식들로 식구를 늘여가며 복잡하게 뒤얽힌 가족사의 끈을 잇고 울타리를 다시 쳐 나갔다. 1,000만 이산가족의 상봉은 2000년대나 들어서서 시작돼 0.1%만 겨우 만나본 채 기약 없이 중단돼 지금에 이른다. 본 이야기는 이 대 사변 와중에 튕겨져 나온 민초들의 인생격변 기록이다.

북한의 경우, 해방 당시 전 조선민중의 절대다수가 지지했던 비타협 항일무장독립투쟁을 전개한 약산 김원봉 등 온건 사회주의 세력과 박헌영을 영수로 하는 국내 조공파, 그리고 무정 등 팔로군 출신 연안파 등이 주류였다. 하지만 소련을 등에 업고 돌아온 김일성에 의해 한국전쟁 전후로 몽땅 숙청되고 스탈린 절대 권력을 모델로 한 절대통치 체제가 굳어져갔다.

1956년 새로운 권력자가 된 후르시쵸프가 '스탈린 격하운동'을 시작한 그 해에 김일성은 노동당을 축으로 한 자신의 '유일 권력체제'를 당 대회에서 공식 선포한다. 그리고 마침내 60년대에 들어서자마자 '주체 사상'과 '수령' 체제를 성립시키며 오늘날의 3대 왕조세습 체제 토대를 구축한다.

남한은, 백범과 몽양은 미군정 제거 대상 리스트 1, 2호에 오르며 이미 암살공작이 진행되고 있었다. 민족진영을 대표하는 우파 독립운동 거두 김구와 온건좌파 여운형의 죽음은 그렇게 각본대로 이뤄지고 이승만과 그를 둘러친 친일파에게 더 이상의 장애물은 없었다.

절망을 느낀 수많은 남한의 각계 중도~좌파 지식인들이 북한을 도피처

또는 대안처로 삼아 대거 월북했다. 그들이 떠난 공백을 곁가지 친일파들이 자연스레 메웠다. 이들은 이 땅의 명망가로 받들어지고 강단과 미디어 교과서의 지면을 주름잡는 강고한 기득권이 됐다. 물론 밀착된 동류의 정치권력이 뒷배다.

식민 강단學을 대를 이어 세습 세뇌 시키며 政+官+學 일체의 주력군이 된 것이다. 이들 복합체를 계승한 커넥션은 48년 8.15 대한민국 정부수립을 두고 대한민국을 새로 개국한 '건국'이라고 강변하며 '건국절'을 떠들기도 했다. 매국 친일파는 '개국 공신'이 되고, '6.25 한국전쟁'에 책임을 피할 수 없는 야반도주 반역자 이승만은 '공산주의 마수에서 풍전등화 대한민국을 건져낸 영웅'으로 둔갑 미화시켰다.

단언컨대, 1945. 8. 15 이후 한국(남한) 현대사를 꿰뚫는 키워드는 딱 2가지다. '배제'와 '편입'이다. 전자는 '소외'를, 후자는 '변절'을 불러들였다. '소외'는 '차별'을 부르고, '변절'은 '기회주의자'를 양산했다. 한국사회를 살아가는 현명한 생각이고 슬기로운 처세의 지혜다. 그렇게 가르치고 훈계했다. 많은 이들이, 또는 뭐라도 가진 이들일수록 우리 사회의 총체적인 권력 헤게모니를 여전히 굳건히 그들 커넥션이 움켜쥐고 있다고 믿는다. 지배 권력의 불멸적 강고함을 맹신하는 추종 담론이 짙은 그늘을 드리우고 있다.

종미從美를 넘어 숭미 사대주의에 허우적거리며 지금도 외세의 숨소리 하나에도 가슴 쓸어내리는 희화戲畵는 여전하다. 일희일비 본능적 감각으로 맹종하는 '친일행각'의 현재적 본색은 그 자체로 이 땅의 불행한 현대사다. 민중의 고통과 민족의 아픔을 몰각 거두절미한 반역이 주고받은 역리는 참으로 심각해졌다.

전도유망하고 똑똑한 민중의 자식들은 스스로 그들의 문전에 줄을 서고, 흘려주는 서푼 금력과 부스러기 권력에 서슴없는 엘리트 홍위병 노릇으로 내일의 야망을 불태운다. 예전에 스스로 '흙수저' 출신을 자랑삼았던 수구당 대선후보가 그 계급적 문제의식을 상실한 채 지금 '금수저' 문지기 노릇을 자처하며 오늘도 권력의 정상을 오르려는 야망을 불태우는 아이러니가 그들에겐 자연스럽다. 귀신같은 적응력과 역사적 후안무치가 빚어낸 부정할 수 없는 사회 현상이다.

촛불혁명의 민중적 분노 열망을 등에 업고 출범한 문재인 정부가 켜켜이 똬리를 튼 역리 적폐의 청산을 얼마나 힘 있게 실행해 나갔는지 결산해본다. 해방 후 쌓여온 역리와 수구독재정권의 적폐를 5년 임기에 청산할 수도 못 할 수도 있긴 하다.

비록 촛불혁명의 절대적인 지지세가 있었다고 해도, 정치 사회적 민주주의 권리를 한껏 활용하는 저들의 선동적 방어논리에 기댄 저항과 반격은 만만찮다. 그 아쉬움은 또 다른 실망과 희망을 교차하며 지금 어둠의 시기를 맞았다. '새날'을 향한 추동력이 민중의 몫임은 늘 변함이 없다.

수구논자들은 '민중'을 계급적으로 이념화 하고, 한편으로는 '민족'을 관념화 하여 둘을 대립각으로 세워 세상을 현상유지하려는 전략적 시각도 있다. 협소한 지식과 협착 된 역사관으로 과대 포장한 일부 운동권 논객과 고립되어 소멸 위기에 처한 자칭 진보 정당의 몸부림도 일조를 하고 있다.

부실한 정치이념의 빈곤은 진보의 그늘이다. 민족의 곤고함이나 모순을 해결하지 못하면 민중의 삶도 피폐해진다. 민중을 내세우는데 민중의 외면을 받는 현실을 돌아봐야 한다. 동학혁명의 주력군은 농민이다. 그들의 계급성은 맑스 식으로 프롤레타리아 무산계층이다.

그런데 그들이 제시한 '폐정 개혁안 14개 조'의 첫째는 청나라 일본 등 외세 개입 거부와 조선(민족)의 자주독립권 쟁취다. 그리고 차별 없는 민족 대동의 토대 위에 내정 개혁의 혁신적인 민의 수용을 요구했다. 그에 앞선 '홍경래 농민군 난', '진주농민군 난'도 앞선 大義는 같았다. 임진년왜란, 독립투쟁 무력의 주력도 이들이다. 이들의 현재가 촛불혁명이고 그 주력은 평화시민군이다.

'민족'은 국가와 달리 개체 생존의 넓은 울타리이자 가족 혈연체이며 집단 공동체를 포괄하는 가장 강력한 '최상위 원초 공동체'다. 그 안에 혈연 지연 언어 문화적 동질 일체성을 내면화하고 있다. '이즘(Ism)' 이념이나 신념이 아니다. '실존'이다.

개체적 개인과 그 공동체 모든 구성성원에게 균질적이고, 無言不知의 유전적 가치 공유를 내포하고 있다. 그래서 영속적이다. '국가'라는 인위적인 시스템 체계와 똑같은 게 아니다.

"민족이란 말은 18세기 근대 서양에서 만들어져 들어온 개념이다"라고 주장하는 이들이 꽤 많다. 고등학교 다닐 적, 정치경제 시간에 배운 교과서 구절을 잊지 않은 탓이다. 이게 사회일반으로 널리 퍼졌다. 교육이 그래서 무서운 것이다.

그래서 우리나라 교과서가 잘못됐다는 것이다. 역사교과서에 온존하는 식민강단사학의 본류가 국어 지리 사회 도덕, 심지어는 과학 생물 교과서 등에도 정도의 차이뿐이지 곳곳에 교묘하게 배합 투영돼 있는 게 엄연한 사실이다.

말하자면, '18세기 근대 민족주의 형성'론은 서양인 그들의 얘기일 뿐이다. 그들 얘기를 우리 교과서에 그대로 베껴놓은 것이다. 유목민족은 소수

단위의 집단 이동체 부족은 있어도 농경을 주로 하는 민족 공동체나 그러한 경로의 발전 과정이 형성되기 어렵다. 그래서 그 실체가 없었다.

그런 문화가 뿌리인 서양에서 왕국 왕족간의 빈번한 혼인이 이루어지고, 그 자손들이 이 나라 저 나라 돌려가며 왕으로 즉위하고 파견하듯 왕위를 나누는 일은 별 저항감 없이 수용됐다. 프랑스 덴마크 오스트리아 국민들이 영국 왕손을 왕위로 앉혀도 거부감 없이 받들고, 프랑스 왕자가 영국 왕으로 앉아도 됐다.

역사 교과서도 현대사 부분은 애들 장난이다. 상고 고대사는 완전히 엉터리로 도배돼 있다. 출발점부터 잘못됐다. 식민강단사학이 '시민 사학'을 요즘에는 '유사 역사학'이라 고쳐 부른다. '위대한 민족사로 분칠하는 국수주의'라고 애써 왜곡한다. 망발적 도발이다. '재야 사학'보다 더한 비하다.

한문 원서 하나 제대로 읽고 해석할 줄 모르는 신진 강단사학 앵무새들도 문제를 제기하는 학술토론이나 논박을 몹시 두려워 한다.

강단 敎主들의 대응전략은 묵묵부답이다. 그들에겐 먹여 살려야 할 식솔들도, 지켜야 할 명예도 많다. 문을 걸어 잠그고 밥그릇 굳게 움켜쥐어야 할 이유다.

'민족'과 서구적 '민족주의'를 혼동하거나 섞어서 말하면 참 위태로운 일이다. 서구 파시즘이 배태한 '전체주의'의 그늘 깊은 용어를 고민 없이 덮어쓰는 학문이랄 것도 없는 표절이거나, 또는 역사와 객관의 지식을 잘못 이해한 것이다.

민중 이데올로기를 입에 올리는 이들이 '민족'이 대안일 수 없다고 주장하지만, 민중 또한 민족을 넘어서기 어려운 상대적인 협소한 개념이고 이즘이다. 이즘에 젖은 눈으로 실존의 실체를 재단하는 일이 없기를 바란다.

둘은 함께 가는 삶과 공동체의 피할 수 없는 양면이다. 스스로 고안해 냈든, 남이 손에 쥐어줬든 도그마에 갇히면 눈뜬 소경이다. 있는 대로 봐야 그 민중의 버림을 면한다. 우리의 살림 속에 온전히 녹아있는 삶의 원형질은 그대가 어떻게 생각하든 면면히 우리의 온 생애, 정신 속에 살아 움직이고 있다. 먹는 것, 입는 것, 말과 습관과 행동거지에 지울 수 없는 유전자로 새겨져 몸 속 혈관을 타고 흐른다.

'꺽정 임진강(林眞江)'이다!

차례

꺽정 임 진 강(林眞江)

1. 통소의 비밀

내게는 타임머신이 하나 있다. 통소다. 빨강색칠이 거의 벗겨진 낡은 피리다. 아끼는 물건 중 대물이다. 영혼의 비옥한 땅·물 '다물多勿'이다. 시공(時空)을 되돌리는 정신이다. 그래서 '타임머신'이다.

뼈와 살이 물려받은 생물학적 거푸집이라면 정신의 오장육부를 채워준 실타래는 이 통소에서 풀려진다. 부는 재미는 음악적 감수성으로… 잠자던 공상에 불을 지핀 활극쟁이 글쟁이로 영감靈感이 됐다.

그러다 명상지족瞑想知足 책상머리에서 대찬 반골쟁이로 인생의 반절을 저잣거리로 끌어냈다. 그 始原이다. 지나보니 그랬다. 어린 날 영혼의 보물창고로 들어가는 열쇠다.

다시 이걸 잡아든다. 개울 건너 산자락이 되울려온다.

"필릴리~ 필릴리~ ♪"

통소의 원 주인은 '구렁털' 아저씨다. 졸졸 따라다니며 부하를 자청한 어린 날 내 대장이다. 이름이 구렁이고 검은 넓적 얼굴 그득한 수염으로 해서 '구렁털보 아저씨'라 불렀다. 물론 다른 삼촌들은 '구렁이 부대장'이라 했다. 줄여 부대장이라고 불렀다.

그러니까 내 편하게 아저씨뻘이니 이름삼아 그렇게 부른 것이다. 세상에 그렇게 털보 원숭이는 그 때 봤다. 구렁털 아저씨는 누가 뭐라 붙이거나 말거나 무관했다. 그냥 '나는 나다'였다. 누구나 딱지가 붙어서 태어난 건 아니다. 조상이든 친구든 누군가가 붙여주는 거다.

누가 뭐라고 불러대면 그게 아저씨 이름이 됐고 '호'가 됐다. 혹시 성姓이 구 씨이고 이름이 렁? 이름이 부자연스럽다. 그건 아닌 것 같다. 이래저래 한동안 궁금했다.

왜 '구렁이'일까…?

아하, 잘못 알아들은 것이다. '구룡'이었다. '구룡 부대장'이다.

나중에 안 일인데 구룡령 갈골에서 숯쟁이 하다가 전란이 터져 쫓겨 내려왔대서 붙여진 이름이었다. 오색령은 아버지 따라 가끔씩 약수 뜨러 다녀 아는데 구룡령은 어디 붙었는지 처음 들었다.

그러니까 '구룡'도 아저씨의 진짜 이름은 아니었다. 그런 게 내겐 더 이상 궁금한 꺼리가 아니었다.

구렁털 아저씨에겐 이 퉁소가 유일한 취미이자 삼촌들한테는 지휘봉이었다. 갈 때마다 볼 때마다 늘 오른손에 들려 있었다. 때를 봐서 불어달래면 아무 비탈에고 앉아 원을 들어주었다. 근데 늘 '아리랑'이었다. 지그시 감은 눈은 이마 덮은 머리털과 양 볼떼기 수북한 성긴 구렛나루에 파묻혀 잘 보이지도 않았다. 그래도 아주 진지하고 구슬픈 표정은 알아봤다. 멋있었다.

'저걸 언젠가 달래야지. 내 꺼 만들 거야.'

속으로 그랬다.

구렁털 아저씨와 삼촌들 사는 동네는 '고노골'이란 데다. 말이 동네지 외진 산속 골짜기에다가 평지 한 뼘 없는 비탈이라 사람 살기 어려운 곳이다.

섞여 사는 다른 이들은 한 사람도 없었다. 구렁털 부대장과 삼촌들 10여 명이 전부였다. 사방이 막힌 그늘이라 돼기밭 쪼가리도 없이 비탈 여기저기 녹슨 고철 깡통 더미와 헤진 옷가지 무명천자락 덩어리 그리고 신문지 각종이(요즘 말로 골판지) 모아놓은 게 여기저기 쌓여있을 뿐이었다.

이런 데를 뭐라고 할지 지금도 마땅한 말이 생각 안 난다. 하여튼 고려 때 '부곡'이나 '유향소' 같은 곳이라 생각하면 된다. 집은 이런저런 재료들로 엮어 세운 반 수혈 움막인데 생각보다 안 추웠다.

삼촌들 하는 일은 버들고리 짜 파는 화척도, 물장수 양수척도, 칼잡이 백정 일도 아니었다. 넝마를 모아 파는 일이었다. 남들이 넝마주이라는 그거다. 찢어 발라진 천 자락이며 옷가지가 골짜기 바람에 여기저기 나뭇가지에 걸려 흩날리는 '고노골'은 흡사 성황신을 모신 성지 비슷했다. 아니면 귀신들이 사는 공동묘지…?

어릴 적 엄마를 따라 다녔던 향교골 성황당 풍경의 확대판이었다. 처음엔 으스스했지만 무섭거나 겁나진 않았다. 거기엔 구렁털 아저씨와 넝마 줍는 삼촌들이 살고 있었다.

'고노골'은 읍내 사람들에겐 금기의 지명이다. '황천… 북망산'과 동의어였다. 한 번 가면 다시는 돌아오지 못할 금단의 땅 유형지의 다른 이름이었다. 왜 고노골인지 설명해주는 이도 아는 이도 없었다.

-지금도 그 곳을 둘러싸고 있는 달골 샛골 물골은 한자 지명으로 군지에 나오는데 유독 이 지명만 없다. -필자 註

"한 번 잘못되면 '골로 간다'는 말이 거기에 붙은 것이여~"

읍내 사람들이 거기에 가는 걸 못 봤다. 장날 내다팔 화목을 하러 다니는 지게꾼도 고노골은 피해 다녔다. 이상한 일이었다.

'**고노골**'이 어디냐 하면 읍내에서 그리 멀지도 않다. 읍내 사람들에게 관념으론 천리만리일지 모르나 지리적으로는 엎어지면 코 닿을 데다. 제법 큰 달래천을 가로질러 미군이 수복 직후 놓아준 300미터에 달하는 2차선 목조다리를 건너면 복숭아과수원 동네 달골이 바로 나온다. 그 오른쪽으로 60여 미터 꺾어져 들어가면 일제 때부터 있는 야트막한 뒷산 공동묘지가 있고, 할아버지 산소가 있다. 산소가 맨 윗자리에 있어 다리 건너 읍내는 물론 달래천 윗물 곰밭 부터 바다로 이어지는 벌말-복사골까지 한 눈에 좌악 들어온다.

동해안 은어 잡이의 본고장이다. 공동묘지 정향인 남으론 오대산 시작이라는 구룡령부터 서쪽 오색령 대간줄기까지 손에 잡힐 듯 늘어선 거대한 연봉들 그 어디쯤에선가 저 달래천이 뻗어 나온다. 그 두껍고 광활한 산세 물세에 가슴이 뻐근했다.

아무것도 모르는 어린 내게도 진짜 천하명당이다. 그 공동묘지 능선을 타고 남서방향 두 봉우리를 넘어가면 고노골이다. 그런데 그 중간에는 가시나무 군락이 겹겹이 막아서 도저히 들어갈 수가 없다.

군대 콘크리트 토치카 공사도 거기가 끝 지점이었다. 유일한 통로는 산 아래 달래천을 끼고 얼마간 돌다 갑자기 90도 획 꺾어져 꼬불꼬불 돌아들어가는 길이다. 여기서 사람들은 길이 없는 줄 알고 되돌아간다. 여기에서 五里(2㎞) 쯤 더 들어가면 거기가 '고노골'이다.

고노골 뒷산 또한 읍 내외 제일 높은 봉우리에다 겉보곤 모르는 거의 직각수준 급경사라 굴러 떨어지기 십상이다. 다른 데는 나무꾼들 장작팔이에 남아난 산이 없는데 여기는 안 그랬다. 칡넝쿨 울울창창 울타리 쳐놔서 오소리 토끼도 걸려 죽는다. 봄마다 칡 캐러 거길 기어오르다 굴러서 째지고 발목 손목 부러진 일이 있어 안다.

사방 뒤 막힌 골짜기에 유일하게 트인 서쪽으로 달래천 위 물목이 빼꼼히 내다보인다. 안에선 보이는데 밖에서는 전혀 보이지 않는다.

그냥 이어 붙은 첩첩산중일 뿐 그 안에 물이 흐르고 구릉 낀 골짜기가 있는 건 짐작이 안 된다. 말 그대로 천연 요새다. 달래천 버덩말 벌판에서 총싸움, 활 싸움을 하며 숱하게 놀았는데 여기야말로 진짜 놀이 싸움터다(얼마 지나지 않아 피아 간 진짜 전투장이 됐다).

지금은 중학생이다. 그 시절로 돌아가기에는 어쭙잖고, 돈을 벌러 타향에 나간 친구도 여럿이다. 유일한 친구가 칠성이다. 칠성이는 같은 반인데다 같이 고노골 삼촌들과 어울리는 동반자다. 내가 고노골을 알게 된 것도 순전히 칠성이 때문이다. 물론 삼촌들은 내가 먼저 알았다. 읍내 시장통에 사는 관계로 넝마 주우러 다니는 삼촌들을 3~4년 전부터 졸졸 따라다녔으니까.

"똥구멍 졸졸 따라다니는 강아지 새끼일세~"

삼촌들이 웃자고 붙여준 또 다른 이름이 '똥꾸'다. 별명인데 진짜 이름 됐다. 삼촌들 이름도 그런 식이다. 이제부터는 '똥꾸'가 화자話者, 주인공이다.

칠성이는 하나뿐인 유복자다. 엄마는 머릿짐 지고 시골 돌아다니며 옷가지를 팔아 돈 대신 받은 곡식으로 먹고 산다. 한번 떠나면 보통 2~3일씩 못 돌아온다. 종일 걸어 다니는데다 길이 멀고 험해서 때론 동네 헛간에서 자고 옷값으로 밥을 얻어먹으며 돌아다닌다.

벌이는 시원찮고 늘 몸이 아프다. 하는 일이 그거라 다른 여유가 없다. 봄철 아이들은 누구랄 것 없이 학교 끝나기 무섭게 괭이를 들고 다리 앞에서 만나 칡을 캐러 산으로 향했다. 허기를 채우는 방편이기도 했다. 식당을 하는 똥꾸네 집에 가끔씩 놀러 와서 군밥 얻어먹기도 하지만 눈치 보이는 일이다.

똥꾸는 형 따라 은어낚시 나가거나 아니면 칠성이랑 붙어 다녔다. 끼니 걱정은 덜 하는 '똥꾸'가 산타기에 따라나선 것도 칠성이 때문이었다.

처음 1~2년은 공동묘지 산 주변을 뒤져가며 캤다. 그러다 점점 안쪽으로 들어가기 시작했다. 고노골이다. 작년부터다. 고노골인지 어쩐지 알 일이 없었다.

"야, 오늘은 고노골에 들어가 보자…!"

어느 날 칠성이가 낮게 깔린 목소리로 말했다.

"산적, 뭔데 그래?"

'산적'은 똥꾸가 붙인 별명이다. 산적은 또래 중에서 조숙했다. 덩치도 크지만 아직 솜털 하나 없는 애들에 비해 벌써 구렛나루와 턱수염이 사방에 돋았다. 거무튀튀한 얼굴에 장판 손아귀 힘은 대단했다. 칡뿌리는 혼자다 캐다시피 했다. 그래도 똑같이 나누었다.

생물 선생님도 모르는 이것저것 산열매며 나무 이름은 산적한테서 다 배웠다. 산적하고 다니면 산속 강도 늑대 만나도 겁날 것 없고 허기질 걱정 없었다. 그런 산적이 어느 날 말했다.

"야, 우리 할머니 얼마 못 살고 죽을 것 같다야……."

산적은 외할머니와 엄마 세 식구다. 향교골 맨 꼭대기 성황당 사당 바로 아래 두 칸 방 집에 산다. 산적 집에 놀러갈 때마다 외할머니한테 듣는 얘기는 정해져 있다. 유관순 열사 얘기와 읍내 '3.1 만세운동' 얘기다. 말씀에 따르면 산적 외할머니는 유관순열사와 시누올케 사이다. 열사의 오빠 부인이다. 그러니까 산적 엄마는 유관순 조카딸이다.

여든이 넘은 할머니는 같은 얘길 반복한다. 새로운 말인 것처럼.

"…아우내 장터 장날에 사건이 터지고 다다음 날인가? 관순이는 순사들한테 바로 잡혀갔어. 그 때 서울서 그걸 하러 내려왔던 거야. 그리곤 며칠 지나 우리 집에도 순사들이 들이닥쳤지… 요행히 우리 집 남자들은 미리 도망쳤어. 나랑 우리 영감도 애 데리고 여길 숨어들어온 거지. 근데 여기서 아마 한 달 후인가…? 아, 여기 읍내장터에서 또 만세운동이 터진 게야. 여기서도 거기만큼 사람들이 죽어나갔어.

그 때 애(산적) 할아버지는 만세운동 안하고 뜨물골(미천골)로 또 숨었지 뭐야. 거기서 한 2~3년 숯가마 일 거들며 살다가 여기로 내려온 거지. 그 때 거긴 독립운동 하는 사람들이 여럿 들어와 숨어 살았어… 몇 해 지나서 좀 조용해져 할아버지가 거기서 내려와서 다시 만난 거지. 그리고 애(산적) 에미를 낳았어…."

어찌나 진지하고 생생한지 고개 한 번 못 돌리고 끝까지 들어야 한다. 윗방 방문턱에 팔을 괴고 앉아 아랫방 손자들에게 일러주는 숨찬 할머니의 목소리에는 쇠가 녹아 있었다. 말라붙은 양 볼엔 아직 흘릴 눈물이 있는지 굵은 물방울이 뚝 떨어진다. 딱 한 방울이다.

-할머니 생전에 풀어놓은 얘기를 세월이 한참 흐른 후 어느 날 지역 문화원에서 산적네 집을 방문하여 채록을 뜨고 책으로 냈다. 산적이 집안 어느 곳에 간수해놨다고 하는데 여태 찾아내질 못한다. 어려운 집안 탓에 여기저기 이사를 다녀 분실했을 수도 있다. -필자 註

산적 가족은 숨죽여 살았다. 해방되고 전쟁이 나자마자 산적 아버지는 인민군대에 징집돼 나갔다가 곡절 끝에 살아 돌아왔다.

그 때 나가서 죽은 사람은 국군에게 사살된 적병이라 가족들이 '전사'했다고 말을 못 하고 쉬쉬했다. 살아서 돌아왔어도 연좌제에 걸려 '신원불량자'가 됐다. 전쟁이 휩쓸고 지나간 피폐한 살림에 산적 아버지는 울화병에 장티푸스가 겹쳐 산적 열 살 때 세상을 떴다.

"우리 칠성이만 애비 없는 자식이 됐지… 칠성이는 우리 집안에 하나뿐인 사내애야…"

이런 얘기다. 똥꾸 집안 사정과 아주 닮았다. 다들 그랬다. 그 할머니가 돌아가실 것 같단다. 그래서 그런지 산적 칠성이는 의협심이 강했다. 똥꾸와 서로 마음이 맞았다. 똥꾸와 산적은 고노골에서 구렁털(구룡털보) 아저씨를 그렇게 만났다. 세상이 버려둔 산채는 삼촌들의 해방구였다. 똥꾸와 산적은 거기서 함께 자유로웠다. 들뛰고 연 날리고 짚새기 볼을 차면서 놀다 오곤 했다.

나중 얘긴데, 산적은 20여년 지나 진짜 설악산 비룡털보가 되었다. 그때 설악산 3대 털보가 있는데 제일 젊고 큰 털보였다. 비룡폭포를 오고 갔던 사람들은 알 거다. TV에도 몇 번 나왔다. 지금은 털보 아니다. 중소기업 사장이다.

2. 무림의 고수들

고노골 삼촌들은 밖에서 부르는 소위 '넝마주이'다. 넝마란 게 헤지고 너덜너덜해져 더 못 입고 버린 옷이나 찢어지고 터져 못 쓰는 천이나 그 조각들을 말한다. 그러니까 요즘말로 하자면 '자원 재활용' 사업이나 고물상이다. 쉽게 반 거지다.

그러나 다른 게 있다. 얻어먹지 않는다. 하나부터 열까지 자활이다. 주된 활동 장소는 읍내 시장과 비얏돌 아래 미군부대 쓰레기 하치장이었다. 그래도 차림새나 일 마무리가 늘 깔끔 깨끗하다. 어린 똥꾸가 졸졸 따라다니며 거들고 한 까닭이다.

산채도 정결했다. 삼촌들 얼굴은 이상하리만큼 한결같이 얌전한 색시 같았다. 더러운 치다꺼리 일을 하는데도 색깔은 거무스름해도 피부는 모두들 깨끗했다. 퉁퉁한 이 하나 없이 날씬하게 말랐다.

국방색 얇은 천 각설이 모자가 보긴 그래도 다용도였다. 여름엔 앞대가리 올리면 나폴레옹 모자다. 시원하다. 겨울엔 광목천 한 겹 속창을 끼워 푹 눌러쓰면 양쪽 귀와 뒷목을 가려주어 하나도 안 춥다.

써보니 그렇다. 말도 별반 없었다. 꼭 필요한 말만 최소한으로 나누며 일을 했다. 눈으로 주고받는 것 같았다. 신사복을 입으면 프랑스 파리장이고 갓에 도포를 쓰면 선비였다. 읍내 건달 깡패들과는 확실히 달랐다. 삼촌들은 여기 사람들이 아닌 것 같았다.

어울리지 않는 정도가 아니라 물과 기름인 듯 했다. 서로 말을 섞지도 않았다. 읍내 사람들은 넝마주이라고 상대를 해주지 않았다. 텃새 심한 건달패들도 그랬다. 그러나 함부로 대하진 못했다. 건달패와 삼촌들은 부딪치지 않으려고 보이잖게 경계하고 조심했다. 일종의 투명인간 집단이었다. 어시장 아줌마들하고는 조금씩 얘길 나눴다.

도루묵 양미리 심퉁이가 대량으로 시장으로 들어올 때였다. 삼촌들이 얼마간 일당을 받고 손질 후 버리는 생선내장들 거두어 처리해주는 그런 일을 해준다. 그런 때가 산채에 생선냄새를 풍기는 흔치 않은 날이다.

이상한 건 또 있었다. 장날마다 읍내 나오고 서너 명씩 패를 나눠 여기 저기 돌아다니다가 해질녘 되면 갑자기 일시에 사라졌다. 사람들은 그들이 언제 어디로 갔는지 관심도 없었고 알지 못했다.

똥꾸도 어시장 인근 논바닥에서 해질녘 모닥불 쬐다 깨끗이 잔불 정리하고 어디론가 떠나가는 삼촌들을 따라가진 못했다. 그러다가 산적을 따라

칡 캐러 들어간 고노골에서 재회한 것이다. 너무너무 반가워 눈물이 났다. 삼촌들도 휘둥그레진 눈으로 반겼다.

삼촌들 중 똥꾸가 제일로 좋아하는 사람이 '흑치'였다. 돌 역기 들기가 주특기인 흑치 아저씨는 이빨이 죄다 빠지고 남은 앞니 몇 개는 시커멓다. 왜 그런지는 몰라도 내 이빨과 닮았다. 흑치를 좋아하는 이유였다. 둘이 웃으면 흑치 아저씨의 횅하니 남은 검정 이빨과 썩어 문드러진 내 앞니가 어우러져 배꼽 잡게 웃겼다.

똥꾸 집은 식당하기 전 식품가게를 했다. 그 때 학교에 갔다 오면 팔다 남은 참외나 상한 수박으로 배 채우고 콜라로 입가심했다. 그 때 콜라 마시는 건 특권이고 친구들에겐 권력이었다. (그 때 치아의 1/3은 사라졌다. 지금 2/3가 인공치아다.)

흑치 아저씨는 괴력이었다. 기인 괴인 삼촌들도 차돌바위를 둥글게 깎아 만든 역기를 다섯 번 드는 이 없는데 스무 번을 쟁반 들 듯 했다. 무서운 건 그 역기 돌판을 제자리 두어 바퀴 휘돌며 냅다 던지면 묵직한 회오리 음을 날리며 저만치 멀찍이 세워놓은 사각 널빤지 목표물을 사정없이 쓰러뜨려버리는 거였다.

똥꾸와 산적은 양 손 번쩍 하늘에 치켜 뻗었다. 마치 자신이 해낸 것처럼… 히히히 웃는 시커먼 흑치에게 쏟아지는 박수소리가 고노골에 메아리졌다.

"흑치 아저씨 최고!"

성姓은 몰라도 생긴 것하고 이름이 아주 잘 들어맞는 아저씨에게 엄지 척은 최상의 찬사였다. 이름이 아닌 건 조금 더 커서 알았다. 똑똑한 척… 어린 '윤똑똑이'였다.

삼촌들은 저마다의 확실한 특기를 지니고 있었다. 못 표창을 날려 쓰는 '쇠창', 쌍철곤 '쌍표', 펜글씨 달인이면서 회계를 보는 '동서기', 삼지창 달인 '탁팔', 단검잽이면서 소목장인 '검무잠', 각끼우동 '삼치', 구덩이 파기 달인 '팔팽이'… 그리고 둔탁한 죽봉을 장난감처럼 갖고 노는 죽봉술 '좌대 포'와 흑치 동생 '흑표' 다.

특히 '신궁'이라 불리는 흑표 아저씨는 까치 까마귀 참새 등 날짐승 고기를 수시로 잡아서 댔다. 얼마나 눈빛 매섭고 빠른지 들쥐도 단발에 꿰뚫어버리는 필살기를 가지고 있어서 제일로 부러웠다.

똥구가 어느 날 무슨 윌리엄 텔이라고 집 마당에서 동생 머리에 모과를 올려놓았다. 대나무로 어설프게 얽어 만든 활을 쐈는데 왼쪽 눈 밑을 맞혀 실명시킬 뻔 했던 사건도 이 무렵이다.

아 참, '가는늠이' 삼촌이 있구나. 춤을 잘 췄다. 근데 몸을 붙였다 하면 다른 삼촌들이 맥없이 나가 떨어졌다. 춤인지 무술인지 여하튼 유도 당수 태권도는 아니었다.

삼촌들은 그 넓은 달래천을 대나무판자 수피를 신고 단숨에 건너기도 했다. 나중에 알게 된 기천문 수박 태견 그런 뭐다. 그런 걸 고노골 산채에서는 이미 삼촌들이 모두 한 가닥씩 하고 있었다. 똥꾸와 산적도 흉내를 내보고는 했다.

꼽추 오(吳) 씨 아저씨도 빼놓을 수 없는 식구다. 식구라기보다 그렇게 봐준다. 달래교 다리 밑이 집이다. 1년 내내 취해 산다. 양쪽에 퍼진 가마니 두 겹을 둘러쳐 가림막 겸 바람막이로 추위를 난다.

개도 사나운 놈으로 두 마리 키운다. 얻어온 양푼 밥은 본인보다 개한테 간다. 여름철 천변 다리 밑으로 피서 나가는 읍내사람들도 멀찍이 돌아 내려간다. 꼽추 아저씨도 그걸 바란다.

읍내 장날은 오 씨 아저씨에게도 큰 장날이다. 두부 나물 찐빵 개 닭 등 종류별로 나눠진 시장난전 구역을 차례로 돈 후, 마지막으로 떡정거리를 주욱 훑어 올라가며 장세를 받아가는 날이다. 정식 장세는 읍내 의용소방대가 관리비 명목으로 군청의 위탁을 받아 걷는다.

그러니까 장꾼들은 장세를 이중으로 내는 거다. 거부하면 순식간에 판을 뒤엎어버린다. 말릴 재간이 없는 깡다구다. 빵집에서는 갓 찐 찐빵 서너 개로 대신하고 국밥집, 국수가게에서는 무상으로 대접받는다. 장세보다 넉넉한 인심이다. 그는 무전취식에 이골이 났다.

작고 땅딸막한 체구에 타원형으로 휜 등골은 유난히 굵게 튀어나온 척추뼈로 인해 사람들 눈길을 저절로 돌리게 만든다. 오 씨 아저씨가 그 가늘게 위로 찢어진 뱁새눈에 취한 동공을 실어 눈길 한 번 째려주면 장꾼들은 질려버린다. 쌈지주머니에서 꼬깃꼬깃 끄집어내는 장마당 텃세를 혹여 머뭇거리기라도 하면 당장에 사단이 난다.

"이 쌍~ 캬~악…!"

허연 거품 물고 목젖을 짜내어 긁어 올린 가래침을 늘어놓은 물건 위로 사정없이 뱉어버린다. 그리고는 발길질로 가차 없이 좌판을 걷어찬다. 색바랜 카키 군복 상의에 찢어진 곤색 바지자락 후줄근히 걸친 사람이 보일라치면 장꾼들은 알아서 얼른 좁은 길을 트여준다.

난전 할매도 복작거리는 장터에서 저 멀리 활처럼 등이 굽어 머리가 땅바닥에 닿을 듯 말 듯 휘청거리며 걸어오는 오 씨 아저씨는 용케 알아본다. 그리고 미리미리 바쳐야 할 돈을 준비해둔다.

이런 오 씨 아저씨가 가장 무서워하는 이는 꺽정 아저씨다. 장날 난리소란이 심해져 감당이 안 되면 다들 꺽정 아저씨를 먼저 찾는다. 어느 결엔가 와서 꼽추 아저씨 뒤에 서면 그 서늘한 기운을 알아채고 조용히 장꾼들 속으로 사라진다. 왜 그런지는 아는 이 없다.

"꼽추도 무서운 사람이 있네?"

그런데 언제인가부터 똥꾸네 집에는 한 번 오더니 더는 오지 않았다. 꺽정 아저씨 때문이다. 그 내막은 후에 밝힌다.

이런 꼽추 아저씨도 한 겨울엔 고노골로 찾아들어온다. 아주 얌전 조용하고 친근하다. 고노골 산채는 술도 담배도 없다. 감내하며 내장을 쉬어가는가 한다. 읍내 사람들은 그의 맨 얼굴을 한 번도 못 봤다. 늘 절어있다. 그는 슬프다. 얼굴이 맑아지는 건 고노골에서다.

여리고 얌전한 삼촌들이 그런 거 놀 때는 노는 게 아니었다. 만화책에서 본 무슨 적진 깊이 침투한 특공대원 눈빛이다. 서까래 암수 맞추듯 삼촌들은 뭔가 서로 맞물려 돌아가는 분담이 있었다. 고노골 산채는 갈 때마다 그러저럭 바쁜 듯 만듯한 나날이다. 구렁털 부대장이 한가로이 퉁소 부는 것 외에는 삼촌들이 없었다.

삼촌들이 궁금하다고 하니 아저씨는 빙긋 웃기만 했다. 그러던 어느 날 산채에 여자가 나타났다. 이곳에서 처음이다. 그 때까지 똥꾸는 산채에 여자가 있고 없고를 생각 못했다.

'아, 여기에 여자가 없었구나!'

비로소 이런 사실을 깨달았다. 뜻밖에도 그 여인은 똥꾸와 잘 아는 사이였다. 아는 정도가 아니라 이모와 조카 사이쯤이다. 한 솥밥을 먹으면서 지낸 처지다. 그런 여인이 이런 곳에 들어오다니? 참 이상한 인연이다. 물론 똥꾸만 놀란 게 아니다. 여인은 더 크게 놀랐다.

"준아, 네가 어떻게 여길 다 왔냐 응? 칠성이도 있네 응?…"

삼촌들도 휘둥그래졌다. 구렁털 아저씨는 몹시 계면쩍어했다.

'화자' 이모는 똥꾸네 집이 식당 처음 시작할 때 숙식을 함께 하면서 주방일과 홀 일 담당으로 들어온 아줌마였다. 서른 두어 살인가?

어머니보다 대 여섯 살 아래였다. 똥꾸 엄마와 형님 동생하면서 지냈다. 똥꾸나 칠성이는 이모라 불렀다.

어디서 어떻게 오게 됐는지는 모르지만 고운 서울 말씨에 몹시도 하얀 피부를 가진 작은 체구의 화자 이모는 늘 핏기가 없고 일을 제대로 하질 못했다. 그렇게 1년이 지난 어느 해 봄인가 학교를 파하고 집에 오니 없어졌다. 몹시 허전하고 섭섭했다. 엄마한테 서운한 마음을 누르고 채근하듯 물었다.

"폐결핵이 심해져서 요양하러 간다고 산에 들어갔다."

갈근골에 약수터가 있는데 아마 거기에 간 듯 했다. 그게 3년 전 얘기다. 근데 여기서 만나다니… 건강은 그 때보다 확실히 나아진 듯 했다. 어려도 눈치는 5단이라 대뜸 알아봤다.

구렁털 아저씨 원래 별칭이 '구룡털보'… 구룡령 숯꾼 출신이란 것… 지금도 산채를 나서면 물골 갈근골 능선을 타고 응달말 곰굴바위를 거쳐 솔밭정상까지 무시로 마실 다녀온다는 말이 생각났다.

'그 마실이 축지법인 줄이야…'

똥꾸는 화자 이모를 한 번 힐쭉 보고는 구렁털 아저씨한테 히죽 웃어주었다. 집에 와서도 엄마한테는 입 꿈쩍을 안 했다. 그게 '화자' 이모나 똥꾸에게 편하다. 산채에는 아연 화기가 돌았다.

그 서너 달 후 가을께인가 우연찮게 봤다. 분명히 본 것이다. 만화책에서나 봤던 '축지법'을 말이다. 주인공은 구렁털 아저씨였다. 상대가 있었다.

'망까'… 망까였다. 상상 못 한 대결이었다. 오토바이 對 날걸음 한판승부라니! 1전戰은 오토바이 대 날걸음으로 누가 먼저 구룡령 솔밭정상에 도착하나 대결이다. 2전戰은 거기서 다시 곰밭 버덩말까지 먼저 도착하기였다. 물론 구렁털 아저씨가 받아주는 처지였다.

부하를 통해 끈질긴 시비 투정을 걸어 도전장을 내민 상대는 그 유명한 '망까'였다. '망까'는 경찰사이카와 똑같은 오토바이를 탔다. 짙푸른 라이방을 쓰고 진검정 무릎장화에 양가죽 갑바점퍼 입고 곤추세운 검은 머리카락 휘날리는(독일의 스킨헤드족 머리 생각하면 딱 맞다)… 가죽장갑의 무시무시한 칼날 신사였다.

그렇게 천지사방 누비는 화려한 백수였다. 아무 곳이나 거칠 것 없는 무소불위로 경찰도 쉬쉬했다. 떠도는 말로는 'HI대' 요원으로 이북을 제집 드나들 듯 했다고 한다. 그러니까 대북공작원 출신이다.

다섯 번 이상 살아오면 비밀유지를 위해 동해바다에 비밀리에 수장시켜 없앤다는 소문도 있다. 이 사람은 열 번 무사귀환하고 거기다 수석 교관 노릇까지 하다가 살아 돌아온 사람이다. 어디 출신인지는 몰라도 참 대단한 인물이 같은 읍내에 살고 있었던 것이다.

들은 말로는 무슨 대형 광업소 경비부장으로 특채돼 국가에서 대주는 생활비 말고도 하는 일 없이 월 50만 원씩 받는다고도 했다. 지금 60년대 중반 얘기를 하는 거다. 황소 두 마리 값이다. 돈 얘기가 아니다. '망까'를 말하는 거다.

그 '망까'가 구렁털 아저씨에게 말도 되지 않는 싸움을 걸어 온 거다. 아마도 뭔가 비위를 상하게 하는 바람결 소문을 들은 게 있는 모양이었다. 그래서 억지 게임을 걸어온 거다. 오토바이하구 뛰거나 걸어 경주하는 게 말이 되는 거냐 말이다.

"내가 여기 지존인데 뭔 생 거지같은 놈이 난다 긴다니!"

물론 구룡령 오르내리는 길이 지금 길은 아니다. 숯장사 지게꾼 보부상 다니던 산길이다. 그래도 사이카 오토바이라면 오르내릴 수 있는 길이다. 똥꾸가 그 길을 타고 다녀봐서 안다. 90cc 아버지 오토바이를 훔쳐 타고 몇 번 나다녔다. 무서운 중학생이다.

구룡령 길은 정말 험하다. 말이 길이지 조금 넓은 오솔길이다. 망까 오토바이는 독일제 600cc다. 지붕도 날아 넘는 출력이다. 구렁털 아저씨는 말도 안 되는 걸 못 이겨 받아준 것이다. 게임 방식과 도착확인 방법은 망까가 이쪽에 따르겠다고 했다. 의외였다. 자신만만이다. 삼촌들은 담담히 웃었다.

드디어 그 날이 왔다!

1. 쟁투의 서막

사건은 어쩌다 있어서 '사건'이다. 터졌다 하면 파장이 크다. 언제 어떻게 시작됐는지는 알 수 없어도 똥꾸와 산적은 고노골 산채의 '삶'과 '끝'을 6년 동안 지켜본 유이唯二한 읍내사람이다.

'끝'이라 하는 건 아래의 사건들 2년 후, 대한민국 천지를 흔들어댄 어떤 '사태'라는 대사건에 생각지도 못하게 휘말려 미스터리하게 사라진 그 '끝' 모습을 말한다. 이는 맨 마지막 장에서 얘기한다.

아래 이야기는 그 중 가장 통쾌무비하고 믿기 어려운 쟁투의 극적인 결말로 이어진 일련의 '사건'이다. 두어 가지만 말해보고자 한다. '망까'와의 대결 사건보다 1년여 앞서 벌어진 달래천 결투 건부터 풀어본다. 전말을 얘기하자면 이렇다.

결투의 주인공은 '가는늠이' 삼촌과 읍내 건달주먹 김천근이다. 왜 '가는 늠이'인가 하면, 우선 몸매가 아주 가늘다. 코미디언 홀쭉이 양석천 같다. 키도 똥꾸와 엇비슷하다.

"한 늠… 두 늠… 이크 에크…"

'늠이'가 뭔가 했는데 춤출 때 보면 무슨 추임새 같은 말을 반복해서 넣는다. 물어보니 상대와 거리를 매기는 단위라고 했다. 똥꾸는 무슨 뜻인지 알 바 없고 여하튼 중얼거리며 너울너울 춤을 추는 게 재미있고 흥도 났다. 그래저래 '가는늠'이다. 춤만 추는 게 아니다.

어떤 때는 두 다리를 벌려 등과 엉덩이를 一자형으로 곧추세운 말 탄 폼을 잡고 양 팔을 둥그렇게 이마높이만큼 올렸다.

마주 한 두 손바닥은 뒤틀어 밖으로 내펴고는 30분이고 한 시간이고 미동도 않고 그 자세로 서 있었다. 이마와 얼굴엔 굵은 땀방울이 쉴 새 없이 흐르고 양 무릎은 조금씩 떨고 있었다. 왜 저 고생을 하는가 싶은데 얼굴을 보면 그렇지 않다. 표정이 없다. 물어보았다.

"음… 이건 말이다, 내가신장이란 거다."

낯선 말이라서 신장인지 산장인지 처음에는 헛갈렸다. 그랬다. 후일 태견을 배우고, 기천문을 책자로 수련하는 계기였다.

김천근은 건달 주먹 패 중에서도 독립군이다. 주로 혼자 놀아서 그렇게 불렸다. 인근 양쪽의 큰 시市 지역에서도 호가 좀 난 인물이다.

어릴 때 고향을 떠났다가 10여 년 전 돌아온 인물이다. 읍내 건달패들보다 3,4년 위다. 후배들은 한 해 위아래로 몰려있는데, 김천근이는 동기는 물론 앞뒤 하나 없는 외톨이다.

한 명 있기는 하다. '장끼'다. 건달은 건달인데 까투리 사냥에만 몰두하는 수꿩이다. 무대가 이발소 미장원 술집이다. 뽀마도 기름 좔좔 흐르는 올백 머리와 백구두에 빨간 넥타이 휘날리며 아가씨들 쫓아다니느라 여념이 없는 인물이다. 그래서 김천근이는 외롭다.

김천근이 더 외로운 이유는 그 포악한 성격 탓도 크다. 빈정거리듯 실웃음 흘리며 한쪽 입가를 살짝 돌려 올리는 미소는 째진 실눈과 어울려 소름을 돋게 한다. 한 번 팼다하면 확인사살이다.

읍내 요정색시도 몇을 후리고 살다 버렸다. 말을 안 들으면 누가 보거나말거나 장판손바닥으로 사정없이 뺨을 후려갈겼다. 앙탈하면 정권으로 얼굴을 그대로 내리쳐 기절시켰다. 그러면 '너구리'가 떼어 말리며 급히 물

바가지를 들이부어 정신을 차리게 했다.

김천근이는 잘못 배웠다. 위쪽 시市 지역 무도관에서 무술을 배워 주먹질에 써먹었다. 나이 스물일곱에 태권 공인3단인데 대련을 붙으면 7단 관장도 무릎을 꿇었다고 했다. 실전무술에 강했다. 그런 그가 고향에 돌아와 자리를 잡은 이유는 있었다.

어느 날 그는 읍내 하나뿐인 청덕관 관장 최성복을 찾아갔다. 성복이 형은 똥꾸의 8년 선배이자 형과 동창이고 김천근에는 2년 후배였다. 같은 3단끼리 시합으로 붙었는데, 천근이는 격투로 몰아갔다.

'신사'로 불리는 최 관장은 무술계 선배한테 맞장을 뜨기 어려웠는지 온몸이 피투성이가 되도록 흠씬 맞아주었다. 김천근이다.

결투 날짜와 장소가 정해졌다. 8월 어느 날 오후 6시 달래천 가운데 교각 모래톱… '연장' 없기다. 가는늠이 삼촌이 김천근이와 달래천 결투를 벌이게 된 것은 순전히 '너구리' 때문이었다. 너구리는 김천근이 꼬봉이다. 이쪽 패거리에 끼지 못하자 제 발로 거기에 붙어 수족노릇을 하며 호가호위했다. 비위를 잘 맞추고 사근거리는 성격에 자기보다 약하다싶으면 뼈 살점까지 뜯어먹는 하이에나 같은 존재였다.

이 너구리가 고노골 삼촌들이 시장건너편 '마루보시' 화물창고 옆 공터에 애써 모아 쌓아놓은 고철더미를 제멋대로 고물상에 차떼기로 몽땅 실어가 처분해버렸다. 수소문 끝에 찾아내어 따지자 너구리는 다짜고짜 세 명 중 '가는늠이' 삼촌 싸대기를 몇 번 후려쳤다. 느닷없이 당한 삼촌이 조금 만져준 것이 시비의 발단이다.

너구리의 적반하장과 침소봉대에 성격 급하고 포악한 김천근이 발끈했다. 이 참에 자신에게 여전히 생개 맹개 선배를 대하는 읍내 건달패 군기도 다잡을 겸 몸을 풀어보기로 작심했다.

"가는늠이를 먼저 이기면 받아주겠다."

읍내 '일터'로 찾아온 너구리의 전달에 부대장 구렁털 아저씨는 역제안했다. 김천근이는 내심 자존심이 긁혔지만 주먹 품새도 재어볼 겸 받아들였다. 달래천 다리 밑 모래밭이었다. 여름철 달래천은 읍내사람들의 최고 피서지이고 하나밖에 없는 놀이터다.

다리 밑 넓고 긴 그늘은 어른들 천렵놀이에 최상의 휴식처다. 드넓은 버덩말과 풍부한 수량의 물길은 물놀이 총싸움놀이에 그만인 아이들 천국이기도 하다. 달래천 물길은 오색령과 구룡령 두 가닥에서 내려오다 물골에서 만나 '높은들말'까지 한 가닥으로 내려온다.

그러다가 달래교 바로 윗쪽 곰밭에서 다시 두 쪽으로 갈라져 달래교 아래를 통과한 후 저 아래 '물살쎈데' 두물머리에서 다시 합쳐 바다로 흘러들어간다. 달래교 바로 옆 물길에 '용바우'가 있다.

달래천의 다른 이름은 용천龍川이다. 공동묘지가 있는 달골과 오가는 길을 사이에 둔 물길 가장자리에 '용바우'가 있다. 여기에서 용이 승천했대서 용바우… 용천이다. 그만큼 깊은데다 그 물 속에 굴까지 있다. 한 번 빠지면 어느 누구라도 소용돌이에서 못 헤어 나와 다들 죽는다. 그 굴이 얼마나 깊은지는 아무도 모른다.

고노골 안쪽 어느 동굴까지 이어진다는 전설만 무성하다. 똥꾸 친구도 까불다 거기서 죽은 놈이 둘이나 있다. 가깝고도 먼, 공포와 경외의 강이다. 살기 힘들어 치마 뒤집어쓰고 뛰어내려 스스로 숨 줄 끊어버린 동네 아주머니들도 여럿 있다.

그 용바우 옆 바로아래 물길 한가운데다. 교각 아래 작은 모래톱이 가는늠이와 김천근이 한 판 붙기로 한 곳이다. 이 때는 은어 잡이도 곰밭과

물골 황골로 이어지는 윗물목이나 저 아래 바다에 연접한 복사골 아래물목에서 이루어지니 걸리적거리는 것도 없다.

똥구와 산적은 일찌감치 결투가 벌어질 장소로 나갔다. 여름철 여섯 시면 아직 훤한 대낮이다. 그래도 그새 물은 차가워져서 사람들이 다들 물속에서 나와 집에 들어갈 때다. 집에 가서 저녁밥을 먹고 해떨어진 직후 선선할 때 다시 나온다. 그러니 구경꾼들은 그리 많지 않다. 선전을 해댈 일도 아니니 조용하다. 그런 시각을 정한 것이다.

마침 '따만공'이 예의 손에 든 요령(휴대용 쇠종)을 딸랑거리며 뚝방 길을 지나가다 걸음을 멈췄다. 노총각난장이 '따만공'은 걸어 다니는 이동식 영화간판이다. 사람들이 몰려들었다.

걸머진 넓적한 등판에는 '낙랑쇼' 공연포스터가 붙어있다. 하나뿐인 달래극장 저녁 7시 공연이다. 가수 남일해 명국환 원방현 프레스리에 코미디언 양훈 양석천, 벌거벗은 스트립쇼 무용수 사진까지 울긋불긋 눈에 들어왔다.

'미성년자 입장불가'라는 글자가 박혀있다. 똥꾸와 산적은 어차피 못 들어간다. 어른들은 이걸 보러 가느라 더 조용할 테니 가는늠이 삼촌과 악당 김천근의 결투 진행에는 다행이었다.

똥꾸와 산적은 쿵쾅대는 가슴을 양 주먹으로 두들기면서 가쁜 숨을 몰아쉬었다. 그리고는 마치 뭔가에 홀리듯 잰걸음으로 뚝방 아래로 미끄러져 내려갔다. 저 아래 작은 물길 건너 모래톱에 몇몇 사내들이 눈에 들어왔다. 결투다. 용천 쟁투!

2. 대결 I

어느 새 약속시간이 찼다. 김천근이가 시내 방향에서 얕은 물길 건너 모래톱에 들어섰다. 언제 나타났는지 가는늠이도 다리 남쪽 달골 쪽에서 들어왔다. 둘이는 그렇게 마주 섰다.

똥꾸와 산적은 모래톱 감아 도는 남쪽 물길 그러니까 달골 방향 물길 바깥 모래밭에서 지켜보았다. 긴장돼서 얼굴이 실룩거렸다. 옆에는 삼촌 서너 명이 지켜 섰는데 표정이 담담했다. 그 외에는 없다.

반대편 물길 건너편에는 어떻게 알았는지 남아있던 물놀이 꾼 몇 명 말고도 모여든 이들이 20~30명 구경꾼삼아 쭈-욱 늘어섰다. 대부분 읍내 사람들이다. 말 그대로 '용천쟁투'가 벌어진 것이다.

둘은 말도 없고 인사 나눔도 없었다. 두어 발짝씩 물러서더니 서로 비잉-빙 돌기 시작했다. 똥꾸와 산적은 마른침을 삼켰다. 아랫입술이 덜덜덜 떨리고 움켜쥔 양 주먹에 힘이 들어갔다.

"저러다 늠이 삼촌 맞아죽으면 어떡하냐…."

둘은 조바심에 무릎근육이 덜덜 떨리고 땡겼다. 문득 옆 삼촌들을 처다봤다. 표정에 아무런 변화가 없다.

"우리만 이런가…?"

짧은 침묵이 흘렀다. 이윽고 김천근이 먼저 몸을 움직였다. 대단히 기민하고 빨랐다. 움직이는가 싶었는데 거의 동시적으로 가는늠이 쪽으로 강력하게 몸을 날렸다. 바위만한 주먹이 가는늠이 면상을 향했다. 대련 때 바른쪽 발차기와 주먹이 상대를 향해 동시적으로 떠 날아가는 그 동작이었다. 어찌나 빠른지 바람이 갈라지고 모래알이 튀는 듯했다. 순간 눈을 감았다. 다시 떴다.

1초나 지났을까? 순간은 길었다. 쓰러져있을 줄 알았던 가느늠이가 옆으로 비껴서 있었다. 남북방향으로 반 바퀴 돌려서 마주 선 김천근이는 씩씩거렸다. 찢어진 눈꼬리를 잔뜩 찡그리며 가느늠이를 쏘아보는 눈매가 살기등등하다.

똥꾸와 산적은 가슴을 쓸어내렸다. 모래톱은 딱딱한 땅 위에 얇은 모래판이어서 맨땅이나 다름이 없었다. 공중차기에 떨어지면 뼈가 부러진다. 온몸이 박살난다. 잠깐 숨을 고른 김천근이의 현란한 발차기가 바로 이어졌다. 앞 질러차기와 돌려차기가 연이어 들어갔다.

맹격필살이라기보다 승세를 끌어내기 위한 선제적인 제압동작이었다. 그의 발질은 잇달아 가느늠이 옆구리를 스치며 허공을 내질렀다.

가느늠이는 이리저리 피하기 바빴다. 백척간두 간발 간극이 계속 이어졌다. 한 방 맞으면 그대로 '고노골로 간다.' 다시 숨이 막혀왔다.

건너편 구경꾼 틈에 너구리가 보였다. 천칠도 팔만이 구독사 등 면면도 숨죽여 보고 있었다. 치고 피하는 상황이 몇 번 반복됐다. 공격하는 이가 피하는 이보다 세 배 힘을 더 쓰는 법이다.

김천근이는 점점 조급해지는 듯 했다. 이제껏 자신의 발차기와 주먹질을 피한 이가 없었다. 그런데 이 비쩍 마르고 딱지만한 친구는 마치 바람에 날리는 허수아비 헝겊 쪼가리마냥 이리저리 펄럭거리며 잘도 피해간다. 김천근이의 초조해지는 기색이 20여 미터 떨어진 데서도 느껴졌다.

점점 그의 발길과 주먹질은 난폭하고 거칠어졌다. 그에 비례해서 동작이 커지고 그만큼 속도가 느려졌다. 반대로 여태 손질 한번 없는 가느늠이의 동작이 조금씩 넓어지고 가팔라졌다. 장대높이뛰기 연습동작 같았다. 전열을 일시 다듬은 김천근이가 잠시 호흡을 멈춘 듯하더니 순간 탄력으로 온 힘을 다해 일격을 가해왔다.

"아…!"

똥구와 산적은 순간 눈을 질끈 감았다. 입에서는 동시에 신음 소리가 나왔다. 질풍 같은 촌각이 지나고 눈을 떴다. 뜻밖에 상황이 바뀌어 있었다. 가는늠이가 김천근이 키를 훌쩍 넘어 반대방향으로 몸을 날려버린 것이다. 당황한 김천근이 얼른 몸을 되돌려 잽싸게 방어 자세를 취했다.

적막이 흐른 것도 잠시, 김천근은 비장의 취후 필살기인 듯 주먹과 발지르기, 박치기머리지르기 등 세 지체로 동시에 가는늠이에게 달려들었다. '삼당치기'다. 압축된 찰나의 순간 짓쳐 들어가는 바람결 속도는 무서웠다. 치렁한 장발 머리카락이 그의 양 귓볼 사이로 휘-익 날렸다. 거의 같은 순간 더욱 무서운 속도로 가는늠이가 김천근을 향해 몸을 날렸다.

"와~!"

다시 함성이 터졌다. 간발의 차이로 가는늠이가 빨랐다. 둘이 동시에 몸을 날린 건 분명했다. 그런데 왜 가는늠이가 더 빨랐을까…?

그건 팔과 다리의 길이 차이였다. 김천근이 동시적으로 날린 주먹과 발머리지르기로 달려드는 면상을 가는늠이는 극 초를 다투는 상황에서 정확한 '늠'으로 시간과 거리를 재며 두 다리를 먼저 뻗은 것이다. 계산된 간극의 정확성이었다.

김천근이의 팔과 주먹이 날아드는 찰나에 그는 왼쪽다리로 상대의 무릎을 밟고 멈칫거리는 빈틈을 이용하여 양 다리로 가슴과 머리통을 사다리 밟듯 다다닥 타고 올라서는가 싶더니 역으로 한 바퀴 공중제비를 돌며 자신의 위치 후방으로 멀찍이 되돌아 가볍게 내려섰다.

단 세 발짝이었다. 오랜 단련에서 나온 본능적인 반사 신경이었다. 김천근이는 반사적 탄성으로 정확히 자신이 힘쓰고 달겨든 속도만큼의 거리를 제풀에 뒤나가 떨어졌다.

"자네도 속도의 관성에 반사의 거리는 비례한다는 걸 잊지 말어~"

삼촌의 말은 과학이었다. 무술도 과학인 걸 똥꾸는 그 때 알았다.

"맞으면서 이기는 건 이기는 게 아니다. 안 맞고 이기는 게 이기는 거다…"

가는늠이는 손 한번 쓰지 않았다. 피했다. 마음만 먹으면 치명상을 몇 번 입힐 수 있다는 게 어린 똥꾸에게도 보였다. 피하기만 했는데도 승부는 나버린 듯 했다. 양쪽에 늘어선 구경꾼들이 웅성거렸다.

그 순간 뜻밖의 상황이 벌어졌다. 김천근이가 넘어진 바로 뒤쪽 교각 안쪽에서 느닷없이 짧고 뭉툭한 쇠막대기를 꺼내든 것이다.

"어~ 어어~!"

누구랄 것도 없이 사람들 입에서 비명 섞인 탄식이 흘러나왔다. 그러나 모래톱에 아무도 끼어들 수는 없었다. 이젠 무술이 아니라 막다른 골목에서 생사를 결한 싸움질이 벌어질 판이었다.

김천근이 바른손에 움켜쥔 쇠몽둥이가 부들부들 떨렸다. 그는 왼손 등으로 거품이 잔뜩 물린 입가를 스윽 닦으며 회심의 미소를 흘렸다.

그의 째진 눈가로 살기가 번득였다.

"쉭-쉭"

옷에 묻은 모래를 툭툭 턴 김천근이 휘두르는 쇠몽둥이가 바람을 가르며 가는늠이에게 무섭게 다가갔다. 가는늠이는 두 세 걸음 뒤로 물러서더니 교각 쪽으로 몸을 틀었다. 물러서는 게 아니다. 상황을 더 끌지 않으려는 단호한 어떤 느낌이 들었다.

김천근이는 태권도 고단자이면서 그들에게 금기인 단검 쇠봉 등 연장도 가지고 놀았다. 회칼을 속창 안주머니에 품고 다니는 건 세상이 아는 일이었다. 무술은 그 중 하나일 뿐 잔혹한 건달깡패였다.

이윽고 횡대 검법새로 八자 X자… 쇠몽둥이가 상대 눈을 어지럽히며 맹렬기세로 짓쳐드는가 싶었다. 그 순간이었다.

휘리릭-

별안간 김천근이가 자신의 가슴팍에서 상대의 면상정면을 향해 찔러 들어갔다. 이른바 '날치타법'이다. 간파한 가는늠이는 선 자리에서 180도 휙 돌아 두 발로 땅을 세차게 한 번 구르더니 정면의 나무교각 수직 기둥으로 솟구쳤다. 마치 새가 날아오르는 듯 했다.

동시에 왼 발바닥으로 사각 면을 딛는가 싶더니, 바른 발은 쇠징이 박힌 X자 결구기둥 위쪽으로 재빨리 몸을 옮겨 중심을 잡았다. 선가仙家의 '조익비등결鳥翼飛騰結'이다.

"아, 저런 수도 있구나!"

독수리가 두 발바닥을 튀어나온 나무옹이에 딱 붙이고 양쪽 발가락으로 꽉 오무려 붙여 몸체를 단단히 고정시키는 자세였다. 전통무예술법에서는 '웅봉 품새'라고 한다. 김천근이의 천근 쇠몽둥이는 눈앞 목표물이 갑자기 사라지자 방향을 잃고 모래밭에 힘없이 늘어졌다.

그런데 이게 웬일인가? 그 순간 가는늠이가 족히 20여척尺(4~5미터)은 되는 교각에서 수직으로 김천근을 향해 일직선 낙하타법으로 일거에 몸을 날렸다. '창검이 내리 꽂혔다'가 정확하다.

"어-억!"

구경꾼들 입에서 짧은 외마디가 터졌다. 그리고 이내 조용해졌다.

김천근이는 이미 공격할 상대와 그 타격점을 잃고 중심이 흐트러진 상태였다. 1초도 안 걸렸다. 피할 새도 없이 솔개 가는늠이한테 병아리 김천근이가 채였다.

공중에서 온몸으로 내리꽂는 가는늠이의 바른 손바닥이 동시적으로 김천근이 머리 정수리를 눌러 덮었다. 그는 전기에 감전된 듯 마치 종이가 접히는 것처럼 뒤로 몸을 뒤틀더니 대大자 뒤로 고꾸라졌다.

그는 다시 일어나지 못했다.

3. 활법… 살법

사람들은 다시 웅성거리더니 돌아가기 시작했다. 읍내 건달패도 너구리도 가버렸다. 똥꾸와 산적은 삼촌들을 따라 물길 건너 둘이 벌였던 결투장으로 들어섰다. 그가 숨을 쉬고 있다. 죽지 않았다.

허연 거품이 입가에 번져있는 김천근의 얼굴은 다른 사람 같았다. 둘러선 가는늠이와 삼촌 몇이 물끄러미 내려다봤다. 통쾌하면서도 측은했다. 그는 기절해 있었다. 잠시 후 가는늠이 삼촌이 그에게 몸을 숙였다. 이번에도 그 손바닥을 다시 김천근이 머리 정수리에 댔다.

"핫"

낮고 아주 짧은 기합을 넣으며 지긋이 눌렀다 뗐다. 한 5분여쯤 지났을까? 그의 눈이 스르르 떠졌다. 그는 다시 푸른 하늘을 보았다.

"후~ 우~"

그의 입에서 긴 숨이 토해졌다. 그건 일시 정지됐던 그의 심장이 다시 살아 움직이는 외마디 비명이었다.

"아…!"

똥꾸와 산적도 덩달아 한숨이 새어 나왔다. 끝나고 보니 결투라기엔 싱거웠고 일방적이었다. 피하기만 하다가 공격에 지친 상대의 머리에 강습낙

하술법으로 손바닥 한 번 댄 게 전부였다. 창검과 진배없는 손날 타법은 전혀 쓰질 않았다.

생사를 건 결투라고 해도 가는늠이 삼촌은 살법殺法을 쓰지 않았다. 활법活法을 썼다. 건달깡패 김천근이와 달랐다. 10분을 채 넘기지 않았다. 똥꾸 손목시계가 그렇게 가리키고 있었다.

김천근이는 정신을 차리더니 슬금슬금 일어나 뒷걸음으로 달래교 위쪽 얕은 개울을 건너 공설운동장 쪽 뚝방으로 사라져 갔다. 사방은 조용했다. 그 넓은 달래천 버덩말에는 지켜 본 삼촌들과 똥꾸 산적이 남았다.

둘은 목례를 드리고 산적네 집으로 향했다. 삼촌들도 바로 자리를 떴다. 뚝방에 올라가 돌아보니 다리건너 저 멀리 고노골 방향으로 이동하는 삼촌들이 아스라이 들어왔다. 다음은 산채에서 들은 얘기다.

가는늠이 삼촌이 다리 교각에서 내리꽂으며 김천근 머리정수리를 누른 '장력掌力 타법'은 활법을 쓴 것이라 했다. 이는 손바닥에 순간 공기 공력을 최대한 응축하여 특정한 신체 목표부위에 일시에 터뜨리는 동시에 손바닥 기氣로 압출하는 고난도 술법이다.

진짜 무술을 하는 사람들은 살법을 안 쓴다고 했다. 싸움도 그렇고, 야전에서 다치거나 상해도 자가 치료를 할 줄 알아야 한다고도 했다. 그게 크게 두 가지인데, 氣를 움직여 살리는 방법과 약초를 써서 살리는 방법이라고 했다. 내공수련이란 바로 이 활법을 잘 배워나가는 과정이다. 산에서 그냥 무술만 익히는 게 아니라 약초 공부도 무술단련의 중요한 일부라고 했다.

살법을 쓰면 아주 죽어버린다. 그건 무술이 아니다. 활법을 쓴다. 기氣를 흩어놓아 일시 기절시킨다. 사나운 사람을 다루거나 중증치료의 고통을 덜기 위해 이런 방법을 쓴다. 흩어진 기를 다시 모아들여 정신을 돌아

오게 하는 방법도 활법이다. 활법 중에 활명법活命法이라고 했다. 기천문의 '내가신장內家神掌'이 그런 거라고 했다. 하체는 안으로 짜서 감추어진 '太陰' 자세를 만든다.

상체는 허리를 제쳐 펴는데 특히 양손을 뒤집어 음을 양으로 바꿔준 '태양太陽' 자세로 완벽한 음양의 조화를 이루도록 한다. 이걸 옳게 익히면 활법을 제대로 쓸 수 있다. 짧아도 3년은 걸린다. 잘못 배우면 자신의 몸이 상한다. 그만큼 어려운 수련법이다.

민족 전래 무술의 맨 꼭대기에 고구려무술 '기천문氣天門'이 있다. 이는 단군왕검 때부터 시작된 것이라고 한다. 우리나라의 모든 무술 검법이 모두 여기서 갈라져 나왔다는 말이다.

고구려 해동천검, 수박도(수벽치기-당나라에 건너가 당수도, 조선 후기 왜에 전파되어 공수도-가라데가 됐다), 경당술, 백제 신검, 신라 화랑검 그리고 각저(씨름), 태견술이 모두 여기에서 갈라지고 응용된 문파들이라고 했다.

김천근이는 살법을 살법인 줄 모르고 함부로 쓴 망나니였다. 가는늠이 삼촌은 그를 활법으로 기절시키고 활명법으로 다시 살려냈다. 삼촌들이 다 그랬다. 몸의 氣를 최대한 압축시켜 새처럼 가볍게 하는 '활빈법活貧法'도 있다. 더 나아가면 '활공법活空法'이다. 말 그대로 새처럼 나는 거다. 땅과 하늘 모두 축지법이다. 구렁털이다.

소림사 권법이 달마무술이라 하는데, 똥꾸 견해는 다르다. 달마가 인도 사람인데 거기는 권법무술이란 게 없다. 달마가 AD 528년경 중국 남조 양梁 나라에 왔는데, 양나라는 백제의 속국이고 백제담로가 실질 통치했다. '22 담로국' 중 하나다. 그 때 그 무술검법이 백제 신검神劍무술이다.

(달마가 북인도를 다녀온 백제계 삼장법사라는 말도 있고 원래 파촉(티벳) 사람이란 말도 있다.)

검법이라고 해도 칼을 쓰는 법만 다가 아니다. 칼이 없으면 권拳으로 가게 되는 거다. 검과 권이 합쳐진 것이다. 달마검법이라는 명칭은 빌린 것이다. 사찰무술뿐만 아니라 '지나(중국) 무술'이 모두 동이東夷무술이다. 그 아류로 산지사방에서 변형되고 발전해 간 거다.

현재 감은사에 전승돼온 '선무도禪舞道'는 대륙본토 우리민족의 전통무술 한 가락이다. 뿌리는 백제무술이다. 대륙백제다. 고구려가 장창長槍·기마무술에 강했다면 백제무술은 검·권 무술이다. 지리지형적 연관성이 크다.

-1970년의 일이다. 당시 약관의 산속 소년 大洋진인이 서울 명동에 내려왔다가 장안의 주먹 패를 만났다. 그 다섯을 한순간에 손 안 쓰고 氣力과 상대의 힘을 이용해서 눕힌 사건이 있었다. 그의 나이 약관 열여섯 살이었다. 똥꾸와 한 살 차이 같은 또래였다. -필자 註

아주 먼 옛적시대에나 있을 법 한 전설 같은 무예를 같은 시대 동년배 어린 소년을 통해서 접하는 놀라운 사건이었다. 오랫동안 산문에서 숨겨져 계승돼 온 기천문이 세상에 알려진 사건이다.

그것이 근래의 전통무예가 대거 하산하게 된 직접적인 계기였다는 사실은 똥꾸의 스크랩 기사 파일책자에 있다. 그런데 똥꾸의 이야기는 그 5년 전을 기점으로 시작된다. 江湖의 숨은 고수들이 고노골 삼촌들 세계에서도 있었다는 말이다.

민족 무예의 알짬은 얼이다. 혼이다. 이 사건을 포함해 지금부터의 이야기는 나라 잃고 모진 탄압을 받으며 근근이 지켜오던 민족무예인들의 뿌리 뽑힌 고단한 삶에 관한 것이다. 어느 날 수수께끼 같이 사라진 이 시대 현대사에 얽힌 그들의 미지막 이야기다!

4. 인과

진짜 결말은 김천근이의 그 뒷일이다. 불행한 이야기다. 결투 사건 후 집에 돌아간 그는 바로 앓아누우며 자리보전에 들어갔다. 이유모를 병으로 근 한 달여를 시름시름했다. 밥을 못 먹고 밤마다 꿈마다 신음소리 헛소리를 질러댔다.

그에게는 '김' 양이라는 색시가 함께 살고 있었다. 몇 달 된 아기도 있었다. 세 번째 여자다. 색시의 지극정성 덕분인지 어쩐지 달포가 지난 어느 날 자리를 털고 일어났다. 그런데 말과 행동이 이전 사람이 아니었다. 정신이 돈 사람 같았다. 돌았다.

"내가 태백산 산신령 아들이다… 우리 어머니가 호랑이 산신령하고 살다가 나를 낳았다… 나는 전생에 무당이었다. 이제 내 자리로 돌아간다…."

그러면서도 어디서 술은 매일같이 먹고 들어와 마누라를 북어처럼 두들겨 팼다. 얼마 후 김 양은 아이를 들쳐 업고 종적을 감추었다. 김천근이온 읍내 천지를 이 잡듯이 찾아 헤매도 찾을 수가 없었다.

모르긴 몰라도 잡히면 바로 죽음이었다. '산신령 아들'과는 구만리 동떨어진 모습에 사람들은 혀를 찼다. 똥꾸는 그의 그런 행적을 누구보다도 잘 알고 있었다. 그의 이복 둘째동생이 똥꾸와 국민학교 같은 반 동창인데다가 늘 달래천 버덩말에서 노는 시장통 단골짝패였기 때문이다. 관근이다.

관근이는 서울 올라가 이발소 시다 일을 하다가 잠시 내려와 있었다. 저녁에는 이틀이 멀다하고 산적이랑 셋이 어울렸다. 관근이는 웃말 건너 건너 이웃에 따로 사는 형의 얘기를 만날 때마다 알려주고는 했다. 관근이도 폼쟁이에 알아주는 싸움꾼이다.

김천근이가 다시 달래천가에 나타난 것은 그 해 가을이었다. 머리엔 무명실타래를 둘러 감고, 신사바지에 검정고무신 그리고 웃옷은 색동 무당저고리를 입었다. 상상이 되시는가? 세상에 이렇게 해괴한 차림새는 처음 봤다. 정상이 아니었다. 그의 손에는 꽹과리가 들려있었다. 박수무당으로 변신한 것이다. 많이 점잖아지고 순해졌다.

아는 이들은 미덥지 못했고 꾸민 듯 여겼다. 그런데 과거를 기막히게 잘 맞춘다는 입소문이 돌았다. 그를 찾는 이들이 한 명도 없을 줄 알았다. 처음에는 그랬다. 그런데 그게 아니었다. 야금야금 찾아가는 부인네들이 생겨났다. 들리는 말로는 문지방이 닳도록 들락거리는 아낙네도 있다고 했다. 그동안 앓아누웠던 건 신내림이었다고 했다. 그는 점쟁이 행세를 하면서 받는 복채로 근근히 살아갔다.

그런 김천근이가 다음 해 여름 달래천에 빠져 죽었다. 그는 꽹과리를 두들기면서 장마철 불어난 한 길 넘는 물살 센 강물로 점점 빠져 들어갔다. 사람들은 멀리서 발만 동동 굴렸다. 무릎에서 허벅지로 가슴으로 점점 물길 깊은 속으로 그는 천천히 빠져들어 갔다.

그는 물길 속으로 들어가기 전에 주위에 용왕님을 만나러 간다고 했다. 그렇게 얼마를 더 빠져들던 그가 아주 사라졌다. 작년 이맘 때 가는늠이와 벌였던 결투장 바로 그 용바우 물속 굴로 들어간 것이다.

그 다음 날 김천근의 물에 불은 시신이 끄집어내져 강가 돌밭에 누여져 있었다. 모인 사람들 사이로 한 남자가 빠져 나갔다. 질퍽거리는 고무신짝을 끌며 뒷모습 남긴 그 사람은 '가는늠이' 삼촌이었다.

그가 용굴 속으로 잠수하여 시신을 꺼낸 것이다.

김동리의 '무녀도' 주인공 '모화'의 마지막 장면과 똑같았다고 보면 된다. 소설과 거리 먼 똥꾸가 이거는 끝까지 읽었다.

-파란곡절 사연 많던 달래천 다리는 미군이 전쟁 때 썼던 부교를 걷어내고 휴전직후 전략적 차원에서 만들어준, 동해안에서는 제일로 길고 큰 2차선 나무다리였다. 철도침목용으로 쓰이는 단단한 재질의 오크나무를 미국에서 직접 들여와 세운 것이다. 두께 굵기와 길이가 장난 아니게 거대하다. 게다가 콜타르성분의 액체를 싸 발라 건조한 재질이라 마모 길항력이나 벌레에 아주 강하다. 나무 특유의 탄력으로 부하력이 강해서 탱크가 줄지어 지나가도 끄떡없어 콘크리트보다 강했다. 60년대 말 콘크리트철골로 교체되어 철도침목으로 팔려갔다. 그 다리는 '콰이江의 다리'였다. -필자 註.

1. 물길이냐, 산길이냐

드디어 그 날이 왔다. 구렁털 아저씨와 망까의 대결이다. 장소는 정확히 말해 곰밭 버덩말 바로 아래 범바우골 자갈밭이었다. 용천이라 불리는 지점과 교차하는 달래천변이다.

달래교에서 오리(2킬로미터)쯤 위 오른쪽 방향이다. 그러니까 서북쪽 뚝 방길을 통해서는 구룡 오색방향 땅 길로 연결되고, 왼쪽으로는 길이 없는 얕고 높은 산봉우리들이 대간 마루금으로 주욱 오르면서 이어지는 지세다.

그 한가운데 대간 방향으로 물길이 달래천~용천의 일자로 거슬러 달려가다 오색천과 내성천으로 좌악 갈라지는, 말하자면 Y자 형으로 갈라져 각기 남과 북 방향으로 기어들어간다.

말이 긴 건 둘의 대결 코스 때문이다. 특이한 건 물길의 큰 줄기가 보통의 사행천 아니라 산 쪽 직선형 라인을 타고 들다가 대간 바로 아래쪽에서 구룡령-오대산 서남향으로 완만하게 휘어들어간다. 동해안 좁은 공간 지형과 높은 경사각 때문이다.

"물은 산을 넘지 못하고 산은 물을 건너지 못한다!"

조선 영조 때 신경준이 '산경표'에 적은 말이다. 이를 뒤집으면 같은 뜻의 전혀 다른 관점의 답이 돌아온다.

"물은 산을 가르고 산은 물을 품는다!"

물은 산을 갈라 건너고, 산은 물을 타고 넘는다는 것이다.

산경표든 물경표든, 물길을 타고 산을 건너려는 자와 산길을 타고 산을 넘으려는 자의 대결이 시작됐다.

겨루기 1戰 1합은 각자 자유 코스였다. 어쨌든지 무조건 구룡령 솔밭정상에 먼저 도착한 이가 이기는 거다. 2전 2합은 거기서 범바우골 자갈밭 출발지점에 역시 먼저 온 이가 이긴다. 내려오는 코스는 올 때와 달리 땅길로 정했다. 결과는 이긴 자에 맡기기로 했다.

왜 망까는 '내기'를 걸었을까?

"바람결 소문이 지존의 비위장을 건드려서…?"

그게 다는 아닌 듯했다. 그것만으로는 이유가 모자란다. 의문은 곧 풀렸다. 대결의 증인으로 망까가 데리고 나온 사람은 '작은 망까'와 '뺀찌'였다. '작은 망까'는 읍내 웃말 산 쪽의 안골에 산다. 집이 외딴 곳이라 뭘하고 사는지 아는 이가 없다. 망까와 같은 특수부대 출신 후배라서 그런 이름으로 불린다는 말이 돈다.

작은 망까 역시 이따금씩 나타나 250cc 오토바이로 조용한 읍내를 요란스런 굉음을 내며 휘젓고 사라지기 일쑤다. 그의 허리띠 뒤춤에는 수갑 두 벌이 늘 달려있다. 그는 걸을 때도 일부러 군대점퍼 상의 뒷자락으로 수갑이 언 듯 번듯 보이게 차고 다닌다.

보는 사람들은 알게 모르게 위압감을 느낀다. 경찰만 차는 게 아니었다. 경찰도 아닌데 참 이상했다. DMZ 약초채취권을 땄다느니 민통선 개간권을 계약했다느니 벌채권을 팔았느니… 수수께끼 인물이다.

문제는 뺀찌였다. 그는 얼마 전 용바우 굴에 빠져 죽은 김천근이의 무도관 동기이자 둘도 없는 친구다. 집과 활동무대가 인근 시 지역이라 각자 따로였지만 이 곳 읍내에서도 아는 사람은 다 안다.

마르고 큰 키에 두발당수로 목 걸어감아 돌리기 명수라고 했다. 그의 결정력에 걸려 내동댕이쳐지면 늑골이고 허리뼈고 다 부러지고 금이 가버린다고 했다. 그래서 뺀찌다. 그 뺀찌가 나타난 것이다.

둘의 대결이 벌어지기로 한 날은 김천근이 죽은 달포 쯤 지난 무렵이다. 가는늠이와 김천근의 결투가 제1차 대전이라고 치면, 이번 둘의 결투는 제2차 대전쯤이다. 그야말로 전쟁이다. 둘의 무게감으로 보면 앞선 결투는 국지전적 전투에 불과하다. 비교할 수 없는 상징적인 전면전이다. 죽림 속 전통무예계와 현대적 장비 위력에 기댄 세속 무력의 대결이다. 판세 예상은 세속 무력의 압도적 우위에 기울어져 있다. 사람의 다리와 최신형 싸이카의 대결이니 그럴 만도 했다.

'망까'는 김천근이가 유일하게 큰 형님으로 깍듯이 받드는 이다. 읍내 안팎에서 외로운 그 둘의 관계는 이래저래 각별했다. 아꼈던 7~8년 후배의 죽음 배경에는 1년 전 있었던 가는늠이와의 결투가 있었다는 걸 들은 모양이었다. 읍내 건달들은 모두 그게 김천근이의 정신을 돌아버리게 하고 죽음에 이르게 된 원인으로 여기고 있었다.

물론 인과관계는 불명확해도 정황은 이해되는 대목이다. 똥꾸가 생각해봐도 김천근이가 확 변해버린 이후 행로와 죽음이 그 사건 직후라 일리가 있었다.

의학적으로는 몰라도 심리적인 계기는 된 것 같다. 사소한 일이 사건을 만들고 그 사건이 또 다른 사건을 만든다. 사건은 어쩌다 있어 사건이다. 터졌다 하면 파장이 크다. 산채의 운명이 갈리는 큰 사건으로 번진 것이다. 복수극이다. 텃세로 강요하는 복수극이나 마찬가지다. 똥꾸와 산적이 보기에 확실히 그랬다.

구렁털 아저씨는 피할 수 없는 대결임을 알았다. 받아들일 수밖에 없는 이유였다. 가는늠이다. 거절하면 비겁한 이, 거짓말 뺑쟁이가 된다. 무예는 '예禮'다. 명예다. 그러나 지금 그게 다가 아닌 일이 돼버렸다. 이래도 저래도 쳐들어오긴 매한가지다.

발목 가랭이 단단히 묶은 바지저고리에 쓰던 목장갑을 낀 구렁털 아저씨가 얕은 개울을 건너 나타났다. 강바람에 뒤엉킨 덥수룩한 머리카락이며 낡은 군용작업화가 안쓰러웠다. 평소의 검정고무신 대신 운동화대용 작업화를 신고 나온 게 그나마 준비복장이다.

흑치 쇠창 쌍표 삼촌이 따라 왔다. 일종의 출발지 심판관이다. 탁팔 흑표 검무잠 삼촌은 이미 구룡령 솔바우골 정상으로 아침에 떠났다. 오늘 결투의 빌미가 된 가는늠이와 동서기 삼치 삼촌은 고노골에 남은 모양이었다. 똥꾸와 산적은 집안 핑계로 조퇴했다. 잠시 후 읍내 쪽 뚝방을 단숨에 타넘어 들어오는 요란한 굉음과 흔들리는 지축이 그가 망까임을 알렸다.

둘은 자갈밭에 섰다. 오전 10시 경이었다. 바뀐 계절 탓인지 한낮인데도 강바람은 제법 차가웠다. 시뻘건 천에 물방울무늬가 새겨진 머릿수건을 쓰고, 굵은 목에 휘감겨 펄럭거리는 검정색 머플러는 보기에도 무섭고 삭막했다. 거기에다 시커먼 라이방 옆으로 튀어나온 광대뼈며 흑갈색의 각진 볼 짝에 칼 자욱이 선명하고 무표정했다.

처음으로 가까이서 봤다. 웃옷부터 장화까지 착 달라붙는 검정색 가죽 제품으로 온 몸을 덮은 망까의 군살 한 점 없이 쭉 뻗어빠진 몸매라니… 망까다… 망까! 이름 그 자체로 무시무시했다. 인간 병기 같았다. 이런 모습을 똥꾸는 머리털 나고 처음 봤다.

정말로 괴이했다. 갓만 안 썼지 영락없는 저승사자였다. 작은 망까는 자신의 오토바이로 이미 저 솔바우 꼭대기에 가 있는 모양이었다.

구렁털과 망까는 초면임에도 서로를 바로 알아봤다. 표정 없는 짧은 눈맞추기로 인사를 대신하는가 싶은 순간이었다.

"휘-익!"

갑자기 쇠창 삼촌이 두 손가락을 입속에 쑤셔 넣더니 굵은 휘파람 소리를 냈다. 호각소리보다 훨씬 컸다. 깜짝 놀랐다. 넓게 울리는 진동의 여운이 채 가시기 전에 둘은 용수철같이 튀어나갔다. 그게 출발신호였다. 잠깐의 의례 같은 것은 없었다.

구렁털은 정면 앞 방향으로 달래천 가장자리 자갈밭을 끼고 그대로 뛰쳐 올라갔다. 얼마나 날쌘지 발이 보이지 않았다. 지면을 얕게 떠서 부-웅 달려가는 無音 오토바이 같았다. 입이 따-악 벌어졌다.

망까는 천둥소리 같은 굉음에 시꺼먼 연기를 내뿜으며 마치 줄 끊어진 미친개 뛰쳐나가듯 쏜살같이 튀어나갔다. 귀가 멍하고 패인 골에서 튕기는 잔돌쪼가리들이 허공에 날렸다. 망까는 서북방향의 공설운동장 쪽 뚝방으로 치고 올라갔다.

동시에 망까가 왼쪽으로 고개를 틀어 구렁털 쪽을 보는 게 눈에 들어왔다. 뜻밖의 이동로라 생각하는 듯 했다. 의아하고 당황했는지 모른다. 일방적인 제안을 받아들인 구렁털 뱃속이 궁금했는데 물길 따라 올라간다니….

'예측불감이 예측난감 된 건 아닐까?…'

똥꾸는 잠시 생각했다. 그새 둘은 곧 똥꾸 시야에서 사라졌다.

2. 대결 II

'**물은** 산을 가르고 산은 물을 품는다!'

구렁털이 선택한 루트는 물길이었다. 물길은 제일 높은 산줄기까지 거슬러 이어진다. 산은 그 물길을 품어주고 열어준다. 그러니 물이 산은 넘지를 못해도 산골짜기를 징검다리 삼아 산을 건넌다. 산은 물을 넘어 줄기를 다시 이어간다. 예나 지금이나 물길은 고속도로다.

"육로 열흘, 물길 사흘…."

주요 운송 길은 땅길 아닌 물길이고 뱃길이다. 그렇게 인천 소금이 백두대간 턱밑자락 인제원통과 운두령 명개리까지 왔다. 평지물길 돌아 흐르고 짧은 경사각 구간은 질러 흘러간다. 동해안 지형하천이다.

독도법讀圖法 달인 공작원 출신 망까도 이걸 간과했다. 그는 물길 고속도로를 몰랐다. 기계엔진을 과신하고 산악지형을 무시했다. 게다가 옛사람들은 걸어 다녔다.

'보발이(관공서 급한 공문 전달꾼)'는 속보 아닌 비보飛步였다. 비보는 축지법의 한 방법이다. 게다가 구렁털은 구룡령 솔바우골에서 숯쟁이로 살면서 읍내 장까지 지름길 축지로 오르내렸다. 지형지물에 훤하고 밤길도 훤했다. 맨몸이면 물길도 타며 30분이다.

산길 60리, 숯지게 지고도 오르내려 시간 반이다. 일반 지게꾼들은 난길로 왕복 세 시간이다. 구렁털은 물길 땅길 비보 질러가기다.

-산꾼들은 지금도 절구산 능선을 타고 질러가면 소리골 자연공원주차장에 평보로 한 시간에 간다. 같은 시간대 동네 입구에서 출발한 시내버스는 논스톱으로 땅길 돌아 그 30분 후에 도착한다. -필자 註

구렁털이 물길을 택한 이유다. 굳이 고난도 축지법은 쓸 일이 없었다.

물길-산길을 타면 직선거리 30여리에 불과하다.

구렁털은 비보 중에서도 龍步와 雲步를 번갈아 가며 맹렬하고도 강력한 기력을 앞세워 치고 올라갔다. 대간大幹에서 내리는 맞바람은 치는 속도만큼 세어졌다.

"차 차 착- 차 차 착-"

비보가 물길 위에 이는 마파람을 가르며 음속을 질러갔다. 비보는 축지법(*원방각이라고도 한다)의 여러 방편 중 하나로, 호보 용보 운보 칠성보가 있다. 칠성보는 칠성별의 속도를 말한다(비유 술법이다). 중얼중얼~ 주문을 외워 날아가는 게 아니다. 치열한 단련이다.

구렁털은 지형에 맞게 두 가지를 썼다. 강가 자갈길은 용보로 지쳐 들어가고, 그러다 자갈밭이 끊어지면 운보로 물길을 건넜다.

(*용보는 보폭 1m로, 1㎞ 900~1천보다. 60㎝ 1400~500보의 평보를 생각하면 된다. 보폭과 달리는 속도를 감안하면 평보의 1/3이다.)

물길에선 용보를 쓰면 빠진다. 구렁털은 운보를 썼다. 용보와 걸음새는 같다. 몸체를 앞으로 15도 정도 구부려 속도감을 유지하고 시야를 확보한다. 어깨는 펴며 발바닥 앞쪽이 무게 중심이다. 뒤꿈치가 땅에 닿기 전에 반대편 발을 같은 방법으로 딛는다. '마사이'보법의 빠른 속도다. 장거리 주법으로 체력소모량이 적다.

운보는 빠른 속도로 올릴 경우, 짚신 앞코 바깥으로 노출된 다섯 발가락으로 오리 물갈퀴처럼 물 표면을 긁어내린다. 단전호흡 오리走法으로 물 위를 내달린다. 한 호흡(숨)에 3분을 간다. 기혈 신체질량감을 반감시켜 수리 물차기가 가능하다.

구렁털은 빠른 몸놀림으로 물길을 연이어 차고 올라갔다. 두 발을 안보이고 구름 위를 내달리듯 해서 운보다. 고난도다. 숨 늘이기는 단전 중

氣 호흡이다. 기는 공혈孔穴과 혈血인데 피가 맑아야 한다.

구렁털과 산채식구들은 평소에 설모초(*일명 구절초)와 삽초(*삽주 별칭)를 달고 달여 마신다. '설모'는 혈이 깨끗해지는 특효이고 '삽주'는 심장혈과 혈 순환에 그만이다.

물길 반 땅길 반 구렁털의 비보 이동은 높은들말-물안골-갈근골 상류지천으로 아주 빠르게 이어졌다. 완만한 타원형 지리지형이라 거의 일직선형 물길이었다. 불과 20여분 후 갈근골 강터에 올라섰다. 고종 때 천하의 보발꾼 이용익이 전주-한양 500리길을 진시(아침8시)~자시 12시간에 주파한 것과 대등하다.

구렁털은 바로 산길로 접어들었다. 이제 반절 남은 거리는 산을 타고 질러가는 길이다. 구렁털은 눈감고도 훤했다. 사람 다니는 평길 내버리고 주저 없이 길 없는 산속으로 들어갔다.

"사~삭… 사사~삭…."

소나무 오가피 참나무 빼곡한 숲속 사이로 오소리 내달리듯 내달리는 구렁털은 500미터 앞 골짜기의 6부 중턱 약수터로 향했다. 여기서 약수 한 바가지 목을 축이고 숨을 고른 뒤 바로 산봉우리로 올라설 참이다. 한티재다. 빈밭말-솔바우골로 가는 최단거리다.

동네 약초꾼만 아는 급경사 숲길이다. 직선거리 200미터쯤인 건너편 빈밭골 서낭당돌탑까지다. 이 길로 질러가면 솔바우골 아랫말 초입에 다다른다. 거기서 높고 낮은 봉우리 두 개만 타넘으면 그 동네 뒷산인 구룡령 정상 바로 아래다. 거기가 목표지점이다.

이윽고 한티재 고바우에 올라선 구렁털은 잠시 생각 후 '비월飛越'을 쓰기로 했다. 하늘 10미터는 땅길 100미터다. 그만큼 앞질러 간다는 거다.

여기서 저 건너 빈밭골 돌탑까지 200미터를 지르면 땅길 오리 길(2㎞)은 너끈히 제쳐버린다. 그렇게 세 봉우리 타넘으면 땅길 시오릿길(6㎞)을 질러가는 거다. 솔바우골 초입에서 뒷산 두 봉우리도 비슷한 지형이라 호보 虎步와 비월을 쓰면 남은 코스 넉넉히 잡아 20분 안에 도달한다. 구렁털은 제일 높은 소나무 끝가지에 청설모 비월로 순식간에 올랐다.

경공술 중 타오르기다. 10미터 높이 나무줄기나 성벽에 직각의 평지 행보새로 날렵하게 사다리 타듯 튀어 오른다. 작은 옹이, 못 자국, 요철이 있으면 곱절높이도 단숨에 타고 오른다.

출렁이는 나뭇가지 끝에 선 구렁털은 氣호흡 몇 숨을 단전에 氣습하더니 이윽고 큰 숨 들이키고는 두어 번 힘껏 궁굴렀다. 온몸 도움닫기 사이로 박차내린 순간중력은 활 모양으로 휘청거리는 반동 탄력으로 구렁털 몸체를 순식간에 저 멀리 공중에 날렸다.

공성전 투석병기 '회회포'에 실린 거석을 성채 안으로 날려 버리듯 튕겨나간 구렁털은, 大자 새날개깃(조익鳥翼)품새를 이내 접고 몸체를 세워 오금 당김새로 허공을 날았다. 마찰력을 줄여 구심력과 가속도를 유지하는 '양견兩肩'품새다.

비월飛越 중 활공이다. 경공술 중 '날아넘기'다. 비월이 경공술輕空術이다. 비보飛步 윗단계다. 육갑천서六甲天書에 나오는 飛(行)術은 아니다.

"나르듯 오르고 뛰어 내린다!"

-육갑천서는 동이하화夏 시조 황제헌원이 동이단군 한웅천왕과 치우천왕에게 탁록에서 번번이 대패하자 六甲神을 찾아가 받았다는 비술서다. -필자 註

"휘리릭~"

구렁털은 단숨에 20미터를 날았다. 찍어둔 목표지점 상공에 다다르자 공중4단차기 발짓으로 하강속도와 착지점을 조절하며 아래쪽 거송 끝자락 나뭇가지에 사뿐히 내려앉았다.

-공중차기는 비월의 중요한 부분이다. 공중4단발차기가 돼야 비월을 할 수 있다. 보통 무술인들은 2단차기에 머문다. 3단차기가 있긴 해도 땅차기 수준이다. 구렁털은 공중5단차기도 한다. 비술이 가능한 연유다.

구렁털은 비월로 저 아래쪽 빈밭골 서낭돌탑 중턱까지 서너 번에 날았다. 산허리 땅길 오리 길을 단번에 내질러 간 것이다. 축지법 '질러가기'다. '갈라간다'고도 한다. 일제 강점기 대종교 회주 봉우 권태훈 진인眞人이 인천송도에서 새벽에 출발해 압록강 건너 단동에서 전보를 날렸는데 정오 시각이 납인 돼 있더라는 전설 같은 얘기는 교인들과 당신 입으로 털어 논 일화다. 비월인지'땅 접기'인지는 모르겠다.

그에 의하면 당시 조선에 8진인이 있었는데 나라를 구할 힘을 잃자 숨어버렸다고 했다. 구렁털은 똥꾸 보기에 축지법 중 맨 꼭대기인 말 그대로 땅 접어 건너는 '땅 접기'에는 이르지 못한 듯 했다.

말이 나왔으니 말인데, 축지법도 여러 가지다. 분신 봉인 염력 축지 비월 비법 기문둔갑 비행 장풍이 있다. 서산휴정 사명유정이 이 모두에 통달했다고 한다. 사명당이 왜국에 조선포로를 데리러 갔다가 벌어진 이야기는 사서에 기록된 사실이다.

"조선숙소 장작 아궁이불에 구들장판 새까맣게 타버린 방안에서 결가부좌한 사명당 턱수염엔 고드름이 달려있더라!"

그들의 사서와 야사에 기록된 이야기는 왜인들에게 두고두고 회자되고 조선 민중들에게도 널리 퍼졌다. 홍길동이 '천왕둥이' 축지술 쓴 거나 토정 이지함, 임꺽정이 접지술을 쓴 게 같은 거다. 적장 위나라 사마의가 전하는 제갈공명 '분신둔갑술'도 땅을 당기고 밀며 음양을 부려 보인 그런 술법이다.

'땅접기'는 모든 비술의 총화다. 관념과 몸체의 자기장인 염력炎力으로 강력한 파장 진동을 극대화시킨 후, 이를 땅속(地流) 14정맥 일부에 쏘아 일시 가라앉혀 비월술로 건너뛴다. 더러는 끌어당겨 비월한다. 필자의 실행담을 뒤에 밝힌다.

신묘한 것은, 신체내 심혈관도 1대방(심장) 14정맥인데 [산경표]의 한반도 산줄기도 1대간 14정맥이다. 정확히는 1대간 1정간 13정맥인데 넓게 14정맥으로 친다. 풍수상으로도 고토 회복 [다물]의 근거지 한(조선)반도다.

1914년 고또 분지로가 광물수탈 목적으로 총독부 촉탁으로 다년간 탐사 작성한 [조선 지질도]를 해방 후 남한에 남은 하류 친일지리학자들이 '산맥'으로 둔갑시켜 우려먹은 게 '태백산맥도'다. 인문 사회 역사 등 모든 영역에서 똑같은 일이 벌어졌다.

다른 분야와 마찬가지로, 사계의 권위로 민족의식이 철저했던 이들이나 진보 혹은 사회주의적 지식인 학문자들은 혼란스러운 해방정국에서 희망을 찾지 못하고 대거 월북했다. 크게 보아 사상에 관계없이 여전히 발호하는 친일파중심 정국의 부정의에 그랬다.

의도가 어떻든 친일파청산을 확실하게 벌이던 이북이 차선의 대안이나 도피처였는지도 모른다. 그들만이 아는 일이다. -필자 註

구렁털은 솔바우골 뒤 두 봉우리마저 호보虎步(*오름길 平步 타기다. 웅집된 氣와 강력한 내공력으로 가벼워진 몸체는 돌 같은 두 정강이 힘과 비보주법으로 몸체를 밀어 올린다)와 '날아넘기'로 넘었다.

저만치 솔밭 한가운데 집채만 한 너럭바위 주변에서 초조히 기다리는 네 사나이가 눈에 들어왔다. 탁팔 흑표 검무잠 그리고 작은 망까였다.

"스사삭"

풀섶 헤치며 느닷없이 나타난 구렁털에 작은망까는 아연실색했다.

"망까 형님은……?"

그는 아직 미도착이다.

"어~어~ 우…!"

작은 망까는 신음소리를 냈다. 구렁털은 40여 분에 주파했다. 조금 여유를 부렸어도 숯쟁이 시절보다 조금 빨랐다. 평소 '마실 길'로 나다니던 그 때 그 속도 그대로라 새삼스러울 것도 없었다.

작은 망까의 초점 잃은 눈동자가 까매진 그의 머릿속을 보여주는 듯 했다. 딕필 흑표 겸무삼은 예상외로 덤덤했다. 눈으로 반가움을 나누는 게 전부였다. 삼촌들이나 구렁털은 평소에도 희로애락 감정을 거의 드러내지 않았다. 작은 망까는 이런 그들을 보며 콩팥이 서늘해졌다. 오금이 저리고 오줌을 지릴 뻔했다.

얼마나 지났을까? 아래 산 허리춤에서 소리가 들렸다.

"타 타 타 타"

굉음이 울려왔다. 망까다. 졌다. 한참을 늦었다. 1전은 패했다.

"펑… 펑… 펑…."

배기음 사이로 곳곳 고장이 난 듯 김빠지는 소리가 들렸다. 그 강력한 사이카 오토바이도 힘들었던 모양이다. 뭐가 그리 힘들었을까?

삼촌들은 알고 있었다. 엷은 웃음을 흘렸다. 작은 망까는 올라오면서 저쪽의 묘한 웃음기를 본 게 내내 마음에 걸렸다. 걱정스러웠다.

"그래도… 설마…."

그의 얼굴은 흙빛이 돼있었다. 혹시나…가 현실이 됐다는 표정이 역력했다. 장마철 비에 패이고 물러앉아 험한 외통수 산길에 차량이든 사이카든 우회할 방법은 따로 없었다. 작은 망까가 자신의 오토바이로 내달려오며 느낀 것이었다.

솔밭정상에 도착한 망까의 옷과 긴 가죽장화는 사방팔방 진노란 황톳물이 달라붙어 있고, 머리 두건은 바람에 날렸는지 없어지고 스킨헤드 머리카락은 헝클어져 흩날리고 있었다.

여전히 무표정한 그는 역시 무덤덤한 모습의 구렁털에게 다가가 손을 내밀었다. 패배를 자인한 승복의 표시였다. 말라붙은 입술과 실룩거리는 눈가 광대뼈 근육이 충격 받은 망까의 심리상태를 전해주고 있었다. 단지 스키보안경 모양의 시커먼 라이방이 그걸 감추고 있을 뿐이었다.

3. 우연과 필연

망까는 출발지점에서부터 느낌이 좋지 않았다. 구렁털이 전혀 생각지도 못한 방향으로 튀어나가는 게 맘에 걸렸다. 간헐적으로 전해들은 '웃기는 얘기'가 어쩌면 사실인지도 모를 것 같다는 불길함으로 뚝방을 넘어 산길로 접어든 그였다.

길은 지난번에 미리 훑었던 때보다 상당히 나빠져 있었다. 망까는 구렁털이 대결을 받아들인 2~3일 지난 어느 날 낮 사이카를 몰아 구룡령을 다녀왔다. 대결방법은 구렁털 쪽에 일임한 대신 장소와 날짜 시간은 그가 정했다. 정작 자신은 구룡령 길을 처음 가봤다.

자신과 사이카 오토바이를 철석으로 믿은 선택이었다. 구렁털의 이력이나 그 외 정보에 대해 그는 아는 바가 별반 없었다. 알아봤자 대수랴… 했다. 공작원 때의 치밀함과 정보의 중요성을 무시했다.

처음 올라가 본 길은 뜸하긴 해도 산판차가 다니는 길이라 폭이 생각보다 넓었고 노면도 암석자갈이나 황토흙길로 다져져 있었다. 싱거운 승부가 될 것 같았다. 다만 굴곡과 경사가 조금은 문제였다.

S자 산모롱이는 끊긴 듯 이어졌다. 왼쪽으로는 깎아지른 절벽 아래로 달래천-용천-내성천 물길이 흐르고 가파른 비탈이 많았다. 괜찮다 싶으면 골짜기에서 흘러내려오는 잔물길이 길을 막고 있었다. 그래도 이 정도는 예상했던 수준이었다.

망까는 배짱과 대담한 강심장으로 둘째가라면 서러운 사람이다. 사이카 질주 탄력과 속도로 충분히 커버할 수 있다고 생각했다. 강력한 힘 앞에 오르막길 경사 구배가 심한 건 별 문제가 되지 않았다. 본래 내리막길보다 오르막길에서 속도를 올리기 쉬운 법이다.

문제는 뱀 또아리 같은 급돌림 코스가 많은 산길이다. 과속했다가 미처 못 꺾어 절벽아래 낭떠러지로 추락하거나 아니면 산자락 정면에 충돌할 수도 있다. 그런데 상대는 뛰거나 속보로 달린다.

제 아무리 날렵하고 지름길을 탄다고 해도 길 없는 숲속을 마구 내달리기 어렵다는 걸 잘 안다. 그러니 굳이 과속할 일도 없다. 평균시속 60이면 목적지에 30분… 중간에 우발적 상황이 생긴다 해도 늦어 40분이면 목적지에 충분히 도착할 수 있다고 그는 타산했다.

자신이 먼저 도착해서 자신이 걸린 시간만큼을 기다리면 구렁텅이 그제야 헐떡거리며 나타나 무릎을 꿇을 거라 자신했다. 보수적인 최소한의 시간계산이었다. 그 이외 변수는 있을 게 없었다.

"타 타 타 타…."

기세 좋게 내달리는 완만한 경사각 길은 시원하게 넓고 평탄했다. 그제 내린 가을비치곤 제법 많은 강수량에도 불구하고 별다른 표가 나지 않았다. 하늘은 높고 햇살은 따뜻했다. 높은벌말 동네어귀까지는 그랬다. 사람도 많이 다니고 무엇보다 인근 채석장을 오가는 트럭들이 노면을 단단히 다져놓은 덕분이다.

조금 더 내달리니 갑자기 논골 고바우가 나타났다. 첫 번째 고갯길이다. 길도 갑자기 좁아졌다. 구룡령 올라가는 초입새다.

"부-우-우-웅"

그는 시속 100으로 내달려온 관성 탄력으로 점프하듯 뛰쳐 넘어갔다. 다시 완만한 경사각 산길로 접어들며 그는 차츰 안정감을 회복했다. 이대로라면 시속 8~90으로 20분도 채 안 걸려 목적지 도착이 가능했다. 그래도 속도를 조금씩 줄여가며 내달렸다. 그런데 전혀 예상치 못한 상황이 벌어졌다. 다시 속도를 조금 올려 달리는 앞길에 황톳길이 나타났다. 진흙

길이다.

망까는 하마터면 미끄러져 사이카를 안은 채 뒤엎어질 뻔했다. 진흙은 물을 잘 빨아들이지 않아 흡수력이 약하다. 대신 빗물이 겉흙을 밀반죽 만든다. 끈적거리고 질척대며 흘러내리는 황토 노면은 빙판길과 다름이 없었다. 탄력 있고 먼지 안 날리는 반듯한 황톳길이 빗물을 만나면 마의 구간으로 변한다. 그렇게 돌변하는 것이다.

"아, 뭐야! 이런 빌어먹을……."

망까는 그걸 생각 못했다. 그저께 내린 비가 읍내에서는 별 거 아닌 듯해도 산골짜기 습한 그늘 길에선 그대로 미끄럼을 타기 십상이다. 망까 뇌리에 줄줄이 이어진 그 신나던 황톳길이 떠올랐다. 그 길이 지금 장애물이 될 줄이야….

사이카를 고쳐 세운 그는 조심스레, 그러나 거침없이 다시 내달렸다. 자갈길과 황톳길은 번갈아 나타났고 어쩔 수 없이 사이카 속도도 점점 내려갔다. 간단없이 나타나는 급 돌림 산모롱이도 그를 괴롭혔다. 속도를 올리기 어려운 장애물이었다.

얼마나 달렸을까? 망까 앞에 갑자기 꺼져 끊어져버린 길목이 나타났다. 그때였다.

"푸-욱"

정면 바로 앞에서 갑자기 연이어 땅이 꺼지는 소리가 났다. 지게꾼이나 보행인이라면 가장자리 숲길로 우회해서 지나갈 수 있지만 사이카는 그럴수 없다. 좋은 게 아무데나 다 좋은 게 아니다.

사이카에서 내린 망까는 꺼져 움푹 패인 골을 건너려고 사이카를 끌어내렸다. 골짜기에서 흘러내린 빗물이 물웅덩이처럼 가득 고여 있어 사이카

타이어 반절 높이까지 차올랐다. 용을 쓰며 가까스로 올라선 망까는 다시 사이카에 몸을 싣고 감속해서 달리기 시작했다.

그런데 조금 더 나아가니 이번엔 노면이 아예 물러앉아 도로랄 것없는 소로길이 반쪽이나 V자 형으로 절벽 쪽에 함몰돼 있었다. 조금 더 속도를 냈으면 사이카와 함께 저 아래 달래천 물귀신이 될 판이었다. 일순 머리털이 쭈뼛해진 망까는 차츰 걱정이 들기 시작했다.

시간을 보니 벌써 자신의 도착 예상시간이 지나고 있었다. 구렁털이 머릿속에 들어왔다. 어디쯤 내달리고 있을지 궁금했다. 그래도 구렁털 보다는 훨씬 빠를 거라 자신하며 나아갔다. 드디어 빈밭골을 지나 솔바우골 입구에 다다랐다. 이제 십여 리만 더 가면 목적지다.

그는 어금니를 꽉 깨물고 핸들을 드잡은 가죽장갑에 힘을 주었다. 후까시를 잔뜩 먹은 사이카의 요란한 꿩음이 고요한 산골짜기 여기저기에 메아리 져 울렸다. 저 앞 마지막 산모롱이만 돌면 내쳐 일직선 경사각 오름길이고 그 위가 바로 솔밭 정상이다.

기세를 찾은 망까의 앞길은 인적하나 없는 무인대로였다. 속도를 높인 계기판 바늘이 정 중간을 가리켰다. 사이카가 모퉁이를 힘차게 도는 순간이었다.

"끼-이-익… 쿵!"

사이카가 모퉁이 산 벽을 들이받고 나뒹굴었다. 그 앞엔 장작팔이 지게꾼이 넋이 나가 멍하니 서 있었다. 오늘이 장날이다. 4, 9일 장날은 빈밭골 솔바우골 갈근골 사람들이 나물단이며 땔감장작을 이고 지고 읍내에 팔러 가는 날이다. 망까 고려사항에 없던 거다.

땔감장작은 세 시간 걸려 내려가 300원을 받는다. 쌀 두말 값이다. 논한 뼘 없는 산골 살림에 곡식을 구하는 중요한 수입원이라 빼먹지 않고 내려간다. 그런데 이날이다. 결국 여기서 사단이 났다. 망까는 당황했다. 만고에 알 일이 없었다. 사는 세상이 서로 다르다.

이 지점까지 이들을 만나지 않고 달려온 게 요행이었다. 엎어져 낑낑 거리던 망까가 절룩거리며 일어났다. 온 몸은 흙투성이에 머릿수건은 어디론가 날아가고 바람에 흩날리던 머플러는 망까 목을 조르고 있었다. 힐끗 쳐다보는 망까의 매서운 눈길에 지게꾼은 죄인인 양 벌벌 떨며 졸아 있었다. 망까는 자신의 부주의로 일어난 일이라 더는 말 못하고, 쓰러진 채 여전히 붕붕 거리는 사이카를 일으켜 세웠다.

다행히 사이카도 굴러가는데 당장은 탈이 없어 보였다.

"이게 뭐야, 다 된 밥에 코 빠뜨리는 거야, 뭐야!"

지게꾼에게 쏘는 말인지 자신에게 하는지 말인지 알 것 없이 망까는 돋는 화를 내뱉었다. 그러면서도 다친데 없는 지게꾼이 밉지만 다행이라는 생각도 불쑥 들었다.

"부-우-우-웅"

망까는 뒤도 안 보고 마지막 후까시를 '이빠이' 넣었다. 불쾌한 흔적을 날려버리기라도 하려는 듯 장착한 경광등을 번쩍거리고 사이렌 경적을 울려대면서 무서운 속도로 마지막 오름길을 탔다.

저만큼 몇몇 사내들이 눈에 들어왔다. 그런데 그 한 쪽에 '구렁털' 저 놈이 서 있는 게 보였다.

"아…!"

그보다 자신이 한참 후에 들어온 걸 깨달았다. 그래도 50여분 밖에 안 걸렸는데… 망까의 두 주먹이 부르르 떨렸다.

'저런 날귀신 같은 놈이 있나? 음… 그 모퉁이에서 일이 안 터졌어도 내가 먼저 들어올 수 있었을까?'

문득 이런 생각이 들었다. 망까는 순순히 결과에 승복하기로 마음먹었다. 그가 손을 내민 까닭이다.

　망까는 2戰을 포기하기로 했다. 내리막길이 사이카로는 더 승산 없음을 누구보다 잘 알고 있는 그다. 속도는 죽여야 하고 위험은 더 크다는 걸 잘 알고 있었다. 무너지고 꺼져버린 외통수 산길에서 건너뛰고 질러갈 수 있는 사이카는 없었다. 방금 올라와 봐서 안다. 거기다 또 사람이라도 불쑥 맞닥뜨리기라도 하면 대형 사고다.

　맨몸이 훨씬 유용한 이동 방편이란 걸 그는 이제야 알았다. 구렁털이 1戰에서 저런 속도로 맨몸을 날려 올라왔다면'내려 달리기'는 그에게"식은 죽 먹기"라는 판단이 들었다.

　구렁털도 빗물에 눅눅해지고 미끌미끌한 숲속 지름길 대신 산길 가장자리를 비월로 질러 내려가는 虎步만으로 망까를 앞지르기에 어려움이 없다. 거기에 물길에 들어서 약간의 운보행을 곁들이면 30여분에 출발지 도착이 족하다. 그게 지금 날씨와 지세에 맞다.

　망까는 단지 게릴라 폭파전문가였을 뿐이었다. 과했다. 이제 망까는 약속대로 자신의 손목 발목이 잘리든 머리통이 깨지든 이긴 자의 처분에 목줄을 맡길 처지가 됐다. 보복극 실패의 대가는 무섭다.

　망까의 고개는 꺾이고 침묵이 흘렀다. 네 사나이가 비-잉 둘러싸고 이걸 주시하고 있다.

　"아, 쟤들이 지금 우리 형님 어쩔 작정이여?"

　작은 망까 입에서 두려움 반 탄식 반 한숨이 튀어나왔다.

　망까는 속으로 식은땀을 흘리고 있었다. 그는 구렁털의 공력 수준을 알았다. 경솔했다. 자만했다고 해도 할 말이 없다. 자괴감 가득 담은 그의 눈이 충혈돼 있었다.

"이제 구렁털의 처분은?"

양쪽 모두 구렁털을 바라보고 있다. 세상이 숨죽였다. 고요하다.

이윽고 구렁털이 몸을 움직였다. 그는 거침없이 망까에게 다가갔다. 그리고는 망까의 양 어깨를 한 번 툭 치며 빙긋 미소를 흘렸다.

짧은 순간이었다. 그게 승자 구렁털이 망까에게 행한 처결이었다. 구렁털은 곧바로 산 아랫길로 쏜살같이 내달렸다. 처음부터 그럴 생각을 마음먹고 대결에 임했던 듯했다. 거의 동시에 탁팔 흑표 검무잠도 몸을 날려 숲속으로 사라졌다.

망까와 작은 망까 둘만 남은 솔밭은 조요했다. 어디선가 묏부엉이 우는 소리가 들렸다. 물먹은 진흙탕 물을 뒤집어 쓴 오토바이 두 대가 그 둘의 곁을 지키고 있었다.

구렁털과 세 삼촌은 30여분 후에 범바우골 출발지로 되돌아 왔다. 기다리던 흑치 쇠창 쌍표와 함께 그들은 말없이 떠났다. 뺀찌도 결과를 느낌으로 바로 알았다. 그도 발걸음을 옮겼다.

"에라이, 카아 퉤!"

미련이 남았던지 그는 가다말고 뒤를 한번 돌아보고는 산채 식구들 쪽으로 목구멍에서 긁어 올린 가래침을 냅다 뱉고는 떠나갔다.

망까는 애국심과 의협심 강한 대한민국 남자였다. 건달도 깡패도 아니었다. 다만 자신이 목숨 걸고 수행했던 과업에 대한 보상을 받고 살아가는 사람이었다. 특수 직업의 대가는 고향에 돌아와서다.

감추려고 해도 감춰지기 어려운 직업의 특성을 고향 사람들은 금방 알아봤다. 그 역시 자신도 모르게 행동거지가 움직일 때마다 표를 냈다. 사람들이 겉으로는 웃으며 대해도 뒤로는 경계를 했다.

혼쾌히 어울리지 못하는 제한을 자의 반 타의 반으로 받는 그가 심취한 게 사이카 오토바이다. 경찰 사이카 외에는 찾기 어려운 그 값비싼 독일제 사이카 오토바이로 여기저기 누비며 폼나는 '프라이드' 하나로 즐기며 사는 망까였다. 읍내 건달들의 선망의 적이었다.

망까는 깨끗했다. 더 이상 뒷말도 없고 읍 내외를 사이카로 휘젓는 일도 더 이상 없었다. 그러던 어느 땐가부터 읍내에서 더 이상 그를 보기가 어려워졌다. 그를 본 사람이 아무도 없었다.

그가 어디로 가서 무엇을 하며 어떻게 사는지 아는 사람도 없고 궁금해하는 이들도 없어보였다. 다만 굉음을 울리며 사람들 경기하게 만들던 게 없어져서 좋다는 말이 돌았다. 읍내가 조용해지긴 했다.

똥꾸도 그 4년 후 읍내를 떠났다. 세상사다. 내 머물렀던 자리가 비워지면 곧 누군가가 채워버린다. 이름도 얼굴도 사건도 이내 다른 이들의 그 걸로 옮아가고 잊혀져 버린다.

잊기 전에 기록으로 여기에 남기는 연유다!

4. 도(道)와 술(術)

이쯤에서 똥꾸가 38년 후 실행해본 [염력]과 [비보]를 밝힌다!

똥꾸는 중소기업 규모의 직장에 다니고 있었다. 그 10년 전에 우발적인 큰 사고로 한쪽 골반 뼈가 으스러지는 일이 었었다. 낙상을 당해 대수술을 두 번 받고 국가공인 5급 장애인이 되었다.

"뛰지도 말고 무거운 것 들지도 말고… 높은 산은 더욱이 올라갈 생각을 말아라."

의사가 내린 선고다. 그는 내가 보는 앞에서 단단히 일렀다. 똥꾸는 그가 시키는 대로 그렇게 살았다. 매사가 답답했다. 그러던 7월 하순 어느 날 직장에서 하루 휴무를 하고 단체로 태백산 천제단에 오르는 당일코스 등반여행을 가기로 정해졌다. 똥꾸는 하지 장애인이라 빠져도 된다고 했지만 산 아래 쪽에서 쉬다 올 생각으로 일단 따라 나섰다.

코스는 유일사 매표소를 출발하여 당골 광장으로 내려오는 길이었다. 막상 현장에 당도해 보니 욕심이 생겼다. 직원 70명이 모두 등반에 나서는데 자신만 혼자 멀뚱거리다 버스로 당골 광장으로 가서 4시간 넘게 기다릴 생각을 하니 따분하고 자존심에 금이 가는 듯 했다.

"그래, 오랜만에 한 번 올라가보자 까짓 것! 내 다리가 온전히 내 다리는 아니지만 한 번 해보자…!"

다른 한쪽 다리 고관절 역시 조금만 걸어도 시큰거리는 형편이었다. 하지만 지금 말리는 아내도 없으니 누가 이기나 한 번 덤벼보기로 작심했다. 직원 중 남:여는 정확히 반반이었다. 중도 기권 없이 끝까지 천제단에 도착하기로 마음을 단단히 박아 먹었다.

11시경 매표소를 출발할 때 똥꾸는 맨 앞장에 섰다. 장애인에다 나이도 앞에서 대여섯 명 안팎에 드는 터라, 뒤처지지 않으려는 고육책이었다. 그런데 올라가면서 생각과 달리 점점 뒤처지기 시작했다.

얼마간 더 가니 바로 앞 사람도 보이지 않는 지경이 됐다. 관둘까 말까 고민도 잠시… 쫓아가기로 마음을 다져먹었다. 이때 어릴 적 들은 말이 생각났다. 구렁털 아저씨와 삼촌들한테서 들은 얘기다.

여기에 더해 성인이 된 후, 배우고 뒤지고 사숙하면서 체득한 것들이 있었다. 정리하면 몇 가지 원칙이 있다.

"명확한 목표의식을 가져라!"

눈에 보이는 최장거리 목표지점은 그 때 그 때 설정하고 그 목표지점을 뚫어지게 응시하라!

"빠른 속도감을 유지하라!"

걷는 지면의 응시 방향은 눈에서 경사각에 따라 30~45도 지점(발끝 4~6보 앞)에 응시각을 두어라! 매 구간 성취감으로 피로가 감소하고 심리적 추동력이 생긴다.

"복식호흡으로 들숨은 크게, 낼 숨은 적게 몰아서 호흡하라!"

"정면 응시 각을 짧게 잡아라!"

경사지를 마음속으로 평지라 생각하고 평지 걷듯 걸을 수 있는 시각적인 방법이다.

"이동 중심을 발 앞쪽에 두고 뒤꿈치는 지면에 닿기 전에 다른 발을 같은 방법으로 딛어라!"

마사이 주법이 우리의 전통 행보 주법과 일치한다. 보편성이다.

"쉬면 낙오다… 낙오는 죽음이다!"

이게 가장 중요하다. 쉬지 말고 걸어라!

정리된 생각을 계속 의식하면서 그 방식으로 발걸음을 옮겼다. 점점 숨이 가쁘고 다리가 저려왔다. 어느덧 정오의 햇볕이 머리 위를 내려쪼고 있었다. 힘들어도 걸었다. 얼마를 더 쫓아가니 시야에 여성 직원 몇몇이 길가 그늘에서 쉬는 게 보였다. 손부채로 땀방울을 연신 훔치며 앉아 있었다. 같이 주저앉아 쉬고 싶었지만 꾹 참았다.

휘돌아 오르는 길은 점점 가팔라졌다.

"쉬면 죽는다!"

다른 몇 가지 방법은 잊어먹어도 '끝까지 쉬지 않고 걸어 올라가기'를 견지하기로 작심했다. 1/3 쯤 지점에 이르니 여기저기 남자든 여자든 삼삼오오 길가에 앉아 쉬는 직원들이 점점 늘어갔다. 그들은 다시 일어나 걸었지만 생각과 달리 한 번 리듬이 깨지면 쉬었다고 체력이 충전되고 속도가 빨라지는 게 아니란 걸 확실히 알았다.

한 번 쉰 직원이 똥꾸를 앞서가는 사람은 없었다. 부실한 하지와 이를 핑계로 10여년 담 쌓아 온 체력이 한 번 주저앉으면 끝이란 것을 잘 알고 있는 똥꾸였다. 그런데 어느 순간, 똥꾸 뒤로 점점 직원들이 많이 따라오는 게 보였다. 자신감이 생겼다.

그러고 보니 숨도 차지 않고 다리 저림도 없어졌다. 몸이 가뿐하다는 걸 느꼈다. 나이 먹은 이의 절뚝 걸음에 직원들은 측은지심으로 바라보는 한편으론 대단하다는 표정이었다. 똥꾸 걸음걸이가 점점 더 빨라졌다. 중간 조금 넘은 지점에선 절반이 내 뒤에 따라오고 있었다. 앞서가는 이도 한 번 쉬면 뒤 차지였다. 욕심이 생겼다.

"그래, 10등 안에 들어보자!"

쉼 없이 걷는 순례자의 숫자는 점점 줄어갔다. 얼마 안 가 이들마저 하나 둘 따라잡아 갔다. 응시각을 유지하니 속도감이 더 높아졌다.

마구 달려가는 느낌이었다. 눈길도 매서워졌다. 걸음새도 어느새 牛步에서 호보로 바뀌고, 느낌으로는 가팔라지는 고바우일수록 마치 용보로 날아가는 듯 했다. 구간 구간 목표지점과 번갈아 시야조정을 하니 속도감은 빨라지고 눈의 피로감도 없었다.

어느 지점에선가 되거나 말거나 한 번 '염력'을 써보기로 했다.

저만치 앞서 나란히 올라가는 젊은 여직원 둘을 뚫어지게 노려보며 쫓아가기 시작했다. 둘의 걸음새가 점점 느려지더니 제자리에 선 듯 했다. 그리고 둘은 점점 이 쪽으로 당겨져 왔다. 상대거리인지 절대거리인지 착시인지 몰라도 현실이었다. 얼마 지나지 않아 둘은 밀려나듯 똥꾸 뒤로 떨어져 나갔다.

얼마를 더 올라가니 이번엔 중늙은이 남직원 하나가 헉헉대며 이를 악물고 올라가는 게 눈에 들어왔다. 그도 앞사람을 제치려는 승부근성이 강한 이였다. 똥꾸는 걸으면서 다시 심호흡을 크게 하고는 그 뒤통수를 힘주어 노려봤다.

"너, 이리 내려와라… 내려와라…."

마음속으로 계속 중얼거렸다. 신기하게도 그의 걸음걸이가 점점 느려졌다. 이쪽이 빨라져 가는지도 모른다. 똥꾸는 올라가고 그는 내려오고, 불과 2~3분 사이에 그가 똥꾸 곁에 내려왔다. 그는 자신이 제자리걸음인지 뒷걸음인지 느끼지 못한 채 부지런히 올라가는 걸로 생각하는 모양인데 똥꾸 눈에는 꼭 뒷걸음질 하는 망아지 같았다.

그도 곧 뒤로 쳐졌다. 이렇게 두세 번 더 염력을 썼다. 어느 새 천제단 정상 가까이 왔다. 이 때 쯤엔 똥꾸도 숨이 점점 차오르기 시작했다. 정신을 너무 집중해 쓴 탓인지 머리가 비어가는 듯 했다. 해발 1500미터가 넘는 고지라 산소가 귀해진 탓도 있으려니 했다.

드디어 천제단 바로 아래 좁은 평지에 도착했다. 거기엔 별칭 '강 대감'이 먼저 와서 있었다. 입가에 거품이 채 마르지 않은 그는 키도 작고 굵은 검은테 안경을 쓴 말라깽이였다. 몸무게 50킬로나 나갈까 말까 한 가냘픈 몸매였다. 남에게 지기 싫어하면서 은근슬쩍 편법도 마다하지 않는다. 그런 그가 똥꾸 앞에 서 있었다.

"마른 장작이 화력은 좋네그려 하하하! 그런데 벌써 다들 천제단에 올라들 갔습니까? 왜 이리 사람들이 없어…?"

"뭔 말씀이예요? 내가 일등이고 형님이 지금 2등으로 올라온 겁니다. 하하하…."

"그래요?"

그도 똥꾸도 두 눈이 휘둥그레졌다. 그는 똥꾸가 당골 광장에서 일행의 하산을 기다리고 있을 줄 알았다. 그런데 자기 바로 뒤따라 2등으로 올라온 것이다. 강 대감은 사실 일행보다 한 20여분 먼저 독단으로 출발했다. 게다가 그는 맨 밑바닥 평지에서 출발한 일행과 달리 산중턱에 있는 매표소에서 출발했다. 그는 몸이 불편하다는 이유로 혼자 매표소 주차장에서 내려 일행을 기다리며 쉬고 있었다.

말하자면 100미터 달리기 경주에서 30미터쯤 앞에서 출발한 격이다.

일행이 매표소 광장에 도착해서 쉬는 사이에 강 대감은 소리 소문 없이 가벼운 몸매 휘날리며 먼저 빠져나간 것이다. 그러니 똥꾸가 제일 앞서 온 것이나 진 배 없었다. 10여분 쯤 지나니 하나 둘 숨이 턱에 차서 올라오기 시작했다.

"헉…?"

동료들은 똥꾸를 보고 대경실색했다.

1. 수상한 시국

동트는 새벽이다. 갑자기 산채가 바빠졌다.

"대장이 오신다, 새벽대장이다!"

"예? 누가 오신다구유? 대장이 또 있나유…? 구렁털 아저씨가 대장인 줄 알았는데유…."

똥구와 산적은 흑치 삼촌의 귀띔에 의아했다. 그동안 알고 있던 대장이 대장이 아니라니! 난데없는 혼란이다. 듣도 보도 못한 진짜 대장은 따로 있다는 거다. 그는 이를테면 '副대장'이었다. 물론 편의상 암묵적으로 그렇게 부르는 호칭이다. 산채에 무슨 조직도가 있는 것도 아니고 실제로 일과 생활에 위아래 구분도 없다.

나눠진 일을 함께 하고 똑같은 것 먹고 사는 자활 공동체다. 매사에 공평하고 평등하다. 다툼질로 날을 새는 시장통 난전판과 다른 세상이다. 똥구도 낯설지 않다. 꽤나 익숙해진 일상사다.

권력이란 게 남보다 더 가져갈 게 있어야 생기는 거다. 그거로 사람도 부려먹는 거다. 발우 2개뿐인 산승보다 못한 고노골이다. 식구마다 우그러진 양푼 한 개에 굽어진 놋숟가락이 전부니 고승이 따로 없다. '따따부따'할 것이 없다.

그런 대장이 산채에 온다는 거다. 한 달 한 번 온다 했다. 똥구도 산적도 몰랐다. 산채에서 잠을 자본 게 어제 범부골에서 있었던 구렁털 아저씨와 망까 결투 건으로 처음이다. 듣거나 알 일이 없었다.

둘은 '대장'이 있는 줄 몰랐으니 본 일도 없다. 국민학교 4학년 때부터니 5년 가까이였다. 늘 '동트는 새벽에 온다'고 하니 이불자락 끌어당길 시각에 그 골짜기에 쫓아간다는 건 애초 불가다.

난데없는 '대장'의 등장이 몹시 궁금했다. 상상이 나래를 폈다.

"대장이니 구렁털보다 더 멋진 고수겠지? 근데 벌건 대낮을 놔두고 왜 하필 꼭두새벽에 여길 온다는 거야? 여지껏 보지도 못하게 말이야…."

똥꾸 산적은 아쉬움이 컸다. 믿었던 삼촌들에 대한 일종의 서운함이다. 햇발이 수평선… 산봉우리에 솟기 전이다. 사실 그 시각이면 시골 동네는 이미 애고 어른이고 노인이고 대부분 하루를 시작한다.

나무꾼은 내다팔 장작을 하러 이미 산등성이 기어오르고, 농사꾼은 논물 보러 나갈 무렵이다. 어머니는 벌써 부엌을 함께 쓰는 외양간 여물통에 소밥을 주고 매주콩 쑤는 아궁이불을 지피는 중이다.

달래천 하구 율포 고깃배도 나고 드는 때니 아침이나 대차 없다. 동네 애들도 여물단 한 지게 부리고 등교 채비에 바쁘다. 걸어서 시 오리다. 그런 때다. 그러니 아주 이른 것도 아니다. 똥꾸 기준이다.

"왜 그럴까?"

참 이상도 했다. 온다는 대장은 다른 산골짜기 동네가 아님은 분명했다. 삼촌들의 말 어간에 묻어난다. 필경 읍내 어딘가 쪽에서 머물다 오는 거다.

"야, 산적! 이 꼭두새벽이면 읍내는 한밤중이잖아. 무슨 죄짓는 일도 아닌데 왜 하필 지금이야? 꼭 남들 몰래 오는 것 같지 말야."

밤도 아니고 아침도 아닌, 해가 뜰랑 말랑 이 여명의 새벽이 주는 도회지 사람과 산골 사람의 차이는 크다. 도시사람 아침이 산골쟁이는 한낮이다. 벼 한 번 보지 못한 서울사람은 이밥에 고기반찬을 먹는데 벼를 키우고 이밥을 만들어내는 사람들은 보리쌀 감자밥에 말라빠진 메밀 올챙이국수를 먹는다. 그것도 하루 두 끼⋯⋯.

"왜 그럴까?"

똑같은 질문인데 의문의 내용은 또 다른 방향으로 가지를 친다.

'입에 풀칠을 한다' 는 '풀'이 밀가루 수제비 풀칠로 알면 잘못 알고 있는 거다. 말 그대로 풀이다. 이런저런 개울 풀 망촛대 비름 쑥부쟁이 쑥 등 잡초를 뜯어말려 삶아서 간장에 무쳐 먹는 풀이다.

그런 걸 감자 녹말가루에 슬쩍 묻혀 시렁 솥에 쪄먹으면 풀떡이고, 쌀겨와 옥씨기(옥수수) 가루를 칠해서 쪄먹으면 개떡이다. 이런 걸 '입에 풀칠 한다'고 한다. 가물면 나무껍질이다. 밀가루는 있는 집이나 도시사람이 먹는 거다. 산골쟁이들은 비싸서 못 사먹었다.

몇 년 더 지나, 제방뚝 쌓고 산림녹화 사업에 일당벌이로 동원돼 돈 대신 미국 원조물자 '480 밀가루'를 받았다. 그 때 끓여먹은 수제비가 동네사람들이 맛 본 밀가루 구경이었다. 전쟁 이후 쏟아져 들어오는 미제 구호 밀가루로 우리 밀밭은 전멸했다.

관속들은 박한 월급을 핑계 삼아, 읍내사람들 사방공사 일당 품값으로 줘야 할 밀가루 일부를 빼돌려 제 주머니에 챙겼다. 중국음식점에 헐값에 넘기고, 술값도 치루고, 상납도 했다. 뻑하면 '서정쇄신'이란 말이 신문에 나오는데도 그랬다. 지금도 계속이다.

구렁털과 망까의 대결 사건은 고노골의 그늘을 더욱 깊게 드리웠다. 가는늠이 일도 있는데다 김천근이의 요상한 죽음이 몰고 온 얘깃거리는 좁은 읍내에 작지 않은 뉴스였다. 그 틈바구니로 '고노골⋯'이 얼금 설금 사람들 뇌리에 스며들어오는 듯 했다.

구렁털 대 망까의 현장은 그들 몇몇 식구와 구경꾼인 똥꾸 산적이 전부다. 읍내에 회呼를 낸 것도 아니고 비밀 약조도 했다. 작은 망까는 어디론가 사라졌고 뺀찌도 제 마당으로 가버렸다. 그런데도 '불씨 없는 굴뚝에 연기 난다, 발 없는 말이라고 천리인들 못 가랴!

'그늘'이 길고 무겁게 드리워지는 형국이다. 육감으로 다가온다.

구렁털의 침묵은 길어졌다. 엷은 미소도 한두 마디 건네는 덕담도 없어졌다. 이런 모습은 처음 본다. 잘못한 것도, 죄 지은 것도, 감출 것도 없다. 그러나 그건 겉이지 산채식구들 마음은 무겁다. 똥꾸 산적이 어린 중학생이긴 해도 그런 느낌이 들었다.

새벽대장이 온다는 시간이 가까워졌다. 대장은 늘 한 시간이 채 못 돼 떠난다고 했다.

"산적, 대장 이름이 '새벽'은 아니겠지? 동이 트는 새벽에 왔다 간대서'새벽대장'이겠지… 안 그래?"

똥꾸 산적의 추측이다. 그랬다. 다들 그렇게 붙여진 이름들이다.

산채 식구들도 동트는 새벽이면 어김없이 일하러 나간다. 읍내 하늘은 여전히 '고요한 밤 거룩한 밤'이다. 달력과 시간은 오늘을 가리키는데 생체시계는 어제의 현재진행형이다. 주민 대부분이 관청과 공무원을 끼고 장사로 먹고 살든지 거기 일감을 얻어 사는 동네다.

변두리 농촌… 바닷가 동네와는 달리 밤이 길고 아침이 늦다. 같은 시·공간을 살아도 일상이 다르다. 일상이 다르면 시·공간도 의미가 달라진다. 시간 공간이란 건 인간이 만들어낸 사유적 관념이다. 본시 없는 거다. 상대적이다. 3차원이다. 똥꾸가 그 세상에 산다.

시간도 꺾이고 휘어진다는 건 아인슈타인이 오래전에 이론으로 증명했다. 최근에는 시간에 터널도 있다는 가설적 논문이 나왔다. 말하자면 '시간의 지름길'이다. 그 경로는 '파동'이다. 이걸 순간이동이라고 했다. 상상적 가설을 구체적인 물리학적 계산으로 뽑아냈다. 이 터널로 지름길을 질러가려면 '공간이동'이다.

그러니까 터널-파동-순간이동-공간이동은 같은 개념인 거다. 공간이 없는 시간의 이동은 무의미하다. 가상이든 실제든 논리나 이치로 동일하다. 파동을 타면 수억 광년 떨어진 항성 행성을 갈 수 있다는 거다. 1930년대 아인슈타인 이론으로 덤벼든 과학자들이 결국 인간을 달에 보냈고 화성-목성으로 우주선을 날려 보낸 게 얼마 전이다.

UFO 외계인 출몰이 실제 사실이라면, 지구 수백만 년 시·공간을 동시적으로 오가는 행성여행이 이런 거다. [축지법]도 근원적으로 이런 원리에서 벗어나지 않는다고 본다. 똥꾸는 잡념 백화점이다.

증명이 되면 원리가 되고 법칙이 된다. 그 출발은 '이치'다. 사변思辨이다. 반면에 사회과학은 원리 법칙이 뻥이다. 사기가 많다. 따라가면 망한다. 인간의 의지와 교활함이 개입된다. 안 믿는다.

읍내 사람들과 달리 삼촌들은 새 날 새아침이다. 삼촌들 오늘이 읍내 사람들에게는 아직 어제. 현재 과거 미래는 뒤섞여 공존한다.

읍내사람들이 오가는 길거리와 버리는 쓰레기장이 삼촌들에게는 일터다. 밤새워 쌓여지고 버려진 쓸 만한 물건들을 거두기 좋은 최적의 시간이 이 무렵이다. 종류별로 분리해서 거둬갈 뿐 아니라 깨끗이 치우고 소각한다. 깨끗해진 거리의 상쾌함을 선사한다.

읍내 사람들이 싫어하고 마다할 이유가 없다. 속으로라도 고마운 삼촌들이다. 그런데 아니다. 경멸의 눈초리를 보내거나 못 볼 걸 본 듯 기겁

하며 피하는 이들이 대부분이다. 인간이 본래 미완성이다.

어디선가 개 짖는 소리가 새벽의 정적을 깨운다. 읍내 사람들이 여기저기 인기척을 낼 때쯤 삼촌들 일도 끝난다. 아귀가 딱 맞다. 세상이 그렇게 맞물려 돌아간다. 혼자 저 잘난 놈은 없다. 삼촌들은 보관할 거 챙겨두고 가져갈 것 망태기에 담아 고노골로 향한다.

인적이 돌기 전인데 어느새 걷는 듯 나는 듯 다리를 건넌다. 아침 먹고 늦은 오후까지는 산채에 머문다. 수선도 하고 저마다의 수련도 일과다. 밥은 아침저녁 두 끼다. 이밥 알을 본 적 없다. 으깬 감자보리밥이 양푼 반 그릇이다. 찬은 간장 된장에 산초 계절채소를 찍어먹는다. 대신 차를 많이 마신다. 힘쓰는 게 기이하다.

온다던 새벽대장이 못 온다고 했다. 똥꾸 산적은 실망감을 넘어 허탈했다. 모처럼 만나볼 수 있는 절호의 기회였는데… 읍내에 새벽 일 나갔던 삼촌들이 새벽대장을 만나 기별을 받아 온 것이다.

잇단 결투 후유증에 더해 시국이 예사롭지 않게 돌아갔다. '1. 21 김신조 사태'와 삼선개헌 정국으로 산채가 정보기관의 요시찰 시야에 들어왔다. 새벽대장이 방문을 멈칫한 연유다. 대장을 만나볼 기약은 뒤로 미뤄졌다. 5부에서다.

2. 풍류 풍월

고노골이 갑자기 시끄러워졌다. 느닷없이 나타난 버들골 유막동 사람들 때문이다. 용천 웃말 얕은 개울을 질러 10여 명이 떼를 지어 몰려왔다. 조용히 건너온 그들은 고노골 산채에 다다르자 들고 매고 온 쟁기를 저마다 꺼내들었다.

"쿵 다닥 쿵다다닥 쿵 다닥 쿵딱…."

'길군악침채'로 울려대는 꽹매기 길놀이 행진가락에 산채식구들은 이내 알아챘다. 풍월風月패가 몰려오는 소리였다. 해마다 이맘때쯤이다. 언제부턴가 연례행사가 됐다. 추석 앞뒤다.

남들은 '거지'라고 하는데 이들 스스로는 '풍월'이다. 읍내에서 서쪽 산길 시오리 떨어진 논골 아래 달래천 강가에 움막집을 지어 모여 사는 풍월들이다. 산허리 둘러지고 뚝방으로 감싸진 외딴 곳이라 읍내와 적당히 거리졌다. 그 안에서 그들은 자유롭다.

평일은 식당과 부유한 가정집을 돌며 반찬과 음식을 적선받고, 장날에는 볏짚과 나무껍질 등을 말려 만든 깔개 꼴망태 바구니 등을 팔아 산다. 때로는 장터 한 구석에서 풍물 마당공연 봉사도 한다.

타고난 장애인에 험한 몸일 부리다 다친 이 등 몸 쓰기도, 혼자 살기도 어려운 이들이 오다가다 만나 서로 기대 산다. 이들은 읍내사람들 생각과 달리 아주 즐겁게 산다. 하루 일을 끝내고 돌아오면 풍월들은 저마다 허리춤에 매단 군용 야전반합(밥통) 풀어 놓는다.

담아온 따끈한 밥과 국 반찬을 나눠먹으며 와자지껄 웃음이 떠나질 않는다. 똥꾸가 놀라 가서 본 광경이다. 읍내 주민들이 이밥 구경하기 힘들 때도 외려 더 좋은 음식을 먹는다. 그리고는 달 뜬 개천 버덩말에 나가 꽹매기(꽹과리) 북 장고를 두들기며 춤추고 논다. 말 그대로 풍월이다. 더 탐 낼 일도… 주변에 뭐라는 이들도 없다.

"쌍놈들이 노는 게 잡색 춤이고 풍물장단이다. 쌍놈소리 들어야 더 신명이 지는 법이다…."

풍물대장 말 아니라도 예부터 이어오는 말이 '원래 쌍놈들이 더 잘 논다'고 했다. 그러니 놀며 달며 느는 게 풍월패 풍물이다.

앞장 선 '앞치배' 상쇄인 풍월대장 위 씨가 저기 마주 내려다보는 산채 식구들을 보자 두 손 버쩍 들어 깽쇠를 이채 굿거리로 힘차게 두들겼다. 좁은 길 1열로 뒤따라오던 걸립패가 일제히 침채 행진가락을 삼채 자진가락으로 두들겨 대고 각설이 품바로 분장한 춤패 잡색雜色 돌이들이 너울너울 늘어진 소매자락을 펄럭거린다.

"당다 당다 당다다다 다당 다당 당다다다….."

쩔뚝이 외팔이 곰배팔이 사팔이 진뜨기 고개 틀어진 빼꼼이 외눈백이도 진한 반가움을 드러낸다.

산채식구들도 입구 쪽에 마중 나오며 어깨춤을 들먹였다. 조선사람 누구라도 풍물소리 울려오면 들썩이지 않을 도리가 없다. 어디 조선사람 뿐이랴! 무겁던 그늘도 길었던 침묵도 어느 결에 날아간 듯 했다. 풍물은 신명이다. 그 앞에선 누구나 무장해제다. 못 배긴다.

풍물대장 위 씨는 젊을 적 기호 농악을 좀 배웠다. 제재소에서 목재 자르다 톱날에 원목을 받쳐 든 왼손 검지부터 약지 세 손가락이 잘려나갔다. 남은 엄지와 아래 손바닥으로 쇄를 받쳐 친다. 탁음 낼 땐 새끼손가락 재빨리 안쪽 붙여대는 소리 새가 자유자재 신출귀몰이다. 그야말로 풍각쟁이 대장이다.

산채에 들어선 풍월패가 태극 8자 대형으로 돌아 멈췄다. 들어오는 침채 가락이 집집 도는 걸립패 걸궁이라면 이제 마당에서 한 판 벌이는 '판굿'이다. 비-잉 둘러선 구경꾼 무리엔 똥꾸와 산적도 끼었다.

"단군 할아버지 고맙습니다!"

개천절이 쉬는 날이라 망정이다. 두 번 째 본다. 횡재했다. 그리고 보니 염쟁이 황 씨, 대장간 도 선생, 뻑치(백정) 쇠칼도 맞은편에 보였다. 이들은 '새벽대장'의 형제들이라 했다. 인연이 참 묘했다. 5부에서 밝힌다.

마당판은 인사굿에 이어 굿거리장단으로 점점 빠르게 가락이 이어졌다. 삼촌들도 풍월패 한가운데선 잡색과 삼촌들 춤사위에 신명이 벌써 들어갔다. 다리 버쩍버쩍 들어 올리는 건 탈춤 같은데 제 각기 노는 양팔로 봐선 잡채 막춤이다.

가락은 삼채 자진삼채로 가팔라졌다. 잡색돌이 삼촌들 동작도 따라갈 밖에 도리가 없다. 풍월 잡색들은 숨이 차 헉헉거렸다. 신나면서도 멈출 수 없는 기기묘묘한 풍류놀이다. 세상이 또 있을까! 안된 표현인데 '병신춤'이 따로 없다. 공옥진 선생이 울고 갈 지경이다.

쩔뚝이 외팔이 곰배팔이 사팔이 진뜨기 고개틀어진 빼꼼이 외눈백이가 추어대는 풍월 잡색의 풍물잽이 춤을 본 사람 여기 빼곤 없을 거다. 눈물 나게 웃겨댔다.

"병신이 즐겁게 병신춤 춘다… 자~ 어서 한바탕 놀아보시게~!"

가락은 다시 양산도 오방진으로 넘어가며 잠시 숨을 고른다. 그러다가 다시 삼채…맺은 삼채에 이어 갑자기 자진모리 장단이더니 휘몰이를 부르댄다. 꽹채 너스레도 덩달아 떨며 휘날린다.

"덩더꿍 쿵따~"

"둥둥둥~ 둥~둥 둥둥둥둥~~"

장구잽이의 궁채 열채가 채편 북편 양쪽 가죽판을 분주히 오가며 기교를 부리고, 하늘에 냅다 내던졌다 받아 갈기는 북채잽이의 동작은 그야말로 진격의 북소리였다. 마당 판굿이 막판 절정으로 치닫는다. '막춤 난장'이란 걸 보거나 들어본 사람들이 그리 흔하지 않을 거다. 이런 거다. 똥꾸 산적이 지금 신명지게 어울리는 중이다.

언제 어떻게 왔는지 꼽추 오 씨 아저씨가 그 한가운데로 끼어들었다. 그는 비틀거리며 가락 따라 허우적거리기 시작했다. 가녀린 눈매에 찢겨 올린 눈꼬리를 보니 취해도 한참 취했다. 그 흥은 추어 본 사람들이 안다. 깜짝 놀라며 당황한 건 풍월들이었다.

꼽추 오 씨도 같은 거지풍월이다. 지금은 홀로 떨어져 나와 다리 밑에 거처 잡은 이를테면 풍월 독립군이다. 함께 살다가 떨어져 나온 지 10년 이 됐다.

오 씨에겐 부인이 있었다. 같은 꼽추다. 인정 많고 금슬 좋은 꼽추 부부였다. 딸도 있었다. 딸은 멀쩡했다. 유막동 귀염둥이였다. 그런데 부부가 결핵에 같이 걸렸다. 절도 약도 없는 '한 데 살이'로 폐 고름은 점점 심해가고 각혈기침에 옆 사람들도 자지러졌다.

산자락에서 뜯은 약초풀 다려 먹이는 게 유일한 치료였다. 그러다 오 씨 부인은 세상을 떴다. 오 씨는 기적같이 회복돼갔다.

"마누라가 나 살리고 대신 갔어. 나 대신 간 거여!"

오 씨는 말라붙은 얼굴을 감싸 쥐며 소리를 질렀다. 그는 점점 술을 가까이 하면서 성격도 거칠어져 갔다. 술 주사도 심해졌다. 유막동에 위기가 찾아왔다. 몇 몇 사람이 소리 없이 떠나갔다. 풍월들은 오 씨를 말려도 보고 사정도 해보고 짐짓 멀리도 했다. 그 와중에 딸도 덩달아 천덕이가 됐다.

이듬 해 봄 읍내 공설운동장 공터에 곡마단이 들어왔다. 몇 년에 한 번 씩 오는 경천 서커스다. 호랑이 코끼리 등 처음 보는 동물에 빙글빙글 돌아 꼭대기까지 올라가는 자전거타기, 그네타기, 뼈 없는 문어다리 마냥 양다리 뒤집어 꺾기… 그 꺾인 다리 발등 위에 올려놓은 공을 감아 돌리기 등 별별 재주는 신의 경지였다.

꼽추 오 씨는 하나뿐인 제 딸을 곡마단에 맡겼다. 유막동에 더 이상 있기도 어렵고 싫었다. 나오려니 딸이 걸렸다. 키울 수도 없고 거지 딸이 거지되는 것밖엔 없을 터였다. 그야말로 안팎곱사등이다.

그래도 곡마단을 따라가면 배도 안 곯고 재주도 배워 돈도 벌수 있을 거라 생각했다. 더 커서 처녀가 되면 좋은 남자 만나 시집도 가서 잘 살수 있을 거라 생각도 했다.

오 씨는 독하게 마음먹었다. 여섯 살배기 딸 여린 손을 잡아끌고 곡마단 뒷켠 천막숙소로 단장을 찾았다. 단장도 오 씨 형편을 알고 그한테서 딸을 더는 찾지 않겠다는 포기각서를 받아들고 수양딸로 잘 키워보겠노라 약속했다.

울며 채며 발을 구르는 딸과의 이별은 아내의 죽음보다 더 고통스러웠다. 그러나 딸을 위한 마지막 선택이라고 굳은 다짐을 하며 그렇게 떠나보냈다. 그게 10년 전이다. 이후 오 씨는 유막동 사람들과 결별하고 혼자 쭈욱 지내왔다. 그런 오 씨가 지금 이곳 막춤 난장 마지막 마당 판에 나타났다. 풍물대장 위 씨는 난감하고 벙벙했다.

화해의 표현인지도 모르겠다 싶었다. 판굿은 조금 더 이어지고 잔잔하고 느릿한 가락으로 저물더니 인사굿으로 마무리 됐다. 구렁털 오두막 옆 진또배기에 앉은 오리 세 마리가 처연히 모든 걸 지켜보고 있었다. 꼽추 오 씨가 산채에 나타난 것도, 유막동 풍월들과의 해후도 이것이 마지막이 될 줄은 아무도 몰랐다. 그는 뒤풀이 잔치도 마다한 채 표표히 사라져갔다. (오 씨는 8부에서 털어놓을 부분이다).

이제는 삼촌들이 답례할 차례가 왔다. 풍월패와 구경꾼들은 모두 여기저기 얕은 산등성이에 앉았다. 광장이랄 것도 없는 마당에는 멀찌감치 지켜보는 구렁털과 가는늠이를 빼고 열 명이 나섰다.

서쪽 방향 골짜기 끝자락에는 광목천 가림 판과 베니아 판 그리고 송판 사각 판 등 세 개 목표물이 세워져 있다. 삼촌들이 보여줄 목표물들이다.

"쿠-웅~!"

잠시 후 묵직한 징소리가 [연무鍊武 겨루기] 시작을 알렸다.

신명놀이가 끝나 잠잠해진 산채의 적막을 깨뜨리고 먼저 쇠창의 얇은 양철톱날바퀴 표창이 허공을 갈랐다.

"휘-이-익…."

간을 쪼그라들게 하는 금속성 여진이 귓가를 한참이나 울렸다. 날리는가 싶었는데 소리보다 먼저 베니아 판 목표물 정 가운데 찍혔다.

쇠창은 곧바로 양 허리춤서 빼어든 두 개 표창을 양 손으로 주저 없이 날렸다. 앞서 찍힌 표창 양쪽에 일정한 간격으로 정확히 찍혔다. 쇠창의 마무리는 못 창이었다. 중못을 쭉 편 손바닥 중지 양사이 손가락에 끼워 날린 못 표창 역시 그대로였다. 박수가 터져 나왔다.

흑치는 괴력의 차돌바위 회오리 던지기로 송판 막을 날려 부쉈다. 흑표 쌍표 검무잠 팔팽이 탁팔 좌대포의 닦여진 솜씨가 이어질 때마다 고노골은 탄식어린 감탄 박수가 끝없이 메아리쳤다.

마지막 순서는 뜻밖에 '각기우동' 삼치였다. 어쩌다 말아먹는 각기우동을 기가 막히게 잘 만들어내서 각기우동이다. 각기우동 기술은 사실 똥꾸네 집 주방장 박 씨 아저씨한테서 배운 거다.

읍내 하나뿐인 개장국(보신탕)집인 똥꾸네 식당에서 맡긴 개를 뚝방 너머 천변에서 잡아 말끔히 손질까지 해서 갖다 주는 꺽정이 아저씨 소개로 배워간 것이다. 낮에는 각기우동 손님이 줄을 섰다. 값 싸고 맛있고 양

많은 똥꾸네 집 각기우동은 소문난 것이다.

박 씨나 똥꾸 식구나 그 각기우동 삼치가 여기 이 각기우동일 줄 몰랐다. 각기우동 삼촌이 뭘 보여준다는 건지 궁금했다. 그는 젓가락 두 짝을 들고 금줄에 섰다. 사위가 고요해졌다.

그는 저 멀리 가물거리는 천가림막을 한참 응시했다. 목표물을 끌어당기는 염력술의 일종이다. 확대경으로 유리판에 한참동안 초점을 모으면 불꽃이 점화된다. 정신을 한데 모아 집중 응시하면 개미가 매미 되고, 들깨 알이 콩알이 된다. 염력이다. 뇌의 공력이 내공이다.

이윽고 큰 숨 들이쉰 각기우동이 양 손 중지 손가락사이에 끼어든 나무 젓가락을 위에서 내리꽂듯 힘차게 뿌렸다. 순간 두 젓가락은 마치 쇠검 날아가듯 강력한 추진력으로 일직선을 날았다. 설명이 긴 거지 얼마나 빠른지 눈 깜짝할 새였다.

"어~ 저게 뭔 조화여~?"

함성이 터졌다. 젓가락이 목표물인 천을 내쳐 뚫어버린 것이다.

뻥 뚫린 두 개의 구멍은 마치 달여진 쇠 화살에 뚫린 구멍 같았다. '종잇날로 사람 목을 벤다'는 게 전설인 줄 알았다. 진짜였다.

삼촌들한테서 고구려 무술을 시작으로 조선 24반 무예까지… 비술飛術에 경당술 검술 표창술 죽봉술… 기천 수벽 태껸 등 마장술 만 빠졌지 더 나올 것 없는 비기도술秘技道術이 산채에서 지금 다 나왔다. 똥꾸 산적은 영화보다 더 한 끝을 봤다.

무술잔치가 끝나고 음식잔치가 정성스레 차려졌다. 없다고 없는 게 아니다. 들상 머리엔 잡색풍월들 개나리봇짐에 짊어져 온 홍시감이 푸짐했다. 지금이 읍내 안팎에 단감 땡감 홍시감 제철이다. 여기가 감의 북한계라 유독 달고 크다. 얼고 주워 소금물에 익혀온 '건시'감들도 넉넉했다. 산채에선 연중 딱 한 번 곡차 맛보는 날이다. 막걸리다. 옥수수로 빚어 땅 속 묻어둔 술독은 그야말로 '진땡이'였다.

오늘이 그 날이다. 대동놀이… 두레세상 '잔치 턱'이다. 징 안에 그득 넘치는 진땡이를 양푼 한 주발씩 떠 마시는 홍취는 대단했다.

똥꾸 산적은 생애 처음 맛을 봤다. 산나물에 꽁보리밥도 된장 비벼먹으니 수랏상이다. 먹고 놀고 떠들었다.

어느덧 해가 서산에 걸쳤다.

3. 침입자

다음 날이었다. 동트는 새벽에 난데없이 두 사내가 고노골 산채에 나타났다. 진녹색 군복상하의에 연녹색 작업화를 신은 차림새의 두 사내는 산채 뒷산 동남쪽사면을 타고 넘어 들어왔다. 마침 식구들은 한 발 앞서 일을 떠나고 이날따라 혼자 남은 구렁털 산채였다. 알 수 없는 정체불명 사내들은 좀 쉬어가겠다고 했다.

-지금부터는 똥꾸가 산채식구들에게서 사건의 시작 단초에 관해 후일 들은 이야기와, 당시 직접 목격한 현장 상황을 사건 전개 선·후에 맞게 시간을 돌린 것이다.

구렁털은 말없이 자신의 오두막을 내줬다. 이들은 들어가자마자 곧장 누워 뻗었다. 코골이 숨소리 하나 없이 죽은 시체마냥 아주 고요~히 잠들었다.

두 사내가 깨어난 건 식구들이 새벽일 끝내고 돌아와서다. 산채 입구에 들어서는 식구들 인기척을 두 사내는 귀신같이 알아채고 곤한 잠을 털었다. 서로 놀랐다. 하나 같이 건장 날렵한 몸매에 이상한 망태를 걸머지고 떼거리로 들어서는 젊은이들에게 오두막을 기어 나온 두 사내는 크게 긴장했다. 경계심을 잔뜩 품은 눈빛이 매서워졌다.

식구들도 마찬가지였다. 구렁털 부대장 숙소에서 기어 나오는 수상쩍은 두 사내의 출현에 아연 긴장했다. 마당에서 잡목을 정리하던 구렁털이 빙긋이 웃으며 양쪽에 손짓했다. 그리고는 어색한 악수로 서로의 경계심을 가라 앉혔다.

한 사내가 먼저 입을 열었다.

"갑자기 실례를 해서 미안하게 됐습니다. 저희는 124….."

당황한 듯 잠깐 머뭇거리더니 그는 다시 말을 이어갔다.

"에… 그러니까 말입니다… 군 특수부대 요원들인데 야간 정찰 행군으로 며칠 동안 잠 한 숨 못자고 400여리 길을 종주했습니다. 여기서 산길 100여리 더 가 건봉사 입구가 최종 지점인데 계획보다 좀 일찍 도착해서 잠시 몸 좀 녹였다 가려구… 이렇게 실례를 무릅쓰고 찾아왔습니다. 양해를 좀 부탁드립니다….."

사내는 고개를 꾸뻑했다. 외양과는 전혀 다른 공손한 태도가 의외였다. 호리호리한 몸매에 보통의 키, 더부룩이 자란 상고머리형의 사내 둘은 경기도 말씨를 썼다.

"아, 그래요? 음… 그러시지요 뭘… 보시다시피 저희도 사는 게 이래서 대접해 드릴 건 없고요, 좀 쉬었다 가시는 거야 괜찮습니다."

흑표가 대꾸했다. 식구들 안색은 좋아 보이지 않았다. 늦은 아침 밥상을 같이 하면서 서로 말이 없었다. 두 사내는 허기진 뱃속을 달래며 묵묵히 보리밥알을 씹었다. 할 말도 들을 말도 없는 불편한 상황이 이어졌다.

두 사내는 이렇게 많은 산속 사내들이 자신들을 맞을 거라고 생각을 못했다. 낮 동안 조용히 얻어 쉬다 해가 지면 읍내에 들어가 한두 가지 볼 일을 본 다음 다시 산을 탈 계획이었다.

식구들도 그들도 난감했다. 두 사내는 염치불구하고 구렁털 방에 다시 기어들어 갔다. 잠시 후 구렁털도 무엇을 가지러 따라 들어갔다. 구렁털에게 두 사내는 묻지도 않은 말을 조금씩 꺼냈다.

"이 험한 산골짜기에서 사시느라 그래 얼마나 고생 많으십니까? 주욱 올라오면서 여기저기 화전 밭 사람들은 참 많이 봤구만요. 근데 젊은 양반들이 여기 모여서 뭐 하고 삽니까? 뭘 해 잡숫고 사는지요? 우린 여기에 이렇게 어려운 사람들이 많은지 몰랐습니다. 마음으로 도와드리고 싶고 음… 뭔가 친근감도 생깁니다. 그렇지?"

옆 동료를 힐끗 돌아보며 한 사내가 측은한 듯 내뱉었다.

구렁털은 생각했다. 여기서 산을 타고 400리 길이라면 못돼도 땅 길로는 500리다. 그러면 척산을 지나 진여울 군 남쪽 바닷가인데…

'거기서 대간 마루금 8부 능선만 갈아타며 예까지 올라왔다는 얘기다. 그것도 나흘 만에… 특수부대 특수훈련요원이긴 해도 낮에는 '비트'에서 검불섶 뒤집어쓰고 자고 야간에만 산을 타고 이동한다.

그러다가 동트는 새벽 무렵이면 이동을 멈추고 다시 몸을 숨긴다. 그때쯤이면 화전농이들은 이 산 저 산 나돌고, 나무꾼에 약초꾼에 산마루도 사람냄새로 만만찮다. 주간에 이동이 어려운 이유다. 그렇다면 야간 산악 이동이다. 밤새 100여리를 타넘는다는 얘기다…'

구렁털은 안다. 그게 어떤 수준인지를. '용보로 질러가기' 수준이다. 일반인들 눈에는 운보로 날라 가는 것일 테다. 대단하다. 뒤집어 말하면 대간 마루금 전 코스 지형지물을 훤히 꿰뚫고 있다는 거다.

"남한 특수부대도 참 많이 발전했구나…."

구렁털은 속으로 감탄했다.

구렁털의 뇌리에 15~6년 전 구룡령 숯쟁이 때가 생생히 떠올랐다.

그 때 국군과 인민군은 거기에서 밀고 밀리며 피 튀기는 땅따먹기 전투를 벌였다. 전쟁 막바지였다. 밤낮 없이… 쉴 새 없이 그랬다.

더는 피란갈 곳 없던 거기 사람들은 토굴을 파고 낮엔 거기서 미군 쌕쌕이 폭격을 피하고 밤에는 움막거처로 내려와 잠을 자고… 아침에 주먹밥 움켜쥐고 다시 절벽토굴에 몸 숨기러 올라가기 반복이었다.

전투가 소강상태에 들면 인민군 쪽 빨치산들이 수시로 들락거리며 인민 선무공작을 하면서, 치고 빠지기 게릴라전을 벌였다. 그 때 그들이 하룻밤 100리를 내달린다고 했다. 예측을 뛰어넘는 그들의 기동력에 아군의 포위망은 뚫리고 엉뚱한 곳을 헤매며 번번이 헛발질을 했다. 그들은 그물망을 여유 있게 따돌리고 올라갔다.

그들은 거기 주민들 집에 내려와서 손 하나 대거나 얻어(뺏어)먹는 것 없었다. 겁탈은 있을 수 없었다. 그랬다가는 지휘자의 즉결처분이기 때문이다. 반면에 남쪽 군대가 올라오면, 인민군 양식으로 이용될 수 있다고 간장 된장 장독 다 깨버리고 총검으로 여기저기 쑤셔대며 인민군 패잔병을 수색하고 사라졌다.

어느 집은 북에서 내려온 형이 동생을 설득하여 대동하려다가 끝내 말을 안 들어먹자 집 뒷마당으로 끌고나가 총으로 쏘아죽인 일도 생겼다. 이쪽도 다를 바 없었다. 피가 피를 부른다. 피 맛은 진하다.

그 때 갑자기 고갯마루에 바싹 붙어 나타난 미군 쌕쌕이 기총소사에 죽어나간 애 어른이 한 둘 아니었다. 시신 묻어주려다 어느 쪽인지도 모를 총격에 오인사격을 받아 죽은 노인도 참 많다.

종당에는 주민들 모두 국군주둔지 주변 능봉 마을로 피신했다. 거기가 좋고 나쁘고가 아니다. 살 수 있다면 어느 쪽이 대수가 아니었다.

구렁털 동네사람들은 밭농사로 먹고사는 아랫말 사람들과 달리 숯막을 버릴 수 없었다. 깊은 산속 흩어져 자연동굴이며 수혈 움막 파고 살며 숨어들었다. 그런데 먼저 들어와서 일로 북진중인 국군의 뒤를 따라 들어온 미군 수색부대에 대부분 잡혀들었다.

이들은 인민군이 마을 접수 뒤에도 피란을 가지 않고 계속 머물렀다는 이유로 인민군 우호계층으로 분류했다. 이 와중에 구렁털의 손위 누이와 어린 조카딸은 미군 병사들에게 집단 윤간을 당하고 구렁털과 부모형제들은 동네사람들과 함께 미군 제무시(GMC) 트럭에 실려 '영嶺' 너머 수원으로 강제 이송되어 수용소에 구금됐다.

그 때 너나없이 그런 일이 다반사였다.

"왜 그랬을까?"

이어지는 의문은 꼬리를 물었다. 누가 이겼을까? 그래서 서로 얻은 게 뭘까? 나만의 의문인가? 똥꾸 보기에는 '도로 제자리'다. 그런데 서로가 조국을 지켜냈다고 했다. 조국이 어디까지인가 싶었다.

지금도 그렇다. 우리는 대한민국인데, 저쪽은 공화국 북반부? 그러면 이쪽은 공화국 남반부? 맞는 말 같다. 헌법에도 '한반도와 부속도서' 모두 대한민국 영토다. 북반부, 남반부다. 근데 겁난다. 이 말을 내놓고 하면 당장 빨갱이로 잡혀간다. 저쪽에서 쓰는 말을 이쪽에서 쓰면 빨갱이다. 한민족? 한반도? 만주는?… 조선? 이북은 조선이고 남한은 조선이란 말이 위험한 용어다. 근데 조선일보는?

6.25는 남한 정세와 밀접히 연관돼 있었다. 1948.8.15에 이승만의 대한

민국 정부가 수립되자 북한도 기다렸다는 듯 9.9에 김일성을 수반으로 한 인공정권이 들어섰다. 이로써 통일정부 수립은 파탄 났다.

남한 단정 수립과정에서 이에 반대하는 제주 4.3항쟁이 제일 먼저 터졌다. 그 해 10월 박정희 김지희 등 남로당계열 좌익프락치 장교단과 이승만의 4.3 사태 무력진압 출동명령을 거부한 부대가 합세해서 여.순 반란사태가 일어난다. 세상이 다 아는 일인데 여태 쉬쉬한다.

참혹한 전쟁이 이승만을 매개로 남한 내부에서 시작된 것이다. 다음 해 6월엔 백범마저 이승만이 보낸 자객 안두희 총에 스러진다. 미국 묵인이나 승인 없이는 불가능한 일이다. 백범은 미국에게도 그렇지만, 김일성한테도 불편한 존재였다. 이 때쯤 지리산에 빨치산도 오고, 소전투가 이미 빈발했다. 6.25는 분단부터 잉태되고 시작됐다.

이제 38선은 단순한 일본군 무장해제 경계선이 아닌 사실상의 국경선이 되고 봉쇄됐다. '무장해제 경계선'일 때는 남북 백성들이 오가고 안방 건넌방 38선이 지나가도 그냥 줄을 그은 금에 불과했으니 다들 그 자리에서 살았다. 분쟁이 일어날 이유가 없었다. 그러나 상황이 돌변했다. '국경선'이다. 분쟁이 일어나는 구조로 달라졌다.

6.25 발발직전까지 각각의 정권이 생겨난 2년도 안된 기간에 38선 전역에서 남북한 사이 총격전과 소규모 전투가 수백 회 일어났다. 이미 '국지전'이 벌어지고 있었다. 실상은 전쟁이 시작된 거나 다름없는 준전시 상황이었다. 그게 미군이 철수하고 덜레스 선언이 나오고 지나(대륙) 본토를 홍군이 완전히 접수하자 더 심각해졌다.

정세의 유리함을 과신한 김일성이 스탈린의 지원을 등에 업고, 같은 공산 형제국이 된 모택동과 3자 궁합이 맞아떨어졌다. 남한과 미국의 계산과 틀려도 서로가 너무 틀려나갔다. 국지전이 전면전화 됐다.

'6.25' 발발의 객관이다. 혹자는 말한다. 그래서 6.25가 꼭 6.25만은 아니란 거다. 누가 먼저 벌인 건가가 당시 정세 역학관계나 정치, 전략적으로 결정적인 동인動因은 아니란 거다. 8.15의 연장선에서 봐야 한다는 거다. 국군과 유엔군이 3.8선을 회복한 뒤 방어개념에서 공격개념으로 전격 전략변경을 통해 압록강까지 밀고 올라간 것도 이북이 밀고 내려온 것과 같은 논리배경이라는 것이다.

민족통일전쟁이었다고 하면 좌익, 이념 전쟁이었다고 하면 우익… 그런 논리를 넘어선 세계전쟁, 2차 대전 연장전이었다는 측면도 있다. 이 부분이 결국 통일을 지향하는 민족내부의 내전 성격과 강대국 간 세계 패권전략이 결합된 복합 국제 전쟁이라는 것이다.

달라진 건 미국에서 볼 때, 히틀러 일본의 군국주의 대신 스탈린과 마오 공산주의로 대상만 바뀐 것뿐이다. 김일성은 마오쩌둥에 기대어 겨우 목숨을 부지했다. 마오는 일제 패망 후 더욱 격렬해진 국·공 내전 때, 김일성이 보내준 소총으로 홍군 10만 명을 무장시켜 최후 승자가 됐다. 그 신세를 갚은 것이다.

전쟁에 이긴 쪽은 실상 아무도 없다. 도로 38선이다. 죽어나간 백성들만 피를 봤다. 전쟁 끝나 이제 13~4년이다. 아직도 여기저기 총소리가 잠자던 상처를 깨운다. 전쟁으로 과부 홀아비 되고 일가친척 행불 사망 박살난 똥구 부모… 풍비박산 유복자 산적도 특별한 일이 아니었다. 이제 조금 아는 게 생기고 돌아보니 그랬다.

구렁털은 이들이 그 빨치산이 아닌가 싶었다. 그런데 말씨로 보아서는 그렇지 않은 것도 같다. 헷갈린다. 전쟁의 생채기가 다시 구렁털 머리속을 엄습한다. 어제 같은 그 때 장면에 몸서리쳐진다.

"하룻밤 100리…?"

구렁털은 얼른 밖으로 나왔다. 조용히 큰 숨을 토했다. 하늘은 맑다. 그때도 이 하늘 아래서 그랬다.

해가 떨어졌다. 산속 시월의 해는 생각보다 짧다. 땅거미가 지는가 싶더니 산채는 곧 짙은 어둠 속에 잠겼다. 이때 종일 구렁털 방에서 꿈쩍도 않던 두 사내가 나왔다. 다른 식구들은 모두 움막 제 처소에 들어가고 희미한 관솔불이 사람의 존재를 알려주었다. 식구들은 안에서도 밖에 신경이 가 있었다.

마당으로 내려선 두 사내가 묵묵히 한 가운데 소나무 주변을 돌고 있는 구렁털에게 다가와 손을 내밀었다.

"고마웠습니다. 신세 잘 지고 갑니다. 다음에 꼭 들러 인사드리겠습니다. 안녕히 계십시오."

변함없는 경기도 말씨에 또박또박 끊어 던지는 인사말은 남루한 행색과 달랐다. 이윽고 그들은 달래천 다리를 건너 읍내로 향했다.

4. 추격

똥구와 산적 그리고 서너 명의 동네친구들은 복순이네 집 앞 싸전 장터 마당에서 정신없이 놀고 있었다. 밤 8시가 넘어 있었다. 누나는 엄마가 찾는다며 집에 빨리 가자고 쫓아다니며 재촉했다.

깡통차기 술래잡기로 신나게 노는 중간에 내가 빠져버리면 한 순간에 이쪽 패가 무너진다. 졸지에 헤어질 친구들이 맘에 걸렸다. 집에 가봐야 뻔했다. 손님들 담배심부름에 가고나면 상 치우고, 연탄불 갈고, 남포불 석유 사러 태근이네 집에 다녀와야 하고… 해야 할 일이 줄을 섰다.

밖으로만 나도는 형은 있어도 없는 사람이다. 아버지는 진 사장 내실에서 열심히 마작 집을 짓고 있을 거다. 주방장 박 씨 말고는 엄마 혼자 이리 뛰고 저리 뛰고 파김치 돼 있을 게 눈에 훤했다.

"아! 왜 나는 만날 이렇게 살아야만 하나…."

똥꾸는 아무래도 잘못된 세상에 잘못 태어났다. 그렇지만 제대로 먹지도 못하고 자식새끼들 굶기지 않으려고 혼자 고생고생 생고생하는 엄마가 불쌍하다. 똥꾸는 눈을 질끈 감고 집 쪽으로 발길을 돌렸다.

그 때였다.

"탕 탕 탕!"

느닷없이 총소리가 읍내 밤하늘을 갈랐다. 딱 세 발이다.

"뛰어!"

"후-다-다-닥…."

얼핏 사람 소리와 내달리는 발자국 소리가 뒤섞였다. 옆쪽이다.

두 사내가 복순네 쌀가게 건너편 떡정거리 골목어귀로 쏜살같이 내뛰는 모습이 눈에 들어왔다. 짧은 순간이었다. 그리고 경찰 두 명이 이들을 뒤쫓아 가며 연달아 총을 쏘아댔다. 그때부터 본격적인 총싸움이 시작됐다. 읍내 사람들이 다들 튀어나왔다.

도망가던 두 사내가 맞총질을 했다. 순식간에 싸전 마당과 떡정거리 골목 주변이 총질 싸움터로 변했다. 사람들은 놀라 집밖으로 나왔다가 심상치 않은 사태에 얼른 들어가 문을 닫아걸었다.

똥꾸 일당이 놀던 어시장 입구 옷가게 앞은 좀 거리가 있어선지 몇몇이 벌벌 떨면서도 들어가지 않고 상황을 지켜보고 있었다. 똥꾸를 데리러 왔던 누나도 어느 결에 사라졌는지 곁에 없었다. 동생을 놔둔 채….

"누나! 누나!"

불러도 찾아도 대답 없는 누나의 민첩함에 피식 웃음이 나왔다.

잠시 후 요란한 사이렌 소리와 함께 헤드라이트를 켠 군용트럭에서 한 무리의 전투군장을 한 군인들이 쏟아져 내렸다. 똥꾸와 산적 일당은 그들을 따라붙었다. 어른은 몸을 사려도 애들은 겁이 없다.

무거운 군홧발이 온 동네를 울려대고 읍내는 소용돌이에 휩싸였다.

군인들은 떡정거리 입구를 지나 위쪽 시외버스정거장 쪽으로 흩어져 내달렸다. 군인들을 뒤따라가던 똥꾸와 산적은 떡정거리 입구 어귀 컴컴한 구석에서 엎어져 있는 사내 한 명을 봤다.

순간 쫓아가던 발길을 멈춰 섰다. 총을 맞아 쓰러진 것이다. 똥꾸와 산적이 첫 발견자다. 머리에 맞았는지 가슴에 맞았는지 상체 어디에선가 흘러내린 피가 두 다리 가랑이와 발목 아랫바닥에 내리 일자형으로 길게 흘러내리고 있었다.

저만치 떨어진 흐릿한 가로등 불빛에 비친 핏물에 김이 모락모락 나고 있었다. 뜨거운 피였다. 죽은 지 얼마 안 됐다. 아까 후다닥 내달려 도망간 두 사내 중 한 명이 틀림없었다.

어느새 대여섯 명 동네사람들이 모여들었다. 그 옆 켠 어둑한 곳에 순경 두 사람이 서 있었다. 손에 들려진 권총에서 화약 냄새가 진동했다. 권총을 움켜쥔 손이 가늘게 떨리고 있었다. 왼손에는 죽은 사내의 총으로 짐작되는 또 다른 총이 들려있었다.

멍하니 내려다보던 산적이 옆 코풀레기네 가게 구석에서 가마니 한 장을 들고 왔다. 그걸 본 경찰이 눈짓 손짓으로 덮으라고 했다. 똥꾸 산적은 양쪽을 잡고 조심스레 그 사내 몸뚱아리 위를 덮었다. 무릎 정강이 아래는 가마니 덮개 밖으로 삐져나왔다.

장마철에 달래천 건너다 물에 빠져 죽고, '물살쎈데'를 건너던 트럭이 물살에 떠내려가 장을 보고 짐칸에 타고 돌아가던 장꾼들이 떼거리로 빠져 죽은 것도 봤다. 달래천 용바우굴에서 수영하다 빠져죽은 친구도 둘이나 된다. 그래서 어려도 시체 앞에선 담담했다.

그뿐이랴, 똥꾸네 집 앞 커브도로에서 오가는 철차에 치여 머리가 뽀개지고 두부가 흘러 짓이겨진 시신도 보고 팔다리 끊어져 죽은 이도 봤다. 어른들은 물론 경찰관도 고개를 돌리는 걸 똥꾸가 치웠다.

그런데 이건 달랐다. 이제까지는 모두 죽어있는 걸 봤다. 이건 펄펄 살아서 내달리던 사람이 눈앞에서 총 맞고 지금 죽은 거다. 이런 건 처음 봤다. 무서웠다. 그런데 이 자리를 떠날 수가 없다.

'아, 이 사람도 고향이 있고 엄마 아버지 누나 동생이 있을 텐데 이렇게 총에 맞아 죽었구나….'

그리 생각하니 무서움이 가셔졌다. 도리어 불쌍하고 안됐다.

또 다른 사내는 제방뚝 길을 타고 서쪽으로 도망쳤다. 대간 쪽이다. 귀신같은 무서운 속도로 죽을 힘 다해 내뛰는 그 사내를 무거운 장총에 묵직한 군홧발로 쫓아가는 군인들이 따라잡기는 똥꾸 보기에도 애당초 힘들었다.

똥꾸와 산적은 열두 시가 되기 직전에 집에 들어갔다. 통행금지 때문에 거기에 더 머물 수가 없다. 전투현장을 배회하다가 무슨 날벼락을 맞을지도 모른다. 사람들은 모두 그렇게 떠나고 시체는 밤새워 거기에 방치됐다. 아침에 학교 올라가는 길에 우정 들렀다.

시체는 치워지고 없었다. 채 씻기지 않은 핏자국만 땅바닥에 선명하게 남아있었다. 그날 오후 똥꾸는 학교 끝나고 집에 바로 돌아왔다. 홀 한 켠에 있는 제니스 라디오에서 다섯 시 뉴스가 흘러나왔다.

"…달아난 무장간첩은 현재 태백산맥 능선에서 몸을 숨기고 북상을 시도 중으로 판단… 군경은 예상 도주로를 차단 수색 중…."

스피커 방송은 같은 뉴스를 반복했다. 헬리콥터 여러 대가 연신 저 멀리 산줄기 상공을 저공비행으로 날아다니고 있었다. 읍내 옛 경찰서 앞 너른 마당이 임시 헬기이착륙장이라 요란한 소리와 흙먼지가 말도 못하게 좁은 읍내 하늘을 뒤덮었다.

그 사내는 제방뚝길을 타고 가다가 중간에 강가로 빠졌을 거다. 그 물길을 따라 최상류까지 올라간 후 산으로 치고 들어갔을 거다.

바로 산길로 접어들지는 않을 거라는 판단이다. 판단의 근거는 구렁털 아저씨가 망까와 대결할 때 선택했던 이동경로의 뛰어난 효용을 보았기 때문이다. 삼촌들도 다들 땅 못지않게 물에서도 잘 놀았다.

아무래도 비교적 오가는 사람들이 많고 인가도 적지 않은 오색령 루트보다는 구룡령 능선을 택했을 가능성이 높았다. 그렇다면 구렁털이 망까와 벌였던 그 루트 그대로다. 속도도 거의 비슷한 수준일 수 있다. 하룻밤 마루금 백리를 타고 달린다고 했잖은가!

군경 지휘관들이 이런 걸 얼마나 알고 작전을 벌이고 있는지는 알 수 없다. 여기저기 산속을 쑤시는데 집중할 것도 같다. 특수공작원의 행보를 잡는다는 건 쉽지 않을 일이었다. 쫓아가면 이미 저만치 가 있는 거다. 상식을 벗어나는 생존전략을 상식 따라 가면 못 잡는다.

아니나 다를까, 군경은 그 절반의 속도를 예상하고 추격 수색전을 폈다. 그는 이미 휴전선 철책선에 도달해 있을지도 모른다. 그런데 군경은 적이 아직 포위망 안쪽에서 은신하고 있을 걸로 생각하는 것 같다. 보도되는 내용의 행간이 그렇게 보인다. 며칠째 공전이다.

역으로 생각하면 우리 측 특수부대원들 최대 속보가 그 수준이란 말이 된다. 거기에 근거하여 그런 범위로 포위망을 잡으니 뚫릴 수밖에 없는 거다. 중학생 똥꾸의 머리에선 그런 계산이 얼추 섰다.

그들은 그러니까 남파 공작원들이었다. 작전 반경 내 지형지물과 시설 분포를 사전에 답사 숙지하여 작전개시 때 안내원 역할을 하는 그런 임무를 띠고 남파된 경무장 간첩 공작원이 틀림없다.

그 망까도 이북에 가서 이 사내들과 비슷한 역할을 한 것 아닌가 생각 들었다.

이들이 꼬리를 밟히게 된 건 여기저기서 보고 들은 간첩식별교육이 큰 몫을 한 것 같았다. 두 사내는 해 떨어지고 어둠이 내리자 달래천 다리를 건너 읍내로 들어왔다. 장터마당 복순이네 가게로 온 시각이 7시 4~50분경이었다.

복순이는 똥꾸와 산적의 국민학교 동창이고 이웃 친구다. 걔네 아버지도 똥꾸 아버지와 친구다. 복순네는 쌀가게를 한다. 쌀가게는 잘산다는 표시다. 게다가 담배 가게도 겸했다.

두 사내가 이 가게에 들어서서 담배를 찾았다. 아리랑 담배였다. 한 갑에 50원짜리 두 갑을 사고 한 사내가 안주머니에서 1000원짜리 지폐를 꺼내 내밀었다. 가장 큰 지폐. 그런데 두 사내는 거스름돈 900원을 받을 생각을 안 했다. 이게 꼬리를 밟히는 발단이 됐다.

복순이 엄마가 거스름돈 주려 돈 통에 간 사이에 가게 문 열고 나가버렸다. 복순이 엄마는 갸우뚱한 채 서 있었다. 이 때 가게 안에 또 한 명의 사내가 있었다. 동네 이장이었다.

반상회 일 전하러 들른 참에 그가 이 광경을 지켜봤다. 행색도 그렇고 평범한 사람이 아니게 보였다. 꼭 산에서 내려온 사람들 같았다. 말투가 뭔가 어색한 것도 재빨리 눈치챘다.

그는 바로 복순네 안방 문을 열더니 전화기를 집어 들고 113을 눌렀다. 간첩신고를 한 것이다. 신고를 받은 지서에서는 혹시나… 하고 미덥진 못했지만 일단 권총 찬 경찰 둘이 출동했다. 규정상 거동수상자 신고 시에는 혼자 출동은 안 된다는 말을 나중에 들었다.

여유롭게 천천히 발걸음을 옮기며 담뱃갑을 뜯고 있던 두 사내의 등 뒤 반대편 골목길로 경찰이 조심스레 나타났다. 가게 안쪽 맞은편 전등불에 비추어진 이장이 손가락으로 두 사내의 등 뒤를 가리켰다.

경찰관 두 명은 한 손으로 허리에 찬 권총주머니 손잡이를 잔뜩 움켜쥐었다. 상대방 둘은 '간첩'이다. 2대 2다. 상대도 권총을 틀림없이 지녔을 거란 생각에 떨린다. 경찰관 둘은 숨막히는 순간을 보내며 접근방법과 틈을 노렸다.

호흡을 가다듬은 경찰관들은 조심조심 그들 뒤로 다가가 어깨를 툭 치며 돌려세워 불심검문을 시도했다. 화들짝 놀란 두 사내는 내달리기 시작했다. 간첩임을 직감한 경찰관들은 반사적으로 한 손에 움켜쥔 권총을 빼들어 발사했다. 사태의 시발이다.

몇 걸음 채 못가서 한 사내가 정통으로 등 뒤에 총을 맞고 고꾸라졌다. 또 한 사내는 인적 끊긴 떡정거리 좁은 골목길로 쏜살같이 내달려 달아났다. 경찰관들은 한 명이 총을 맞아 쓰러진지 어쩐지 확인할 새도 없이 둘 다 내달린 걸로 생각하고 쫓아가기 바빴다.

"담뱃값 모르면 간첩이다… 이른 아침이나 밤중에 산에서 내려오면 간첩이고… 양복입고 운동화 신었는데 옷에 풀이나 가시 묻어있으면 간첩이다…"

[자나깨나 불조심, 자나깨나 신고정신]. 전봇대마다 붙은 표어다.

신고한 거동수상자가 간첩이 맞으면 포상금 1천만 원이다. 읍내 좋은 집 서너 채 사고도 남는다. 세상에 최고로 큰 상금이었다. 이장이 그거 노려 신고한 건 물론 아니다. 나중에 그 돈을 받았는지, 받았으면 다 받았는지 어땠는지 궁금했다. 하지만 묻는 이도 대답도 들은 바 없었다.

작전은 생각보다 오래 끌었다. 보름 가까이 갔다. 헬리콥터와 에르나인틴(L19) 비행기가 연신 대간 쪽 들판과 읍내 옛 경찰서 연병장을 오가며 정찰을 하고 작전물자를 실어 날랐다.

먼지 소음이 말도 못하게 좁아터진 읍내 시가지를 뒤덮었다. 말이 시내지 아스팔트 하나 없는 맨 흙바닥에 연일 일으키는 헬리콥터 바람먼지는 실로 엄청났다. 아이들은 귀를 틀어막으며 뜨고 내리는 비행기 구경에 신이 났다. 이런 구경 처음이다. 장사는 망했다.

뉴스에도, 읍내 사람들 도는 말에도 도망친 간첩을 잡았다거나 사살했다는 말을 들어보질 못했다. 산속에서 온전히 굶어죽거나 얼어 죽었을 리는 만무하다고 보면 휴전선을 넘어간 게 틀림없다는 생각이 들었다. 끝내 그렇게 유야무야 작전 종료 발표가 나왔다.

이 날의 사건은 다음 해 상상 못할 대형 사태로 발전하는 예고편이었다. 그 때는 몰랐다. 터지고 나서야 알게 된 사실이다.

며칠 후 똥구와 산적은 다시 고노골을 찾아갔다. 놀러 간 거다. 그새 궁금해진 것도 많이 생겼다. 구렁털도 삼촌들도 모두 산채에 머물고 있었다. 그런데 예전과 달리 분위기는 적막했다. 말로 표현할 수 없는 무거움이 산채를 감싸 누르고 있었다. 직감이다.

그런데 뜻밖의 소식을 들었다. 반가운 소식이었다. 삼촌들은 일상이지만 똥구 산적은 처음이다. 식구들이 모두 머무는 까닭이었다.

"새벽대장이 오신다!"

꼭 새벽에 온다는 대장이 해질녘에 오는 건 매우 이례적이다. 어쨌든 기회다. 지난번 못한 대면이다. 그런데 왜일까? 뭔 일일까?

· 5부 ·
임 진 강

1. 탈출

"탕 탕 탕 탕 두두두두둑 두두두두두두 두두두두두두---"

사나운 에망(M1) 총소리, 케리바 오공(50) 기관총 소리가 미친 듯이 온 산허리를 들쑤시고 휘저었다. 고막이 찢어지고 정신이 혼미하다. 구렁텅 뒤 허리춤을 움켜쥔 똥꾸 손아귀에 바싹 힘이 들어갔다.

똥꾸는 그게 에망 케리바오공이란 걸 직감으로 알고 있었다. 여기서 시 오리 더 들어간 연채봉 능선이 군부대 사격장이라 수시 주야로 읍내가 쿵쿵거린다. 읍내를 조금만 벗어나면 골짜기에 크고 작은 군부대 사격장이 여럿 있다. 그걸 보고 들으면서 산다.

일 년에 몇 번씩 탱크를 앞세워 신작로 길을 지나간다. 읍내 사람들보 다 많은 숫자의 군인들 행군 어깨에는 에망과 케리바가 걸려져 있었다. 국민학교 운동장에선 해마다 봄이면 포탄이며 수류탄, 지뢰 등 갖가지 포 탄 전시회가 열린다.

운동장 밖 야산 등성이에 전선으로 연결된 포탄 터뜨리면 여기저기서 무시무시한 굉음과 함께 거대한 흙기둥이 허공에 솟구쳤다. 애들이고 고물 쟁이고 산에 가서 포탄 잘못 건드리면 저렇게 된다는 산교육이었다. 신고 하라는 옥박걸이였다. 간첩도 그렇고 신고할 게 여러 가지였다.

"두두두두 두두두두 두두두두두두 "

아이들은 케리바 오공 몇 방 갈겨주면 효과가 확실했다.

운동장 한쪽에 길게 늘어놓은 화보보다 천지를 진동하는 요란 뻑적한 굉음과 사정없이 코를 찌르는 매캐한 화약 냄새에 열광했다. 케리바 오공이다.

"오공… 오공…."

시범삼아 여러 번에 걸쳐 신나게 갈겨주는 '케리바 오공'에 아이들은 환호했다. 산에 가서 발견한 포탄을 두들기다 죽고, 얼굴이며 손발 양다리가 잘리고 화상을 입어 괴물 된 애들이 많다.

돈 되는 구리 얻으려 부대 사격장과 미군부대 주변을 어른거리다가 총 맞아 죽는 고물쟁이도 흔했다. 죽는 일이 곳곳에 널려있어 사람이나 들짐승이나 살고 죽는 운명이 비슷했다. 똥꾸도 총소리를 들으면 그게 '오공'인지 소총인지 105밀리 곡사포인지 안다.

자다 말고 놀라 깬 둘은 정신없이 뒷산 마루금 옆 등성이로 내달렸다. 똥꾸 손목을 잡아끌고 뛰는 구렁털 등짝은 물 먹은 솜옷이었다.

"뛰어라! 골짜기 있으면 총알 밥 된다. 뛰어라… 졸지 마라 죽는다… 쉬면 죽는다… 힘내… 조금만 더, 더…!"

구렁털은 산꼭대기를 넘어가지 않고 바로 밑 능선을 에둘러 돌아 넘곤 했다. 똥꾸는 숨이 턱에 찬다.

"산꼭대기 올라서면 바로 비행기 기총소사 맞아죽는다. 비행기 밥이 된다. 돌아 넘는 게 안전한 거다."

똥꾸 엄마가 6.25 얘기할 때 수도 없이 들은 똑같은 말이다. 그때 함께 산을 넘다 죽은 이웃이 많다. 엄마도 몇 번 죽다 살아났다. 어떤 때는 다리 밑에 피해있는데 그 안에 불폭탄(네이팜탄)을 쏟고 지나가서 떼죽음도 있었다고 했다.

비행기에서 갈겨대는 총알은 '오공' 총알만 해서 맞으면 온 몸이 찢겨지고 내장이 배 밖으로 튀어나오면서 터져죽는다 했다. 그런데 이상하다. 지금이 6.25인가? 전쟁 끝난 지 십년도 넘었는데……

뒤도 안보고 어린 놈 매단 채 내달리던 구렁텰이 갑자기 멈췄다. 긴 한숨 돌리며 뒤돌아보니 저 멀리 골짜기에 허연 연기가 피어오르고 있었다. 옅은 안개가 자욱했다. 그건 분명 밥 짓는 연기가 아니었다. 총알받이로 쑥대밭이 된 포연이었다.

조금 덜 잠이 깨었으면 시체는커녕 도토리조밥도 남지 못했을 것이었다. 금새 땀이 가시고 전신에 소름이 돋았다.

"똥꾸야, 지금은 여기서 수풀을 덮고 쉬다가 밤에 저 아래로 내려가자. 북쪽은 쫙 깔렸으니 남쪽이다."

"아저씨! 근데 제가 뭘 죄지은 거 있어유? 아저씨도 그렇구. 왜 도망가유? 그런 거 있으면 자수해유!"

"넌 우리 있는 델 왔다갔다 했잖여. 그게 죄인 것이여. 잡히면 너도 끌려간다. 이 아저씨? 글쎄… 나도 몰러. 우리 사는 데로 총을 쏘고 쳐들어오니까 무조건 도망쳐 온 거지. 이유는 나중이고 우선 살고 봐야지, 안 그래?"

똥꾸는 온 몸을 부르르 떨며 닭똥 같은 눈물을 훔쳤다.

'내 나이가 몇인데 벌써 도망 다니고 죄짓고 살아야 하나? 흐-윽! 뭘 잘못했다고… 엄마… 엄마!'

똥꾸는 두 주먹을 움켜쥐고 다짐했다.

'그래… 사는 건 고행이라고 아버지가 술 취하면 늘 말했지! 난 고행으로만 끝나지 않을 거다… 투쟁이다… 그래, 인생은 투쟁이야. 꼭 살아남을 거야… 이기고 말 거야!'

"아저씨! 제가 마지막으로 엄마하구 동생들 얼굴 좀 보고 올께유… 여기서 두 시간만 기다려주면 안 돼유?"

"뭔 말이여어! 벌써 밤인데. 이 산속을 어케 내려갈꾸여? 낼 새벽까지 오십 리는 가야 하는데, 두 시간?"

구렁털도 어린 똥꾸의 마지막 애별愛別을 막기는 어려웠다. 미끄러지고 넘어지고 자빠지며 내려온 똥꾸는 캄캄한 달래천교를 무사히 건넜다. 이윽고 집 어귀에 다달은 똥꾸는 발자국을 죽여 가며 골목길에 들어섰다. 저만치 집이 보인다. 인적 끊긴 동네는 고요했다.

가슴 졸이며 몇 걸음 더 옮긴 때였다. 갑자기 옆집 대문 앞에서 검은 물체들이 왈칵 똥꾸에게 달겨들었다. 건장한 남자 셋이다. 어른도 어쩌지 못할 중과부족 불벼락 기습이었다. 한 명이 잽싸게 똥꾸 양 손에 수갑을 채웠다.

"잠깐이면 됩니다. 서에 들어갑시다."

둘은 똥꾸 양 겨드랑이를 꼈다. 행동은 거칠면서도 말은 존대했다. 구렁털 말이 떠올랐다.

"여기 경찰들 일제 때 독립군 때려잡던 순사들 아직 많어. 밀정출신들도 많고, 다른 데도 똑같어. 잡혀 들어가면 병신 돼서 나와. 나와서 죽으니 말도 못 혀어. 수법이 그 때랑 똑같어…."

속전속결이다. 슬퍼할 겨를도 없었다. 이래 죽으나 저래 죽으나 매한가지라면 멋지게 죽는 게 낫다고 생각했다. 순순히 맥없는 모양으로 끌려가니 이들도 긴장이 조금 풀어진 듯 했다. 상대는 애다.

살금거리며 들어오던 골목길이다. 집에 채 들어서기도 전에 잡히다니! 부모형제 얼굴도 못보고 다시는 돌아오지 못할 길을 되 끌려 나가려니 분노가 치솟는다. 분노는 힘이다. 저만치 나가면 복잡한 시장통이다. 미로다. 머뭇거리면 때를 놓친다. 이 때다.

지금은 칠흑 같아도 조금 지나면 밤눈이 익어 주변이 분별된다. 한 놈은 앞장서고 두 놈이 낀 똥꾸 양 겨드랑이는 느슨해졌다. 기회는 지금 뿐이다. 똥꾸는 한 번 맘먹으면 망설임이 없다. 버덩말에서 다져진 참호전 총싸움이 이 밤 실전에 써먹는 진짜가 됐다.

기습이다. 1/10 힘으로 적을 이긴다. 대신 단번에 치명상을 내야 한다. 살점을 뜯어내는 필살일격이다. 길거리 개싸움을 수없이 보며 자란 똥꾸는 미친 도사견이 됐다. 분신술이다. 급하면 통하는 절대무기다.

미친개가 돼야 잔혹한 공격성이 증강된다. 정글의 법칙이다.

'돌격 앞으로!!!'

"콰-악"

똥꾸가 벼락같이 선제 기습을 날렸다. 바른쪽 팔짱을 낀 놈의 손등이다. 독침 품은 미친개 송곳니가 사정없이 살점을 발라냈다.

"아-악!"

동시에 오른발로 놈의 왼쪽 발모가지를 걸었다.

"어이쿠"

놈은 비명을 지르면서 앞으로 고꾸라졌다.

"어이쿠"

앞서가던 놈도 넘어지며 들이받는 놈의 대갈빡에 느닷없이 받혀 비명을 지르며 같이 고꾸라졌다. 똥꾸 왼쪽 겨드랑이를 낀 놈은 둘 다 재수 없이 돌부리에 걸려 넘어진 걸로 알았다.

놈은 똥꾸 겨드랑이를 끼었던 팔을 빼어 넘어진 동료를 일으키려고 손을 내밀었다. 기회가 또 왔다. 남은 놈도 쳐낼 절호의 찬스다.

"휘-익"

차가운 바람을 타고 똥꾸의 수갑 찬 양 손이 허공에 솟구치더니 왼쪽팔 꿈치로 이내 놈의 가슴팍을 힘껏 내리쳤다. 그리고 수갑에 채여 깍지 낀 손을 든 채 캄캄한 거침없이 내달렸다. 시장통에서 자란 똥꾸는 야밤중 골목길도 시장통 미로도 손바닥 손금이다.

놈들이 뒤엉켜 고꾸라지는 소린지 개에 물린 비명인지 일시에 어수선한 상황이 벌어졌다. 한 사람 다닐 좁은 골목길에 세 놈은 넘어지고 자빠지며 서로 뒤엉켜 담벼락에 부딪치고 나뒹굴었다. 순간 동시적이었다. 어둠은 결정적 무기가 되어 똥꾸를 도왔다.

똥꾸는 바로 행길 건너 난전좌판 밑에 숨었다. 놈들과는 10미터 거리다. 잠시 후 세 놈이 후닥닥 뛰쳐나오는 소리가 들렸다. 잡화전에서 싸전, 떡정거리로 이어지는 윗길로 나누어 쫓아 올라가는 게 좁은 틈새로 보였다. '등잔 밑이 어둡다'는 이 때 써먹는 말이다. 똥꾸 전술에 적은 연이어 허를 찔렸다. 수갑을 푸는 게 급했다. 풀어야 산다. 생전 처음 차 본 수갑이다. 방법이 없다.

그런데 돌발의 수가 생겼다.

"아! 이럴 수도 있구나……."

뜻밖이었다. 상상도 못하게 쉽게 풀린 것이다. 풀었다기보다 그냥 삐져 나왔다. 본능적으로 손아귀를 오므리고 양 손목을 엇갈려 비틀어 빼니 '쏙' 빠졌다. 성인용 수갑 덕을 단단히 봤다. 애들 수갑은 없다. 똥꾸는 신체적으로 아직 어린 소년이다. 놈들은 그걸 놓쳤다.

똥꾸는 반대방향인 하구 쪽 뚝방으로 정신없이 내달렸다. 저만치 미군부대 막사 불빛이 들어왔다. 똥꾸는 개울 옆 울창한 복숭아밭에 급히 몸을 숨겼다. 동네부자 찬성이네 과수밭이다.

"개새끼들… 개 씨부랄 놈들! 내가 뭘 어쨌다구들 어린 학생한테 수갑을 채우고 지랄들이여!"

똥꾸의 얌전한 입에서 분노에 찬 쌍욕이 마구 튀어나왔다. 지금 이 쪽 저 쪽 어느 곳에도 갈 수 없는 도망자 신세라니! 그 때 개 짖는 소리가 여기저기에서 들려왔다. 진짜로 개새끼들이 지랄을 하기 시작했다. 사나웠다. 경비견들이다. 송아지만한 서양개종자다. 멋모르고 밭 가운데 깊숙이 숨은 사람의 냄새가 개들의 코를 자극한 것 같다.

"컹컹! 으엉… 우우!"

인적 하나 없는 캄캄하고 외진 들녘이다. 밤하늘을 울리며 무시무시하게 으르렁 대는 개들의 짖는 소리가 점점 가까이 오고 있었다.

혹여 조금이라도 움직이거나 뛰면 개는 더 사나워져서 날뛴다. 똥꾸는 마른 침 꿀꺽 삼키며 숨을 죽였다. 양 손에는 어느새 굵은 돌멩이가 들려져 있다. 어디선가 사람 소리가 났다.

'아, 살려 주세요, 엄마… 살려 주세요, 하느님…!'

똥꾸는 밤하늘에 대고 기도했다. 그 때였다. 등 뒤다.

"으와앙"

"아악!"

갑자기 앞뒤좌우 숲속에서 미친 개새끼들이 울부짖으며 똥꾸에게 달겨들었다. 어둠속 희뿌연 침을 질질 흘리며 따악 벌린 집채 만 한 아가리들이 퀭한 똥꾸의 눈 속으로 마구 빨려 들어왔다.

마른 얼굴에 식은땀이 흥건했다. 눈을 떴다. 엄마가 따뜻한 물수건을 아들 이마에 올려놓고 내려다보고 있었다. 밤새 끙끙대며 앓더라는 것이었다. 엄마는 뜬 눈으로 날을 새웠다.

2. 조작된 진실

고노골이 아무래도 궁금하고 걱정됐다. 사나운 꿈자리 때문만은 아니었다. 여전히 작전은 진행 중이었다. 여러 대의 헬리콥터가 이쪽저쪽 날아다니고 군홧발은 읍 내외 곳곳을 저벅거렸다.

'에르나인틴(L19)' 정찰기들은 산에도 마을에도 가리지 않고 연일 삐라를 뿌려댔다. 읍내 민심은 흉흉했다. 문을 닫은 가게가 허다했다. 사람들 입은 닫혔고, 라디오에서는 도주한 공비 뉴스가 계속 흘러나왔다. 공비가 두 명 뿐이 아니라고 판단하는 듯했다. 작전 규모와 기간이 그랬다.

지난 10월1일 읍내 공설운동장에서 국군의 날 기념식을 성대하게 치른 지 채 보름도 안됐는데 또 이 난리다. 여기는 "시월 일일"이 각별하다. 6.25 때 국군이 미군을 앞질러 38선을 첫 돌파한 지역이다.

'국군의 날'이 만들어진 연유라고 했다. 똥꾸는 이날이 일제 때 우리 독립군 창설 일을 기념한 날이거나 아니면 대한민국 국군이 창설된 날을 기념해서 만든 날인 줄 알았다. 누구에게 물어본 것도 아니고 똥꾸의 상식으로 그렇게 추측했었다.

이 행사는 해마다 성대하게 열린다. 읍내 행사 중 가장 크다. 이 동네가 제일 처음으로 인공치하에서 자유 대한의 품으로 수복된 날인데다 국가기념일이니 그럴 만 하다. 그런데 사람들은 담담하다.

이 날은 공설운동장에 수백 수천 명이 모여서 기념식을 하고 '에르나인틴'이 저공비행하며 삐라와 사탕봉지들을 뿌린다. 공설운동장은 읍내 외곽 넓은 풀밭에 사열대 하나 있는 공터. 여기에서 체육대회도나 '범군민 궐기대회'가 열리고 각종 행사 기념식이 열린다.

비행기가 얼마나 낮게 나는지 조종사와 포대자루 풀어 뿌리는 사람이다 보인다. 애들은 이날이 잔칫날이다. 아이들은 땅에 내려앉은 비행기를 한 번 보는 게 소원이다. 그걸 한 번 본 적이 있다.

국민학교 3학년 때 윤보선 대통령이 학교 운동장에 폭풍바람을 일으키며 잠깐 내렸다가 날아갔을 때다. 그 때 어른들은 얼씬도 못하게 했다. 애들은 막지 않았다. 헬리콥터는 모래바람에 가려 보이지도 않았다. 대통령은 그렇게 멀리 하늘로… 하늘로 올라가 사라졌다. 하느님 같았다.

어제 또 공설운동장에 많은 사람들이 모였다. 집집마다 한 사람 이상 나간다. 안 나가거나 못 나가면 동네별로 이장이 체크했다. 못 나가면 사정을 밝혀야 했다. 마땅한 사정이 없으면 어린 자식이라도 내보냈다. 안 그러면 이상해진다.

지난 봄 박정희가 윤보선에 대통령 선거를 또 이겼다. 그 한 달 후 치러진 국회의원 선거에선 공화당이 2/3 가까이 싹쓸이했다. 탈이 생겼다. 여기저기서 폭로가 이어졌다.

"6.8 부정선거, 3.15가 울고 간다!"

신문에 부정선거 규탄 데모 뉴스가 조금씩 나오기 시작했다. 야당은 국회안에서 농성을 하고 단식 투쟁을 한다고 했다. 자유당 때 이승만 '3.15 부정선거' 뺨 친다는 말도 있었다. '4.19' 도화선이다.

박정희가 국회에서 3선 개헌을 통과시키려고 의석 확보에 무리했다는 풍문이 나돌았다. 군인·공무원표에 리·반장 표는 자유당 때부터 거저 가져간다 했다. 그쯤 되면 지는 게 이상한 거다.

국회는 문도 못 열었다. 서울에선 데모가 말도 아니라고 했다. 세상이 다시 어수선해졌다.

어마어마한 뉴스가 터져 나왔다. 난데없이 [동백림(동베를린) 거점 간첩단 사건이다. '6.8 총선' 딱 한 달 만인 7월 8일이다. 부정선거 시국에 찬물을 끼얹었다. 정권이 터뜨린 회심의 뒤집기가 틀림없다.

"독일 프랑스 유학생들과 파견나간 교수·예술인·상사주재원 등 지식인 194명이 북괴의 지령을 받는 간첩단 조직을 만들었다"

정부 발표다. 우리나라 신문은 자기 판단이 없는 것 같다. 정부나 당국이 무엇을 발표하면 그게 100% 사실이 된다. 불러주는 그대로 1면 톱 제목을 뽑아낸다. 북괴 노동신문과 뭐가 다른지 모르겠다. 똥꾸 생각이다. 재판이고 뭐고 그건 나중 얘기다.

사람들 머릿속에는 그게 콱 박혀 진실이 된다. 이기면 뭣하고 보상을 받으면 뭣하나? 죽어 자빠진 다음에! 잡혀가서 무슨 일 당하는지 보는 사람도 아는 사람도 없다. 당국의 발표가 유일하다.

'무엇 하나 부족한 것 없는 대한민국 상류층에 속할 사람들이 남한 적화통일 공작을 했다…?'

똥꾸나 촌 사람들이야 모르는 이들이 대부분인데, 신문을 보면 유명한 사람들이 많다고 했다.

이 사건은 그 달 17일까지 정부에서 일곱 차례에 걸쳐 잇달아 발표했다. 다른 뉴스가 끼어들 틈이 없이 숨 가쁘게 이어졌다. 발표와 뉴스를 보면 대한민국이 금방 김일성에 넘어갈 위기에 처한 것 같다.

그렇게 자고 나면 신문지면에 도배가 되고 방송 뉴스를 뒤덮었다. 읍내는 속이야 어때도 겉은 무풍이다. 이 시국에 공비 두 명이었다.

이 뉴스도 점차 줄어들더니 시야에서 사라져갔다. 당국도 김일성이 때도 때를 잘 맞추는 것 같다는 생각이 들었다. 똥꾸 생각이 이런 거면 정부 발표를 100% 믿는 많은 사람들이 속으로 양쪽의 앞 뒤 궁합이 이상하게 잘 들어맞는다는 비슷한 생각을 할 것이었다.

읍내 유지들도 뭔가 모르게 이리저리 바쁜 듯하다. 예의 바쁜 까닭이 있었다. [궐기대회가 열리고 김일성 화형식도 했다. 김일성이 불타 죽은 게 읍내 공설운동장에서 벌써 몇 십 번이다.

사열대 앉은 사람들 중 별 단 군인 자리가 늘 제일 높았다. 어디가나 군인들 앞에 군수는 밑이다. 훈련이 벌어지면 위문품들이 길게 줄을 섰다. 다른 데는 어떤지 몰라도 여기는 여전히 전시 분위기였다.

-동백림 간첩단 사건은 69년 3선 개헌 파동 직전까지 끌고 가면서 박정희의 법원에서 재판 소동을 벌였다. 사법부는 권력으로부터 자유롭지 못했다. 말이 삼권분립이지 박정희 1극 체제였다. 국제사회가 발칵 뒤집혔다. 대부분이 사형 무기징역 7~15년 등 중형을 받았다.

20여년 뒤 김영삼 정부 때 모두 재심으로 무죄판결 복권됐다. 조작된 진실은 결국 권력의 내부 분열로 터져 나왔다. 사건을 주도하며 3선 개헌을 밀어붙인 중정부장 김형욱은 쫓겨나 미국에 망명, 반박정희에 앞장섰다. 그는 미 하원 [프레이저 청문회]와 회고록에서 살인적인 고문 조작사건임을 실토했다. 그는 결국 1979년 여름 프랑스에서 납치되어 참혹하게 피살당했다. 그 2개월 후 박정희도 피살됐다. 18년 동안 민주주의를 유린했던 1극 독재가 막을 내렸다. -필자 註

구렁털은 똥꾸를 보고도 반가운 기색이 없었다. 우울해 보였다.

'새벽대장'이 예정에 없이 저녁나절에 온다는 건 그만큼 안 좋은 일 때문인 걸 구렁털은 알고 있었다. 이런 일은 처음이다. 똥꾸와 산적은 새벽대장을 만난다는 마음에 가슴이 설렁거렸다.

어떻게 생긴 사람일까? 도술은 얼마나 부릴까? 돈트는 새벽에 온다고 해서 새벽대장인데 무슨 일로 이 어스름한 해질녘에 온다는 걸까?

궁금하고 빨리 보고 싶어졌다. 지난 번 망까와의 대결 일이나 요즘 스산한 공비 사선이 꺼려지신 한다. 그래도 새벽대장을 봐야 한다.

"보면 느들도 알 분이다."

"예-에?"

구렁털이 인기척을 느꼈는지 산채 입구 쪽으로 나갔다. 그리고 얼마 후 저 쪽에 사람 그림자가 두엇 보였다. 새벽대장일 거다. 어느새 삼촌들도 마당에 모여 있었다. 두 사람이 점점 가까워져 왔다. 산들바람에 흔들리는 코스모스가 두 사람의 얼굴을 가렸다 폈다 했다.

그래도 윤곽이 확실히 들어오기 시작했다. 가까워질수록 똥꾸와 산적의 표정이 이상해져갔다. 낯익은 얼굴… 어디서 많이 본 듯한 모습이다.

"꺽정이다"

산적이 큰소리를 질렀다. 눈 좋은 녀석이 먼저 알아봤다. 맞았다. '꺽정 아저씨'였다. 둘 다 구렛나루 짙은 털보에다 거무튀튀하고 키와 외양도 닮았다. 모르는 이들은 착각할 정도다. 둘은 얼른 알아봤다. 꺽정 아저씨와 구렁털 아저씨다. 둘이 걸어오고 있다.

꺽정 아저씨는 왼쪽 다리를 약간 전다. 그래서 반대쪽 어깻죽지는 걸을 때마다 그만큼씩 올라간다. 걸음걸이는 풀섶에 가려 안 보여도 어깨 들럭 거리는 건 보인다. 아는 사람만 안다. 꺽정 아저씨다.

마당에 들어선 꺽정 아저씨는 삼촌들 뒤에 서 있는 똥꾸와 산적을 보더니 그 커다란 왕방울 눈을 껌벅거리며 웃음을 지었다. 웃는 듯 마는 듯 빙그레 짓는 미소는 인자하고 사람을 편안하게 해준다.

똥꾸는 그걸 배웠다. 진심을 담은 웃음은 자연스럽다. 꾸밈없음을 상대는 안다. 표정으로도 안다. 그때 알았다. 어렵고 짜증나고 급한 일도 지긋이 웃어주면 여유가 생겼다. 이상한 일이었다.

꺽정 아저씨를 저 앞에 두고 떨어져 있는 둘은 속삭이듯 나직한 목소리로 놀란 가슴을 주고받았다.

"야-아, 꺽정이 아저씨가 대장이라니 말이 되냐? 똥치고 개 잡는 저 아저씨가 여기 대장이라니!"

산적의 말이 떨어지기 무섭게 똥꾸가 대들었다.

"야 임마, 너 죽을래? 얻다대고 그딴 소릴 해? 서낭당 구석배기 사는 네 놈이 꺽정 아저씨를 알면 얼마나 아냐?"

"야, 그래도 그렇지. 상상이나 해봤냐 똥꾸야?"

꺽정 아저씨는 똥꾸 산적의 이곳 출입을 알고 있었다. 산채 식구들도 대장이 누군지 어떤 사람인지 그동안 입 꿈쩍도 안 했다. 대장이 읍내에 사는 걸 말하면 대뜸 알 일이다. 굳이 말을 않은 것이지 무시하는 건 아니었다. 둘도 없는 식구들 동생이고 친구다. 그래도 어린 똥꾸와 산적은 그게 아니다. 말해주지 않은 게 아쉽고 서운했다.

꺽정 아저씨가 새벽에 오는 이유는 일 때문이었다. 아침부터 읍내 집집마다 의뢰받은 변소를 치고 음식점 개와 닭을 잡아주고 종일 바쁘다. 흉사나 궂긴 일 생기면 여기저기서 그를 불러댄다. 참 이상했다. 잔치나 좋은 일엔 찾지 않으면서 꺼려지는 일이 생기면 꼭 꺽정 아저씨를 찾는다. 가타부타 말수 자체가 없는 아저씨다.

아저씨는 어쩌다 남는 자투리 시간마저 길거리 쓰레기 치우는 일로 채운다. 그건 순전히 무보수로 하는 봉사다. 돈 받고 일하는 청소부보다 더 열심히 깨끗하게 치운다. 수수하다 못해 허접한 외양과 달리 일은 깔끔하고 뒷마무리는 늘 두 번 손을 타지 않게 확실하다.

사람들은 그를 신뢰한다. 그를 찾는 이유다. 그러면서도 괄시한다.

그의 이름도 집도 아는 이는 없었다. 그가 어디서 어떻게 살다 읍내에 들어온 건지 궁금할 형편이 어쩌면 안 됐는지 모르겠다. 여유 없이 쫓기며 사는 건 다들 같다. 남에게 관심을 보낼 처지가 아니다.

꺽정 아저씨의 또 다른 점은 만화책에서 보던 임꺽정과 대단히 닮았다는 것이다. 외모도 그렇고 어려운 집 똥간은 돈을 받지 않고 거저 치워줬다. 더러는 똥구멍 찢어지는 초가집 산모 몸조리 하라고 쌀에 미역에 콩비지를 슬그머니 부엌 턱에 놔두고 가는 일도 많았다.

"꺽정 아저씨!"

똥꾸는 언젠가부터 그렇게 불렀다. 호칭이고 별명이었다. 만화 속 주인공이 세상 밖으로 튀어나온 듯 했다. 똥꾸는 그 부하를 자처했다. 얼마 지나지 않아 아이들도 자기들끼리는 그렇게 불렀다. 꺽정 아저씨는 직접 듣는 일이 없을 텐데 아는지 모르는지 그랬다.

아저씨는 사람들의 입놀림이나 이목을 조심스러워했다. 무표정 무대응으로 일관했다. 꼭 필요한 말은 손짓 몸짓으로 대신 했다. 그게 더 자연스러웠다.

'꺽정'에게는 세 명의 의형제가 있다. 서로 기대는 둔덕이다. 염쟁이 황씨, 대장쟁이 도 선생, 뼉치(백정) 쇠칼이다. 경찰은 길거리에 얼어 죽고 차에 치여 죽는 거지나 신원불상 행려자가 생기면 이들 3형제를 찾는다. 아무런 의무도 책임도 없는 꺽정 아저씨와 이들을 부르고 도움을 받아 시신을 처리한다. 말이 군청이지 경찰도 없고 교육청도 없고 소방서도 없다. 소방서래야 손으로 펌프질 하는 물수레 2대가 전부다. 의용소방대원들이 지킨다. 병원도 119도 없다.

꺽정 아저씨가 시체를 리어카에 싣고 끌고 가서 윗말 염쟁이 황 씨에게 넘기면 그가 염하고 꺽정 아저씨가 거들었다. 늘상 있는 광경이다. 기던 놈이나 날던 놈이나 죽으면 똑같이 불쌍하다. 저승 잘 가라고 정성껏 씻겨주고 닦아줬다. 다음 날 경찰이 싣고 가면 그 뒤는 어떻게 되는지 아무도 모른다. 알려고도 하질 않는다.

대장간 도 선생한테 꺽정 아저씨는 큰 손님이다. 개잡는 칼, 닭잡는 칼에 삽 호미 등 쇠붙이 쓸 일이 많아서 자주 들른다. 그러다 묵직하고 정이 많은 '꺽정'과 호형호제를 틀었다. 뻑치(백정) 쇠칼 아저씨도 직업상 대장간을 자주 들르면서 자연스럽게 만나 형제를 맺게 됐다. 술 담배 입도 안대는 꺽정 아저씨와 반대로 이들 셋은 술고래에 흥이 넘치는 풍류쟁이였다.

나이는 황 씨, 도 선생이 다 위인데도 꺽정 아저씨를 '형님'이라고 했다. 이들은 남모르게 산채와 유막동 후원자 노릇을 하며 뱃가죽 맞대고 어울렸다. 아저씨… 새벽대장의 그림자였다.

"자, 그만 들어들 가십시다"

구렁털이 새벽대장 뒤를 따르고 삼촌들이 모여들었다. 말 수 귀한 산채에서 어쩌다 듣는 말은 반가웠다. 위아래 없이 누구나 존대를 해 붙인다. 읍내 같으면 어색한데 여기는 그렇지 아니했다.

구렁털 방이 '논회論會'장소다. 방이 커서 열 명은 올방지 틀고 앉을 수 있다. 똥꾸 산적은 어찌해야 할지 몰라 문밖에 서 있었다.

앞서 들어가던 새벽대장 꺽정 아저씨가 몸을 돌리더니 제법 큰 소리로 느릿하게 말을 건네왔다.

"자네들도 같이 들어들 오시게! 기왕 오셨는데 그냥 돌아가시면 안 되지. 한두 번 오는 거 아닐 테고……."

목소리는 힘이 있고 장중하게 들려왔다. 읍내에서 어쩌다가 단문으로 짧게 끊는 말은 간혹 들었어도 완성형 문장의 말로 길게 이야기하는 걸 듣는 건 이번이 처음인 것 같다. 이게 진짜다.

그런데 뭔가 심상찮은 심지가 박혀있다. 뭔가가 있는 게 분명하다. 똥꾸 느낌도 예사롭지 않다.

'뭘까…?'

-제목이 [임진강]인데 엉뚱하게 '꺽정 아저씨'가 주인공이라니 많이 의아할 것이다. 꺽정 아저씨가 바로 임진강이다. 그러니까 앞부분부터 언급되는 인물인데 이제 공식적으로 등장하는 시점이 됐다!

3. 잡초

작은 읍내라 '개장국(보신탕)집'은 똥꾸네 뿐이다. 예전에는 세 집이 있었는데 이러저러해서 한 집이 됐다. 밥장사 술장사 반반이다. 술장사는 좀 남는데 거반 외상장사다. 절반은 떼이고 깎아서 받는 게 반이다. 뜻은 모르지만 'PL 480 밀가루'로 받는 일도 많다.

그래도 목돈 만지기는 술장사가 낫다. 반면에 밥장사는 남는 게 별로 없어도 식구들 밥술 얻어먹고, 현찰 장사라 급할 때 요긴하게 쓸 수 있다. 둘 다 놓치기 어렵다.

[개장국]은 값이 되는 현찰이다. 밥은 단체식사 아니면 혼자나 둘이 오는 손님이 대부분인데, 개장국은 통상 여럿이 떼를 지어 와서 밥과 술을 함께 한다. 외상보다 현금 거래가 많고 단위도 크다.

된장 막장 내고 이런저런 야채를 버무린 얼큰한 양념장 섞어 풀면 됐다. 마당에서 장작불 때고 고기를 삶는 일은 똥꾸 몫이다. 지금도 만주에서는 개장국이라고 부른다. 원래 이름이 '개장국'이다.

읍내에서 개 잡는 사람은 딱 한 명이다. 이 사람은 국민학교 앞 里사무실 단칸방에 사는 홀아비다. 훨씬 나이가 들어 보이는 40대 초다.

체격이 크고 든든하다. 손은 한눈에 봐도 솥뚜껑 같은 왕손에 거칠고 두터워 우악스러워 보인다. 웬만한 건달도 함부로 시비 걸지 못하는 이유다. 잡히면 부러진다. 보기만 해도 위압감이 느껴진다.

지게 옹기로 가정집 변소 치는 일을 업으로 삼고, 부업삼아 밥집 의뢰를 받아 개 잡는 일도 한다. 두 가지 일이 반반이다. 아저씨는 똥꾸네 식당에 두 가지 일 모두 드나든다. 그 중에도 개 잡는 일로 자주 드나들어 잘 알고 지낸다.

그런데 이 아저씨가 시내를 돌면 개들은 자기들을 때려잡는 도살꾼임을 어떻게 아는지 다들 시커먼 입과 송곳니를 한껏 드러내고 거품을 흘리며 무섭게 짖어댔다. 이상한 일이었다.

오랫동안 개를 잡다보니 몸속에 개들의 원혼이 달라붙어 그런 건 아닌지, 아니면 개의 피가 몸에 배어서 그런 건지 알 수가 없었다.

개들은 무섭게 짖어대며 금방이라도 물어뜯을 듯 달겨들었다. 그러나 그 이상 대들지는 못했다.

"휘여, 지게-"

아저씨가 돌아서며 발 한 번 구르고 소리를 버럭 지르면 순식간에 꼬리를 내리고 줄행랑을 쳤다. 아저씨는 아무렇지 않은 듯 태연하게 길을 가곤 했다. 단지 동네사람들 시끄러울까봐 그게 신경 쓰였다.

개들이 떼거리로 따라오며 짖을 때는 정말 동네가 소란스럽다. 놓아 키우는 때다. 개들 세계에서 아저씨는 무서운 공포의 대상이다.

사람들은 덤덤하다. 봐도 안 봐도 다들 알고 있다. 내다보는 사람도 눈을 흘기는 사람도 없다. 아이들만 졸졸 따라다니며 아저씨와 개들의 상호관계를 관심 있게 구경한다. 똥꾸도 그 중 하나다. 그런데 똥꾸는 그가 지저분하거나 무섭지 않다. 남다른 친근감을 가진다.

아저씨 인상은 한 마디로 말하면, 영화에 나오는 '임꺽정'과 똑같다. 그 임꺽정이라고 생각하면 틀림없다. 6척 키에 우람한 근육질 몸매와 왕방울 눈, 가마솥 손바닥이다. 툭툭 불거진 손등 심줄과 거무튀튀한 피부며 무표정한 얼굴은 알 수 없는 깊이가 있다.

무엇보다도 덥수룩한 구렛나루와 돼지털 같이 성긴 수염으로 뒤덮인 얼굴은 천한 일을 하는 사람이라고 막 대하기 어려운 이상한 무게감과 이질감을 준다. 시커먼 수염에 덮여 가려진 그의 입에서 나오는 말소리를 똥꾸는 이제껏 들어본 적이 없었다.

똥꾸는 그를 '꺽정'이라고 별명 붙였다. 얼마 지나지 않아 동네 아이들도 그렇게 따라 부르기 시작했다. 그리고 아주 이름이 됐다.

"꺽정이 아저씨 간다♪"

아이들은 합창을 하곤 했다. 무관심으로 심드렁하게 지나치는 어른들과 달리 동네 아이들은 좋아라 따라다녔다.

"꺽정이 아저씨-이-"

재미삼아 노래삼아 박자를 맞추어 불러 제끼는 아이들이 '꺽정'을 똥꾸만큼 알고 그러는지는 알 일이 없었다. 배운 지식으로는, 꺽정 아저씨는 인도의 브라만 계급 중에서 제일 밑바닥인 '수드라'에 해당하는 격이었다. 사람인데 사람취급을 제대로 못 받는다.

어디서 어떻게 사는지 나라님도 이웃도… 아무도 관심을 주지 않는 불가촉천민이다. 지렁이를 보면기겁 하거나 찡그리는 사람들이 느끼는 혐오의 대상 비슷하다. 자신이 싼 똥을 처리해주는 이를 고마워하기보다 멸시하는 모순의 인간형이 넘치는 세상이다.

'지렁이도 밟히면 꿈틀한다'는데 아저씨한테서는 이제까지 그런 걸 보지 못했다. 성姓도 이름도 모르는 '꺽정 아저씨'는 누구한테도 폐를 끼치지 않고 묵묵히 일만 하면서 산다. 잡초 중에서도 왕잡초다. 질경이다. 또 다른 왕 잡초 곱추 오 씨 아저씨의 남은 얘기는 8부로 넘겨 꼭 말하고 싶다!

꺽정 아저씨 개 잡는 풍경을 그대로 옮기고자 한다.

개 도살장은 따로 없다. 달래천 제방뚝이 도살장이다. 도구는 두 가지, 제방 돌 얽어맨 철망과 가지고 다니는 도끼자루다. 언젠가 알게 됐다. 개들은 꺽정 아저씨의 눈을 피했다. 길거리에서 짖는 개나 끌려가는 개나 같았다. 그의 눈을 보면 개들도 죽음의 공포가 섬뜩하니 느껴지는 모양이었다.

꺽정 아저씨는 평소대로 말 한 마디 없이 개 줄을 바짝 당겨서 끌며 들며 제방뚝으로 나갔다. 개는 소리 한번 제대로 내지 못하고 기선을 완전히 제압당한 채 낑낑댔다. 말 그대로 '개 끌려가듯' 꼼짝없이 딸려가는 형국이다. 벌써 오줌을 지리다 못해 질질 싼다.

아저씨는 아이들이 구경하러 오는 걸 말리지 않는다. 마땅한 구경거리가 없는 아이들은 무슨 큰 볼거리 놀 거리라도 되는 듯 마냥 떠들며 떼를 지어 논길 뚝방으로 따라 올라갔다.

"느네 언제 또 개 잡니?"

친구들은 똥구에게 가끔씩 물어온다. 아저씨도 아이들을 표 안 나게 좋아한다. 어쩌다 웃는 듯 마는 듯 오른쪽 입술이 살짝 들려지며 보이는 허연 어금니 이빨에 아이들은 꺽정 아저씨가 자기들을 무척 좋아한다는 걸 안다. 편하게 1등석 관객이 된다.

이윽고 꺽정 아저씨는 큰 숨을 몇 번 고른 후 그 큰 눈망울로 개 얼굴을 잠깐 훑어본다. 슬픈 얼굴이다. 자세히 봐야 안다. 아마 저승 편히 가라고 기도해주는 것 같다. 개는 초점 잃은 눈망울을 굴리면서 금방이라도 눈물이 뚝뚝 떨어질 것 같다.

生과 死가 갈라지는 순간이다. 측은함도 불쌍함도 잠깐, 아이들은 이내 숨죽여 다음 순서를 기다린다. 꺽정 아저씨 옆에 바싹 붙은 대여섯 명도 똥꾸도 마른 침을 꿀꺽 삼킨다.

꺽정 아저씨는 개 줄 끝 부분을 멀찌감치 늘어뜨려 개의 방심을 유도한 다음 슬며시 제방 철망에 밀어 넣는다. 그리고는 개 줄을 손아귀에 두세 번 말아 감는다.

"홰-액!"

순간 우악스런 손으로 단번에 굵은 개 줄을 잡아챈다. 0.1 초다.

"휘리릭… 철커덕!"

개는 미처 일말의 저항할 새도 없이 졸지에 개 줄과 함께 철망에 목이 죄여 단단히 감겨버린다. 사지는 하늘 방향으로 벌려진 채 바르르 떨고 목은 큰 돌망태를 얽어맨 굵직한 철사 줄에 바싹 달려 붙어 옴짝달싹 할 수가 없다.

"아…!"

꺽정 아저씨는 감아서 말아 쥔 개 줄 여분마저 다시 옆 철망 줄에 칭칭 감고 얽어매 놓는다. 이제 개는 영락없이 나무에 매달린 물고기 신세다. 아이들은 잔뜩 긴장한 채 쪼그려 앉아서 다음 순간의 끔찍함을 상상하고 마른 침을 또 한 번 삼킨다. 순서에 익숙하다.

이윽고 아저씨는 묵직한 도끼자루를 두 손으로 움켜잡았다. 도끼 날 반대쪽의 머리를 돌려 세우고는 개의 머리 정수리를 향해 어깨 뒤로 젖혀 곧추 세운다.

개의 눈망울은 이제 흰자위로 뒤덮였다. 아저씨는 한 치 망설임 없이 묵직한 도끼머리로 힘껏 내리쳤다. 별다른 조준도 하지 않은 것 같은데 도

끼머리는 개의 면상 정수리에 정확히 내리 꽂혔다. 개는 비명 한 번 지르지 못하고 피를 흘리면서 늘어졌다. 한순간이다.

'아, 죽음은 찰나구나….'

숨 줄을 끊을 때는 아주 빠르고 정확하고 간결해야 한다. 그게 그나마 편하게 보내주는 최소한의 예의다.

손을 툭툭 털고 옆 가장자리에 앉은 아저씨는 호주머니에서 봉초를 꺼내 말아 입에 물고는 불을 붙였다. 그리고는 길게 연기를 뿜어내면서 물끄러미 달래천을 쳐다보았다. 이 때 아이들은 슬금슬금 가까이 가서 죽은 개의 앞뒤를 훑어보았다.

개 똥구멍 주위에는 생 똥이 한 무더기 싸질러져 있는데 계속 줄줄이 흘러나온다. 얼마나 충격이 컸으면 뱃속 생 똥이 밀려 나올까?

담배 한 대를 다 피운 꺽정 아저씨는 늘어진 개를 질질 끌고 뚝방 아래 개천가로 내려갔다. 그리고 미리 준비한 장작더미에 불을 붙이고 그 위에 개를 얹어놓았다. 불길에 훨훨 타는 게 스님 다비 같다.

털이 타버리고 몸통만 남은 개는 처음보다 많이 가늘었다. 꺽정 아저씨는 날카롭게 벼려서 햇볕에 번쩍거리는 칼을 꺼내들었다. 끄슬려지고 남은 잔털은 한 점 남김없이 긁어냈다. 이제 배 가르기다.

해체작업인데 이 과정이 의외로 가장 빨리 끝난다. 내장 속 위 아래쪽에서 잘라낸 '꽈리(쓸개)'는 아저씨가 생으로 맛본다. 잡는 사람의 특권이다. 작업을 모두 마친 꺽정 아저씨는 잡은 개를 지게 함지에 싣고 똥구네 집에 부렸다. 이 일을 똥꾸는 모두 지켜봤다.

중학생이 돼서는 태운 개를 불에 거스르고 해체한 몸통 토막 내는 작업과 내장 손질 등 후반부 작업 대부분을 거들었다. 원시적인 방법이지만 그래서 인간적이었다. 기계로 싹뚝 잘라 죽이고 양심을 피해가는 날림은 없었다. 그게 똥구의 생각이었다.

꺽정 아저씨가 딱 한 번 실수하는 걸 본 적이 있다. 죽은 줄 알았던 개가 장작더미 속에서 갑자기 살아나 '깨갱' 소리를 내지르며 강물로 냅다 뛴 것이다. 장작불 곁에 바짝 붙은 채 쪼그려 앉아 구경하던 똥구와 아이들은 기절초풍했다.

정신없이 뛰던 개는 곧 강물 속에 빠져 비로소 진짜 죽었다. 둥둥 떠내려가는 걸 꺽정 아저씨가 들어가 끄집어 올렸다. 참 무서웠다. 그 장면을 생각하면 지금도 이불 속에서 소름이 돋는다.

4. 감옥

빼곡이 들어앉은 방안은 무겁게 가라앉았다. 긴장돼 있다. 이런 분위기는 처음 보는 것 같다. 침묵 무언이 선방의 전유물이 아님을 이 때 알았다. 말만 말이 아니다. 똥구는 일제 말, 안변 석왕사에서 승려노릇 5년 하다 해방 후 환속 귀향한 아버지한테서 들은 얘기가 많다. 그런 걸 좀 안다.

둘은 구석에 엉거주춤 쪼그려 앉았다. 덩달아 긴장이 됐다. 그렇게 한 십여 분 쯤 흘렀을까? 오랜 침묵을 깨고 구렁털이 입을 열었다.

"그래서 어떻게 하면 좋을런지요?……."

다시 긴 침묵이 흘렀다. 아무도 입을 뗄 기미가 없다. 본래 말이 없는 산채인데 아주 얼어붙은 것 같다. 무엇이 이렇게 초긴장 얼음장을 만들었을까? 알 듯 모를 듯 똥구의 속은 점점 복잡해져 갔다. 짚이는 게 있기는 했다.

"음… 하늘에 맡기는 수밖에 없습니다. 그 사람 잡히면 우리가 죽고 그 사람이 살면 우리도 사는 꼴이 돼버렸습니다. 딱한 일입니다. 세상 일이 어디 순리나 사실대로 굴러갑니까? 후우…… 지금 우리 처지에서 그 사람 죽는 게 답이에요. 명령에 따라 내려왔긴 해도 할 수 없습니다. 애먼 무지렁이들 또 억울하게 죽을 순 없습니다. 이 사람은 남파, 망까는 북파… 전쟁입니다. 6.25 한 번으로 족하지요……."

끊어질 듯 이어지는 새벽대장의 목소리가 느려서 더 무겁다.

"그러니까 말씀이긴 한데, 도망친 그 친구가 지금 살았는지 죽었는지 아니면 넘어갔는지 알 수 없는 게 문제지요. 잡았어도 작전상 일정기간 감출 수도 있구요."

똥꾸는 감을 잡았다. 산적은 뭔 말인지 헷갈려 했다. 진짜 그렇다면 큰일이다. '사태'다.

"그렇습니다… 읍내에선 잡혔단 말도 돌고 벌써 넘어갔단 말도 돕니다… 죽었단 말은 아직 없는 걸로 봐서 소문이긴 해도 살아있는 것 같습니다. 잡혔으면 그 친구 루트… 비트 토해내고 지나간 길목 군 지휘관들 목 날아가고… 그러면 우리처럼 모르고 물 한바가지 떠준 사람들 잡으러 작전 들어올 텐데, 잠잠한 것 보면 아직 잡히지 않은 것도 같습니다. 잡히지 않길 바랄 수도 없는 일이고, 잡히면 억울하게 죽고 망가지는 사람들 쏟아지고… 우리가 그 맨 앞에 지금 기둘려 있는 형국이지요. 안됐긴 해도 그가 죽는 게 차선입니다."

삼촌들은 아무 말 없다. 할 말도 없는 듯 고요히 듣고만 있다. 구렁털과 새벽대장이 주고받는 문답이다. 새벽대장은 지금 속이 아주 복잡하다. 무엇보다 산채 식구들 신상이 염려스럽다. 경험칙이다.

"대장님 그러면 지금 시점에서 어케 하면 좋을런지요…?"

"글쎄 말이요. 음…… 음……."

새벽같이 산채로 내려와 해질녘까지 하루나절 머물다 갔던, 간첩인지 공비인지 그 사람 얘기다. 그가 지금 산채 숨 줄을 잡고 있다.

국군특수부대원이라고 했다. 별반 대해 준 것 없이 냅다 잠만 자다 보리밥 한 술 얻어 뜨곤 다리를 건너간 사람들이다. 그런데 지금 무장공비 잡는다고 천지난리다.

확실하진 않지만 그 사람들 같다. 지금 그 둘로 인해 읍내 사람들이나 속으로 앓는 산채나 말이 아니다. 그들은 해도 아주 큰 실수를 했다. 생사 극한 훈련과 치밀한 적응교육을 받고 남파된 간첩치고는 사단이 너무 허술하게 터졌다. 풀려진 긴장 탓인가?

"그 친구 잡혀 루트 밝혀지면 여기가 '비트'로 둔갑돼버리고 말겠네요…?"

구석빼기에서 숨죽여 듣고 있던 똥꾸가 난데없이 끼어들었다.

"어? 그렇다면…… 모두 간첩이 되고 그것도 무장공비가 돼버리는 거 아닙니까? 아니면 동조자로 몰리는 건 시간문제네요…."

'아, 둔갑술이 이렇게도 쓰여질 수 있겠구나!'

간이 오그라든다. 대장이 말했다.

"한 시가 위급하오. 이 밤중에라도 어케 될지는 아무도 모르오. 일단 정리할 거 하고 내일 새벽 여길 뜨시오!"

새벽대장의 결론이었다. 내린 결정은 단호했다. 모두들 머리를 숙였다. 소리 없이 일어선 삼촌들은 스르르 문을 여닫고 흩어졌다.

방 안 공기는 여럿이 머물다 나갔는데도 차가웠다. 고드름이 어는 듯했다. 방안에는 대장과 구렁털 그리고 똥꾸 산적 이렇게 넷이 남았다. 비장하고 단호했던 대장의 얼굴은 언제 그랬더냐싶게 다시 담담한 표정으로 돌아왔다. 똥꾸를 지긋이 바라봤다. 한참을 그랬다.

똥꾸는 알았다. 뭔가 남기고 싶은 메시지가 있어 보였다. 똥꾸는 중학생이라도 여기선 제일 유식쟁이로 쳐줬다. 대장과 구렁털은 똥꾸가 또래 아이들보다 아는 것 많고 주변 어른들보다 생각도 깊은 아이로 보고 있었다.

똥꾸는 신문을 일곱 가지나 본다. 열 집 건너 1부, 동네에 전화 몇 대인 읍내에서 신문 일곱 개를 보는 사람은 똥꾸 뿐이다. 국민학교 3학년 무렵부터 봐서인지 한자가 태반인 신문기사 정도는 막힘없이 읽어 내려간다. 모르는 한자는 옥편으로 해결한다. 그냥 못 지나간다.

처음에는 김성환 고바우를 보다가 스포츠로, 그러다 사회·정치·경제면을 지나 지금은 사설까지 훑는다. 진짜 가짜 가려 본다. 아버지가 10년째 줄반장(실제로는 똥꾸가 걷고 전달하고 다 한다)이라 지방지는 거저 본다.

서울신문 대한·신아일보는 아버지 의동생 둘이 각기 지국장과 주재기자를 해서 그냥 갖다본다. 중앙일보는 새로 생긴 신문이라 공짜다. 이병철이 만든 신문이라 돈이 많다. 2년 넘게 계속 넣어준다.

물론 아무나 공짜 아니다. 전화기가 있고 좀 유식하고 장사를 하는 집이다. 똥꾸네는 읍내에서 큰 편의 식당이라 전화기가 있다. 주인 이름은 몰라도 전화번호로 다 통한다. '46번 집'이다.

월 구독료 600원씩 돈을 주고 보는 건 경향·동아다. 야당지다. 경향이 진짜다. 동아는 좀 알쏭달쏭 하다. 가짓수는 많아도 모두 대판 4면 한 장짜리다. 신문에 따라 일주일에 한 두 번씩 두 장짜리가 나온다. 두어 시간이면 대충 다 본다. 얼마 전부터 경향신문 광고를 보고 '사상계'를 구해보기 시작했다.

장준하 함석헌은 작년, 그러니까 중학 1학년 때 그 잡지에서 알았다. 하루치도 안 거르고 가위질로 오려붙인 스크랩이 다락방 한 가득이다. 라디오에서 흘러나오는 노래가사 받아 적은 공책만 열댓 권 된다. 대중가요 들고 꿰는 노래 박사다. 산채에서 노래 몇 가락 뽑으면 구성진 트롯에 삼촌들이 환호작약했다.

그런데 임택근 이광재 둘이서 뉴스고 연예고 스포츠중계까지 북 치고 장구치고 방송 다 한다. 독점이다. 강찬선이는 어쩌다 정오뉴스에 나타난다. '보조'다. 똥꾸는 이 때 완성됐다. 20년 당겨 산다.

똥꾸는 집에서 별명이 쇼리인 '바우'다. '돈바우'다. 발음이 묘해서 '똥바우'다. 식당 경리 담당이다. '시꼬미' 구입, 외상값 입출, 현찰 관리 등 모두 똥꾸가 책임진다. 국민학교 6학년 때부터 그랬다.

바우(쇼리)일을 보다 말고 손님이 식사를 끝내고 일어나면 재빨리 입구 쪽 책상머리 장부책을 집어 든다. 계산 정확하고 경우 잘 따지는 치밀 집요한 성격이라 아버지도 형도 신경 안 쓰고 밖으로 돈다.

똥꾸 집 들락하는 대장이 똥꾸를 만만찮은 인물로 응시하는 이유다. 불가촉 대장에게 똥꾸는 상대할 만하고 가슴 풀어놓을 수 있는 아주 희귀한 친구였다.

"똥꾸랬지? 별명이… 허허허! 아까 들어서 알겠지만 오늘 밤 여기 식구들 떠나면 당분간 못 볼 거네. 음… 당분간일지 아주 그렇게 될 지 아무도 모르지. 가만있는 사람한테 이상한 사람이 스쳐지나가도 서 있던 사람은 옷깃 닿았다고 죄가 될 수 있는 거네. 말하자면 빨갱이가 되는 거지. 좀 세게 걸리면 연좌제란 덫에 걸리네. 그러면 자손대대로 빨강딱지가 붙는 거네. 사람들은 살아남으려고 서로 손가락질 하면서 '빨갱이, 빨갱이' 노래를 하지. 여기가 지금 그런 처지에 빠질 위기 상황이 된 거네. 저쪽이 들어오면 저쪽이 되고 이쪽이 들어오면 이쪽이 되고… 그러다 어느 쪽 손에 죽든지 요행히 산속에 들어가던지 하나지. 그런 거네……."

대장의 낮게 깔린 말이 간단없이 이어졌다.

"근데 말이네… 산속도 안전하지 못해. 정감록 십 승지가 되려 더 위험 하다네. 그래서 여기에 흘러들어온 사람들이 삼촌들이지. 다 민족무술 하 는 사람들이여. 자유당 때나 지금이나 '민족'이라는 말이 들어가면 빨갱이 로 보는 거지. 죽산 조봉암 알지? 이승만이 농림장관으로 부린 사람인데 평화통일 내걸었다고 죽였잖어. 민족이니 평화니 통일 떠들면 죽네. 반공 북진통일을 떠들면 사는 거지…… 그래서 민족무술 하는 이들이 죄다 산 속 숨어들고 맥이 끊기고… 숯쟁이 되고 화전 갈아 풀칠하고 사는 거지. 더러는 산골 훈장으로 자기를 숨겨 사는 이도 있고, 어떤 이는 자학삼아 술에 계집바람에 망나니 짓 하다 잡혀갔지. '민족' 돌림자들 얘기이고 독립 군들 얘기네. 삼촌들 얘기여……."

사실이 그랬다. '민족'이란 말만 나오면 자다가도 벌떡 일어나 식은땀 닦는 이들이 움켜쥔 세상이다.

"대장님은 고향이 어디예유? 삼촌들과 어떻게 돼유? 대장님 말씀 잘 알 아 들어유. 근데 민족과 조국은 어떤 차인가유? 아니면 같은 거라든지. 민 족도 계급도 다 사상인데 대장은 어떤 쪽이래유?"

똥꾸는 어눌한 말투로 조심스레 시비를 걸었다. 대장과 처음이자 어쩌 면 마지막 될지 모를 자리다. 내일 새벽에 뜬다고 하니 이 밤 가기 전에 대강의 결말은 보고 싶다. 그래야 잠이 올 것 같다.

"삼촌들? 여긴 저 양반이 먼저 자리 틀었지. 그리고 삼촌들이 둘, 셋씩 들어온 거네. 무술쟁인데 앞에 '민족' 붙은 게 탈났네. 일제 놈들 때나 지 금이나 불온하게 보는 거지. 불온사상 가진 불순분자들… 5.16 일어나고 '국토건설대' 만들었잖어? 거기 정치깡패허구 장안 주먹패들 일부 집어넣었 지만 그렇잖은 사람들도 많이 잡혀 들어갔어. 무직 배회자 집 없는 부랑 아 신원불량자 사상 불온자… 뭐, 찍히고 밉보이면 누가 찌른 지도 모르게 들어간 이들 많아. 강제노동수용소지 뭐. '재건대'도 그렇구… 보도연맹 같은 예비 검속자들이지!"

- 5.16-최고회의-국토대는 정확히 20년 후 12.12-국보위-삼청교육대로 되살아난다. 말하지면 박정희 '5.16'은 전두환의 '5.17 쿠데타' 모범 교본이었다. -필자 註

"그러니까 민족무술 하는 사람들도 찬 서리 맞은 거지. 이 사람들 모아서 복장 입혀 '재건대'를 만들었지. 재건대원 알지? 지금도 있질 않어? 그 일이란 게 길거리 고물 줍고 처분해서 제 벌어먹는 거지 보태주는 건 없어. 이 사람들 집에서 다니고 천막 집단생활도 하고 감시받으며 사네!'보호 관찰'이네. 말허자면, 넝마주이가 재건대원이지 다를 게 뭐 있나? 허허허…멀쩡한 사람 잡아다 말이지. 도둑잡범 깡패 거렁뱅이 취급하는 거지. 도망쳐 나와 다시 산속 들어갔는데 정부가 화전 없앤다고 돈 몇 푼 쥐어 줘 또 쫓아내는 거지.

다시 떠도는 거지. 요새 얘기네. 삼촌들이 여기 오게 된 까닭이지. 한 4~5년 됐나… 지금도 계룡산 뿐 아니라 박달재 산속이나 봉화 쪽 대간 골짝에 민족무술 수련자들 있지. 태견하는 사람도 하나 있긴 있지. 신한승이란 친군데 나랑 같이 했네. 송덕기 진인한테서 배웠어.

그 어른 아직 살아계신데 어디 있는지는 아무도 모르네. 나? 허허~ 10년 전에 '태권도'라는 게 생겨났지. 일제 때까진 없던 건데, 최덕신허구 최홍희래지 아마? 근데 갈라져 서로 앙숙이라네!"

말없이 지켜만 보던 구렁털이 슬그머니 끼어들었다.

"형님! 그 때 죽은 줄 알았습니다. 다시 구룡령에서 만난 건 기적이었지요. 전쟁 나서 형님은 인민군 나가고 저는 나중에 국군 정찰대원 징발돼서 형님 군대하고 서로 총질한 거 아닙니까? 글다가……."

"형님?"

뜬금없는 구렁털의 말에 똥구와 산적은 귀가 번쩍했다. 여태 '대장님'이라더니 무슨 "형님"?

이야기는 한순간에 전쟁터로 돌아갔다. '동트는 새벽'을 코앞에 둔 똥구와 새벽대장 구렁털 사이의 장대한 이야기는 논전으로 넘어가고, 숨 막히는 고통으로 날을 새웠다.

시나브로 여명의 골짜기 사이로 달래천 물안개가 가득 차오르고 있었다. 간밤 봇짐 하나씩 꾸린 삼촌들은 새벽 서리이슬 맞으면서 조용히 산채를 빠져나갔다.

·6부·
떠난 者
남은 者

1. 대장의 출현

기가 막혔다. 참짜로 그랬다. 아무리 든 체 난 체 하는 똥꾸라도 듣도 보도 못한 사실들이다. 학교에서도 역사책에서도 신문에서도 접하지 못한 생전 처음 듣는 얘기다. 상상하기 어려운 사실들이었다.

똥꾸는 갑자기 소화불량증에 걸렸다. 살아남은 자가 담담히 내뱉는 사실 속에는 만남의 극적인 우연도 섞여있었다. 이런 걸 운명이라고 하는지 몰라도 최무룡 장동휘의 '돌아오지 않는 해병'은 감춘 게 아주 많다는 걸 알았다. 심장이 뛰기 시작했다.

말이 논전이지 장대한 최 현대사의 주인공들이 지금 똥꾸 코앞에 마주 앉아있다. 그들이 자신의 입으로 머리로 가슴으로 증언하고 쏟아내는 생생하고 무서운 사실을 누가 지나간 '역사'라고 하는가? 싶었다. 책도 글도 아니다. 온몸으로 겪은 삶의 이야기였다.

"구렁털 아저씨, 여태껏 대장님 대장님 하다가 갑자기 무신 형님이래 유?"

구렁털은 실눈으로 빙그레 웃었다.

"그래, 맞네. 내가 형님이네. 여기 식구들 앞에선 나를 대장이라 부르는지 어쩐진 몰라도 이렇게 둘이 있을 땐 형님이라 그러지. 둘이 더 있네. 혹치 혹표 삼촌 말이여. 앞의 아우 동생들이네. 그러니깐드르 음… 셋이 친행젠 거지, 허허허…."

"예…?"

외마디 소리가 튀어나왔다. 한 방 맞은 똥꾸 산적의 머리가 순간 혼란스러워졌다. 새벽대장의 다음 얘기는 더 따-잉 했다.

"저 양반(구렁털) 내 처남이여…."

대장은 잠깐의 침묵을 깨고 말을 이어갔다.

"놀랐는가? 음…… 그래, 언제 이런 얘기 또 하겠어? 자네가 잘 들어두시게!"

"형님! 그거 저거 다 말씀하시다간 날 새울라쳐요. 때결(시간) 다 가요. 똥꾸가 아직 쬐매 어리긴 헌데…."

"그렇잖네. 자네 열다섯 나이에 어렸나? 그 나이에 누나 동생 셋 건사하고 살았잖은가? 지금 이 양반이 증인이 되는 거네!"

새벽대장은(이제부터는 그렇게 부르기로 한다) 아주 진지하게 똥꾸 산적에게 말했다. 육성 증언이다.

"그런데 자네 똥꾸… 똥바우… 보다 그냥 '이 군君'이라 부르겠네. 자네 부친 '와룡(아호) 선생' 존경하지. 내 호가 '심불心佛'일세. 이건 이따 얘기하지. 참, 자네 '민족도 계급도 사상인데 내가 어느 쪽인가' 하구 물었었지? 딱 자른 정답은 없네만 민족은 삶이고 계급은 의식意識일세. 밥상과 밥그릇 관계일 수도 있고… 내 얘길 들어보시고 자네가 한 번 판단해 보시게. 우선 저 양반 세 살 위 누이가 내 각시였네. 딸도 하나 있었지."

"예? '였네, 있었지' 라고 하시면? 그럼 지금은 아니라는 말씀이신가유? 어떻게 된 것이여유?"

구렁털 아저씨 얼굴이 금새 어두워졌다. 둘은 곧바로 짐작했다.

지금 새벽대장이 독한 맘을 먹고 털어놓는 거다.

"음 음 그러니깐드르 내 고향이 이북 해주란 곳이여. 세상이 달래(해방)됐는데두 돌아와 보니 어수선허구 무섭게 돌아가더만… 음… 일찍이 뜻한 것도 있구 해서 홀홀단신 괴나리봇짐 하나 걸머지고 고향을 떠나 무작정 산으로 들어갔지. 그것도 아주 젤로 높고 깊은 산속엘 골라서… 음 그 때가 1947년 여름인데 열흘 낮밤을 걸어서 온 데가 구룡령이네. 그게 지금까지네. 거기 솔바우골 동네 맨 꼭대기에 짐을 풀었지. 거기서 저 양반 만난거지. 저 양반 아버지, 그러니깐 다음 해에 내 장인 될 분이시지. 숯가마를 열고 계셨어!

2대 째라 그러셨어. 왜 해주서 하필 거길 찾아 들어왔냐 이 말이지? 독립운동 하던 사람들이 만주 연해주로 건너가는 거 아니면 산속 들어가 숯구부는 게 자신을 감추고 입 풀칠하며 살 수 있는 유일한 길이었지. 우리 아버지가 땅 한 뼘 없는 소작쟁이로 살다 구월산엘 들어가 숯 구버 살면서 그런 분들을 만난 거지. 일제 때 그랬지.

면마다 몇몇 지주들 빼면 90%가 소작쟁이였네. 지주들은 왜놈들 비호 받고 대신 이거저거 바치는 거 앞장서고 말이지. 소작쟁이들이 죽어났지! '줄친 거(측도 등기)' 없는 문중 땅은 죄다 '척식(동양척식회사)' 아니면 지주들 손에 들어갔네. 나눠먹은 거지. 소작해서 소출해도 다 가져가서 봄을 못 넘겼어. 풀칠은커녕 산 입 거미줄이지. 자기가 농사 진 걸 훔치고 훔쳐둔 까락 몰래 감춰먹고, 안 믿어지지?

아니면 도시 나가 왜놈상점 점원 노무자 날품팔이 하꼬방 난전쟁이로 사는 거지 뭐. 말하자면 노비 머슴이라! 조선백성 대부분이 거지지. 알거지… 더부땅(식민지) 백성이 그거네. 서양 식민지 열백 배 악랄했지. 그때 호의호식 유람관경 누리는 이들이 어떤 이들이겠나?

정말루다 말이지 '쇠뿔이(영웅)'을 대망하는 시대였지. 저 혼자 영웅 행세하는 그런 '뚝쇠'가 아니여… 내가 眞人을 찾아 나선 것도 그런 거지.

구월산에는 眞人이 몇 분 계셨네. 그 중 단군을 모시는 대종교라는 거 하는 사람들이 계셨지. 거기서 나도 철이 좀 들고 민족무술을 배우게 된 거네. 열세 살 때지. 한학도 조금 맛을 봤지.

그 때 들은 말이 '나라 잃은 백성이 사는 길은 뭣이든지 배워야 한다…'고 그랬지. 근데 왜놈들한테 일본말을 배울겨, 걔들 역사를 배울겨? 차라리 전통무술을 익히는 게 무력도 키우고 왜놈 교육에 꺼져가는 민족정신을 되찾는 거라고 봤지. 그 때 말씀이 묘향산 '백두대간(*註)' 아래 구마고원…대홍단 등지에 진인 몇이 흩어져 숨어들어갔단 말을 들었지. 그 생각으로 여길 찾아들어온 게 크지. 지금도 그렇긴 한데 그 때 산속 마을에 옹기쟁이들도 여럿 살았지. 사기막골 도공들하고는 좀 달라. 옹기쟁이 대부분은 천주님 모시는 사람들이야.

대원군이 때 박해받아 산속에 숨어들어 옹기 구버 살게 된 거지. 천주교들이야. 그러니 산속 이웃에 살아도 우리완 따로였지. 그 사람들은 종교에 관심인 거지 민족이니 독립이니 하는 자기 사는 땅에 대한 '갈마(역사)'의식은 좀 다른 것 같드만. 거기 근처 지나갈 땐 높뗑소리(찬송가)가 어김없이 들렸지. 깊은 골짜기 숨어들어온 처지는 비슷한데 숯쟁이들과는 다른 거지. 그 게 서양종교허구 민족종교 차인가 싶네. 지금도 그 생각이네."

-신라말 도선의 옥룡기에 처음 나오는 지명이다. 흰 소머리 산이다. 단군배달(탱그리바타르, 위대한) 때부터 썼다. 천산산맥 백두산이다. 이북 백두는 차용명이다. -필자 註.

새벽대장은 담담하게 이어갔다. 차분한 말투 속에 가슴속 용암덩이가 느껴졌다. 이렇게 길어지는 말은 처음이다. 어쩌다 단 문장 듣는 게 전부였다. 그래서 여태 반벙어리인 줄 알았다. 가두고 눌려진 응어리가 새어

나오는 것 같다.

"아… 그러셨네유. 근데 뭘 믿고 그 어르신이 따님을 대장님께 주셨대유?"

잠자코 듣고만 있던 구렁털 아저씨가 웃으면서 거들었다.

"유유상종이라잖어, 800여리 떨어졌어두 숯쟁이끼린 바람결에두 주고받는 게 있는 거여. 형님 아버지와 아주 옛날 의병도 같이 했단 거구. 내 형제들이야 여기서 나구 컸어두 우리 아버진 은율이야. 해주 바로 위쪽 150여리지…."

머리가 어지럽다. 고구마넝쿨을 당기니 숨어있던 고구마가 땅 위로 줄줄이 엮여 나온다. 실 오릿줄 하나 잡아드니 칡줄이 마냥 굵어지며 끝도 없이 이어진다. 땅 파기가 겁난다. 뭔가 거대한 칡뿌리가 웅크려 박혀 있다. 체할 것 같다. 그렇지만 시작한 삽질이다.

"그런 거랬어유…? 근데 아까정에 대장님 호가 '심불心佛'이라 하셨는데 함자가 어떻게 되셔유? 대장님 별명이 뭔지두 아셔유?"

"음… '임진강'이네. 성은 임가… 수풀 림林, 진실할 진眞… 강물 강江… 조부께서 주셨네! 1925년 을축년생 소띠… 재밌지? 강 이름허구 똑같아서 허허… 내 별명이 꺽정이란 걸 들었네. 길거리 지나갈 때마다 아이들이 노래를 하는 걸. 못 들은 척 하는 거지 뭐."

"히히히- 제가 지었어유. 대장님 얼굴 보구 지은 건데유, 말씀을 주욱 듣다보니 동네나 살아온 게 진짜 임꺽정하고 비슷한 거 같아유. 제가 만화책으루 영화루 들구 꿰는데유, 임꺽정이가 나고 활동하던 데가 황해도거든유. 글구 마지막 들어가 싸우던 곳두 구월산이구유. 대장님 아버지도 의병을 했다 하시구 그 산에 들어가 살았구유!

그러구보니 성姓 씨두 같네유? 정말 임꺽정이 환생했는 거 같아유. 어쩐

지 '이랬간드르…저랬간드르' 말투에 거기 냄새가 나더라니깐유? 글구 대장
님 불쌍한 사람들한테 좋은 일 많이 하시잖으유… 날마다 똥꾸 새벽단잠
흔드는 새벽대장 걱정 아저씨네유. 히히히."

"그런가? 그러구보니 이름… 동네가 쬐끔 그럴만두 허네. 거 참 허허…
어릴 적들은 말로는 말이네, 임꺽정이 태어난 곳이 내 고향 해주 옆 동네
장산갑이라네. 외지사람들은 거길 장산곶이라 하더군. 그 사람은 실제 그
렇게 살다 간 사람이 맞구. 구월산엔 단군 사당도 있고 아주 높은 산성도
있지. 살기 어려운 사람들이 거기 들어가 화적꾼 되고, 또 난리나면 숨어
들고 했지. 깊고 험한 산이네. 거기서 살적에 들은 얘기 많아. 지금도 꺽
정이 그 양반이 살아있다는 거네. 근데 말이네, 나랑 다른 게 있기는 하
네. 그 양반은 어쨌든지 도적질을 했잖어! 관헌이나 부잣집 곳간을 털어
가난한 농민들에 나눠주긴 했어도 말이야. 근데 난 그런 것 아니잖어. 안
그래? 허허허."

해질녘 깨죽 한 그릇씩 나눠먹고 이어진 얘긴데, 사위는 캄캄해져 '코쿨'
등잔 기름불만큼이나 진했다. 위급한 상황이라 하고 내일 새벽 식구들이
여기를 뜨기로 했는데도 의외로 담백한 새벽대장의 뚝심 기운은 어디서
나오는지 모르겠다.

삼촌들은 지금 시간에 자는 건지, 지고 갈 등짐 미수꾸리 하느라 바쁜
건지 어떤지 궁금했다. 구렁털 아저씨 방은 갖고 갈 등속도 별반 눈에 띄
지 않았다. 바랑에 담요 하나 밥그릇 숟가락 하나면 될 것 같았다. 삼촌
들도 같겠지. 단순하니 간단하다. 짐이래봤자 그게 전부인 것 같다.

2. 예언

새벽대장은 그렇게 구룡령 골짜기에 들어와 구렁텅네 집에 얹혀살면서 숯일을 도왔다. 그리고 얼마 지나지 않아 거짓말같이 진인 한 분을 만났다.

구렁텅 형제를 따라 읍내방향 30여리 산길을 내려오면 '뜨물내' 큰 물길을 만나는데 그 우측으로 꺾어지는 외나무다리 건너다. 거기서 다시 20여리 더 들어가면 무너진 절터가 있는데 그 옆에 초막을 짓고 사는 이다. 초막 뒤에는 가파른 야산이다.

몇 발자국 앞쪽으로 내딛으면 깎아지른 절벽 아래 계곡이 '따-악' 입을 벌리고 있다. 센 물살만큼 소리도 요란해서 내려다보면 바로 빨려 들어갈 것 같다. 폭포가 따로 없다. '악산절강惡山絶江'이다.

무너진 절터 옆에 무심하게 서있는 3층 석탑과 부도는 멀쩡하고 화려 섬세하다. 이에 비해 말 그대로 풀로 지붕을 인 초막은 작은 바람에 금방이라도 쓰러질듯 날려갈 듯 위태위태하다. 인적 끊어진 외골짝에 그렇게 산다. 안에는 문종이 두 장을 이어 붙여 그려낸 탱화 같은 묵화와 작은 범종을 들여놓아 그나마 절 냄새가 난다.

천년도 더 됐다는데, 이 좁아터진 외골짝 산비탈에 무슨 연유로 이렇게 화려한 석탑과 번듯한 절집을 지었을까…? 관음보살이라도 현신했던 걸까 모르겠다. 여기서 동남쪽으로 50여리 더 들어가 올라가면 1,600미터 오악산이고 그 바로 아래쪽이 연화동이다.

석청 약수가 솟는다는 '찬우물(낙원)'이라는데 한 번 들어가면 영영 못 나온다는 말이 도는 깊은 골짜기다. 어쩌다 가 보면 죽은 사람 뼈만 남아있대서 얼씬거리지 않는 곳이다. 말이 말을 보태서 으스스한 부라퀴들이 득실거린다는 그곳을 날마다 축지 행보로 나다니는 기인奇人이 그 진인이다.

구렁털 3형제는 초막에 칠일에 한번 꼴로 오가며 경당술을 배웠다. 구렁털이 열다섯 살이고 밑으로 세 살 두 살 터울이다. 꽤 먼 거리 같지만 걷는 게 살아가는 거라 하루 왕복 백여 리는 막내도 어렵잖게 오고갔다.

구렁털은 축지법 중 '地物 가르기'와 질러가기 '호보虎步'를 수련하고 있었다. 임진강(새벽대장)은 매척(원래) 구월산에서 이미 구렁털 형제의 과정을 떼었다.

여기서는 천공무장법天空無藏法(축지 중급)을 익힌 후 축지 신통술神通術을 닦아볼 요량을 했다. 세숨(희망)이 보였다.

60쯤 되어 보이는 도인은 보통 키에 허연 수염 휘날리는 바짝 마른 몸매다. 울울한 수염 털이 탯줄 끊은 자리까지 내려온… 말 그대로 진인 풍모였다. 임진강을 훑어보는 그의 눈은 짧고 매서웠다. 한여름 서늘한 산속 서릿발이다.

'바로 찾아왔구나…!'

진강은 진인의 품새(인격)를 금방 알아봤다. 저절로 고개가 숙여졌다. 공손한 인사 모음 새에 진인은 진강의 수준을 가늠 봤다. 진강은 매일이다시피 오가며 일취월장하니 진인도 점차 부드러운 고실빛(은빛)이 됐다. 眞人은 스님이다. 불경 뿐 아니라 천부인(천부경 삼일신고 참전계경)에도 깊다. 그래서 석연찮다. 진인 반 스님 반이다.

왜놈 검뿔빼꼴(제국주의)이 산중의 불승은 그래도 살려줬다. 진인이 가사장삼을 두른 연유다. 초막 기둥에 세로로 내걸린 자그마한 [관음정사] 목판이 그나마 절집인 줄 알게 한다.

진인의 법명은 '용초 선사龍草禪師'다. 그런데 산골 사람들은 그를 '허벌레'도사라고 불렀다. 대놓고 그런 건 아니다. 저희들끼리 별명삼아 그렇게 불렀다. 세속의 姓씨가 許씨라고 했다. 곡차를 유별나게 좋아하는 걸 보면 세속과 탈 세속이 반반이다. 얼굴 붉어지고 곡차기운 얼큰해지면 얘기가 거침이 없다.

이상하게 법명과 별명이 묘하게 어울렸다. 법명을 풀자면 "구룡령에서 용초나 뜯으며 고요히 사는 선생"이다. 절집에서는 빈대도 고기취급을 받으니 벌레도 잡아 부족한 단백질을 보충한다. 그래서 허벌레는 아니다. 그는 젓가락 도사로 통한다. 꽁보리밥상 공양하다가 앵앵거리는 벌레를 젓가락으로 단번에 집어 입안에 넣어버린다.

날벌레 애벌레 메뚜기 말고도 거북등껍질 사슴벌레 꿀꺽하고, 모기 파리는 입을 따악 벌려 강력한 들숨으로 단숨에 빨아들인다. 아무 것이고 두 젓가락과 강한 호흡으로 단번에 잡아들였다. 천천히 길게 내뱉는 낼숨에 이어 짧고 강하게 들이는 들숨의 강력한 흡입술은 도술道術 내공의 최상위다. 진인의 내공력이다.

그래서 '허벌레' 도사다. 전통 수련법에서 호흡은 시작과 끝이다.

허벌레 도사가 어느 날 새삼스레 진강을 불러 앉혔다. 용초 선사에게 師事 1년 쯤 되었을 무렵이다.

"진강아, 너도 이제 성인인데 아호 하나 없이 어디 어른이겠느냐? 한 물건 지어 주겠노라 허허허… 너를 이제부터 '심불心佛'이라고 하겠다. [心佛]이 네 이름이고 법명이며 너의 집이니라. 예전에 구월산 청풍진인을 통해 네 아비의 그윽한 불심과 꼿꼿한 기개를 전해 들었느니라. 왜 '心佛'인고-오… 허니, 반야심경 첫머리에 "관자재 행심 반야바라밀다"가 있다. 관세음보살이 '시방세계'에 꽉 차 있다는 말이다. 한번 마음을 일으켜 열심히 수행하면 바라밀(극락) 지혜를 깨치게 되느니라. 그 마음을 게을리 하면 반야바라밀은 수억 겁 늦어지느니라. 무예 공부 위에 행심行心이 있느니라. 알겠는고?

행심이 뭔고~ 허니, 항하사恒河沙의 모래 한 알이 그 항하사를 백 천만 번 덮고도 남느니라. 그 모래 한 알에 범천 대천세계가 감추어져 있느니라. 반야지般若智에 눈을 뜨면 겨자씨알 하나도 달덩이마냥 보이고, 그걸 못 뜨면 땅별(지구)만한 것도 보질 못하게 되느니라!

그게 '무명無明'이니라. 네가 벼리고 다듬는 무예 공부가 한순간 무명에 빠지면 앙짱 부시는(마구 부서댐) 세상 던적(병균) 건들패로 떨어지고, 반야지에 눈이 뜨이면 세상을 바꾸는 불쌈(혁명)이 되느니라. 삼라만상 이치가 그러하느니 모든 게 마음공부에 달렸느니라!

심즉불心卽佛이라… 심불이 '관자재觀自在'니라. 알겠는고~오?"

"네, 선생님!"

"알았다? 그래, 네 손바닥에 지금 뭣이 들어있는고?"

"네에, 지금은 아무 것도 없습니다요."

"음… 미련한 놈, 여태 뭘 알아들었는고? 땅별보다 백 천 배 큰 온 우주니라. 한울이니라! 그 한울부처가 지금 네 손바닥 안에 들어 앉아있는 걸 못 본단 말이냐? 여태 뭘 공부하고, 들은 말이 무엇이었단 말이냐~? 마음이니라 마음! 心佛이다, 心佛이야! 이제 알겠는고~?

평생 잘 간수하고 살아가거라. 그러면 너희는 앞으로 세상에 큰 변고가 일어나도 필시 살아남으리라. 혹여 네 일족이 죽어나도 세상은 살아남으리라! 음… 괴변이 얼마 안 남았느니라!"

(용초 선사 허벌레 진인은 두 해 뒤 입적했다. 6.25 한 달 전이다.)

새벽대장 진강의 이 때 얘기를 줄여 말하자면 이렇다.

진강은 그 해 가을 혼인했다. 그야말로 불알 하나 차고 처가살이 머슴

살림을 시작했다. 색시는 구렁텅의 누이 영해 박 씨다. 하수상한 시국으로 구렁텅 부모는 별 망설임 없이 딸을 한 남자에게 보냈다. 대신 든든한 일꾼 자식을 얻었다. 언마(장모)도 좋아했다. 구렁텅의 세 살 위, 진강(새벽대장)한테는 다섯 살 아래 열아홉이다. 이듬해 딸도 낳았다.

그런데 이 무렵부터 심상치 않은 세상바람이 솔바우골에도 불어 닥쳤다. 아랫말에서 민청원(민족청년단원)을 모집한다는 기별이 날아들었다. 만 18세 이상이면 되고 그 아래 16~7세는 준회원으로 가입하면 된다고 했다.

문제는 가입을 하고 말고가 맘대로 아니라는 거였다. 말은 자유인데 반강제다. 또한 20~22세는 인민군대에 의무 입영이다. 구렁텅은 16세이고 진강은 24세다. 각각 두 살이 적고 많아서 요행이다. 하지만 불안하다. 소문으로는 읍내에 며칠 간격으로 탱크며 대포며 기름통 수백드럼씩 화차에 실려 최전방 '비얏돌 역'에 부려진다고 했다.

거기가 바닷가 동네 38선 남쪽 끝자락의 종착역이다. 5일장에 다녀온 동네사람들이 직접 보고 듣고 온 얘기니 틀릴 턱이 없다. 지난 해 9월 인공人共 정부가 공식으로 들어서고 읍내 아랫말 '비얏돌 역' 근처에 주둔해 있던 '로스께(소련군)'들은 얼마 전에 모두 제 나라로 돌아갔다. 지금은 조선민주주의 인민공화국이다.

인민군대는 9월 인공정부가 수립되기 전인 2월에 로스께 소련 군사고문단의 지원과 훈련을 받으면서 먼저 만들어졌다. 그 때 민청단도 함께 조직이 됐던 것이다. 그 때는 그런 게 있는지도 몰랐다. 그런데 지금 사정이 달라졌다. 준 군대조직 비슷한 것 같다.

이젠 강제가 됐다. 인공人共정부가 들어서서 오히려 더 고달파지는 듯하다. 백범과 평양에서 통일협상을 한 지 얼마나 지났다고 벌써 까마득한 옛날 얘기인 것 같다. 그 맘 땐 뭔가 다시 합쳐지는 줄 알았다. 로스께는 읍내 운동장에서 동네청년들과 축구시합도 곧잘 했다.

똥꾸 아버지도 동네대표로 뛰었다. 38선은 지도에 금줄만 있는 거고, 남쪽 북쪽 주민들은 여전히 물건을 거래하며 오고갔다. 친척집 들고나는 것도 미군이나 로스께들은 묵인해줬다. 소장수들도 소를 팔러 왔다 갔다 했다. 그러다 합칠 줄 알았다.

국경선이 아니어서 그랬던 거다. 왜군 무장해제를 위해 두 나라가 합의해서 구역을 임시로 나눈 것이다. 그런데 그게 다가 아니었다.

뒤로는 서로 무기를 대줘가며 이 쪽 저쪽 군대와 경찰을 따로 만들고 있었다. 38선을 오가는 것도 점차 빡빡해지기 시작했다. 그리고 오래지 않아 결국은 양쪽에 정부가 따로 들어서더니 동네 사람들이 오가던 길도 아주 끊어졌다. 그 게 불과 열 달 전이다.

두 달 전에는 남쪽에서 백범 선생이 이승만이 보낸 자객한테 총 맞아 죽었다는 소문도 입을 타고 들려왔다. 평양의 조만식 선생도 죽었다고 했다. 이제 이쪽이나 저쪽이나 눈치 봐야 할 사람도 제동을 걸 사람도 다 죽었다.

읍내 사람들 대부분은 이런저런 기별이나 요구에 상당히 협조적이었다. 그만한 이유가 있었다. 평양의 인공정부가 [토지 개혁]을 해서 소작 짓던 농민들에게 농지를 거저 골고루 나누어 주기 때문이다.

누군들 중뿔나게 투쟁한 것도 없는데 알아서 그렇게 해 주니 너무 고마웠다. 왜정치하 행각에 뭔가 캥기는 사람들은 알아서 남쪽으로 죄다 내뛰었다. 그러니 무주공산이 여기저기 생겼다.

누구 말마따나 '송곳 하나 꽂을 곳 없는' 소작농으로 살면서 왜정통치

말년 각종 공출에 시달릴 대로 시달렸던 동네사람들이다. 이제 내 땅을 얻었으니 그 기쁨과 고마움이 말할 수 없이 크다. 빼앗긴 것 돌려받은 건데 다들 횡재한 느낌이라고 수군거렸다.

무상몰수 무상분배였다. 조건 없이 그냥 그랬다. 권력의 위세는 대단했다. 권력이 뭔지는 몰라도 그가 마음먹으면 하룻밤 사이에 세상이 뒤집어진다는 말이 나돌았다. 그렇게 세상은 또 달라졌다.

친일악질들은 알아서 어디론가 사라졌다. 일제 마름노릇을 자처하며 마을을 쥐락펴락해대던 지주들도 땅문서 움켜쥐고 야반도주하거나 스스로 대부분의 땅을 토해놓은 이들이 많았다. 죄를 면탈 받고 고향에서 살아남으려면 그 수밖에 없었다.

이 동네가 그랬다. 그들은 동족을 배반하고 일제에 호들떼기(기회주의)하면서 그동안 저와 제 가족들만 잘도 살았다. 그런데 세상이 변해도 너무 변했다. 그들은 막다른 구석에 몰렸다. 최악이다.

사회주의 한다는데 읍내 사람들은 사실 사회주의가 뭔지 제대로 아는 사람들이 없다. 안다는 이도 그런 판을 느끼질 못했다. '민족', '노동자', '농민'이 늘 앞에 붙는 구호였다.

토지를 나눠받으면서 사람들은 김일성이란 사람을 관심 있게 지켜보기 시작했다. 체구도 말투도 당당한 새파란 젊은이였다. 선전물에 나오는 그의 행동 하나하나에 눈길이 갔다. 저 친구가 어디서 무얼 하다가 나타났는지 아는 이는 없었다. 진강도 그랬다.

들리는 말로는 그의 부모가 평양토박이로 일제 때부터 교회에 다녔고 삼촌 외삼촌 등 집안이 독립운동 하다가 일제에 총 맞아 죽은 독립운동가 집안이라는 소문이 간간이 들렸다. 이 사람도 백두산 아래 일제 경찰분소를 습격하는 등 항일무장투쟁을 벌였다 했다.

그 일로 해서 일경의 집중 추적을 받아 로스케 땅에 도망간 사람이라고도 했다. 자신을 통치하는 새 권력자가 나타났는데 아는 게 별로 없다. 뭐가 진짜고 가짜인지 주민들은 귀가 마렵다. 평양에 다녀온 사람들이 얘기를 해주면 한 다리 건너 전해 듣는 경로다. 그가 이제 로스께와 함께 돌아와서 어떤 절차를 밟아 인공정부 수반이 된 거다.

[토지 개혁]은 '김일성'이라는 이름을 단번에 인민들 뇌리에 각인시켰다. 그는 해방이 되고 인민의 대부분인 피압박 농민들에게 가장 큰 분노와 절박한 문제가 무엇인지를 정확히 끄집어냈다. '친일파 청산'과 '소작농 해방'이 핵심 구호였다.

사회주의 궁극적인 지향이 무엇이든 간에, 우선은 일제 식민치하에서 수탈당하고 빼앗긴 농지를 농민에게 사적 소유로 돌려주는 것과 그 전단계인 대규모 농지소유 친일 지주들을 청산하는 일은 긴밀하게 연계된 화급한 현안이었다.

국내 기반이 없는 그와 항일 빨치산들 처지에서, '무상몰수 무상분배'는 식민지하 소작쟁이로 전락한 대다수 농민들에 대한 해방조국의 대내외적 명분이자 절박한 사회 현안을 최우선시할 필요가 컸다.

나아가 봉건적 토지제도 모순이 겹쳐 쌓인 무산대중의 불만을 단시일 내에 해소하여 지지를 끌어냄으로써 정국의 주도권을 쥐는 건 아주 중요한 전략적 핵심과업이다. 김일성의 판단과 급진적인 과감한 조치는 그의 계산을 충족했다. 대단한 작품이었다.

3. 분단의 논리, 전쟁의 논리

"**새벽대장**님은 인공人共 때도 여기고 지금도 여긴데, 그 때와 지금이 어떤 차이가 있다고 생각을 하세유? 지금 사시는 처지를 생각하면 그 때가 차라리 낫다고 볼만하지 않나유?"

"그런데 말이네, 전쟁 끝나고 몇 년 지나지 않아 그 땅 죄다 걷어 갔잖어. 농지뿐인가, 모든 개인 땅과 불타고 남은 건물도 모두 국가 소유로 해버린 거지. 집단농장으로 돌아간 것이여. 중공 모택똥이를 고대루 따라간 거지… 친일파 청산은 확실히 했지. 내 보기엔 거기 사람들 땅 되 물린건 못마땅한데 그거 하나루 입 꾹 다물고 사는 것두 있지. 자네가 어리지만 민족… 계급… 사상 얘길 했는데, 참 무섭고 어려운 걸 쉽게 말했어. 배운 건 없어두 나라 잃은 설움 겪어봐서 민족이란 건 알아. 근데 그게 무슨 사상 이념이 돼서 들어가면 머리가 아프네. 평양정부가 매국노들 땅몰수한 건 정당하다고 봐!

동족 걸 부당하게 갈취하고 일제 앞잡이 노릇 했으니까? 징용. 징병 궐기대회장에 나가 열변하고 앞장서 박수치면서 동족 피 빨아먹은 이들만 친일파가 아니지. 좁혀서 봐도, 부당한 자기 이해관계로 동족을 배반하고 그들한테 협력한 거는 큰 거나 작은 거나 친일파 분명하지! 그런데 그자들이 걸핏하면 동원돼서 마지못해 박수친 무지렁이 더부땅 백성들도 똑같은 친일파 하는 건 말 안 되는 뻔뻔함이지!

'일제시대 친일파 아닌 사람 나와 보라고 그래' 하는 배짱은 우리 사회에 여전히 그들을 지켜주는 이들이 많아서 그런 거네. 다른 나라 들 것도 없지. 왜놈들이 자기들 일 같으면 그렇게 넘어가겠나?

친일파가 매국노 아닌가? 그나마 순화시켜 불러주는 말인 거지. 음…

그 때 남쪽에선 유상매입 유상분배… 그것도 되다 말았지. 반민특위가 뭔가 습격당해 되려 때살이(감옥) 가고 기세 등등 친일파들은 더 활개치고… 지금도 여기저기 유명한 사람들이구, 한 자리 하는 사람들이구가 다 그 사람들이여. 우린 뿌리 뽑힌 잡초나 다름없네. 언제 어떻게 될지 몰라. 내일 새벽 어디라도 떠야 하는 거지.

그 때나 지금이나 그래… 민족이 처한 문제를 해결하지 않구선 남이나 북이나 백성들 문제 해결 어려워. 지금 여기서 잘 사는 놈들 허구 찢어지게 사는 이들 허구 사이가 되려 점점 더 벌어지는 것도 능력 차이로 보이는가? 난 그보다 일제시대가 지금도 계속되기 때문으로 봐! 거기다 여긴 자본주의잖어. 이게 뭐여? 이긴 놈만 살아남고 다 가져가는 거잖어. 근데 정부가 누구 편이여? 둘이 한편인 거여.

말 허자면 계급 문제가 그리 간단치 않어… 소련 중공에 계급 해방과 같은 게 아녀~! 그 나라들은 갈라져 사는 게 아니잖어, 강력한 통일대국이여. 분단은 우리가 처한 현실이고… 그런 거여~"

느려지는 새벽대장의 말꼬리가 흐려졌다. 구렁털 아저씨는 눈을 감고 미동도 안 했다. 듣는 데 열중하던 똥꾸가 입을 뗐다.

"…근데 대장님은 아까 세상이 달래(해방)됐는데두 하두 어수선 하구 무섭게 변해서 고향을 떠났다구 하셨잖아유? 그게 전분가유?"

"또 있기는 하네, 끔찍허니 있지. 자네들 믿거나 말거난데 난 세 나라 군대를 왔다 갔다 했네. 몸서리나는 일이었어. 자네 이 큼 말일세, 이다음 내가 죽거나 사라지면 그 때 말해도 좋고 글로 써서 세상에 내놓아도 좋네… 지금은 아닐세. 그런 날이 지금 봐선 아득하게 보이네만 자네가 내 나이 쯤 되든지 더 지나든지 그쯤 되면 세상이 달라져 있지 않겠나? 이쪽 저쪽 보상 같은 거 바라지 않네. 그 땐 눈치 안 보고 하고 싶은 말 하고 싶은 글 마음껏 쓰면서 살 거라고 믿네.

　옛말에 맞은 놈 다리 뻗고 잔다는데 그렇질 않어. 주먹이 법이여. 죽도
록 때린 놈 큰소리 뻥뻥 다리 뻗고 자고, 치도곤 맞은 놈은 웅크리고 숨
도 못 쉬어. 지금 내가 하는 얘기 잘 귀담아 들어주시게!"

　"네, 저희도 많이 그렇다구 생각해유. 근데 세 나라 군대를 왔다갔다 하
셨다는데 그 게 가능했던 일이래유?"

　"그랬네. 자네 집 조리사 박 선생도 그랬어. 그 양반 고향이 평양이지.
나랑 같이 대동아전쟁 말에 일본군으로 잡혀 들어가 비율빈(필리핀)에 실
려가 배치를 받았네. 그 형님이 나보다 너더댓 살 위야…

　들어간 때나 근무지는 달랐어도 나올 땐 같이 고향 땅을 밟았지. 자넨
박 선생이 얘길 안 해줘서 모를 거네. 5년 후 또 전쟁이 터져 이번엔 인
민군으로 다시 내려와 잡혔거든. 나 허구 판박이여. 그걸 어따 말해? 그
형님 양쪽 정강이가 오그려 안경다리 걷는 거 있지? 그 때 국군하구 전투
때 관통상 맞아 그런 거네. 내 왼쪽 발목 저는 것도 총알 박혀 그런 거
구. 난 개전 초에 잡혀 부산 포로수용소에 갔고, 그 형님은 뒤에 잡혀 거
제도 포로수용소엘 들어갔지. 이거 둘이 뒤섞이면 안 되니까 나눠서 하지.
비율빈 얘기부터……."

　"아〜아! 대장님 이거 밤 새워두 모자라겠는데유. 구렁털 아저씨 짐도
꾸려야 하고……."

　진강은 똥꾸의 말을 듣고 문득 벽시계를 보았다.

　"음… 어이쿠, 벌써 네 때결오큼(4시간 반) 지났군 그래. 자네들 피곤하
잖어? 저 양반은 그냥 떠나면 돼."

　"아니유. 전혀… 멀뚱거려유. 저는 괜찮아유."

　"그럼 기왕 벌어진 얘기고, 다시 이런 일 없을 테니 비율빈부터 보세

나."

산적은 이미 졸음 반 듣는 반 게슴츠레 벽에 기댔다. 똥꾸는 종이에 연필로 요점을 적어가며 열심히 글로 머리로 기록 중이다. 사관史官을 생각한다. 종이와 연필은 늘 주머니에 넣고 다닌다.

"왜놈들이 45년 8.15 때 무조건 항복하고도 우린 바로 못 들어왔네. 나 같은 경우는 코레이도라는 섬에서 미군포로수용소 경비병 하다가 미군에게 잡혀 거꾸로 그 수용소에서 포로생활을 했지. 여섯 달쯤 포로생활 하는데 아, 왜놈들이 항복 선언을 했다는 거여. 바로 돌아갈 줄 알았지. 근데 두 달 더 잡혔어. 그 때 개들은 조선인도 다 일본군인줄 알았지. 나중에 상부에서 분리 수용하고 조선으로 귀국송환 시키라는 명령이 떨어졌어. 신원조사 받은 후에 겨우겨우 돌아온 거지."

제가 지키던 포로수용소에 포로로 갇히다니. 이런 얘기는 처음 듣는다. 조선인이 일본군 되고… 돌아와서는 인공이 들어서니 인민군 됐다가 잡혀 이번에는 현지자원입대 꼬리를 달고 국군이 됐다?

이쯤 되면 역사의 막장 안에 갇힌 개인의 운명이란 한 톨 소모품이다. 피할 곳 없는 '숙명'이 되어버린다. 진강의 이어지는 이야기 속에 동트는 새벽은 점점 가까워져 왔다. 분초가 아쉽다.

4. 잉태

새벽대장 임진강은 스무 살 되던 해인 1944년 11월초 고향 해주에서 일본군으로 강제 징집됐다. 2주간의 제식과 총 쏘는 훈련을 받고 바로 이천항 군용선을 타고 비율빈이란 나라로 보내졌다. 비좁아터진 배 안에서

20여일 항해로 기진맥진하며 마닐라 항에 도착했다. 대부분 조선인인 징집병들은 열대 무더위에 탈진상태였다.

거기에서 다시 배를 갈아타고 시간 반 걸리는 50여 킬로 거리의 조그만 섬으로 실려 갔다. 코레이도였다. 거기가 배치 받은 부대였다.

미군 포로수용소다. 이미 수용소 막사 안에는 미군 1천여 명이 갇혀있었다. 이렇게 많은 서양인을 본 건 처음이다. 헤진 헐렁한 군복에 축 쳐진 모습은 덩치에 어울리지 않게 초라했다. 일본 검뿔빼꼴(제국주의)은 중국에서 오랜 전쟁에도 신통한 소득을 올리지 못했다.

눈을 돌린 게 동남아-서태평양제도다. 유럽전선에 매달리는 미국의 뒷마당을 어렵잖게 주워 먹을 기회였다. 더군다나 몇 해 전 진주만 공격 직후 석유금수 보복을 당해 해상통로를 봉쇄당한 터라 전쟁수행에 애를 먹고 있다. 일본군이 진주만 기습 한 달이 채 안 돼 대만을 거쳐 비율빈(필리핀)을 점령한 이유다. 1942년 1월이다.

준비된 일본군 4만 명 앞에 유럽전선에 밀려 장비 부실한 1만 미군은 맥을 못 췄다. 사령관 맥아더는 호주로 비행기 탈출했다. 반은 죽고 반은 포로가 됐다. 포로수용소가 여럿 생겼는데 코레이도는 그 중 하나다. 기세 오른 일본군은 곧이어 말레이반도와 싱가폴을 점령하고 석유수송로를 확보하였다. 그리고 말래카 해협을 마주 한 인도네시아와 보르네오 뉴기니까지 서-남태평양 일대를 단숨에 휩쓸었다.

일군본영은 유럽전선이 급한 미국이 이쯤에서 현실을 인정하고 휴전협상에 응하리란 계산이었다. 그런데 미국이 선전포고를 했다. 계산은 크게 빗나갔다. 미국은 약간의 시차를 두고 양대 전선을 모두 유지하는 전략을 세웠다. 전열을 재정비하고 전시 경제에 돌입한 미국은 대량의 군수물자를 쏟아내기 시작했다.

첫 반격은 1942년 6월 시작됐다. 상대는 하와이 턱밑 미드웨이 해역에 진입하여 현 전선에 휴전을 압박하는 일 해군 최대전력 '야마토 함대'였다. 이 해전에서 일본 해군의 상징인 7만t 야마토 항모 전단은 그것 한 척만 남고 궤멸했다. 태평양 전선이 급격히 역전됐다.

미군은 최첨단 무전기에 전자레이더 전이었다. '도스… 도스….' CT 모르스 부호와 구식 레이더에 의존하는 장비의 차이는 속도와 작전반경, 감청과 첩보전 수행능력에서 어른과 아이 차이였다. 히틀러를 피해 건너온 유대계 게르마니아 과학자들 덕이다.

8월에는 과달카날에 상륙하여 지상최악의 육박전투를 벌이며 결국이듬해 3월 일군을 완전 소탕했다. 서태평양제도는 미군 쪽으로 넘어가고 비율빈을 점점 조여 왔다. 서태평양 최후 결전은 사이판이었다.

1944년 6월이다. 바로 아래에 괌도가 있다. 위로는 본토 진입의 징검다리인 오끼나와가 들어온다. 딱 중간에 끼어 일종의 열도를 이루는 전략적 중심지다. 여길 먹으면 괌, 오끼나와가 수월해진다.

무엇보다 사이판이 중요한 것은 비행장이다. 여기서 항속거리 5천 ㎞ B29를 띄우면 고고도로 날아 일본 본토를 때릴 수 있다. 전략뿐 아니라 전술적으로도 요충지다. 같은 시기 비율빈 주변 해상에서도 사상 최대 해전이 벌어졌다. 일본해군은 회복불능의 궤멸을 당했다.

태평양 전세는 완전히 미국이 잡았다. 이제 태평양 일대는 제공권 뿐 아니라 바다도 미국 독차지였다. 비율빈 상륙도 초읽기에 들어갔다. 이들의 가운데 위치한 사이판은 일본의 '절대 국방권역'이었다.

서로 밀리면 안 되는 거다. 일군은 4만 명의 육해군 병력과 최고 지휘관들이 집결했다. 미군은 태평양 전함을 모두 동원하고 상륙병력 3개 사단을 배에 태웠다. 일군진영은 미군이 남쪽 캐롤라인 군도를 거쳐 필리핀에 상륙한 후 사이판으로 돌아 들어올 걸로 예측했다.

오판이었다. 전쟁에서 지휘관의 오판은 결정적이다. 미 해군은 11일 미명, 사이판의 유일한 항구이자 모래사장이 이어 붙은 상륙지점을 중심으로 반경 10킬로를 하루 2,400발 때렸다. 다음 날도 다 다음 날도 전함을 교대해 가면서 그 몇 곱절을 더 때려댔다.

일군 본토왕복 군수전단은 수장됐고 몰려있던 일군 시설은 거반 앙짱났다. 드디어 상륙작전이 시작됐다. 내륙산속 들어간 일군의 완강한 저항이 시작됐다. 일본군의 옥쇄는 이 때 여기서 시작된 거다.

"덴노헤이까 반자이!"

미군 전투기의 무차별 폭탄 투하에 숲은 화마로 뒤덮였다. 사방이 절벽이라 도망갈 곳도 숨을 곳도 없는 일군 병사들은 떼거리로 떨어졌다. 떨어졌다기보다 뛰어내렸다.

"제군들은 대일본 황민군대답게 만세 부르며 죽으라!"

대장이란 놈이 명령을 내리는데 안 뛰어내릴 도리가 없다. 뒤에선 총을 겨누고 있다. 전시군권은 명령이 법이고 생사여탈권이다. 전쟁은 광란이다. 죽고 죽이는 경쟁이고 유희가 된다. 게임이다.

끈질긴 저항에 물량작전도 질질 끌려갔다. 이듬해 2월 이오지마 전투를 끝으로 사이판은 마침내 미군 수중에 떨어졌다. 일군 3만 명 미군 3천 명에 애꿎은 주민 3만 명이 몰살됐다. 조선인 징발 군인 노무자도 1천명 이상이 덤으로 죽어갔다. 일군대장 사이토는 자살로 사이판전의 막을 내렸다.

일본군 본영 심장부를 향한 미군의 발걸음이 빨라졌다. 손을 본 사이판 비행장을 이륙한 미군 B29가 동경을 때리기 시작했다. 이 시점에 미군은 맥아더를 다시 앞세워 비율빈에 재진입했다. 1944년 10월이다. 전투는 치열했다. 그러나 사이판 전 이후 태평양전쟁의 승세는 미국이 틀어쥐고 있었다.

임진강의 부대도 미군의 마닐라 본토 공습으로 해상보급로가 끊기고 이어지기를 몇 번 반복하더니 아주 끊어졌다. 미군의 전술은 늘 공중과 바다에서 실컷 때려놓고 보병 상륙전으로 깃발 꽂기다.

이번 전투는 2년 전과는 병력과 전력이 반대였다. 미군 7만 대 일군 3만의 싸움이다. 병력숫자보다 화력과 보급력 차이가 컸다. 일군은 산속에서, 시가전에서 옥쇄전법으로 나왔다. '황국신민'으로 세뇌 된 병사들은 뇌 없는 기계나 다름이 없었다.

큰 전투는 바교(바기오)에서 벌어졌다. 곳곳에서 애먼 주민들이 죽어나갔다. 일군은 남정네들이 게릴라 된다고 떼거리로 죽였다. 구덩이에 수백 명씩 몰아넣고 야자기름을 머리 위로 뿌려대고 생화장했다. 그렇게 몇 날 며칠 그 짓을 벌였다.

미군이 들어오기 전에 다 생매장으로 불 화장을 하려고 했다. 그러다가 기름이 떨어지자 우물에 수십 명씩 밀어 넣어 흙을 덮어 생매장하고, 삽질시킨 한동네 주민들을 그 위에 또 밀어 넣고⋯ 대기 중인 사람들을 또 끌어내 흙 덮게 했다. 마지막에는 일군 병사들이 그들마저 밀어 넣고 흙을 덮는 이른바 '시루떡 방식'으로 생살生殺했다.

진강의 육성 증언이다. 후일 박 씨 아저씨도 고개를 끄덕였다.

"도망? 삐-잉 둘러 기관단총 들고 섰는데? 조금이라도 수상쩍으면 바로 갈겨 벌집을 만들어버리는데 자네는 도망을 가겠는가?"

"산 채 생매장할 구덩이를 제 손으로 삽질하는 잔혹함이라니, 아⋯ 그래두 그게 파져유?"

"후우… 자포자기 아니겠나? 정신이 아주 나가 없는 상태라고 봐야지! 마을 지도자쯤 되는 이들은 아이 부녀자 노인들 보는데서 기둥에 묶어 '찔러 총… 찔러 찔러' 총검질로 죽였어. 장작 가마솥에 볶아서도 죽였네. 왜군 지휘관들은 병사들을 일주일에 한 번씩 시내에 풀었어. 아무나 부녀자들 붙잡아 겁탈시키는 '강간 외박'을 정기적으로 실시한 거여. 민족말살 막장 수법이네. 임진왜란도 그거지."

똥꾸는 인간의 본질이 뭔지 모르겠다. 진강은 이어갔다.

"자네 집 박 선생한테서 들은 얘기네. 박 선생은 일군 구호병(위생병)이라서 그렇질 않다고 했네. 하라고 시켜도 자기는 똑같은 더부땅 백성처지라는 거지. 같은 처지 아니라고 그러는 것도 사람 도리 포기한 거지. 이역만리 총알받이 끌려나와 그런 짓까지 할 수 없단 거네. 코레이도는 마닐라 턱밑에 있는 작은 섬이라 내가 있을 땐 민간인들 모두 내보내고 군대와 포로수용소만 있었네. 그래서 학살이나 부녀자 겁탈 같은 건 없었던 거지. 참짜로 다행이여."

-이걸 6.25, 월남전 때 되써먹었다는 말이 있다. 그런 건 전사나 정사에 기록되지 않는다. 비망록 구전 야사를 빈다. 후일 똥꾸가 군대 있을 때 월남전 철수병력 고참들이 무공담을 늘어놓더라. 자랑인지 뻥인지 듣다보니 그게 사실일 수 있겠다는 생각이 들었다. -필자 註

"예? 몇 년을 계셨어두 박 씨 아저씨한테서는 입 꿈쩍도 없었어유. 다리 장애도 교통사곤 줄 알았지유."

똥꾸의 입술이 다시 말라들어갔다.

"새벽대장님유! 그런데 일제 때 조선인 출신 경찰 군인들은 왜 일본놈들 보다 더 독립군들에게 악랄했을까요? 징병 징용에 여자들 끌어가는 것도 일본놈은 지시만 내리고 실제로는 이 자들이 팔소매 걷어 부치고 끌어갔다는 데유. 적당히 해도 쟤들이 알 일 없는 거구, 한 동네 서로 잘 아는 뻔한 사이인데 어케 낯도 안 가리고 그럴 수 있었던 걸까유?"

"그러니깐드르 말이지, 사람들 많이 끌어내고 공출 많이 내면 실적이 높아져 출세가 더 잘되거든. 민족은커녕 인간의 양심이라는 게 전혀 없는 거지. 역사의식도 동족애도 사치야 사치. 머릿속이 비어있으면 누구나 그리 된다고. 앞을 못 봐. 신발 코만 보면서 가는 거지.

아, 짐승들 봐, 눈만 뜨면 온종일 먹을 것 찾아 땅만 보면서 다니잖어! 근데 짐승도 제 자식과 가족은 끔찍이 아끼잖어? 짐승이지.

그 때 젤로 인기 높은 게 총독부고등관 되는 것이여. 거기 들어가려구 고등문관 시험에 머리들 싸매고 아우내(아우성)쳤지. 사법과 되면 일제 판검사 변호사 되구, 문과 되면 고등행정관 되는 거네.

대단한 출세지. 요새 고등고시보다 더 어려웠지. 친일파도 작위 받은 친일파래야 자식 하나 겨우 야로(술수) 써서 들여보냈네. 못 들어가서 친일 못 했던 거지 들어갈 수만 있으면 뭔 일을 마다하겠는가?

친일파 되는 건 동네방네 자랑 다녀두 독립군 발설했다간 당장에 집안 박살 나는 거지. 집안에 독립군 하는 이 하나라두 있다 치면 자식 장가 못 갔네. 뭔 영웅이여? 해방이 되니 겉으루다 그런 거지!

고등관 시험도 아무나 보는 거 아니었네. 잡인들은 출신성분에 신원 꼬치꼬치 따진 연후에 시험 볼 자격을 줬네. 글면 그 때부터 글묵(책) 싸들고 절로 산으로 들어가 대가리 싸매고 달달 외우는 거지 뭐있나? 그게 다 왜놈들 국어책 역사책이인 거지. 정신으로 친일파 안 될 수 없지. 왜놈 되는 거여 왜놈… 허! 그게 점수가 젤로 많어.

그게 [문관시험]인데, 합격하면 '고등관' 되는 거지. 가문의 영광이여, 게다가 총독부 들어가 봐! 조선처녀들한테 '선망'이지.

그러니 아무나 독립군 했나? 그래서 조선놈들이 더 악랄하게 굴었다고 봐야지. 조선인 아니고 왜놈으로 그 짓 한 거지. 독립군 잡으면 왜놈 상관이 혀를 차게 조선인 순사가 앙짱(박살)부셨어. 지금도 그렇다고 봐야지. 누리고 사는 기득권자가 바투(현실)를 떠나기 쉽겠어? 아무나 의롭질 않어."

"예~! 6.25 나고 십 몇 년이니 역사적으론 아주 짧은 거네유. 백 년쯤 지나면 될까유? 그래서 대장님은 어케 됐어유?"

"음……."

5. 귀향

임진강은 비율빈 전투 마지막 자락에 일군부대장이 조선인 병사한테 총 맞아 즉사한 얘기를 했다. 일군은 '바교'에서 주민들 10만 명 이상을 죽이고 수천 명 부녀자들을 겁탈했다. 살아남은 원주민들은 밀림으로… 강과 바다로 산지사방 도망쳤다.

일군 병사들은 학살한 시신들을 쌓아 방패삼고 겁탈한 부녀자들을 인질삼아 완강히 저항했다. 하지만 막대한 인명 손실을 입고 후퇴해 마닐라로 집결했다. 비율빈 주둔 일군 총사령관의 최후 전략이었다.

마지막 옥쇄 결전을 치르려는 것이다. 이때는 이미 본토 보급로도 완전히 끊겼다. 1945년 1월 말쯤이다. 이때부터 조선인 병사들과 노무자로 끌려온 민간인들이 탈영을 해서 작은 섬으로, 밀림 속으로 도망치는 일이 빈발했다. 사기는 떨어지고 먹을 게 궁해서 현지주민 식량 공출도 시작됐다.

임진강의 코레이도 섬에도 점차 포성이 가까이 들려왔다. 미군이 마닐라 입성을 위해서 꼭 점령해야 할 교두보가 코레이도였다. 여기서 곡사포를 마닐라로 날릴 수 있는 사거리가 확보된다. 임진강 부대는 전투준비에 돌입했다.

비율빈 점령군 전체 3만 명 중 3개월간의 전투에서 이미 절반은 죽고 실종되고 일부는 미군에 잡혔다. 일군은 구석에 몰리면 대부분 죽음을 선택했다. 강력하고 지속적인 세뇌와 집체생활로 단련된 거다.

죽음은 지휘관들이 천황에게 바치는 마지막이자 최대의 충성이었다. 신사에 위패 달고 신도비에 그 내용 적히면 가문의 영광이다. 그들은 칼 대신 권총을 꿰차고 제복만 바뀐 '사무라이(무사)'였다.

1천 년 전투로 지샌 사무라이 문화가 만들어낸 '죽음의 미학'이다. 갈 곳 없는 열도 근성이다. 병사는 선택의 여지가 없었다. 일본군 포로 숫자가 미군포로 1/10에도 못 미치는 이유다.

코레이도의 일군 병사들 중엔 조선인들이 적지 않았다. 이들은 싸울 이유도 죽어야 할 이유도 없었다. 그야말로 억울하기 짝이 없는 개죽음이었다. 일본이 망해야 살아 돌아가는 앙숙의 관계다.

임진강과 조선인 병사 노무자들이 놓인 상황이었다.

"내가 속한 포로 부대는 경비와 관리지원부대 각 1개 중대씩 300명 정도였구, 전투부대가 1개 사단 따로 있었네. 나머지 1만 명 정도가 마닐라에 총집결해서 시가전을 준비하고 있다 하더군. 1월 말쯤인가 코레이도에 포탄이 날아들기 시작했어. 무지막지하게 비 오듯 쏟아져 내렸지. 여름철 장대비 마냥 말이여. 우리 포로수용소 주변엔 떨어지지 않았어. 행운인 거지. 아군이 포로로 잡혀있는 곳이니…

주로 마닐라항구와 마주보는 북쪽 바닷가 전투부대지 뭐. 어케 고개 한 번 들 새 없이 비 오듯 했어. 미군은 개미새끼 한 마리 안보이고 먼 바다에서 군함으로만 때리는 거지. 사단본부고 뭐고 앙쌍 짓 부서졌어. 거슬(저항)은 어림도 없는 거지. 총을 쏠 데가 없었어!

초전에 앙쌍나 짓 부서졌던 거네. 그렇게 반나절을 꼬박 쏟아지던 포탄이 딱 멈춰! 그날 저녁, 30리 떨어진 사단 대연병장으로 코레이도 병력이 모두 집합됐네. 필수요원만 빼고 나도 트럭에 실려 거기 갔지. 별 두 개 달고 삼각군모에 당꼬 바지 군복 입은 땅딸막한 사단장이여. 콧수염 번득이면서 연단에 올라서더군. 왜놈 전형이디만…

한 3~4천 명 쯤 되나? 마이크를 붙잡고 한참을 일장 훈시 하더니 말이지, 마지막 말이 '죽으라!'는 거여. 죽으란 말로 끝내는 거지.

'제국 병사들은 이제 최후의 충성을 보일 때가 왔다. 목숨을 걸고 천황 폐하의 신민으로서 명예롭게 싸우다 죽으라! 후퇴는 없다. 잡혀서 더러운 욕을 보느니 명예롭게 죽으라, 죽으라! 그게 제국을 살리고 제군들 집안을 살리는 길이다! 이상!' 대강이 이런 말인 거지…

다른 말은 기억이 없고 이 부분은 지금도 귓전에 맴돌아. 저 멀리 목소리만 들리고 얼굴은 가물거리는 거지. 연병장 땅바닥에 주저앉아 조용히 훈시를 듣던 병사들이 웅성거리기 시작했어. 살릴 생각 않고 죽으란 거네. 말은 그럴 듯해도 솔직히 병사들이 그저 총 든 로보트지 뭐 있나? 제국주의 밑천 다 드러난 거여. '조센징'도 천황 위해 죽으란 거네. 이 때 연병장 병사들 한가운데 쯤 어딘가에서 총소리가 몇 방 울렸어. 실탄을 뺀 빈총 군장으로 집합했는데 분명하게 울렸어.

순간 그 쪽을 돌아보다 다시 연단 쪽을 봤어. 그랬더니 사단장 놈이 연단바닥에 푹 고꾸라져 피를 쏟아내고 있더구만. 그건 또 잘 보여. 곧 이어 또 총소리가 났어. 처음 총소리 난 쪽에서 말이지. 총격전이 벌어진 거야. 연병장이고 연단이고 아수라장이지 뭐 있겠어…?

　다음 날 들은 건데, 옆 부대 조선인 병사가 그 놈 죽일려구 마음 먹구 실탄 몰래 장전해 갖구 온 거지. 저격용 망원경도 달아 왔다더구만. 그 주변엔 또 같은 조선인들이 함께 있어서 별 제지도 안하고 못한 거지. 사살해버린 거여. 그 사람 독립군이지 뭐. 지금 나라에서 그 사람 알구나 있겠어?"

　"그게 진짜 명예로운 죽음이네유… 하지만 자신의 결단이긴 해도 고향에서 애타게 기다리는 가족을 생각하면 억하심정이나 젊은 한 때 혈기가 아닐까유? 아니면 그 놈 하나 죽인다구……."

　"글쎄, 이래 죽으나 저래 죽으나 같은 상황이라면 자넨? 그 사람은 개인의 삶이나 가족의 범위를 더 크게 생각한 게 아닐까? 나와 내 형제 뿐 아니라 부모형제의 그 부모형제… 내 이웃의 부모형제와 그 이웃의 부모 형제 말이지. 그렇게 양손을 뻗으면 동족이나 민족이 되는 거 아니겠나? 물론 늙으면 그런 일 감행하기도 어렵겠지……."

　"알 듯 말 듯 하네유! 그래서 결국은 새벽대장님이 그 섬에서 죽지 않고 미군에게 잡히신 거네요?"

　"포탄이 쏟아진 바로 다음 날 미군이 섬에 상륙하더군. 미처 예상 못했지. 제일 먼저 처들어온 곳이 우리 부대야. 포로수용소. 그게 걔들한텐 젤로 급한 거지. 왜놈들 같으면 그랬겠어? 이미 비율빈 전체가 다 넘어가고 마닐라만 겨우 남았잖어. 보급도 연락도 다 끊어진 판인데 일군 애들이 싸울 맘 나겠어? 반나절이면 끝날 텐데. 지원부대 애들 교전하다 많이 죽었어. 수용소도 좀 붙었지. 포로들 모두 사살하라는 명령이 떨어졌는데 미처 그럴 새가 없었고… 근데 그 바람에 미군도 우릴 살려줬어 경비병 4~50명이 진입해 들어오는 걔들 총에 죽었는데 나도 그 때 발목에 총알

한 방 맞아 쓰러졌어. 난 싸울 생각 전혀 없었네. 왜 싸우고 죽어? 할 수만 있다면 항복하는 거지.

비겁한 게 아니네. 죽을 이유 없는 인간의 존엄함이지! 죽은 시체들 사이에 같이 엎어져 있었는데 그래서 산 거지. 대신 내가 지키던 그 막사에 내가 갇힌 거여. 며칠 후 마닐라도 무너지고 높은 놈들은 모두 자살했어. 근데 딱한 건 점령지 원주민들도 옥쇄한 사람들 참 많았어. '미군은 악마다… 잡히면 사지 찢어죽이고 불태워 죽인다'고 집요하게 세뇌시킨 거여. 점령 3년 동안 그런 식으로 부역을 끌어낸 거지. 그래서 많이들 절벽에 떨어져 죽었어. 어떤 곳에선 일본군 병사가 절벽 옆에 서서 주민들 뛰어내리라고 총으로 쏘며 윽박질렀는데 마침 현장에 진입한 미군이 바로 사살했다고 하더군…

정신병자가 전쟁을 일으키고 전쟁이 사람 머리를 돌게 해. 전쟁이 그런 거네. 영화에 나오는 건 조금만 꾸민 거지. 실제는 열 배 백 배 끔찍혀. 6.25 때 우리끼리도 똑같았네. 또 6.25 얘기네 허어~!"

"대장님, 괜찮어유. 서로 얽혀있는 거네유…."

임진강은 코레이도 포로수용소에서 두 달 경비서다 거꾸로 거기서 8개월을 포로로 생활했다. 10월에 마닐라로 옮겨져 조선인 포로들만 모인 수용소에서 박 씨 아저씨(박 선생)를 만났다고 했다.

그런데 거기서 새로운 사실을 알게 된 일이 또 충격이었다. 비율빈 일본군 포로수용소 총사령관이 조선인 홍모 중장이라는 거다. 야전군 사령관으로 세우기엔 미덥지 못한 그를 거기에 앉혔는데 나중에 전범으로 몰려 총살됐다고 했다. '내선일체'가 그랬다.

그는 비율빈 일본군 포로들 중 최고로 높은 계급이었다. 돌아갈 곳 없는 일본 지휘관들은 모두 자결했다. 홍 사령관은 스스로 죽지 않았다. 조국 백성들에게 부끄러웠을 테지만 그렇다고 죽을 일은 아니라고 생각했을지 모른다. 그는 돌아갈 고향과 민족의 품이 그래도 있었던 것이다.

그러니 일군 수뇌부들처럼 함께 자결할 일은 더욱 아니었다. 자기는 조선 사람이다. 이 때만큼은 자신이 조선인이라 생각됐을 거다.

그러나 그는 현지 1급 전범으로 체포돼 다음 해 현지에서 재판받고 총살당했다. 귀국했더라면 아마 다른 친일파들 부귀영화 누리는 대열에 함께 섰을지 모를 일이다. 그들 세상이다.

진강은 조선인 신분을 확인받고 1주일 후 연합군 배를 탔다. 이북출신은 남포항, 이남출신은 인천 부산항으로 들어왔다. 살아온 것이 기적인데 그 기적이 5년여 후 또 한 번 생겼다고 했다.

6. 대지의 운명

이야기는 다시 산채로 돌아온다.

"결국은 고향엘 무사히 돌아오셨네유? 근데 왜 거기서 이쪽으로 넘어오신 거지유?"

"음… 그러니깐드르 11월에 돌아왔네. 일본군으로 끌려가 딱 1년만이네. 기적이지. 박 선생은 평양으로 돌아갔네. 근데 진짜 기막힌 일이 기다리고 있더구만."

"뭔 일이유?"

"로스께들이 쫙악 깔린 거여. 동네 여기저기 말이지. 38선이가 뭐가 금을 그었는데 하필 우리 집 앞마당 해안선에서 38선이 지나가는 거네. 그 때 부모님과 동생들은 구월산 들어가 몇 년째 숯을 구버 살고는 있었어두 수시로 여기 오고갔거든. 본가니까. 나도 귀국해서 여기로 온 거지. 그 앞 바다 건너엔 미군이 들어와 지킨다더군.

일본군 무장해제 시킨다고 남북으로 두 나라가 따로 들어온 거지. 깜짝 놀랐지. 놀랄 뿐인가?'이번엔 두 나라 식민백성이 되는구나…' 했지. 희망이 절망이 됐어. 근데 이상한 일은 따로 있었어. 나는 거기서 일본이 항복했다구 해서 조선 사람이라구 풀려나구 돌아왔는데 말이지, 돌아온 고향은 여전히 일본군대허구 일본인 순사들이 남아서 활개치구 있는 거여. 해방됐다는 게 의심스러운 상황인 거지.

달라진 건 로스께들이 많이 눈에 띈다는 것뿐이여. 로스께들은 38선 주변만 지키구, 안에선 걔들이 여전히 치안을 관리하고 있는 거지. 로스께들이 조선을 잘 모르니까 그래도 35년을 주물럭거린 걔들헌테 맡겨버린 거여. 사람들은 여전히 왜놈들 눈치를 보며 사는 거지 뭐. 김일성이는 평양에 갓 들어와 아직 토종세력이라는 중국연안파들과 힘겨루기여. 지방은 여전히 일본군과 순사들 천하고 말이지.

남쪽도 비슷하단 얘길 바닷길 오가는 사람들 입으로 들었지. 미군사령부 안에서 행정 하는 놈들이 죄다 총독부에서 해먹던 조선놈들이라는 거여. 남쪽도 그렇다는 말인 거여. 함경도 쪽엔 아직 철군하지 않은 관동군이 로스께 묵인아래 계속 주둔해 있고. 해방은 무슨!

병력이나 장비가 만만치 않은데다 관동군이라면 울던 애도 그친다잖어. 그러니 로스께들도 걔들과 붙기 싫은 거지. 항복은 했으니 돌아갈 때까지 좋은 게 좋은 거야. 걔들이 조선 땅에서 완전히 물러간 게 47년께야. 그 동안에 열도 내부가 정리되고 챙길 꺼 다 챙겨가며 떠난 거지. 미군과 로스께가 걔들을 그 때까지 조선 사람들한테서 지켜준 거여! 그러니 걔들한

테 보복이니 복수니 할 수 있겠어? 허허~

　도저히 더 살 수 없더라 이 말이네~ 말이 해방이지 해방이 아닌 거여. 그 길로 구월산 들어가 세상 끊고 숯 굽는 일 거들다가 다다음 해 5월 거 길 떴지. 그게 부모 형제들 마지막 모습이었어. 그 날 이후루다 지금까지 서로 살았는지 죽었는지 모르지 뭐. 더구나 이젠 남북이 서로 돌이킬 수 없는 지경까지 왔잖어? 그러구선 한 달을 여기저기 더 돌다가 7월인가 구룡령 숯막에 들어온 거지."

　똥꾸가 말을 다시 받았다.

　"음… 거기서 구렁털 아저씨네 가족을 만나고 아저씨 누이를 만나 혼례하고 딸 낳고 진인 만나 무예연마 계속 하시구유. 그러신 거네유? 그 때가 대장님한테는 그래두 제일루 행복하고 좋았을 때네유.

　지금도 그렇지만 대장님 시대가 백성들 고생 많이 시켰네유. 우리 아버지 엄마도 똑같은 거구유. 우리 형이 아버지가 다른 형인데유, 연좌제 땜에 돈 벌러 월남전에도 못 가구 있잖아유. 그 아버지가 6.25때 인민군 나가 죽었는데 제대루 보지도 알지도 못하는 죽은 아버지가 지금도 살아있는 제 자식 목을 졸라매고 있는 거지유… 그 바람에 우리 아버진 죽은 큰엄마 사망신고도 안 해 놓구선 산 사람 맹글어 우리 형제를 모두 글루다가 출생신고 시켰잖으유? 화 많이 났어유!

　우리 엄마는 지금 버젓이 같이 살고 있는데 법적으로는 완전히 남남이라는 거래유. 그냥 한 집 두 가족이 사는 거고, 아버지와 엄마는 부부가 아니고 그냥 동거인으로 사는 거루다 말이지유! 우리 5남매도 재작년 막내 여동생 태어나 출생신고를 할 적에 미뤄뒀던 네 자식들 출생신고를 도매금으로 한꺼번에 했던 거예유… 아버지가유. 지금 생각해보니 의붓자식 꼴 날까봐 그게 겁났던 거지유 뭐. 아버지는 배운 게 있는 유식층이라서

법이나 그런 제도를 좀 알고 있었던 거예유!

그러니까 저와 제 바로 아래동생 같은 경우는 국민학교 들어갈 때 세상에 없는 인간인데, 어떻게 학적부를 만들어 입학을 시켜줬는지… 저는 졸업장도 받구유. 도무지 이해가 안 되지유? 사실 이것두 제가 중학교 가면서 머리가 컸다구 아버지가 '네가 떼다 갖다내라' 하시는 바람에 호적등본 떼어보구 알았어유… 큰 충격이었지유! 태어나서 14년이나 지나서 신고한 호적부 생일이 맞는 건지, 집에서 세는 나이가 맞는 건지 어쩐지 모르겠으유. 물어보구 싶지도 않지유. 안 맞으믄 또 어떡할거예유? 그러니 지금이나 대장님 때나 세상이 크게 달라진 건 없는 거 같아유!"

새벽대장 진강이 진한 한숨을 냈다.

"그래? 자네 말을 듣고 보니 그렇네그려. 어쩐지 자네허구 형 하구 얼굴은 좀 닮은 듯하면서두 뭔가 다른 게 있더라 했어. 자네 형은 밖으로 개울로 나돌잖어? 자네 누님도 늘 기가 없고. 그러니까 세 집이 모인 걸세? 난 몰랐네. 허~어!"

"그래서 구렁털 아저씨는 '민청연' 준회원으로 가입하셨나유? 구렁털 아저씨 처음 말씀으론 대장님도 전쟁 터져 인민군으로 나가시구, 구렁털 아저씨는 국군 정찰대원으로 뽑혀 이북군대 정탐하러 다니시구… 그러다가 총 싸움두 벌이시구 죽을 뻔두 하구유. 서로 싸우게도 됐다는데 어케 된 거래유? 결국은 그게 지금 여기로 이어진다는 말씀이네유?"

진강 대장 목소리가 다시 낮아졌다.

"지금부터 얘기가 내 마지막일세. 대동아전쟁이구 2차 세계대전이란 거가 결국은 5년도 채 안돼서 여기서 다시 벌어진 거네. 내가 비율빈 가서 보고 들은 거 못지않게 끔찍했어. 2차 대전 때 쏟아 부은 폭탄보다 두 배

많은 폭탄이 남북한 땅에 쏟아진 건데, 이북엔 지붕 덮인 건물이 하나도 남아나지 않았어. 그 때 맥아더가 압록강 만주 땅에 원자폭탄 투하 한다 그랬다가 평양 함흥으로 돌린단 소문 파다했어. 그 사람 투르만대통령에 쫓겨난 게 참으로 다행 중 다행이야.

소문이 거저 나겠어? 그랬다면 히로시마는 아무 것도 아니지. 근데 이쪽에선 은인대접 받잖아! 내가 인민군 나갔다 잡혀 국군 현지자원병으로 총 거꾸로 든 것부터 또 인민군… 다시 국군포로… 살아있는 게 기적이지. 고마운 건지 죽는 게 낫던 건지 아직도 모르겠어."

"사람들은 입만 떼면 '원한의 38선', '6.25의 비극'을 말하잖아유. 그런 노래도 많구유. 다시는 이 땅에 전쟁의 비극이 있으면 안 된다고 다들 그래유. 근데 뭔가 개운치 않아유……."

"음… 그런 게 있지. 말은 같은데 속내는 다르지. 이쪽은 이쪽대로 원한이고 그 비극을 끝장내겠다는 거구, 저쪽은 그 반대 입장에서 그런 거구. 서로 벼르는 거지. 그러니 비극은 어느 한쪽이 앙짱 날 때까지 계속 일어날 수밖에 없는 형국이여. 그게 진짜 비극인 거지.

대륙본토에서 쫓겨 들어와 사는 좁은 반도 안에서 또 반으로 갈라져 내 땅 네 땅이네. 육탄전쟁도 모자라 이념 사상 전쟁으로 양쪽 권력이 먹고 사는 건 말도 못 내지. 이런데 같은 우리 단군, 고구리 백성들이 본래 살던 널마(대륙)를 찾겠어? 언감생심이여……."

담담하던 새벽대장 호흡이 조금씩 빨라졌다. 內傷이 깊고도 깊다.

"6.25 때 벌였던 짓들 보면 말이지, 그땐 민족도 사실 없었던 거지. 민족이 뭐 말라터진 건가 하는 거지. 지주네 소작쟁이네 계급으로 갈라져 이웃지간 찔러죽이고 우물에 쳐 박고, 모가지 톱질해 죽이고 그랬지. 소작쟁이들은 어렵게 살아도 '정'이란 게 있어 악질들을 제 맘대로 아주 모질

게 때려잡지는 않았어. 그래도 절차를 밟았지!

악질 친일 지주 경우는 그 지역을 접수한 인민위원회에서 집단 공론을 거쳐 선정된 사람을 일벌백계 중벌했지. 근데 남쪽으로 도망갔던 악질들은 수복하고 돌아온 고향에서 전시 통제 무시하고 사적으로 무지막지하게 했어. 뭔 이웃사촌이겠어? 반만년 한민족 거기 없었어.

지주허구 소작쟁이들 허구 이를테면 자본가와 무산대중 '계급' 깃발만 선명했지. 사상이란 게 그걸 더 날카롭게 쑤시더라구. 그거 무기여! 민족 대신 계급인 거여" 참짜로 무시무시했어. 원수 죽이듯 죽인 거네. 계급만 판치는 거지. 고거만 보면 '계급' 세상이 딱 맞어.

근데 그건 겉이야. 일부지. 속은 복잡했네. 그렇게들 앙짱 붙었어. 중공군이나 미군은 구경꾼인거여. 자넨 도무지 이해가 안 될 것이네.

겉으론 빨갱이니 지주니 사상싸움인 했지만 속은 뺏긴 내 땅 찾기지… 지주는 철저히 이해관계로 행동했어. 매척(원래) 가진 것 지켜낼 게 많은 이들 가슴에 양심이니 민족이니 정의니 그런 거 기대하긴 사실 어렵잖아? 그들은 역전된 전세를 등에 업고 절치부심 와신상담으로 이빨을 갈다가 수복되자마자 젤 먼저 달려왔던 거지. 그 걸 찾았다가 전세가 재역전돼서 다시 뺏기고 내려온 거지. 그런 이 많아!

지금도 통일되면 제 땅 찾으려구 땅문서 꼭꼭 움켜쥐고 손꼽는 사람들 많네. 그 사람들 다 그렇다구 봐야지. 내 죽으면 자식들이 꼭 찾아야 된 다고 하는 거네. 그 사람들한테 '원한서린 38선'이고 '전쟁의 비극'이란 거 는 그런 의미지. 문제는 대부분이 무산계급인 소작쟁이들 처지지. 그 지주 들 땅을 정당한 걸로 인정할 수 없다는 거네.

자신들 것 빼앗아 간 거라는 말이지. 다는 아니겠지만, 조선말엽엔 고을 육방관속 구워삶아 빼내고, 일제 땐 그들 앞잡이하면서 측도測圖질로 뺏어가고 고리대 장리쌀로 뺏어가고 이리저리 땅 불려먹은 반백성 매국노들이지. 그러니깐드르 마르크스 '계급'이란 것이 들어와선 막연했던 그런 의식을 선명하게 밝혀준 거지. 봉건체제에 일제식민지라는 민족 문제 속에 뒤섞여 끼어든 거네. 잠복해있던 계층 불만을 이론이나 사상으로 올려놓은 거지. 갈라지고 전쟁 터지면서 이게 서로 승해진 거여……."

똥구의 눈알이 많이 충혈돼 있다.

"아~ 그렇구나. 근데유 대장님, 솔직히 마르크스 계급은 아직 모르겠네유!"

먼동이 터오는 것 같다. 시간이 모자란다.

"그러게 말이네. 말인즉 전쟁이 나니까 겉으론 민족이고 통일을 내세우고 뒤로는 서로 계급이란 걸루다 죽고 죽이더라는 거지. 근데, 걔들 계급이란 게 양놈들 근대화로 맹글어진 자본가와 노동자들 말하는 건데 그게 또 다는 아니란 거지. 걔들 얘기가 그대로 우리 얘긴 아니란 거여. 2백 년 전 생겨난 즈들 근대화 모순론으로 수만 년 역사를 모두 꿰맞추는 건 억지지~ 무슨 만능열쇠도 아닌거구 말이여.

걔들이 유목질로 먹구 살고, 바이킹이니 뭐니 해적질로 살아오던 뿌리 없던 애들 아닌가? 걔들이 민족이 어딨어, 요즘 서양 이론가들이 우리더러 이러니저러니 훈수를 두는 건 웃기는 얘기 아닌가?

걔들은 그냥 부분적인 종족이여. 일종의 '족속'이지. 근데 그게 끼리끼리 떠살이 삶이다 보니 언어로 제각기 갈라진 종족인겨~. 우리허구 생각 자체가 다른 거지. '집시' 비슷한데 종족그룹이 크고 작다는 차이지. 말을 허자면, 소 부족잽이 중심으로 떠돌이 생활을 하다 보니 본시 같은 '어족'이 찢어져 말이 달라져버린 거지. 로마인들이 붙인 이름이긴 헌데, 저 추워빠진 북쪽에서 내려왔대서 게르만이여!

'야만인' 뜻인 거지. 그자들이 스웨덴인, 덴막인, 놀웨인, 아이슬랜인, 잉글랜드인, 네덜란드인, 독일인으로 죄다 찢겨져 여태 내려왔다는 거네. 지금도 말이 다 달라. 영어가 다 아니여… 이태리 에스파뇨도 그렇고 유럽천지가 다 말글이 다른 천지여. 천 년을 계속 찢구 빻구 싸우다가 라인강 동쪽에 모여 살던 지금 독일 사람들이 2~3백 년 전에 즈들이 게르만 '민족'이라고 내놓고 이름붙인 거지! 자각한 거여. 독일이란 나라는 없어두 같은 말을 쓰는 어족이었던 거지.

그게 서양 민족 시초여. 걔들 사관으로는 겨우 근대시대여! 그런 걔들이 우리의 민족을 알어, 계급을 알어? 근데도 걔들 역사책 베껴먹는 서양학 하는 여기 사람들이 '우리한테는 본래 민족이 없었느니… 다 서양에서 들어온 말이니 어쩌니… '앵무새 나발을 불고 있네 그려 허허~ 그걸 배운 애들이 지금 머리 허연 어른이 됐으니 지금은 또 어떤가 말이여, 자네도 그렇잖은가? 친일만 매국이 아닌 거여.

걔들이 민족을 사상시 하면서 민족주의니 뭐니 그게 무슨 이념인 양 떠들어 피압박 약소민족들 갈라치기하고 식민지로 잡아먹은 걸 좋은 걸루다 가르치고 있는 건 심각한 문제여, 민족 존망이 걸린 문제지.

우스운 건, 걔들은 나라가 찢어 발려졌어도 왕족들은 다들 같은 집안 핏줄이여. 그리스 왕이 영국 왕 되고, 스웨덴 왕이 프랑스 왕… 덴막 왕이 된단 이 말이지. 지금 영국왕은 헨리 왕 대가 끊어져 프랑스 왕족을 급히 불러 앉힌 건데, 이 자가 폭군질을 해서 제 나라로 추방됐어. 근데 그 자식이 다시 왕으로 돌아온 건데 그 자손인 거여.

그래두 아무 탈이 없어. 거기 사람들 머릿속에 민족이라는 게 섰으면 그게 될 말이여? 아닌 거지. 걔들이 덩치는 말만 허구 눈알은 시뻘겋구 머리는 금색깔이어두 실은 동이東夷 핏줄이 섞인 거네!

민족대이동이라는 게 동이 북적에서 시작된 거거든. 음… 그렇다구 해두 지금 우리 민족에겐 자본주의니 공산주의니 그게 엄청 승한 시대여. 모든 걸 잡아먹는 불가사리지. 6.25가 세계적인 체제 전쟁으로 비화된 게 그거네… 2차 대전 연장이면서 다른 성질인 거지.

우리가 원한 게 아니어두 모두 휩쓸려 살잖어. 말 허자면 민족통일전쟁? 이념통일전쟁?… '이중 전쟁'? 계급논자들은 조국도 민족도 없으니 민족통일이란 게 애당초 머리속에 없는 거지. 해도 그만, 안 해도 그만인 거… 조국이 없는 건 아니지. 이념의 조국… 여호와증인이 신앙으루다 군대 거부하잖어? 그런 이들도 그래야 맞지. 부르좌가 지배하는 이념적 적대 국가일뿐인 이 땅이 제 땅은 아니란 말인 거거든. 자기 삶과 관념이 따로 노는 이들 많어. 그렇지만 삶은 엄중한 거네. 사상, 이념, 관념… 그 머리 꼭대기에 있는 거지. 그렇게들 살잖어…! 싯달타가 왕궁을 버리고 산속에 들어가 굶는 건 神이 된 사람들 얘기지!"

진강이 토하는 불은 본격적으로 6.25를 향한다. 구렁털도 할 말이 많다.

"형님, 지금 밖에 뭔 소리가 나는 것 같습니다!"

구렁털의 다급한 목소리다.

1. 해후

"후-욱"

구렁털은 말이 끝나기 무섭게 코쿨 불을 껐다. 갑자기 방안이 캄캄해졌다. 그리고는 익숙한 동작으로 토끼집 문짝만한 부강지(부엌) 쪽문을 열고 재빨리 나갔다. 방안에 셋의 숨소리만 가늘게 흔들렸다.

"사사-삭"

오두막 뒤란 쪽으로 발걸음 소리가 들렸다. 산채식구들은 소리에 예민하고 후각 촉각이 날카롭다. 수련내공 때문만은 아니다. 놀란 똥꾸와 산적은 가슴이 두근거렸다. 쿵닥거리는 심장박동 탓인지 맞은편 새벽대장 쪽은 기척도 숨소리도 느껴지지 않았다.

얼마나 시간이 흘렀을까? 사람이 긴장하고 초조해지면 1분 1초가 긴긴 겨울밤보다 길다. 지금 그렇다. 이때 먼 밖에서 사람 소리가 들려왔다. 오두막 쪽 방향이다. 말소리는 점점 가까워져 오고 있었다.

혼자가 아닌 것 같다. 뭔가? 누군가? 정신이 버쩍 난 똥꾸와 산적은 방문 짝 바깥으로 귀를 쫑긋했다. 방안이 점점 분별되기 시작했다. 새벽대장이 흐릿하니 보였다. 올방지를 틀고 앉아 명상에 잠긴 듯한 모습이다.

'좋은 사람인가, 나쁜 사람인가?'

똥꾸는 소리가 가까워질수록 불안해졌다. 새벽대장의 낮고 짧은 목소리가 귓가에 들어왔다.

"방문 열어보시게! 반가운 사람이 오시는 것 같네."

"예? 말소리가 잘 들리세유? 누구시래유?"

산적이 방문을 반쯤 열었다.

"솨-악"

갑자기 차가운 공기가 밀려들었다. 달래천 강바람이 섞인 이곳 시월하순 골짜기 바람은 아주 매섭다. 고노골 밤바람은 벌써 한겨울 칼바람이다. 기왓장이 날리고 몸집 작은 아이들도 날려간다.

둘은 찬 공기에 움찔하며 양 팔짱을 꼈다. 가마니 깔린 방바닥은 아직 군불을 안 들여 한기가 똥구멍으로 스멀스멀 기어들어왔다.

두 사람이 이쪽으로 오는 게 보였다. 둘의 말소리가 밝은 걸로 봐선 새벽대장이 정확했다. 천리통은 몰라도 십리통은 되는가 싶었다.

낮보다는 밤에 소리가 더 잘 들리는 법이긴 하다. 낯익은 사람이라면 더 그렇다. 이윽고 그 둘은 오두막에 다다랐다. 그제서야 벌어진 똥구의 눈조리개 속으로 한 사람이 들어왔다. 구렁털이다.

"형님, 위 선생이 이거저거 잔뜩 짊어지고 오셨습니다요."

위 씨다. 풍월패 대장 위 씨 아저씨였다. 눈썹달빛 한 점 없는 칠흑 밤중에 강바람을 뚫고 달래천 윗 물목을 건너온 것이다. 똥꾸는 가슴을 쓸어내렸다. 없던 기운이 솟아나는 듯 했다. 긴장이 풀어지면서 이유모를 반가움에 기분이 울컥해졌다.

방안이 금새 훤해졌다. 다시 붙인 코쿨 불빛 때문만은 아니다.

"어이구, 도련님이 먼저와 계시네유, 야심한 이 밤에유… 반가워유! 부대장님헌테서 들었어유."

풍월대장 위 씨 아저씨는 똥꾸에게 꼭 '도련님'이라 붙인다. 읍내 장날 때면 풍월식구 두어 명과 함께 똥꾸 집에 온다. 점심 손님 대충 치운 오후 서너 시 경이다. 박 씨 아저씨가 말아주는 각기우동으로 늦은 점심을 해결한다.

팔고 남은 식당밥(조보리·쌀을 섞은 잡곡밥인데 정부 강제시책이다)이며 반찬가지를 보따리에 담아간다. 곱추 오 씨는 얼씬도 않는다. 않는 게 아니라 못한다. 그럴 사정이 있다.

예전에 장날 들렀을 때다. 그를 보자 손님들이 실금실금 피해 나가고 있었다. 마침 잡은 개를 손질해 지게머리에 지고 온 꺽정 아저씨한테 정통으로 걸렸다. 입가에 거품을 물고 만취해 건들거리는 오 씨가 식당 홀 기둥에 기대서 바지춤을 내릴 때였다.

막 갈기려는 순간이다. 착각인지 행패인지 몰라도 마침 쇠리 '똥바우'도 그걸 봤다. 꺽정이 그의 뒷덜미를 오른손으로 덥석 잡아들었다. 꺽정의 우악스런 손아귀에 그는 대롱대롱 매달려 허우적댔다.

"어억~!"

그의 째진 눈에 흰자위가 덮이고 목이 졸린 그의 입이 쩌억 벌어졌다. 대장이다. 꺽정은 그를 그대로 달고 나가서 옆집과 붙은 좁은 골목에 그를 밀어 넣었다. 똥바우도 뒤를 따라 나가 봤다.

오 씨는 허리춤을 다 추스르지도 못한 채 그대로 오줌을 지렸다. 바지 가랭이로 흘러내린 오줌물이 한강이다. 그 일 이후 오 씨는 똥꾸네 집에 다시는 나타나지 않았다.

풍월대장은 새벽대장보다 한 살인가 위다. 트고 지내는 사이다.

"자네 이 야심한 밤에 어쩐 일인기여? 허허허…."

"글쎄 말이어어~, 부는 바람 따라 불쑥 내켜 왔구만. 오늘 밤 보니 자네도 그렇구 도련님들도 그렇구 생전 아닌 시간에 여기들 있구먼 그래,

그렇지?"

풍월대장의 갑작스런 이 밤에 산채를 방문한 이유는 이랬다.

며칠 전 야밤에 유막동 집채를 나와 달래천 버덩말을 도는데 천변건너 쪽으로 웬 군복 입은 사내가 논골 쪽으로 내달려가더라는 것이다. 그 날은 초승달밤이었다.

그리고 시간 반쯤 뒤에 이번엔 뚝방 안쪽 길로 군인들이 같은 방향으로 이동해 올라가면서 야광탄을 쏘고 난리더라는 것이다. 유막동 식구들은 뜬 눈으로 날을 새고 자신과 몇몇이 읍내에 내려가서 들은 얘기가 지금 난리란 걸 알았다.

'공비'다… '무장공비'!

그런데 1주일 다 가도록 작전은 계속되고 탁발(밥 얻는 걸 그렇게 불렀다)도 시원찮고 걱정하다가 여기 생각이 미치더란다. 그 공비가 달아난 방향으로 봐서는 혹여 여기를 들렀거나 아니면 군경들이 밟고 지나가지 않았을까? 별 일 없을까? 궁리궁리 하다가 잠잠한 날을 골라 지금 온 것이라고 했다.

풍월대장은 산채 입구에 들어서면서 구렁털로부터 내일 새벽에 잠정적으로 여길 뜬다는 말도 들었다. 그가 풀어놓은 봇짐 속에는 보리미숫가루와 옥씨기 알이 몇 됫박씩 들어있었다. 간식거리로 갖고 온 것인데 산길 이동 중에 먹을거리로 쓰임새가 바뀌게 생겼다.

"땡그렁~ 땡그렁~"

오는 날이 이별 날이다. 이심전심인가 했다. 새벽대장이 문득 벽을 쳐다봤다. 시계불알이 열한 번째를 때리고 있었다. 자시子時다. 아까 초저녁부터가 벌써 이렇게 됐다. 한 시간 더 있으면 통행금지다.

지금 기어나가도 1시간이다. 게다가 군경들이 작전 중이다. 남은 얘기를 나누다 보면 새벽인데 삼촌들 가는 것도 봐야 도리다. 똥꾸는 미리 엄마한테 산적네 집에서 잔다고 일러두고 왔다. 쇼리 일도 동생에게 맡겼다. 산적은 엄마가 장사 나가서 없고 할머니뿐이다.

이제 다섯 명이다. 방안 공기는 훈훈해지고 분위기는 다시 차분해졌다. 풍월대장 위 씨도 대화에 끼어들었다.

2. 삶이냐, 사상이냐

"6.25가 터질 때 대장님은 인민군대셨나유? 나중에 징집되셨나유?"

"난 그 전에 벌써 인민군대로 나갔네. 터지기 두 달 전에. 원산에 오진우 부대에서 훈련받고 전쟁터지면서는 제일 먼저 남하한 부대에 끼어 내려갔지. 애초엔 스물에서 스물 둘까지만 끌어갔는데, 터지기 직전엔 다른 덴 몰라두 여긴 열아홉에서 스물다섯까지 다 뽑아갔어.

내가 그 끝 나이에 딱 걸린 거지. 처남은 한 살 모자라 빠진 거구. 근데 나중엔 급하니까 열일곱에서 서른까지 더 뽑아간 걸루다 알아….'

"형님, 왜 인공 들어서면서 여기두 뭐여 그… 인민정치 할 적에 '조국보위훈련'이라구 있었잖습니까? 그러니까 저는 군대 안 나갔두 '민청단' 준회원으로 결국은 전쟁 날 때까지 맨날 딸려 댕겼잖습니까? 열여덟 살 돼야 민청원인데 전 그 때 열여섯 살 먹어 '비매원'으로 똑같이 훈련했습니다. 형님이야 그 때까정은 혼인하구 아이도 딸리구 나이도 그랬으니까 대신 우리 집안 맥여살랬지요.

그러다가들… 말두 마세요, 아침 지녁으루다 아랫말 소핵교 운동장에 모여 총검술허구 철망 빠져나가기 허구 그랬잖습니까? 그 때 여자들도 같이 그랬습니다. 한 이삼십 명 됐습니다."

"그랬어. 자네가 집에 오면 늘어졌지. 통일을 우리 힘으루다가 해야 한다고 그랬지. 교양 받은 거지."

"형님 군대 나가고 얼마 안 돼 전쟁터지면서 민청이나 으른들이나 윗말 아랫말 노력동원 무지허게 끌려 댕겼습니다. 우리 동네 고개 하나 넘어 가칠봉이 최전방 아닙니까? 그 꼭대기에 진지 만들구 대포 기관총 걸어 놓구서는 전쟁 개시한 거 아닙니까? 군량미 빼곤 신발 장갑에… 엿 떡 같은 건 동네별루 배당시켜 아버진 짚신 삼구 엄마 누난 벙어리장갑 뜨개 뜨구, 민청회원들은 야밤에 고지에 지게 져 날랐습니다요. 가칠봉이 해발 1,100미터가 넘지요 아마? 동네도 고지대긴 하지만 그래도 몇 백 미터 기어 올라갔습니다. 거길 열댓 번 오르내렸을 겁니다. 형님이 말씀허시니 저두 처음 해보는 말입니다요.

나중에 들으니 우리 또래들이 건봉산 쪽에 나가서두 주먹밥이구 포탄이구 전쟁 끝날 때까정 지게질 져 날랐답니다. 3년 꼬박 고지쟁탈 했으니요… 걔들 거기서 다 죽었습니다요. 인민 뒷수발 없으면 전쟁 못했어요, 굶고 헐벗고 전투합니까, 양쪽 다 똑같아요."

똥꾸가 끼어들었다.

"그러니깐 지나놓고 보면, 인민군이나 중공군이 점령지역에 약탈이나 겁탈 같은 건 없이 깨끗했는데 물자보급이 시원찮아서 노력동원은 많았다는 얘기네유. 전쟁 물자를 그런 식으루다? 전쟁 터지믄 이쪽저쪽 죽어나는 건 백성들이네유. 민간이 늘 더 많이 죽잖어유?"

똥꾸의 요약에 구렁털이 다시 이어갔다.

"그랬어. 난리 터지면서 인민군이 동네마다 노력동원 배당을 해서 내 또래 아이들허구 부녀자 노약자들이 그거 해대느라 고생 진짜 많았어. 대신 나중에 전쟁이 좀 잠잠해졌을 땐 인민군이나 중공군 애들이 추수 거들어주고 그랬지. 인심 얻으려는 선무공작도 있구 노력배당 불만을 달래려는 것도 있었을 거여. 근데 그 전쟁 통에 농사란 게 뭐 제대로 될 수 있나? 병 주고 약 주고지. 하여튼 그랬어… 겁탈은 미군 애들이 많이 했어. 개들 신사 아니여. 이제 말하는데, 내가 개들헌테 잡혀가서 정찰대원 노릇했는데 명령대로 못하고 돌아오면 참짜루 죽기 직전까지 얻어맞었어. 까무러치는 거지. 근데 명령대루 하면 인민군 총 맞아 죽구, 포탄 맞아 죽는 거여. 말 허자면 거기에 침투해서 적군 정보를 물어오던지, 총을 맞아 죽던지 둘 중 하난 거여.

돌아와서 맞아 죽어두 개 한 마리 죽은 셈이고, 인민군 총에 맞아 죽어두 군번 없는 개죽음이지. 양쪽 다 개죽음은 같은 거~ 결국은…

글 때 설운 눈물 참 많이 쏟았지. 그래두 부모님 생각하면서 악착같이 살아남았네. 오륙십 명 중 딱 네 명이 살아남었으니까! 이쪽에선 얻어맞어 죽구, 저쪽엔 정찰하러 가서 총 맞아 죽구…."

무거운 침묵이 흘렀다. 방바닥을 쪼아보며 말을 잇던 구렁털 얼굴이 일그러지고 새벽대장은 눈을 감은 채 묵묵히 듣고만 있었다. 얼마간의 침묵이 깨지고 구렁털이 다시 입을 열었다.

"누님이 그 때 미군 애 둘한테 그 일 당하시구 돌도 안 된 조카 업쳐 메구선 불어난 계곡물 속에 들어간 겁니다. 글구 남은 가족은 수용소로 실려가구요 흐흐흑……."

다시 침묵이 흘렀다.

"그런 얘긴 뭐할라구. 이젠 가슴에 있어두 머릿속은 담담해. 지켜주지 못한 내가 천벌 받을 죄인이지…."

똥꾸가 다시 끼어들었다.

174

"지두 들은 말, 할 말 많아유. 안 해서 그렇지유. 우리 엄마두 거의 그런 일보직전까지 갔대유. 일제 땐 일본군 정신대 안 잡혀갈려구 다들 시집 일찍 갔대유. 그리구 6.25 땐 미군 안 들키려구 얼굴에 흙을 묻히구 피해서 다녔다지유. 그 때가 20대 초니 그럴 나이지유…?

그러니깐 대장님은 부인·자식 두고 인민군 들어가구, 고향에 남은 가족들은 국군·미군이 들어오면서 그런 일 생긴 거네유… 그나저나 부대장님허구 부모형제들은 그 후 어떻게 된 거래유?"

마음을 가라앉힌 구렁털이 똥꾸를 보면서 말을 했다. 아까와 달리 지금은 대장보다 구렁털이다.

"산 아래 논골루다 피란 내려갔다가 거기서 국군 미군 섞인 어느 부대에 붙잡혔어. 그 때 스무 명 정도가 잡혔어. 모두 어린애들허구 나 같은 어정쩡한 애들 그리구 맨 부녀자 노인들이지. 수원쯤 어딘가루 실려 갔어. 거기가 수복지 사람들 소개시켜 수용한 거여. 수용소지 수용소… 거기서 나는 곧바로 미군헌테 차출당해 정찰대원으로 훈련받느라 부모 동생들과 다시 헤어진 거지. 우리 가족들은 거기서 전쟁 끝날 때까지 있었는데 중간에 아버진 울화병으로 거기서 돌아가시구, 으음… 그리구 말이지 휴전이 되니까 풀어줘서 어머니와 동생들은 숯막으로 돌아온 거지. 나도 살아 돌아오니 먼저 와 계시더라구. 서루들 살아있는 게 기적이지 기적… 말이 정찰대원이지 군번두 없구 군인두 아니고 소년 차출병이여. 미군헌테 얻어 터져가면서 단단히 교육 받구 야밤중에 최전방으로 실려갔지. 어딘 줄 알어? 우리 고향 근처여. 지형 지리를 잘 아니까 그런 식으로 소년정찰대원들을 뿌려 논 거지. 오륙십 먹은 중 노인네들도 같이 정찰대원 나간 사람들 많았어."

"얼른 이해가 안 되네유? 미군이 뭘 믿고 정찰대원으루 보냅니까? 인공

지역출신 사람들이구 민간들은 모두 빨갱이거나 그들 편으루 보는 거 아니래유? 무차별 폭격 때리고 총 쏘구 그런 때에 말입니다… 정찰대원으루 보냈는데 인민군한테 자수해서 이쪽 정보 죄다 알켜줄 수도 있는 거 아니래유?"

"음… 그럴 수도 있지. 근데 수용소에는 남겨진 가족들이 있잖어. 인질이여 인질. 그걸 믿구 보내는 거지. 천륜을 이용하는 거지.

거기서 여의도 비행기장에 자갈 일 하러 가면 돈을 준다고 그러더라구. 군대 갈 애들은 안 되고 열일곱 열여덟 살 먹은 애들 그리고 환갑 넘은 노인네들허구 말이야. 그렇게 한 오륙십 명 모아서는 제무시(GMC) 트럭 서너 대에 열댓 명씩 나눠 싣고 가는데 가만 보니 여의도 비행기장을 그냥 지나치더라고. 아무래도 수상해. 이상한 거여~

지난 생각이 나는 거여. 인민군고지 등지게질 생각도 나고… 그렇게 몇 시간을 싣고 가더니 우릴 부려놓더군. 오대산 근처여. 아, 우리 동네지 뭐… 깜짝 놀랐어. 밥을 주더라고. 육하원칙이라구 알지?

지도 보는 거 허구 해서 일주일을 가르쳐놓구선 정찰대원 임무를 주더라고. 능선을 타고 구룡령-오색령을 지나 용대골-한계령-진부령을 쭈욱 거쳐 건봉사 뒷산까지가 정찰지역이여. 모두 인민군대 치하여. 해가 저물 쯤 되면 둘씩 짝을 지어서 너는 얼루 가구, 너는 절루 가구 코스를 정해주는 거지. 근데 그 중간에는 묵인된 비전투지대여.

이쪽도 무서워 못 나가구, 중공군도 무서워 못 나오는 거지. 거길 어떻게든 뚫고 들어가서 중공군 있는 데를 갔다가 오라는 거여. 거기 형편을 보고하라는 거지. 말하자면 스파이지. 근데 양쪽에서 서로 쏴대는 포가 빗발치고 밤에는 포탄이 떨어져 흙을 뒤집어 씌키는데 갈 수가 있너? 갔다 간 중도에 되돌아오고를 반복했지. 그때마다 덩치 큰 미군헌테 무지막지허게 두들겨 맞었어. 석 달 열흘을 그랬다구. 하루는 애들을 부르더라구. 근데 애들이 없어. 딱 네 명이야. 포에 맞아죽고 지뢰 밟아 죽고 총 내갈겨 죽고 다 죽었어. 60명이 네 명 된 거지. 거기에 내가 있는 거지… 음~ 그랬던 걸세!"

"야~아… 미군도 그렇게 써먹었네유?"

다들 눈을 감고 묵묵부답 듣고만 있다.

"그때가 시월인데, 그짜게(쪽) 높은 산은 눈갈삐(눈과 비가 섞여 내리는 것)가 벌써 내려와 갖구 고드래미(나무 눈꽃이 고드름처럼 달린 것)가 허연데 말이지 신발은 고무신짝이거던? 그게 밴들밴들 닳아 터져 한 발짝 걸으면 미끄러지고 걸으면 미끄러지고 갈 수가 있는가?

개들이 우릴 정찰대원 보내면서 신발 하나 장갑 하나 준 거 없어. 잡아온 그대로 우릴 적진으로 보낸 거지. 죽든지 말든지… 그랬네."

넷이 모두 눈시울을 훔쳤다. 또 서럽다. 힘없는 백성 뒤엔 힘없는 나라가 있다. 다시 내일 새벽이다.

"그래두 울둘령 넘어 산 아래로 내려왔지. 오막살이 삼 칸 집이 나오더군. 빈 집이여. 피란을 북쪽으로 간지 남쪽으로 간지 모르는 거지. 그 때 북한사람 되구… 남한사람 되는 건 한순간이여. 거기서 옥씨기(옥수수) 대여섯 타래미(곡식을 말려 새끼줄에 묶은 것) 걸린 걸 내려서 정신없이 씹어 먹었네. 그 딱딱한걸. 거긴 인민군 쪽이지.

그 집 뒷마당에 큰 구멍이 있더라구. 집주인이 미리 대피호로 파놓은 거지. 거기 숨어 사나흘 있으니까 국군이 들어오더라고. 이미 이쪽 정찰대원으로 티오(TO) 됐기 때문에 인민군에 잡히면 죽어. 인공 사람이래두…"

"그 짓 안하면 그만 아니래유?"

"아니지, 내가 저쪽에 가버리면 수용소에 잡혀있는 우리 부모님과 형제들이 당장 반동으로 몰린다고. 저쪽이 반동이면 이쪽도 반동이여. 반동이 저쪽만 쓰는 걸루다 아는데 반대하는 늠은 다 반동인 거여. 휴전 되고 정찰부대서 막 풀려나와 수용소엘 갔더니 부모형제는 이미 떠나고 남은 사람들이 그래도 있더군. 그 사람들이 왜 우리 애는 안 오고, 우리 노인넨 왜 안 오나구 손을 붙들구선 울며 불며… 내가 뭐라 그래, 그 앞에서. 인제 전쟁이 끝났으니 며칠 있으면 다들 올 거라구 둘러댔지. 죽었다구 할 것이여? 살았다구 할 것이여?

숯막 돌아온 게 그해 시월이여. 끌려갈 때가 시월인데 딱 삼 년이 지난 거지. 나나 우리 엄니… 동생들이 기가 막히게 살아남아 있더라구. 누이와 아버지가 원통해. 근데 그런 사람들이 천지라 어디 말도 못해."

"아… 이런 걸 우리 같은 애들이 어떻게 알 수 있대유?"

내내 숨만 내뿜으며 듣고 있던 새벽대장이 한 말 꺼냈다.

"나두 저양반이 미군정찰대원 얘기 하는 건 지금 처음 들어. 다른 건 다 아는데. 음… 난 휴전되고 다음 해 봄에 돌아왔지. 세상이 달라졌어. 나갈 땐 이북 땅이고 돌아오니 남쪽 땅 돼있는 거지. 서로들 다 죽은 줄 알았던 거지. 죽었지. 내 처자식과 장인 다 죽고… 그러니까 저 양반은 아버지허구 누이랑 조카가 죽은 거지. 난 그렇게 생각하네, 하나의 민족공동체가 원한 게 아닌 타력에 의해 억지갈라치기 되면 지남철처럼 서로 자력장이 생겨서 다시 붙어지려는 작용이 일어나는 거지. 그리고 그걸로 생긴 양쪽 기득권허구 외세 이해관계가 합작해서 개입허구… 그게 사상이나 주의로 칠해지면 결국엔 충돌만 남어. 부딪치고 마는 거지. 6.25지… 통합의 방도가 없는 거지.

사람이 만든 걸루 사람이 죽어나가는 거지. 붙으면 아주 세게 붙어. 전쟁이구 학살이여. 우리가 그걸 생각해야 한다구. 내 당대에 죽고 말고 하

는 거도 고통이지만 자손 대대루다 그 여파가 이어지는 거네. 그걸 아는
게 더 중요하다구 봐. 3년 전쟁에서 그걸 건지는 거여. 그걸 아직 서루들
잘못 배웠어. 여태 계속이여, 지금 봐!"

아까부터 풍월대장 위 씨 아저씨는 양손 깍지를 꼭 낀 채 미동도 않고
귀 기울여 듣고 있다.

3. 야만 시대

새벽대장은 개전이 되고 별 저항을 받지 않으면서 해안선을 따라 일로
쭈욱 내려갔다. 국방군(국군)은 보이지도 않았다. 알아서 내 뛴 건지 작
전상 후퇴인지 어쩐지는 알 길이 없었다. 그저 명령에 따라 도보 작전이
동으로 탈 없이 내려갔다. 일사천리다.

전쟁한다고 날짜 알려주고 선전포고를 해서 공식으로 들어가는 게 아니
었다. 모든 걸 걸고 벌이는 피 튀기는 살육전이다. 거기에 '기습'이니 어쩌
니 딱지 붙이는 건 패자의 책임 면탈하기다.

군대는 항시 적의 기습을 대비해야 하는 거다. 그걸 믿고 백성들이 살
아간다. 유사시 대비책이 군대다. 한창 나이 젊은이들을 붙잡아매어 먹이
고 재우고 입히고 모진 훈련을 시켜 총을 쥐어주는 이유다.

그런데 전략은커녕 아무런 대비책 없이 군대 권력만 장악한 만주군맥
중심의 일제 육사·관동군 출신 정치군인들 세상이었다. 정부나 군대나 초
록이 동색이었다. 그리고 새벽 기습에 지리멸렬 부서져버렸다. 남쪽 정부
와 군대는 저쪽에 그렇게 황망히 당했다.

지휘부는 스타가 아니라 똥별 집합소였다. 결과가 그랬다. 모자란 무기,

장비에 핑계대고 자신들의 책임까지 떠넘겼다. 6.25는 전격전이 아니다. 예고된 전쟁이었다. 분단이 내외적 모든 원인을 잉태하고 있었다. 우리 현대사의 실체적 진실이다. 똥구의 변함없는 견해다.

38선 북쪽에 수 개 사단의 무장 군수물자가 화차에 실려 들어오고, 탱크 수십 대도 줄줄이 최전방 기차역에 부려진다는 건 첩보원 정보가 아니라도 동네방네 주민들은 보고 듣고 아는 거다. 막혔다고 해도 남쪽 전방 주민들도 이북의 이상한 동향을 대충은 알고 있었다.

전쟁의 징조는 이미 수도 없이 첩보로 정보로, 척후보고와 상황보고로 정부와 군 수뇌부에 수도 없이 날아들었다. 이런저런 방법으로 여전히 경계선을 오고가는 장사꾼들 입을 통해서 주민들은 점점 사실로 믿기 시작했다.

전쟁 나고 후퇴하는 군경이 제일 먼저 벌인 일은, 사면 갱신을 구실로 예비검속 하여 집합시킨 '보도연맹원'과 당국이 낙인찍어 교도소에 수감한 좌익사범들을 끌어내 처형한 일이다.

후환을 없앤다며 후퇴하는 도로변에서… 혹은 산속이나 광산 굴에서 떼거리로 사살했다. 인민군대 예비자원으로 변할 수 있다는 게 주된 이유였다. 이게 후일 전선 이동에 따라 수복과 점령이 반복되는 와중에 남북 양측이 곳곳에서 서로 죽고 죽이는 학살극의 단초가 됐다.

동족상잔의 발발이다. 남북 간 정치협상은 애초에 없었다. 아무런 권한 위임도 없는 민간인 신분 백범이 비서 데리고 평양에 가서 김일성을 만난 게 처음이자 마지막이었다. 그게 전부다.

협상이 깨지고 뭐고 할 것도 없었다. 이런 사례가 있었는지 모르겠다는 게 똥구 생각이다. 전쟁이다. 전쟁으로 해결한다. 남북으로 쪼개지고 각기

다른 정권 들어섰을 때부터 예상되는 수순이라고 볼 수 있었다. A… B… C… 그렇게 자동으로 흘러갔다.

미국 소련, 자본주의 공산주의보다 더 강렬한 본질적인 명분과 동인動因이 있었다. 하나의 민족이다. 통일이다. 이념은 달라도 온 백성의 당위였다. 국권 잃은 노예살이 뒤에 분단이라는 쪽박을 찬 건 받아들일 수 없는 비참함이었다.

그나마 지조를 지켰던 몇 안 되는 민족지도자들은 모두 암살됐다. 북쪽에서는 기독교우파 조만식이, 남쪽에서는 민족우파 백범과 민족적 중도좌파 몽양이 암살됐다. 뿐만 아니라, 친일우파 송진우 장덕수 등 이승만에 장애물 될 만한 자들도 차례차례 제거됐다.

이제 조선 땅에서 유고슬라비아 티토 같은 인물이나 그런 역량을 기대하긴 어려워졌다. 티토는 세계대전 끝나자 얼음 갈라지듯 쩍쩍 갈라지던 세르비아 내 여러 민족과 종교 이념을 모두 묶어냈다.

스탈린도 전승국이라고 군대를 진주시킬 명분을 찾지 못했다. 잔혹한 내전을 막았다. 그는 '비동맹 자주노선'을 견지했다. 생존의 불가피한 방책이었다. 해방 조선은 그렇질 못했다. 충돌하는 양단의 권력체제가 현실이 돼버린 공간에서, 그런 실낱같은 새숨(희망)은 이제 모두 사라진 것이다. 선택 없는 전쟁 외길뿐이다.

1946년 대구 항쟁에 이어 단정수립반대를 외치며 터진 47년 제주 4.3 항쟁… 출동 명령을 거부한 여순 주둔 군부반란 사태가 잇달아 터졌다. 38선 전역은 크고 작은 총격전이 이어졌다. 전쟁 서막이다.

그런데 '전쟁은 예상 못했다'는 거다. 반면에 개전초기에 인민군대의 막강한 무장력은 세세히 알렸다. 알만큼은 알고 있었다. 인민군대 19만 명,

T-34 소련제 탱크 240대, 야크전투기 170대, 고사포 곡사포 박격포 각 000문… 가공할 정보력이다. 그런데 그게 끝이었다.

"어찌할 수 없는 중과부적에 일시적인 작전상의 후퇴…."

라디오에 흘러나오는 아나운서 긴급 뉴스가 허허로웠다. 6월 24일… 그러니까 어제까지도 이승만 대통령은 어느 자리 연설에서 '북진통일'을 말했다. 빈발하는 38선 충돌은 좋은 정치 소재였다. 나중에 알고 보니 9만 병력으로 중무장 19만 병력을 쳐부수고 통일하겠다고 외친 것이다. 능란한 정치적 선동술이었다.

친일파 세력이 장악한 군대 관료들은 미국이 대주는 군수물자와 군량미를 뒤로 빼돌리기 급급했다. 병사들을 주말마다 외출 외박 구실로 밖으로 내돌린 속사정이다. 정부라기보다 이권집단 행태였다.

전쟁 전날까지 그랬다. 전선에 투입할 병력 절반이 미복귀로 부대 밖을 떠돌고 있었다. 인민군 탱크니 대포가 문제 아니었다. 이미 스스로 무너져 있었다. 연전에 대만으로 쫓겨 간 장개석 국민군이었다.

이승만은 작년(49년)말, 소련군 미군 모두 철수하고 덜레스 미 국무장관 '극동 방어선 유연성…' 대외교서를 발표했는데도 '북진'을 되풀이했다. 뒤로 어땠는지 몰라도 그는 공식적으로 덜레스에게 아무런 무기지원도 유사시 약조 요청도 없이 침묵했다.

이승만은 개전 사흘 만에 100만 서울 시민을 버리고 제일 먼저 야반도주했다. 군 수뇌부는 전술교범 절대금기인 병력의 '축차 투입'을 시도했다. 병사들 모이는 족족, 부대가 올라오는 족족 '전투가입'시켰다. 전투사단이래야 모두 미복귀로 편제가 지리멸렬이니 급하다고 모이는 족족 축차투입을 감행했다.

작전이랄 것 없이 병사들은 38선 언저리에서 죽어나갔다. 남은 병사은 패잔병 돼서 남으로 남으로 후퇴했다. 말이 그런 거지 도망쳤다. 정부나 군대나 기대는 건 딱 한 가지, 미국의 참전이었다. 결자해지 해달라고 매달렸다. 올 때까지 버티는 거다.

7월에 소총부대 '스미스 대대'가 일본에서 급히 들어왔다. 이승만 군부는 후퇴 통과지역마다 병력 현지모병으로 근근이 버텼다. 고급장교 대부분은 국군복장으로 갈아입은 일제군인이었다. 어떤 지휘관은 제 나라 말을 아주 잊어버려서 통역을 데리고 다녔다. 유재흥이 같은 이런 부류 지휘관들이 여럿이었다.

이승만은 한술 더 떠 대전에 도망가서도 경무대에 머물러있는 것처럼 가짜 방송을 했다. 서울 사람들 집에서 그냥 있으라 했다. 그리고 한강다리 끊었다. 수많은 시민들이 부역자 되고 그 가족들은 연좌제에 엮였다. 그 방송 믿었다가 그렇게 됐다. 선조 의주피란보다 더 비열했다. 인민군 징집된 뱃속 자식도 수복 후 그렇게 연좌됐다.

"**내가** 속한 부대는 처음엔 일사천리였네. 나는 일제군인 경험도 있고 나이도 있다고 바로 하사 계급장을 붙여 주더구만. 분대장 겸 부소대장이지. 그래서 대대 급 작전계획을 좀 알았어. 처음엔 일주일 내로 포항까지 쭉 내려가는 거였어. 이쪽도 저쪽 군대 현황을 훤히 알고 있었던 것 같어. 속전속결이여. 근데 작전개시 3~4일도 안돼서 남하속도를 늦추라는 명령이 떨어졌어. 중부전선허구 서울전선허구 맞춰서 내려가다가 낙동강을 일시에 동시적으로 건너는 건데 춘천에서 걸렸다는 거여. 춘천 원평린지 어딘지 소양강다리 건너는 쪽에서 막혔다는 거지. 거기서 이틀 잡아먹고 홍천 잣고개 말고개 양 가닥으로 넘어가는 중에 말고개에서 탱크가 모두 앙짱 났다는 것이여~

그 바람에 전격전으로 서울 잡고 서부~중부 두 개 방면군이 수원에 모여 청주, 대전 쪽으로 내려가는 거가 사나흘 지체된 거라는 거여.

근데 이상한 건, 서울에 입성한 주력군이 수원에 내려가질 않고 사나흘을 더 죽치고 있었다는 건데, 무슨 전략이었던 건지 왜 그랬던 건지 의아했다는 말일세. 한시가 급한 속전 전술이라는데 아무리 늦어도 서울 해방군이 주력인데 말이여. 거기서 3일이나 쉬며 놀며 한 거 아니여? 그 이유를 지금도 잘 모르겠어! 전쟁 끝나고 한참 지나 무슨 라디오방송에서 들은 것 같긴 헌데, 김일성이 박헌영 말을 들었다가 낭패를 당한 거라는 것이여. '수도 서울만 점령하면 남한 각지에서 민중들이 들고 일어나 합류한다'는 말을 믿었다는 것이지…

그렇게 되믄 더 이상 병력과 자원 손실 없이 통일전쟁은 끝이 난다는 거지. 그게 미군 들어오기 전에 끝난다는 건데 그게 안 된 거여.

그러니까 춘천 소양강에서 며칠 늦어 그랬다는 건 이쪽 얘기고… 김일성이 전략이었다는 것이여. 그 때 남쪽 사람들 대부분이 사회주의를 더 생각하고 있었단 얘기가 미 군정청 여론조사로 여러 번 나온 게 있거든? 그게 사실이라믄 말이지, 박헌영이 내세운 전략에 김일성이 동의한 작전이 크게 빗나간 거지. 그 바람에 미군 개입 시간 벌어주고 전세역전의 빌미가 됐다는 거네. 전쟁 끝나고 박헌영을 미제 간첩으로 몰아 죽인 게 그거라는 거여. 김일성이 정적 제거 방법이지.

내 생각인데 전쟁 후과에 대한 책임을 박에게 덮어씌운 거지. 우리도 강릉에서 7일을 묶여 죽쳤지. 다시 내려가라는 명령이 떨어졌는데 다 다음날 또 하달이 왔어. 증평 무극에서 다시 막혔다는 거여. 그 때 인민군대는 서울전선이나 중부전선이나 여기나 전투병력 무기는 비슷했어. 다만 서울전선 쪽은 중국 팔로군출신 2만 명인가가 주력부대여서 전투력이 아주 셌지. 서울이 쉽게 뚫린 게 그 탓도 크다고 보네.

무혈입성이나 마찬가지루다 맥없이 남쪽이 내준 거라구 봐야지. 왜 그러냐면 말이지, 중부전선에서 인민군이 깨진 게 남쪽군대가 특별히 무기가 좋거나 병력이 많아서 막은 거 아니여. 남쪽의 무기나 병력은 되려 서부 38선 쪽이 더 많았다구 봐야지. 그런데도 힘 한 번 못쓰고 뚫린 거여. 들은 말로는, 그 쪽은 군인들을 툭하면 밖으로 내보냈어.

이 구실 저 구실루 밖에서 밥을 먹고 놀다 들어오란 거지. 그러니 맥쓰겠어? 내가 알기루는 춘천 전투는 국군 6사단인가 그렇구 김 머시기라는 사람인데, 그 사람은 우리 쪽 동태를 알고 병사들을 부대에 꽁꽁 묶어놓았다는 거여. 그러구선 거기 원평리가 딱 38선인데 뒤쪽 소양강가 아래쪽에서 단단히 대기하구 있었다는 거지. 나중엔 가미가제 특공대 같은 걸 뽑아서 탱크 막으셨다잖어. 사실 말이지, 인민군이 19만이라는데 실제로 전선 투입된 건 9만 밖에 안 됐다구 들었네.

나머지 절반은 예비대로 후방에 분산돼 있었어. 남하전력이 소진되거나 교착되면 교대하는 병력인 거지. 근데 일차 남하 부대가 며칠 늦긴 했지만 낙동강까지 밀어붙인 거여. 나중에 맥아더가 인천상륙허구 북진할 때 10만 중 5만이 남하부대 병력보충으로 빠지구 남쪽에서 모은 의용군허구 후방 예비대 5만 명이 시간 벌기 했어. 그런 거 보면, 전쟁이 무기 가지구 이기고 지는 건 꼭 아니여. 정신이구 지도자지휘관이여… 그러구서 우리 부대는 삼척에서 또 몇 날을 죽쳤지.

실지루다 붙은 건 울진에서 처음루 붙었어. 남쪽군대허구. 그게 7월 10일쯤이여. 전쟁 개시허구 벌써 보름이 지났지. 예상보다 일주일 쯤 늦어진 거네. 거기서 고향 까마구가 죽었어. 첫 전투에서 죽은 거지 그 친구가 동갑내기라 더 친했는데 말이여… 지금은 내가 여기 사니까 그때 그 친구가 말해줬던 이곳 자기네 동네를 확실히 아는 거지. 내가 그 친구 고향에서 살 줄 생각했겠나? 사람 운명 모르네.

달아실(달골) 뒷편 샛골 고개 넘으면 상두곡말 나오잖어, 거기여~"

"예? 그래유? 혹시 최 가 성 아닌가유? 대장님이 25년 을축해 생이라믄서유?"

"맞어, 그 친구 최선봉이여 선봉이… 이름 따라 간다구 맨 먼저 죽은 거여. 참짜루 안됐어."

"아……!" 똥꾸 머리가 또 따-잉해졌다.

"그 분이 그럼 우리 일구 형 아버지일 수 있어유!"

일구는 똥꾸의 이부異父 형이다. 똥꾸 말에 다들 고개가 들려졌다.

"뭔 말이여?"

"그러니까유, 우리 엄마 첫 남편인거지유. 우리 엄마가 38선 바로북쪽 하곡말에서 상두곡으로 시집을 간 거지유. 44년 가을인데유, 일제가 정신대로 여자들까지 끌어가는 판이라 그 때 열 대여섯만 되면 신랑이 꼼보든 째보든 가리지 않고 혼처나면 막 시집보낼 때잖어유?

우리 엄마 그 때 나이가 음… 27년생이니까 열 여덟이지유. 근데 그 일구 형 아버지가 마을서 소문난 노름꾼이라 땅 팔아먹고 소 팔고 평판이 안 좋았대유. 허구헌 날 농사는 뒤도 안 보구 노름에 미쳐 살았다드만유. 일구 형두 화투 고수잖아유. 해방둥이잖아유. 저랑 일곱 살 차인데 작년에 군대 갔어유. 돈 벌러 월남전엘 갈려구 했는데 독자라구 번번이 빠꾸를 당해서 아주 포기했어유. 그것도 경쟁이래유!

일구 형 아버지가 그렇게 세월 보내다가 인민군 징집돼나갔단 말유. 전쟁 터지구두 우리 엄마넨 북으로든 남으로든 피란갈 일 아니니까 상두곡엘 그냥 있었구유… 두 달인가 지난 9월에 전사통지서를 받았다는 말이지유. 최 가래유!"

"맞네, 맞어… 선봉이랑 내가 동갑내기고 같이 원산 오진우 부대서 훈련받고 같은 부대원으로 배치 받아 남달랐지. 참짜루 세상 좁아터지는구먼 자네 엄마 이 얘길 또 들으면 쓰러지시겠네… 이거 어떡허나?"

"우리 엄만 그 얘기 전혀 안 해유. 친척들한테 들은 얘기여유. 노름만 허다 끌려가 죽은 거 별로 애석해하지 않더라구유. 근데 자식들 줄줄이 낳아 고생고생 하는 거 보면 너무 불쌍하지유. 우리 아버지도 솔직히 그 아버지보다 나을 거 없을 꺼 같아유. 우리 엄만, 그 해 시월 국군이 올라오고 남쪽 잠깐 피란 갔다가 다음 해 가을 돌아왔어유.

그리구 같은 처지인 홀아비 우리 아버질 읍내서 만난 거지유. 우리 아버지는 큰엄마와 누나 데리고 대구 피란 가서 거기서 전염병 걸린 큰엄마를 잃고 우리 엄마랑 비슷한 때 돌아와서 만났다네유. 글구 5남매를 쭈욱… 복잡해유! 우리 엄만 곡말 부잣집 무남독녀인데 재산 한 푼 못 받구 빈손으로 미군 군수품장사로 나섰어유. 웃기는 게, 외할아버지가 육촌조카를 대 잇는다구 입양시켰는데 이 사람이 아주 월북해 버렸어유. 전쟁 끝나구 십 년은 우리 엄마가 말쌀 받아먹었는데, 어느 날 월북한 수양아들 남쪽 딸자식이 나타나 뺏어간 거지유.

자기가 상속권자라며 땅을 모두 채갔시유. 우리야 어려서 알 일두 없구유. 근데 더 웃기는 게 있어유. 우리 엄마 큰 아버지네는 38선 바로 아랫동네 갯말인데유, 우리 엄마 사촌동생이유… 제 외삼춘이지유? 그 외삼춘두 전쟁 터지구 잡혀 인민군대 끌려갔다 도망 나왔는데 바루 국군으로 자원입대한 덕에 그게 나중에 신원조회에서 살아남은 거래유. 그 때 보성학 곤지 어딘지 대학을 다니다 방학이라구 집에 왔다가 인민군이 돼 버린데, 바루 도망쳐 운 좋게 남쪽 군댈 간 거지유.

그 외삼촌이 지금 뭘 하는지 아세유? 우리 집엘 1년에 한두 번씩 불쑥 허니 왔다 가는데유… 중앙정보부 다닌데유. 뭐라더라… 무슨 조정관이라구 꽤 높다구 그러더라구유."

'중앙정보부'라는 말에 일순 얼굴들이 굳어졌다. 읍내 사람들도 다들 지은 죄 없이 무서워한다. 경찰 방첩대 에치아이대… 겁내는 데가 여럿이다. 똥구는 거기가 무엇을 하는 곳인데 다들 손을 내젓는지 의아하다. 여하튼 국가가 무서운 존재라는 생각은 든다.

수복지라는 이유로 다들 비슷한 두려움을 안고 산다. 사상의심이 제일 두렵다. 관에서 시키는 건 협조를 잘 해야 한다. 산적도 외할머니 독립운동 얘기를 쉬쉬한다. 명확하진 않아도 뭔가 불안감이 있다.

"제 애긴 여기까지구유, 그러니까는 인민군대루, 국군으루 왔다 갔다가 많았구, 형제 친척 간에 서로 총질하게 된 경우도 많았단 말인 거지유? 저두 인민군이 북으로 쫓겨 올라갈 때 동행을 거부한 동생을 권총으로 죽이구 혼자 올라간 집 애길 동네 할아버지한테서 들은 일 있어유. 다들 갈라져 살다 전쟁통에 만난 집안에서 사상 분쟁으루다 그런 일들이 생긴 게 있다는…."

"그랬던 거지. 우리 집 일이나 자네 집이나 흔한 일 돼버린 거지 뭐! 아, 산적 친구도 그렇네그려. 그래서 얘긴데 말이지, 음… '북부군', '남부군'이라구 하는 게 맞다구 생각하는 거지. 서루다 괴뢰군이라고 하지만 제 3자나 다른 나라들이 보면 그거 아닐까 싶어.

5천 년… 만 년을 함께 비비고 살아왔으니 핏줄로도 서로 얽히지 않은 사람이 없는 한 민족이잖어? 말, 의식주, 문화, 역사를 하나루다 이고 살아온 겨레 아닌가? 그게 백 년 전 자본주의허구 공산주의라는 이론이 생겨나고 이념이 되면서 하필이면 조선 땅에서 박 터지게 부딪친 거지! 일제에 나라 안 뺏겼으면 안 갈라졌고, 그러면 전쟁도 안 터졌다고 봐야지! 외국 나가면 다 코리아라구 통한다는 거네.

대한민국도 조선인민민주주의공화국… 그건 우리 얘기지 그런 말을 밖에선 잘 모른다는 거네. 그건 공식 명칭이구 사우스코리아, 노스코리아라 그런다는 거여. 그거 구분 못하는 외국인들이 더 많어. 그냥 코리아라 그러는 거지. 우리도 미국 소련 정식 나라 명칭 아는 사람 얼마나 되나? 우리 같은 사람들은 다들 모른다구 봐야지! 그러니 뭐가 다른 거여. 이북에 살면 북군, 남쪽에서 살면 남군이 되는 거지.

나라 잃고 일본군 돼서 대륙에 끌려갔다가 도망쳐 홍군 팔로군도 되고, 해방 되고 민족이 갈라지니 형제가 다시 인민군 국군으로 갈라져 싸운 거여. 그런 집안들 많았어. 한 사람이 여기도 됐다… 저기도 됐다… 영화로 만들 꺼리가 넘쳐나지. 지금도 이북서 태어나면 인민군이고 여기서 나면 국군 아니여? 내 의지가 아닌 거지. 죄다 팔자소관 복불복이 큰 거지."

"우리 아버지가 소 끌구 오다 내무서원한테 잡혀 죽을 뻔한 얘기도 기가 막혀유. 근데 내무서원이 친구 이름 대니까 바로 풀어주면서 자기 얼굴을 한 대 세게 때리구 도망치라 글더래유. 구실을 만든 거유. 아버지가 너무 미안하고 고마워서 살짝 때리는 흉내만 냈더니 내무서원이 정색을 하고 말하더래유. 이렇게 하면 당신두 죽고 나도 죽어… 진짜로 내가 쓰러지도록 쎄게 때려야 둘 다 산다고 그러더래유. 그 말뜻 알아듣구서 우리 아버진 주먹을 불끈 쥐고 정말루다 있는 힘을 다해서 면상을 갈겼대유. 그러니까 그 내무서원은 벽으로 냅다 나가떨어져 피를 흘리고 기절했다는 거여유! 우리 아버진 뒤도 안 돌아보구 백리 밖으로 죽을 힘으로 뛰었다는 거 아니래유? 히히히~

그거 아니었으면 나도 동생들도 태어날 일이 없었겠지유? 사상이 전부 아니더라는 거유. 대장님은 울진에서 이겼어유? 졌어유?"

"그래, 거기서 이겼지 뭐. 그 다음부터 본격적으로 붙었어. 평해 영덕 강구를 거쳐 포항까지. 그러다가 8월 18일인가 거기서 진짜 쎄게 붙었지. 글구 거기서 끝이여. 막혔어. 포항 전투라는 거지. 내가 말이지? 거기서 남쪽 군대에 포로로 잡혔거든… 거기서! 그 다음부터 얘기는 몇 날 밤 새워도 모자라는 거니까 이쯤에서 전쟁 얘긴 접는 게 좋겠네 허허~"

"그러니까유. 대장님이 포로로 잡힌 다음, 포로수용소에서 매맞아 죽을 래, 국군으로 다시 나갈래 양자택일 받고 현지 자원입대해서 남부군으로 변신했다, 그 말씀이잖아유?"

4. 학살 면허

임진강은 이번엔 국군으로 편입되어 곧바로 동송-김화 전선에 투입됐다. 중공군과 조우하기를 수차례 끝에 다시 후퇴하게 됐다. 그러다 비율빈에서 총상을 입었던 다리가 전투로 다시 다쳐 낙오됐다.

북군에 잡히면 끝장이다. 그런데 이대로는 잡힐 가능성이 더 컸다. 진 강은 민간복장으로 갈아입고 농부 행색으로 숨어들었다. 어느 날 중공군 일부가 대민지원 나와서 가을 추수를 도와주고 돌아갔다.

그는 그 부대원을 쫓아가 자신은 인민군 포로병인데 탈출해서 다시 부 대를 찾아가고 있는 중이라고 둘러댔다. 진강의 부대는 포항전투에서 큰 손실을 입고 후퇴하면서 인천상륙작전으로 허리를 끊고 북진하는 유엔군 에 밀려 이미 해체됐다.

다시 인민군에 복귀한 진강은 문산 전투에 투입된다. 이쪽저쪽 옷 바꿔

입으면서 그랬다. 살아남기 위해 적도 되고 아군도 됐다. 살기 위해 죽음의 길을 가는 건 비극이다. 그게 극단이면 희극이 된다.

이때가 1951년 7월이다. 양측은 밀고 밀리는 치열한 백병전을 벌이면서 고지쟁탈전을 이후 2년이나 끌고 갔다. 끄는 자 따로 있고, 죽어나가는 이들 따로 있다. 그 한 달 전 워싱턴과 평양은 휴전협상을 시작했다. 전선은 원점에서 고착화됐다. 더 이상의 전투는 무의미한 상황이 되어갔다. 양쪽 다 확전도 전세 변화도 꺼렸다.

북군이든 남군이든, 장교든 병사든 모두가 전쟁이 빨리 끝나기를 바랐다. 곧 끝날 듯도 했다. 그런데 전투는 더 치열해지고 이전보다 훨씬 많은 양쪽 병사들이 죽어나가기 시작했다. 서로 사수 전, 진지전에 매몰된 전선은 요지부동이다. 1차 대전 재판이었다.

이제는 서로 본전 찾고 협상을 할 명분도 생겼다. 묵계된 국경선은 이미 그어졌다. 기약 없이 끌고 갈 이유가 희미하다. 그런데도 무의미한 전쟁은 같은 양상으로 꼬박 두 해를 더 넘어갔다. 지나고 보니 두 해. 그때는 기약이 없었다.

왜 그랬을까? 왜 그랬던 걸까? 아, 시간벌기다. 전쟁은 정치의 연장이다. 정치 전략적으로는 양쪽 다 유의미했다. 미국 소련 중국도 각자 국내 정치권력 기반이 더욱 공고해지는 기회가 됐다.

서로의 권력은 그렇게 단단해지고 뒷배 세력도 전쟁 경기로 흥청거리며 살아났다. 세계대전 종전으로 급격한 침체기에 들어선 경제가 연착륙하고, 시들어가던 무기 산업이 살아나고, 처치곤란의 인적 물적 잉여 군사자원이 출구를 찾았다. 자본가들 또한 배를 불려갔다.

협상개시는 뒷배 국가들 내부의 타산이었다. 소모전으로 치닫는 전략적 선택 또한 남과 북을 포함한 모든 전쟁 당사국들의 암묵이었다.

-1952년 봄이다. 반전여론에 부딪쳐 민주당 정권 재창출이 급해진 투르먼은 한반도에 38선에 이어 또 금을 그었다. 정전 협상의 카드였다. 휴전선이다. 서울을 뺐다 넣었다… 금강산을 넣었다 뺐다… 금을 이리저리 옮겨 내리며 흥정을 했다. 난전 매물로 나온 물건이었다.

굿는 손가락 마디 사이로 한반도의 운명이 이리저리 농단되고 있었다. 2차 대전 종전 1년 전, 루스벨트 급서로 대통령을 물려받은 그가 국방성 담당관 딘 러스크 대령을 시켜 38선을 그어댄 8년 후 정전협정으로 확정된 휴전선 역시 딘 러스크의 작품이었다. 그는 이후 승승장구하여 존슨 대통령 때 국무장관에 오르고 미국 조야의 '지한파 거두'로 군림했다. -필자 註.

이승만은 개전초기인 작년 이맘때 이미 대한민국의 군권을 '전시'라는 단서를 달고 모두 미국에 넘겼다. 1907년 일단의 매국노들이 정미7조약을 맺어 대한제국 군대를 해산하고 군권을 일본에 넘긴 게 연상되는 사건이었다. 그러나 이를 아는 국민들은 없었다.

김일성도 땅바닥에 떨어진 위신과 전란의 후과를 추스르는 시간이 필요했다. '북진통일' 내세웠던 이승만도 도로 제자리에서 전쟁을 끝내는 건 민망했다. 김일성과도 처지가 다를 바 없었다.

스탈린은 60개 사단 무장 물량을 대줄테니 전쟁을 계속하라고 큰소릴 쳤지만, 속내는 미군을 동북아 전선에 매어두려는 것이었다. 미국도 유럽이 진짜다. 둘 다 거기가 사활이다. 그렇다고 전승국의 지위를 이 전쟁에서 내주기도 싫었다. 지루한 소모전이 계속된 배경이다.

월가가 살고 패전 일본이 기적같이 살아났다. 스탈린도 모택동도 살아났다. 이승만 김일성도 나라 구한 영웅으로 거듭났다. 한반도 거레백성들만 죽어났다. 꼬박 2년을 반경 50킬로 안에서 일진일퇴 무장無障하게 죽어갔다. 그러는 사이 전선은 정리되고 양측 후방은 점차 안정화되어갔다.

진강은 51년 그 해 가을 우측 허벅지를 관통당하는 총상을 입고 국군에 두 번째로 생포됐다. 휴전 협상장 판문점 바로 옆이었다.

진강이 간 곳은 부산 다대포 해변 포로수용소였다. 여기서 전쟁 끝날 때까지 있었다. 포로 대부분은 새로 생긴 거제도 수용소로 옮겨졌다. 여기는 북부군 고급지휘관 출신 포로들과 거제도 포로수용소에서 남아나기 힘든 포로 일부가 남겨졌다. 특별히 격리 차원에서 수용된 이를테면 때속(감옥) 특별사동이었다.

진강은 손재주가 많고 입이 무거운데다 특별한 사상적 경향도 없이 보여 사동舍洞 관리요원으로 뽑혀서 남았다. 말하자면 때속 '소지(감옥 안에서 죄수들 허드렛일 잡심부름 하는 모범수)'다. 그리고 그 8개월 후인 이듬해 6.18에 진강은 거기서 반공포로로 석방됐다.

거제도에 이송돼 가서 동료들한테 매 맞아 죽은 사람들도 많았는데 진강은 억수로 운이 좋았다. 진강은 북으로 돌아가는 걸 거부했다.

일부는 입북을 거부해도 사상불순자로 찍혀 석방대상에서 제외돼 강제 북송된 포로들도 있었다. 진강은 신분 조사에서 사상 선량자로 분류됐다. 여러 나라 군대를 전전했던 이력이 되려 사상적 무적자 분류에 근거가 된 건 뜻밖이었다. 일본군-인민군-국군-인민군-다시 국군포로… 꼽아보니 그랬다. 그 5년이 50년 세월이었다.

진강은 허벌레 용초 선사 말이 그 때 생각나더라고 했다.

"너는 무서운 괴변이 다시 일어나도 살아남을 것이다…!"

선사의 예언은 정확히 맞았다. 새벽대장뿐 아니라, 구렁털도 미군정찰대원으로 잡혀나가서 비 오듯 쏟아지는 포탄 속에서 60명 중 살아남은 4 명에 끼었다. 그리고 지금 여기에 있다. 박 씨 아저씨는 다음해 봄 평강 전투에서 포로로 잡혀 거제도로 갔었다고 했다.

부랄 시계는 어느덧 인시(새벽3시)를 가리키고 있었다. 말이 뜸해지기 시작하니 방안은 차분해지고 졸음이 끼는 듯 했다.

"대장님, 이제 정리돼가는 것 같네유. 대장님이나 박 씨 아저씨나 말하자면 반공포로 석방인데 풀려나서 사는데 실제로 자유로우셨나유?"

이 때 여태 듣기만 했던 풍월대장 위 씨가 끼어들었다.

"뭔 소리여유~? 안 그랬어유. 나는 이북사람 아니유~ 충청도 사람이여유. 거기서 인민군한테 잡혀 의용군으로 끌려갔다가 나두 국군헌테 포로가 됐어유. 거제도에서 1년 반 갇혔다가 나왔지유. 어디 가는 데마다 꼬리가 따라다니는 것이유 이거… 함부로 잡지두 않았지만 그냥 놔두지도 않는 거여유. 감시 받으며 사는 거예유. 지금도 보이지 않게 그런 걸 느끼지유. 그래서 브라질 인도 같은 알지도 못하는 나라로 아주 가버린 사람들도 많어유. 우리야 그럴 주제비가 못되고 이거저거 해도 되는 거 없구 허다 보니 지금 꼴로 사는 거여유…

내가 그 때 거제도 나와서 거지 생활 하다가 부산항 옆 동명동인가에 큰 제재소 들어가 노가다 취직했지유. 거기서 손가락 세 개 잘린 거 아니여유? 보상이구 뭐구 없었어유. 다 내가 잘못인 거래유~

상이군인도 여태 나라가 해주는 거 없어유 도련님! 각자도생이여유. 요새도 의수 의족 달고 연필 볼펜장사 강매쟁이들 다니잖어유~

도련님네 식당에도 그 사람들 장날마다 줄을 섰잖여유. 거지 같이 사는 사람들 매련두 없이 많잖유. 지금두……."

새벽대장도 구렁털도 고개만 끄덕였다.

"위 형 말이 맞네. 그랬지. 우리야 그렇다 치구, 인민군 나가 죽은 친구들 자식들이나 부역나간 죄로 찍힌 사람들 자식은 연좌젠가 뭔가루 지금도 뭘 제대루 못해. 그게 젤루 가슴 아픈 거지. 부역이란 게 국군 들어오면 거기 일 허구, 그러다가 인민군 중공군 들어오니 다시 거기 동원돼서 부역일 하구 그런 거지. 안하면 죽는 거지…

이쪽 부역하다 저쪽 내려 오믄 살아남으려구 이쪽으로다 피란 내려 오구, 저쪽 내려와서 거기 부역하다가 이쪽이 올라오면 저쪽으로 피란가구. 어쩔 수 없는 거여. 그러다가 미처 못 따라 가고 남았다가 잡히면 우물 속 생루다 떼 매장 당했던 거지. 어느 쪽이 좋고 나쁘고 그런 거 알 수도 없구 가릴 염두도 없는 거였네. 음… 지켜주지 못하구 먼저 내뺀 자들이 나중 돌아와선 그렇게 샅샅이 찾아내서 민간이 민간을 처형허구 정부는 그 가족을 낙인 찍어버리는 거지…

그러구선 자기들은 큰소리 뻥뻥 치며 사는 거여. 말은 말인데, 1.4후퇴 때 흥남 원산에서 엄청나게 많은 이북사람들이 미군 배 얻어 타고, 인천에선 황해도 사람들이 거기 배 얻어 타고 부산으로 내려왔잖어? 근데, 누가 생각해봐도 말이지, 거기 남으면 죽게 되기 때문이여. 인천상륙허구 남쪽 군대허구 미군이 38선 넘어 압록강까지 들어갔잖어? 그 때 나두 다시 인민군 들어가서 무산까지 쫓겨 갔다가 중공군 따라 내려와서 문산서 전투하다 다시 잡힌 건데 말이지, 거기서 쭈욱 내려오면서 학살당한 거 많이두 봤어. 들은 것두 많구 말이지.

그게 남쪽 군댈 뒤따라온 그 지역 지주들허구 서청(서북청년단) 애들이 벌인 일들이여. 해방되구 로스께들 들어오구, 김일성이 토지개혁 헌다구 하니까 남쪽으로 도망간 지주들인데, 그 사람들이 남쪽 정부 인준을 받고서는 고향땅에 통치관 격으로 금의환향을 한 거지…

그 행동대원들이 서청 애들인데 주로 그 지주들 자식이나 친인척으로 조직됐어. 말하자면 자경단은 아니고 민병대격이여. 이 애들이 소작쟁이였던 고향 사람들을 무지막지하게 죽여논거여. 일제 때 내가 보고 들은 왜

놈들 학살방법 그대로여…."

구렁털도 풍월대장 위 씨 아저씨도 침묵무언이다.

"우물 속에 떼거리 시루떡 생매장에, 불태워 죽이구 총질로 죽이구. 그러구 뭐야, 칼로 목을 내리쳐 죽이구… 사람들 모아 놓구선 그런 걸 공공연히 했다구 그래. 이쪽 말들도 좌익들이 인민군 점령 때 그랬단 얘긴데, 난 전투원 아니면 포로수용소에 갇혀 살았으니 모르지 뭐! 나중에 들은 말인데 말이여, 애들이 제주도 4.3 때 이승만이 지시루다 거기 가서두 맹활약했다 이거여. 그 막강한 전과를 알아 보구서는 이북 수복지에 젤루 먼저 또 보냈던 거지. 걔들이구 지주들이구 들어와서 한 짓 본믄 도저히 같은 민족이 아닌 거여, 진짜루…

거기에 민족은 손톱만큼도 껴있질 않어. 아까두 말했지만서두, 이권허구 계급허구 사상만 난무한 거여. 농민이구 없는 이들은 그런 의식도 가질 여유조차 없었지. 움켜쥔 거 많구 캥기는 거 많은 일제 부역자들 허구 그 자손들이 제 것 지키려구 종파적으로 그랬던 거지.

걔들이 진짜 부르주아 정신을 알어? 무슨 사상이 제대루 들어찼겠어? 즈희들 이해관계만 가득찬 거지. 그런 독한 이들이니까 일제 때 매국질두 마구 한 거여… 그걸 유식허게 말허자믄 '극우주의'라구 그러더군 그래. 다른 거 있나? 그걸루 다 죽여논 거지. 문제는 서청西淸이나 그 자식들이 지금두 시퍼렇게 살아있다는 거여. 섬뜩해. 기관이 그걸 이용하잖어!"

"그럼 '서청' 애들이 그냥 깡패 행동대원은 아니었네유. 친일파 부르좌 민병대네유…?"

"그런 거지. 그런 짓 중공 애들 들어오기 직전까지 두어 달 동안 집중적으로 그랬어. 국군하구 미군은 모른 체 한 거지. 그러니 남쪽 세상으로 곧 통일될 판인데 이런저런 동원에⋯ 부역에 협력 안 할 수 있겠는겨? 그렇게 죽이는데 말이여. 도망간 사람들 빼고 남은 이북 주민들 대부분은 부역했다구 봐야지 뭐. 근데 12월 들어서 이번엔 중공군이 떼거리로 압록강을 건너 몰려온 거여~ 남쪽 군대는 다시 후퇴하고 말이지. 그 때 서청 애들이 도망가면서 또 많이 죽여논 거여!

글구 세상이 또 바뀌었지. 들은 말인데, 옛날 중국 한나라 세운 유방이 어떻게 초나라 항우를 쓰러뜨린 줄 아는가? 유방이 매척 항우 부하였잖어. 근데 한신이란 참모가 있었어. 그 사람 전략인데 말이지, '적파구민敵破求民'이여. 항우(적군) 군대는 격파하구 거기 백성들 마음은 얻는다는 거지. 그래서 나라를 세운 건데 그게 역대 왕조들 개국의 본이 된거라구 그래. 그래서 군사들은 죽어 나자빠지구 왕조는 바뀌어두 백성들은 그대로 살았다는 거지. 거긴 다민족인데두 그랬어. 근데 우린 한 민족이잖어? 남쪽에서는 북에 올라가면서 서청애들이고 미군이고 '적파민파敵破民破'를 했던 거지. 적군 죽이구 거기 백성들도 같이 죽인 거지. 선무공작 하면 뭣하나, 돌아서면 도로 그런데. 이쪽저쪽 그 때 도륙당한 집안들이 지금 다들 살아있어.

근데 숨죽여 살어. 적개심만 자꾸 키워가고 있는 거지. 북은 모르겠지만 이쪽은 앞으로 세상 좋아지면 그 때 생긴 모든 일들이 곳곳에서 진상 밝혀내라고 아우성 일어날 걸세. 그러면 정부도 국회도 지금처럼 마냥 덮어두긴 어려울 게야. 해결 안 된 건 해결 봐야 끝나지.

근데 잘못돼서 전쟁이 또 터지면 남북 온 국토가 앙짱이 아니라 폐허가 될 걸세. 몇 곱절 보복극이 날 거여. 내가 그런 걸 보면서 전방진지에 투입이 된 거지. 인민군 애들도 분노가 하늘을 찌르는 거여!

악을 쓰고 전투를 벌이는 거여. 남쪽 북쪽 젊은이들이 서로 악을 쓰면서 저마다 '내 조국'을 지키는 성전을 벌인 거지. 나도 그렇게 교양 받았지. 지도자구 정치구 엉터리 되면 나라도 땅도 작살이 나는 걸세. 6.25가 그걸 생생하게 보여주는 거지. 누가 봐두 그런 거여.

근데 내놓고는 말 못 허네. 그러니깐드르 남쪽이 올라왔을 때 어쩔 수 없이 부역에 협력했던 사람들이 다시 그쪽 세상에서 살 수 있어?

남으면 서청 애들이 죽인 그런 걸 반대로 당하는데 말이여~ 그러니 죽기 살기로 흥남에서 미군 배 얻어 탈려구 아귀다툼 벌인 거지. 죽지 않을 쪽이 내 편이지, 내 편 네 편 정해진 건 없어. 대탈출이여!

말허자면 전쟁 전 북에서 미처 나오지 못했던 지주 친일파 부르좌 뿐 아니라 일반 백성들도 어쩔 수 없이 항구로 몰려나온 거지. 고향집이구 뭐구 죄다 내 버리구 눈 내리는 부두벌판에서 또 다른 전쟁이 벌어진 걸세. 남쪽이 어드런 곳인지 따따부따 가리고 어쩌구 있겠어?

알 수도 없는 거구 말이지… 일단은 살고 봐야지. '자유대한의 품이 그리워 월남했다'는 게 그러니깐드르 다 맞는 얘긴 아니라는 거지. 그 때 상황은 그랬던 거네. 인공치하에서 미처 도망치지 못해 숨어살았던 숙청대상자들 헌테는 그게 맞는 말이지. 다는 아닌 거네.

근데 남쪽 사람들 대부분은 월남민 모두가 그렇다구 굳게 믿는 거지. 지금은 참짜루 잘 내려왔다 어쨌다 하는진 몰러. 마찬가지루다 인민군 내려왔을 때 부역 나갔다 어쩔 수 없이 북으로 올라간 이들도 상황은 비슷했던 건데 잘 올라왔다 어쨌다 알 순 없는 거지… 이젠 어쩔 수 없는 운명일세. 고향 그리는 마음만 같을 뿐이지! 그나마 이산가족이 양쪽 끈일세. 그거 아니면 서로 딴 나라지!"

진강의 긴 이야기가 마지막 고개를 넘은 것 같다.

"교과서에두 그렇게 나와유. '자유대한의 품이 그리워서…' 근데유, 사진을 보믄 그 때 그 많은 사람들이 아무리 미국배가 커두 얻어 탄 사람들보다 못 타서 남은 사람들이 훨씬 더 많은데유? 그 사람들 대부분은 아오지 탄광 끌려가거나 숙청당해서 죽었을 거네유?"

진강이 허허 거리며 웃음을 지었다.

"음… 그건 아니지. 여기서 그렇게 짐작허구 떠드는 거지. 아, 그 사람들 다 죽이고 나면 이북에 남아날 사람들 얼마나 되겠나?

어쩔 수 없이 그랬던 걸 아는 거구, 안고 가야지 잿더미 된 재건사업도 해나갈 수 있는 거지. 대신 출신성분은 확실하게 가리구 주민증 다 다시 만들었겠지. 거기라구 연좌제가 없겠나? 같다구 봐야겠지…

어차피 그 사람들은 통치 대상인거구, 같이 살어두 이쪽저쪽 모두 계급으로 따로 노는 거네. 남쪽두 북부군이 내려왔을 때 협조하지 않으면 성해났나? 그렇다구 그 사람들 다 죽일 순 없잖은가? 그 가족들 살려두곤 연좌제로 묶어두고, 공무원, 군인도 그렇고 일반 직장에서도 뽑을 때나 무슨 일 시킬 때 신원조회로 가려 뽑는 거지. 아비 얼굴도 모르는 자식들도 그렇게 막아 논 거네…."

똥꾸가 보는 형에 대한 생각이 조금씩 바뀌는 중이다.

"우리 일구 형두 그런 걸루 묶인 거네유? 제 친구 형은 얼마 전에 월남서 돌아오면서 녹음기 열 대를 가져왔어유. 큰 돈 된다구. 근데 일구 형은 거길 못 갔어유. 연좌제에 걸리는 독자라구. 혹시 베트콩에 포로 되면 이북서 보낸 공작원들 꾐으로 월북 문제두 있구유…."

6.25가 결국은 북부군 남부군 남북 전쟁이라고 보는 눈은 지금 똥꾸 산적이 학교에서 배우고 있는 것과는 보는 눈이 다른 얘기였다.

"북부군 남부군… 미국 만 아니라 우리도 남북전쟁…!"

같은 사실도 바라보고 생각하는 각도에 따라 여러 가지일 수 있겠다는 걸 깨달았다. 똥꾸 평생의 눈이 이 때 떠졌다. 빗나간 얘기인지는 몰라도 소련도 중공도 북쪽이니 북부군이고, 미국은 남쪽에서 왔으니 남부군이나 다름없다. 우리도 이북, 이남으로 갈려있고…

사회주의는 북쪽에서 내려왔고 자본주의는 남쪽에서 올라왔다. 그렇지만 남부군 북부군, 남북 전쟁… 이런 명칭은 사상적인 것보다 지리적인 관계로 붙인 걸로 보인다. 똥꾸 소견이다. 민족으로 봐도 남북 전쟁이고 세계 대전으로 봐도 남북 전쟁이다. 이래저래 북부군 남부군이다. 세계가 지금 냉전이라고 한다. 유럽은 동·서 냉전이고 우리는 남북이 냉전이다. 거기는 나라와 진영 간 사상·체제가 대립인데, 우리는 민족이 두 개 나라로 갈라지고 진영이 갈라져 그 두 가지가 다 대립이다. 내부 대립도 승해졌다. 이쪽저쪽 갈라짐 막틀(분단 독재)에 아주마루 막틀(영구 독재)이다. 세 가지다. 역사의 불끈(노여움)이다.

숙제가 새로 생겼다. 미국 남북전쟁이다. 거기 북부군 남부군 싸움이 우리와 뭐가 같고 다른지는 똥꾸에게 앞으로 생각해볼 숙제로 남겨졌다. 분명한 건 거긴 다시 합쳐져서 더 큰 강대국이 된 거다.

임진강과 똥꾸는 이 날 밤, 처음이자 어쩌면 마지막이 될 수 있는 장대한 이야기를 나누었다. 위아래 가리지 않고 진실한 존대말투에서 그의 품새(인품)가 먹먹해진 똥꾸 가슴에 오랫동안 남았다.

그는 아이들이 바라는 그런 선생님이었다. 진강은 우리 둘을 어린 배우내(학생)로 대하지 않았다. 땅불쑥하니(특히) 그의 묵묵한 입술에 섞여 나오는 황해도 방언(토속어)이 처음엔 낯이 설었다.

생뚱 망뚱 하면서도 참으로 정겨웠다. 우리말 공부를 처음부터 다시 해야겠다는 생각도 들었다. 새벽대장 진강과 구렁털 아저씨의 말투에 선조들의 삶이 생생히 묻어났다. 우리의 잃어버린 역사를 찾는 새로운 방편은 아닐까? 역사공부도 새로 시작해볼 참이다.

구렁털 입에서 불쑥 불쑥 섞여 튀어나오는 이곳 토속 방언은 똥꾸 산적이 평소에 쓰는 말이다. 그런데 설고도 익은 우리말이 점점 멀어져 가는 것 같다. 진강과 구렁털의 고향인 황해도와 이곳 지역 옛말을 섞어 쓰는 까닭이다.

그와의 그동안 끈매(인연)가 남다르고 짧은 시간이었지만 오늘 밤 천리장성 끈매를 새로이 맺다. 다시는 오지 못할 빛나는 시간과 공간이었다. 고노골이다.

새벽대장의 갈마 벗나래(역사관)는 누리 현상을 높은 곳에서 여러 눈매로 바라본다는 것이다. 꿍셈(음모)나 뚱속(욕심)이 그의 눈길을 앗딱수(속임수)로 가리기 어렵다. 뚱셈 속이 없으니 눈매도 맑다. 곧맴(양심) 올곧(정의) 노나메기(다같이 잘살자)다.

새벽대장 임진강이 꿈꾸는 갈마요 벗나래(세상)다. 랭이(민초들)가 벗나래 알범(주인공)이다. 댓님(그대)이 알범이다. 똥꾸는 진강의 들락(문)을 통해서 또 하나의 벗나래를 본다. 새로운 갈마와 온누리를 보았다. 맑은 눈은 썩풀(독) 쏠풀(약)을 가려본다. 랭이의 뻗대(자존심)가 벗나래(세상)를 바꾼다. 한나(통일)이다.

어느덧 새날 신 새벽이 오고 있다. 동트는 새벽이다. '어느덧'은 '마침내'로 이어진다. 장장 11시간이다.

산적은 구석빼기 벽에 기대어 몽환에 빠진 지 오래다. 똥꾸 머릿속에도 눈동자에도 옅은 물안개가 깔린다. 그런데 무언가 이상한 느낌이 온다. 슬며시 뒷골이 시원해지는 것 같다.

구렁털의 부드러운 손길이 숨골과 목뼈 주변을 어루만져주는가 싶더니 경추 1~2번 쪽으로 스르륵 내려간다. 시나브로 졸음이 쏟아진다. 수면제 몇 알을 먹은 느낌이다.

"아……."

똥꾸는 스르르 잠속으로 빠져들었다. 잠깐 사이였다.

얼마나 흘렀을까! 햇살이 문창호지를 뚫고 똥꾸 산적 얼굴을 쪼고 있었다. 둘은 동시적으로 눈이 떠졌다. 아침이다. 그런데 방안 공기가 휑했다. 누운 채 고개를 좌우로 돌려봤다. 딱 둘뿐이다.

"어, 다들 어디로 갔나? 어…."

구렁털은 똥꾸의 경락혈을 만져주면서 잠을 재웠다. 그렇게 구렁털도 삼촌들도… 풍월대장도 새벽대장마저 모두 산채를 떠나갔다. 사위가 캄캄한 새벽에 흔적 없이 사라졌다. 벽시계가 다섯 시를 가리키고 있다. 거기서 불알시계추는 딱 멈춰져 있었다. 똥꾸는 팔목에 찬 시계를 봤다. 일곱 시다.

새벽바람 가르는 산채는 적막하다 못해 고요했다. 이슬 맺힌 마른 나뭇가지가 차가운 공기를 털어낸다. 흔적 없이 사라진 고노골 산자락에 찢어진 천 조각이 깃발마냥 붉은 햇살을 타고 펄럭이고 있었다.

·8부·
전쟁의 그늘

1. 생과 사

꼽추 오 씨가 죽었다. 해가 바뀐 정초였다. 기겁을 했다. 똥꾸가 가마니를 들춰보니 오 씨 아저씨다. 징조가 좋지 않다. 흰 눈 펄펄 내리던 날 저녁 똥꾸네 집 앞이다.

신작로길 저편 가장자리에서 돌차에 치여 죽은 것이다. 똥꾸네 집 앞은 아랫말에서 읍내로 올라오는 첫머리다. 신작로길이 휘어져 들어온다. 그래서 이 쪽 저쪽 서로 안 보이는 딱 그 지점이다.

길바닥은 돌차가 오가면서 떨어뜨린 차돌같이 단단하고 날카로운 파편 쪼가리들이 널려있다. 돌차가 지나가면서 바퀴에 튀긴 돌조각은 그야말로 살인 흉기나 다름없다. 머리가 깨지고 얼굴이 찔리고 째진 사람들이 많다. 겉옷을 뚫고 살을 찌르기도 한다.

여름철 반팔 소댕이에 반바지를 입고 신작로에 나서는 건 위험천만 무방비 노출이다. 돌차 외에는 시간마다 다니는 직행버스다. 이건 양반이다. 돌차에 치어 죽는 이가 다반사다. 위험경고판도 안내표지판도 없다. 스스로 조심하는 게 닭상이다.

대간 자락 바로 아랫동네인 논골-높은벌말 샛길로 이십여 리 들어가면 큰 화강석 채굴장이 있다. 제무시(GMC)를 개조한 트럭들이 하루에도 수십 번씩 화강석 원석을 때려 싣고 오십여 리 떨어신 항구까지 오고간다. 거기서 배에 실어 부산에 보내진다. 그 돌차에 오 씨가 당했다. 그간 위태위태했었다.

똥꾸는 성황당 밑 향교골에 있는 산적 집에서 산적 외할머니가 끓여준 옹심이 떡국을 먹고 시간을 보내다가 어둑해서 집에 내려왔다. 방학이라 여기저기 빈 방을 찾아가며 숙제도 하고 새벽대장한테 들은 얘기를 일기장에 쓸 일도 만만치 않다.

신문 읽으랴 스크랩하랴 책도 보랴 하루가 짧다. 만화대본소는 졸업했다. 오랜만에 놀러 간 산적네 집이라 내려오기 싫었지만 저녁 장사 '쇼리' 일이 기다리고 있다. 엄마가 눈 빠지게 기다리신다.

집 옆 마당 쪽문을 여니 입구 안쪽에 또 시체를 덮은 가마니 짝이 눈에 들어왔다. 연탄 광 옆 자투리 공간이라 집안 식구들이나 손님들 눈에 거의 안 띄는 구석이다.

똥꾸는 하루도 안 거르고 이 방, 저 방 불을 가느라 연탄 광에 매일 아침저녁 두 축씩 드나든다. 오가는 길목이라 안 볼래야 안 볼 수 없다. 또 가마니가 딱 걸렸다.

경찰은 꼭 여기를 빌려 밤새 맡겼다가 아침에 실어간다. 가정집 아닌 음식점이긴 해도 도로변인 데다, 넓은 뒷마당 외진 구석이라 임시 안치장소로는 적당하다. 거기에다 전화기도 있으니 안성맞춤이다.

두세 달에 한 번꼴이다. 똥꾸는 익숙하다. 시신을 치우고 난 그 뒤처리도 똥꾸 일이다. 거적은 걷어다 동네 쓰레기장에 버리고 흘린 핏자국은 모래를 흩뿌린 다음 빗자루로 흔적 없이 쓸어낸다. 그리고 마당 흙을 한 번 더 펴서 밟아준다. 그러면 피 냄새도 없어진다.

훑어보는 똥꾸 눈에 가마니 짝 밑으로 말라붙은 핏자국이 바로 들어왔다. 가마니 안에 쏙 들어있는 걸 보니 키가 아주 작달막한 사람이다. 어린애인 것 같다. 그런데 가운데가 불룩하다.

"아, 또 누구야?"

몹시 불편한 마음으로 얼굴 쪽을 슬쩍 들어봤다. 오 씨였다. 주정뱅이 차돌뱅이 꼽추 오 씨 아저씨였다. 가슴이 철렁거렸다.

"아! 나 참… 이거 참나… 언젠가 이럴 줄 알았어…!"

읍내 장날이다. 장세 수금 끝내고 막걸리에 얼큰하니 취했다. 휘청 휘어청 똥꾸네 옆길을 지나 큰길을 건널 무렵이었다. 저 아래서 냅다 달려오던 돌차에 확 치었다. 그러면 더 볼 것도 없이 튕겨나가 즉사다. 순간이다. 오 씨 아저씨다.

좋은 사이가 아니었지만 이렇게 죽으니 착잡하고 불쌍했다. 쌓인 눈 바닥 위에 펄펄 날리는 눈발 뒤집어쓰고 지금 온 몸이 부서져 누워있다. 가마니에 덮인 이 사람이 지난 가을에 보고 다시 보는 꼽추 아저씨 오 씨다.

'혹시나…?'

연탄불 세 아궁이를 부리나케 갈아치운 똥꾸는 잠깐 궁리 끝에 새벽대장 꺽정 아저씨 집으로 갔다. 비어있는 줄 알았는데 사람이 살고 있는 흔적이 분명했다. 반가웠다.

"엉? 그 때 산채를 같이 안 뜨셨던가…?"

새벽대장은 읍내에서 머물러 산다. 읍내 사람들 그를 모르면 간첩이다. 거길 뜰 이유도 읍내 살면서 도망갈 사정도 없다. 가면 그게 오해 받는다. 남은 까닭이다. 산채 식구들만 동이 틀 무렵 흔적 없이 거길 뜬 것이다.

그들이 무슨 죄를 짓고 도망간 게 아니다. 다른 나라도 이런가? 싶었다. 지금 삼촌들이 어디에 가서 이 매몰차게 추운 한겨울에 뭘 먹고 살아가는지 어떻게 지내는지 똥꾸는 궁금하고 슬펐다. 그렇지만 새벽대장한테 물어볼 수는 없다. 그건 그들 세계의 보이지 않는 할대(원칙)였다. 그래서 가슴이 더 찡하다.

신작로 건너 다닥다닥 붙어있는 작은집들 사이로 한 사람 겨우 지나는 골목을 돌면 새벽대장 집이 있다. 마을회관 겸 '리또 사무소' 단칸방이다. 살림살이가 영락없이 산채다. 공간만 다를 뿐 똑같다.

경위를 들은 새벽대장은 한참을 먹먹해했다. 담담해 하는 모습도 섞여 있었다.

"그래, 잘 가시게… 사느라 고생했네…!"

다음날 이른 아침 경찰관 두 명이 새벽대장과 함께 왔다. 똥꾸는 다른 날과 달리 일찍 일어나 그들을 미리 기다리고 있었다. 여느 때 같으면 거들떠도 안 본다. 통상 똥꾸가 광에 나올 때쯤이면 이미 시체는 어디론가 치워져 있다. 오 씨 아저씨니까 그런 거다.

똥꾸와 오 씨의 관계는 산채 식구들과 달랐다. 이 사람하고는 별반 말을 건네거나 눈인사라도 나눈 것이 없다. 보는 것 자체가 질색이었다. 단지 새벽대장과의 의리 때문이다. 어젯밤 들은 얘기도 있어서다. 이번에도 경찰은 새벽대장을 불렀다. 만만한 게 비지똥이다.

경찰은 예의 무연고 행려사망자로 처리해서 대학병원에 넘길 모양이었다. 그런데 새벽대장이 '인ㅅ 보증'을 세워 시신을 인수하겠다고 했다. 장례를 치루고 산소를 쓰겠다는 것이다.

경찰도 늘 신세지는 새벽대장 '임씨(경찰은 대장의 신원을 훤히 꿰고 있다. 다들 모르는 이름 석 자를 부른다. 보통 임씨라고 불렀다)'의 선의 어린 요청을 들어주었다.

이른 아침 읍내는 아직 조용하다. 새벽대장은 오 씨 시신을 리어카에 싣고 신작로 뒷길로 윗말 염쟁이 황 씨네 집으로 갔다. 똥꾸도 함께 쫓아갔다. 산적은 옆 동네라 그리로 바로 오라고 일러됐다.

잠시 후 대장간 도 선생과 뺙치(백정) 쇠칼 아저씨도 들어섰다. 그 얼마 후 유막동 풍월대장 위 씨와 몇몇 식구들도 내려왔다.

새벽대장과 대장간 도선생 그리고 뺙치 쇠칼 아저씨 셋이 시신을 조심스레 들어 황 씨네 집 마루로 들어갔다. 제법 넓은 마루 한가운데는 시신을 누일 수 있는 바퀴달린 침상 하나가 있었다.

피에 절은 오 씨의 찢겨진 옷자락이 몸에 착 달라붙어 잘 벗겨지지 않았다. 밤새 얼어버린 옷이며 몸뚱어리는 돌덩어리였다. 황 씨의 익숙한 손놀림이 시작됐다. 따뜻한 물이 담긴 놋 쟁반을 들여와서 타월 두 장에 물을 넉넉히 적셔 몸살 속으로 밀어 넣었다.

굳었던 피가 녹아들기 시작했다. 살에 달라붙었던 옷도 훈훈한 방 안 공기에 물기가 돌더니 몸통에서 천천히 떼어졌다. 오 씨는 한겨울에도 상의는 때 절은 '사리마다' 한 벌이다. 그 위에 일 년 내내 걸치는 낡은 야전외투군복이 전부다.

아래는 팬티에 얇은 광목바지 한 장 걸친 맨살이었다. 몸에 맞지 않아 헐렁한 바짓가랑이 속으로 한겨울 매운바람이 몸속을 파고든다. 황 씨는 찢어지고 헤진 옷을 조심조심 벗겨냈다.

"아, 그랬구나….."

벼락 솟은 백두대간에서 내리꽂는 북풍한설 칼바람을 오 씨는 그렇게 견뎌내며 살았다. 그는 뼛속까지 오그라드는 한기를 버텨내려고 온종일 술에 취해 온몸을 절어 살았다.

벗겨낸 오 씨의 몸뚱어리는 말이 아니었다. 상상에 맡긴다(똥꾸는 이해 겨울 삶과 죽음의 문제로 큰 몸살을 앓았다).

황 씨는 소독한 솜으로 오 씨 얼굴을 깨끗이 닦아냈다. 얼굴은 잠자는 듯 평화롭고 얌전하고 예뻤다. 이제껏 못 본 모습이다. 이 얼굴이 오 씨의 본래 모습이었다. 험한 세상 누구 하나 다리 돼주는 이 없이 악다구니로 저항했다. 이지러지고 찌그러진 건 그래서다.

어디서나 '병신 육갑한다'고 놀려댔다. 난쟁이 꼽추는 저주받은 인생이다. 쓰레기장에 버려진 하찮은 돌멩이 잡석이다. 그는 세상 온갖 쓰레기에 뒤섞여 살았다. 고립무원 무인도에 고독하게 격리됐다.

"사람 살려요~!"

장맛비에 떠내려가는 개, 돼지를 사람들은 호기심어린 구경거리로 수군거리며 바라만 본다. 꼽추 오 씨는 개, 돼지 중 하나였다.

아저씨의 평화로운 얼굴에 똥꾸는 마구 흘러나오는 눈물을 손등으로 닦기 바빴다. 산적도 훌쩍거리고 어른들은 눈물꼭지를 훔쳤다. 보이는 게 진짜인 줄 알았다. 겉으로 살았다. 똥꾸다.

암모니아수와 따뜻한 물로 닦아내고 씻겨진 몸에 뽀송뽀송한 위아래 속옷 한 벌이 입혀졌다. 산적이 엄마가 이고지고 다니며 팔다 남은 옷 보따리를 풀러 입을만한 걸로 가져온 새 옷이다.

세상 살면서 처음 입어본 새 옷에 오 씨도 몸과 마음이 따뜻해졌을 거라 생각을 하니 위안이 조금 됐다. 베옷을 입히고 각대 채우고 버선을 신키니 영락없는 선비다.

얼굴 싸매고 광목천 두루마리 붕대로 온몸을 꽁꽁 동여맨 오 씨가 마지막 모습을 보여주고 소나무 관 속에 누웠다. 노련한 염쟁이 황 씨 아저씨는, 숨구멍 눈구멍 모두 닫아버린 오 씨를 안아들었다.

저승사람 됐어도 행여 딱딱한 송판바닥에 튕글어 나온 등골이 배겨 아플까봐 스펀지와 솜 뭉텅이를 등바닥에 두툼하게 깔아주었다. 똥꾸와 산적도 아저씨들 따라 용돈을 턴 노잣돈을 머리맡에 찔러 넣었다.

밤새 그쳤던 눈발이 다시 펑펑 날린다. 함박눈이다. 하늘은 흐려도 공기는 왠지 훈훈한 것 같았다. 흰 눈 내리는 세상은 따뜻하다. 눈발을 맞으며 새벽대장과 삼형제, 풍월패 다섯 명 그리고 똥꾸 산적이 황 씨 집을 나섰다.

차도 소달구지도 없다. 리어카 바닥 위에 넓은 천을 깔고 관을 올렸다. 관을 가린 합판에는 풍월대장 위 씨가 가져온 꽃 한 다발을 얹었다. 뚝방에 버린 상갓집 조화가 아까워서 주워 둔 종이꽃이었다.

영정도 만장도 없는 리어카 상여를 빽치 소칼 아저씨가 앞에서 끌고 똥꾸 산적 둘이 뒤를 밀었다.

"휘이~ 휘이~~"

여덟 명 식구들이 천천히 뒤를 따랐다. 끌고 미는 셋이 상두꾼이고 뒤따르는 식구들은 유족이 됐다. 얼마 지나지 않아 오 씨가 살던 읍내 쪽 달래교 첫 번째 교각쯤에 다다랐다.

다리 밑 거적 집에서 개 짖는 소리가 들려왔다. 인적 뜸한 아침 인기척에 습관적으로 짖는 건지, 제 주인 저승 가는 마지막을 알고 짖는 건지 모를 일이다. 일행은 그 위에 잠시 멈췄다가 다시 길을 재촉했다.

눈발 날리는 용바우 길을 지나치자, 저만치 낯익은 고노골이 좁은 아가리를 벌리고 운구 일행을 기다리고 있었다. 이윽고 고노골에 들어선 일행은 장지로 쓸 산 중턱으로 상여를 메고 올라갔다.

산채 식구들이 고노골을 뜨고도 '작전'은 일주일여 더 계속됐다.

그런데 그 무렵부터 무장공비 얘기는 뉴스에서 사라졌다. 잡은 건지, 아니면 끝내 놓친 건지 아무런 결과도 없이 슬그머니 사라졌다.

11월 중순 무렵이다. 읍내 사람들은 그들이 아마도 휴전선을 넘어갔을

거라고 수군거렸다. 한동안 들썩거리며 온 지축을 들었다 놨다 요란 소란
했던 헬리콥터도, 에르나인틴(L 19) 정찰기도 그러고 보니 더 이상 나타나
지 않았다.

세상은 언제 그랬던가싶게 제자리로 돌아온 일상으로 다시 분주해지고
다른 얘깃거리들로 옮겨갔다. 라디오를 켜면 '재치문답', '위문열차', '섬마을
선생' 등 오락과 드라마 프로가 쏟아졌다.

"용감무쌍한 우리의 맹호부대와 청룡부대 용사들이 투이호아 짜빈동 전
투에서 연전연승…"

읍내 영화관 상영 첫머리는 언제나처럼 '월남소식'이다. 포연 가득한 화
면에 베트콩을 무찌르는 전투장면은 영화보다 실감난다.

"와~!"

친구들은 신나하는데 똥꾸는 의아했다.

"베트콩은 왜 제 땅에서 남의 나라 군대에 저렇게 짓밟히고 총에 맞아
죽고, 시체가 돼서 죽어나가는 걸까? 월남군은 뭐고 월맹군은 뭐여! 원래
같은 민족 한 나라 아니었나? 근데 왜 싸우는 거지? 우리 6.25와 뭐가 다
른 거여…?"

똥꾸는 화면을 보면서 혼란스러웠다. 베트콩이 월남의 공산화가 본래
목적인지, 프랑스가 물러가면서 갈라놓은 나라를 통일시키는 게 목적인지
궁금했다. 사상과 체제 통일인지, 민족 통일인지 그거다.

또 있다. 우리 국군이 가서 싸워주는 게 공산화를 막기 위한 건지, 남
의 나라 민족의 통일을 되려 방해하는 건 아닌 건지… 좋은 일인지 안 좋
은 일인지 정말로 알고 싶었다.

그러나 답을 주는 사람은 학교에서도 주변에서도 없었다. 묻는 사람을
이상하게 보는 풍조다. 불순분자다. 알고 그런 건지 몰라서 그런 건지 걸

으론 모르겠다. 우리나라에 이익 되면 그런 건 문제가 아닌 건지, 아니면 미국을 안 따를 수 없어 그런 건지 복잡했다.

똥꾸 보기에는 자신보다 생각을 조금 더 하거나 문제의식을 가진 어른이 안 보였다. 시골구석이라 무식한 탓도 있겠고 같이 팔뚝질을 해야 사는 생존법을 터득한 이유도 있을 거라 짐작했다.

아버지는 입 꾹 다물고 살았다. 옛날 간도에 독립운동가와 조선인들이 세운 민족학교 대성학교(용정중학)를 졸업했다. 해방 후 백범의 한독당 지역책임자였던 그 기백은 어딜 가고 술에 젖어 사신다.

똥꾸 기껏 열여섯에 세상 고민 다 안고 산다. 또래와 딴 세상이다.

구렁텅과 삼촌들은 '작전'이 종료되고 두 달이 다 돼 가는데도 돌아오지 않고 있다. 소식이 없다. 바람결에 알고는 있을게 분명한데 살 패이는 북풍한설에 어디서 어떻게 살아가는지 궁금했다.

그래도 걱정은 들지 않았다. 산사람들이다. 겨울에도 숲에 먹을 건 지천이다. 자연 속에는 생명의 통로가 있다. 삼촌들은 안다.

2. 사즉 생

고노골 입구 길가에 다다르자 이제껏 묵묵히 뒤를 따르던 풍월대장 위씨가 앞장에 나섰다. 허리춤 속에서 뭔가를 꺼내들었다. 요령(상여 선소리꾼이 흔드는 손잡이 쇠종)이었다.

풍월대장이 지금부터 상여를 이끈다. 리어카 행상에 영정 만장은 없어도 할 수 있는 격식은 갖추어 망자를 보내고 싶다.

"땡그렁~ 땡그렁~"

'요령잡이' 풍월대장이 선소리를 시작했다. '데오라기'다. 상여 떠나기 전
날 밤 망자와 주고받는 소리인데, 오 씨가 똥구네 마당 차가운 눈 바닥에
서 얼며 새며 보내느라 못한 걸 지금 하는 거다.

먼저 풍월대장 위 씨가 오 씨한테 한 소리 걸었다. 만가輓歌다.

"어~노 어~노 어이여어 어~노 / 여보시오 사자님네 노잣돈도 갖고 가오
/ 만단개유萬端改諭 애걸한들 / 어느 사자 들을 손가 / 어~노 어~노 어이
여어 어~노 / 불쌍하다 이내신세 인간하직 망극하다~"

오 씨에게 전하는 구슬픈 소리가락이 요령소리와 어울려 달래천에 퍼져
나갔다. 이번엔 꼽추 오 씨의 구슬픈 답가가 돌아왔다.

"어~허~ 어이 여~ 어~허여 어~여 / 가~네 가네 나는 가네 북망산천 나
는 가네 / 일가친척 다 버리고 동네방네 다 버리고 / 황천저승 나는 가네
/ 어~허~ 어이 여~ 어~허여 어~여~"

잠시 후 요령소리에 실려 망자가 집을 나서 북망산으로 이동하는 선소
리가 울려 퍼지고 일행들의 뒷소리(후렴)가 따르기 시작했다.

"어~허 어~허 어이여~어 어~허 / 세월이 무정하여 죽어지면 그만인가 /
어~허 어~허 어이여~어 어~허 / 원수로다 원수로다 억울하게 죽어지니 그
것 또한 원수로다 / 어~허 어~허 어이여~어 어~허 / 한숨이 바람 되고
마디마디 맺힌 설움 / 구곡간장 다 녹는다 / 어~허 어~허 어이여~어 어~
허~"

상여는 울퉁불퉁 좁은 산길을 돌고 넘으며 묵묵히 올라갔다. 눈발은 점
점 세게 날리고 앞이 뿌예졌다. 이제 고노골 산채의 중간쯤에 들어섰다.
똥구 산적은 두 달도 더 지나서 고노골에 왔다. 구렁털과 삼촌들이 몹시
도 그리운 날이다.

"어이가리 넘차 너와 너 / 인제 가면 언제 오나 병풍에 그린 닭이 / 홰

를 치면 오실라요 황천산 먼 먼길을 / 어~노 어~노 / 다리가 아파서 어이 가리 / 어이 가리 넘차 너와 너 / 간암보살 간셈보살 / 어~노 어~노~ 어~노 어~노~"

눈발 날리는 산비탈에 상여꾼들은 덜커덩 덜커덩 고개 너미 좁은 빨딱 길을 잘도 올라갔다. 처량한 듯 신명나고 슬픈 듯 힘이 났다.

심금을 울리는 만가의 힘은 대단했다. 복잡한 상념일랑 저만치 밀어두고 발걸음 절로 절로 하늘길을 내딛었다. 끊어질 듯 이어지는 상여소리 가사는 어린 똥구와 산적도 고개를 끄덕거리게 했다.

인생살이가 오롯이 담겨있었다. 감동이다. 풍월패 대장이 꽹쇠만 잘 치는 줄 알았다. 어느덧 저만치 산채가 보인다. 반가웠다. 그러나 적막하다. 삼촌들이 있으면 달려 나왔을 테다.

막바지 선소리가 다시 울려왔다. 저승으로 넘어가는 이승의 마지막 노래다. 이제 저승이 가까워 온다.

"어~노 어~노 어~노 어~노 / 어이 가리 넘차 너와 너 / 앞산도 첩첩한 어느 누가 가려는가 / 태산너머 북망산천 어이 어이 가려는가 / 황천이 멀다더니 건너 안산 황천이로구나 / 어~노 어~노 어~노 어~노/ 어이 가리 너와 너~"

이윽고 만가에 취한 풍월패 가락이 장지에서 멈췄다. 식구들은 삼촌들이 두고 간 연장들을 찾아 꺼내들었다. 괭이 삽 쇠마루 등속을 들고 야트막한 양지를 골랐다. 그래도 한겨울이라 땅은 얼었다.

파기가 쉽질 않을 듯 했다. 힘이 장사인 새벽대장과 세 의형제들이 나섰다. 땀 뻘뻘 허연 김 뱉어내면서 언 땅 깨부수고 파 들어갔다.

30센티미터 정도를 파니 그 아래부터는 얼지 않은 매흙 땅이 나왔다. 여기부터는 술술 파 들어갔다. 똥구와 산적은 파낸 흙을 옆으로 긁어내며 거들었다. 어른 허리춤 정도만큼을 팠다.

두 시간 걸렸다. 알 형태다. 알이다. 자궁이다. 모든 생명은 알에서 나고 돌아간다. 영생이다. 이 땅별 안에서 돌고 돈다. 몸도 혼도 우주 밖으로 벗어나는 게 아니다.

"어허~! 땅별 또한 범천대천 원자 원소 한 알이니, 빅뱅… 빅 홀 돌고 돌아 이생 저 생 합일이라, 만가가 축가로다~"

먼 데, 가까운 데 동네방네 일가친척 모두 모여 축하 잔치다. 그래서 죽음은 또 다른 해후요 축제다. 망자가 베푸는 이승의 마지막 만찬이다. 그래서 슬퍼도 슬프지 않다. 한겨레 민족의 장례 풍속이다.

마침내 오 씨는 안식처에 누웠다. 꼽추로 태어나 고단한 생의 여행을 마친 오 씨는 이제 업장業障을 모두 소멸하고 긴 잠에 들었다.

오 씨 아저씨는 영원한 불멸의 수면을 취할 것이다. 식구들은 흙을 덮고 나무 막대기를 한 개씩 들어 달구질을 준비했다. '회다지'다.

풍월대장이 다시 요령을 잡았다.

"어~허 달구 / 산지 조종은 곤륜산이요 / 어~허 달구 / 수지 조종은 황하~수라 / 어~허 달구 / 이 묏자리가 명당인가 / 어~허 달구 / 관동 팔경을 일러 보세 / 어~허 달구~ "

망자를 보내는 뒤풀이였다. 중간에 탁배기 한 사발씩 걸친 식구들 얼굴은 추위에 벌개졌는지 곡차에 벌개졌는지 벌그스름하다. 똥꾸 산적도 한 잔 걸쳤다. 다들 얼굴이 부드러워졌다. 몸도 마음도 추위도 누그러졌다. 똥꾸 산적도 미소가 슬며시 퍼졌다. 새참이다.

한 숨식구들은 부지런히 망자의 묘를 봉분 치고 마무리했다. 그새 해가 중천에 떴다. 한겨울 묏바람에도 한낮 햇살은 따스하다. 식구들은 풍월패가 가져온 잡곡 주먹밥으로 허기를 채웠다.

산채는 구렁털 아저씨와 삼촌들만 없을 뿐 깨끗하다. 나뭇가지에 걸려 펄럭이는 깃발 아닌 깃발이 빈 채를 알려주고 있었다. 진또배기가 말없이 식구들을 내려다본다. '소도蘇塗'다. 아무도 얼씬거리지 않는다.

오 씨 집에 한 번 내려가 볼 생각 없는가? 바로 요 밑인데…."
새벽대장이 집에 가려는 똥꾸와 산적을 갑자기 불러 세웠다.
"예? 예… 그래유!"
"음… 오 씨가 생전에 나한테 어쩌다 한 번씩 찾아왔었네. 술이 말이 아니네만 정신은 그 정도 아니었네. 방문턱 올라서기 무섭게 냅다 쓰러져 한 숨 자곤 했지. 좀 쉬었다 가는 거지."
"그랬어유? 대장님 집엔 아무도 오는 사람이 없는 줄 알았는데유? 오 씨 아저씨가 단골 손님이었네유 히히히… 근데 말이지유, 장날 오 씨 아저씨가 술에 잔뜩 얼어서 할메들한테 막 땡깡을 부리다가두 대장님만 보면 슬슬 피해 냅다 올라가구 그러던데유? 대장님한텐 왜 그런 거래유?"
"글쎄 말이네. 그러더라구! (잠시 말을 끊었다 잇는다) 나한테 몇 번 들킨 게 있긴 하네… 그랬지!"
"뭘유?"
"죽을려구 그럴 때마다 이상하게 나한테 걸렸지. 여름철 '물살쎈데'에 빠져 떠내려가는 걸 마침 그 때 잡은 개 손질하다가 보구서는 건져낸 일두 있구, 그 해 겨울엔 돌차에 뛰어들려구… 어제 치인 바로 그 자리에서 휘청거리는 거 내가 또 잡아냈지. 마침 자네 앞집 담배 사러 가다가 정통으로 본거지. 그런 일이 한 서너 번쯤 있었나~?
맞어, 그래서 내가 '삼세 번'이라구 그랬지, 이제 딴 생각 말라구 그 다음부턴 죽으려는 생각을 안 허구 사는 것 같았네!"

꼽추 오 씨가 똥꾸네 집에 발길을 끊은 것도 그 무렵이었다.

"그래서 난전에서 행패질 허다가두 대장님만 보믄 피한 거네유. 생명의 은인이구 미안허구 그런 거유…? 글 때부터 대장님 헌테 마음도 붙이구 가끔씩 들리구 그랬던 거네유? 그렇다믄유, 그런 일이 있었다니 그런 건데유 혹시 자살한 거가 아닐까유?"

새벽대장은 똥꾸가 던지는 의문에 생각이 깊어지는 듯 했다.

"음… 그건 아니여. 나 순경이 그러는데 현장검증도 허구, 그 앞 감나무 집 아줌마가 봤는데 치였다네. 도라꾸 운전사는 술을 먹었다더군. 하필 바로 그 자리에서 세상을 뜬 거네. 뛰어든 거 아닐세! 오 씨가 나한테 몇 번 한 말이 있었네. 지금 그 약속을 지켜야 할 때가 된 것 같네."

"예~? 그랬어유? 뭔 약속이래유? 뭔 말을 했던 거래유?"

"자기 죽으면 자기 집에 가서 배겟자루허구, 베겟마루 위에 푸대 자루 몇 개가 있는데 그거 잘 챙겨서 유막동 갖다 주라는 거였네. 한 번 내려가 보세나."

뚝방 바로아래 다리 밑은 싸질러놓은 개똥들이 여기저기 무더기로 꽁꽁 얼어있었다. 두 마리 개가 사납게 짖었다. 그러다가 새벽대장의 왕방울 눈과 한번 마주쳤다.

"꾸~우~웅"

개들은 갑자기 기가 팍 꺾이면서 꼬리를 내렸다. 슬금슬금 곁눈질 하면서 구석에 머리를 쳐 박았다. 대단한 새벽대장이었다. 똥꾸도 덩달아 똥 무더기 하나를 발로 걷어찼다. 그건 똥인데 똥이 아니었다. 차돌 얼음덩이였다. 그걸 걷어찼다.

"아~ 아~ 어흐흐흐……."

발가락이 너무 아파 팔딱팔딱 뛰었다. 조금 더 세게 찼다라면 부러질 뻔했다. 그러고 보니 두 마리가 싸댄 똥 무더기가 움막 주변을 삐-잉 둘러쌌다. 마치 외부인 접근을 막는 울타리 같다.

바람 숭숭 거적 들락(문)을 열고 들어가니 말이 아니다. 예상은 했지만 슬펐다. 눈물이 또 났다. 양푼에 고인 물은 꽝꽝 얼어붙은 지 오래다. 휑하니 좁은 공간에 바람먼지 뒤집어 쓴 사금파리가 사기그릇이 널브러져 있었다.

제일 중요한 게 얼어 죽지 않을 이불이었다. 다행히 두터운 군대담요 서너 장이 속청 껍데기 밑에 반으로 겹쳐 있었다. 서너 겹씩 나눠 깔고 덮고 잠을 자는 것 같았다. 주변에 쌀이고 밥이고 김치조각 이고 먹을 거라곤 눈을 씻고 봐도 없다.

옥씨기 한 톨, 고구매 한 개… 하다못해 보리 까끄라기 한 알 보이지 않았다. 빈 소주병들이다. 그게 밥이고 몸을 덥혔다. 깡 추위에는 깡 술이다. 깡다구니다. 그랬다.

새벽대장이 조심스레 베갯머리 끈을 풀었다. 그 안에서 뭉쳐진 종이돈이 쏟아져 나왔다.

"아악!…"

깜짝 놀랐다. 세상에! 놀라운 비밀이 그 안에 잠을 자고 있었다.

새벽대장이 산적에게 담요 한 장을 펴라고 눈짓을 했다. 쏟아진 10원짜리 지폐뭉치가 큰 대바구니 하나쯤 됐다. 엄청났다.

이건 시작이었다. 그 안에 쌓여있는 푸대 자루가 모두 돈 자루였다. 하나하나 끈을 풀어낼 때마다 그야말로 돈벼락이 쏟아졌다.

두 자루를 풀고는 그만뒀다. 입이 따-악 벌어졌다. 믿기 어려운 현장이었다. 돌발 상황이었다. 꼽추 오 씨다. 사나운 개 두 마리를 키운 이유가 짐작이 됐다.

산지사방 개 똥 무더기를 울타리삼아 늘어놓고 사람들을 범접 못하게 봉쇄해 놓은 까닭이 이것인가 했다. 이렇게 안 해도 사람들은 들어오라고 해도 오만상 찌푸리며 달아날 판인데 그랬던 건 이거였다.

"아…!" 똥꾸와 산적의 입에서는 감탄인지 신음인지 연신 흘러나왔다.

"대장님! 이 엄청난 돈이 모두 어디서 나온 돈인가유? 훔친 건 아닐 테구 모은 돈 같긴 한데유… 이것 참!"

선 채 바른손으로 턱을 괴고 한참을 생각에 잠겨있던 새벽대장이 똥꾸의 눈 휘둥그런 물음에 입을 뗐다.

"장세 받아 모은 거네. 장날마다 20원씩 받아냈지. 억지 장세긴 해도 다들 아는 형편이라 없는 장돌뱅이들이 자기들 보다 더 없는 사람을 도운 거네. 그러니 거지들도 살아가는 거 아니겠나? 우리네 인정이여."

10원짜리 두 장이면, 애기 주먹만 한 장터 찐빵이 두 개다. 쌀 세 홉이고 짜장면 반 그릇이다. 읍내 의용소방대에서 정식으로 걷는 장세가 100원씩이니 5분지 1이다. 난전 할매들한테는 큰 돈이 아니지만 그렇다고 작은 돈도 아니다.

삶은 시레기 한 덩이도 없는 살림에는 아쉬운 돈이다. 그래도 할매들은 장세 한 번 더 낸다고 생각하고 줬다.

똥꾸는 잠깐 머리를 굴려 주판알을 두들겨 봤다. 식당 간주(계산)보는 돈바우 습성 발동이다. 4, 9일장 여섯 번에 20원 곱하기 20을 승하면 한 달에 2,400원이다.

똥꾸 집 단골인 읍사무소 민 서기가 집에 가져오는 월급이 8천원이라고 하니 오 씨 장세 수입이 결코 작은 것은 아니란 생각이 들었다.

민 서기 여섯 식구가 그 월급으로 한 달을 산다. 박봉이긴 하지만 안정된 월급쟁이다. 오 씨는 홀몸에 지출도 없다. 대략 1년이면 3만 원인데 전쟁 끝나고 15년만 쳐도 45만원이다.

"어휴~! 이거 뭐 엄청나네유….”

1원짜리 동전이 또 반 자루다. 이게 다 아니다. 지나가던 손들이 던져준 5원 50원 100원짜리 지폐도 꽤나 섞여있는 걸로 봐서는 어림쳐도 50만원은 된다는 말씀이다. 손바닥만 한 크기지만 10원 지폐만 4만여 장 이상이었다.

"왜 그랬을까? 왜 그랬을까… 유막동 풍월패에게 잘 챙겨 갖다 주라구? 그게 이유의 전부였을까?"

"딸에 대한 죄의식으로 스스로를 학대한 삶의 결과물일가유? 풍월패에 대한 마음의 빚을 갚으려는 걸까유? 음~ 아니면 세상에 대한 비웃음이었나유?"

물음은 계속됐다.

'왜 그랬을까? 전쟁 끝나고 하루하루 살기 급급한 사람들에게 보내는 어떤 신호가 아닐까? 아니면 나라도 가난은 구제 못한다고, 자기같이 내버려진 사람들을 나라님에게 관심을 호소한 건 아닐까?'

새벽대장의 침묵에 똥꾸가 혼자 벌이는 자문자답이다. 믿기 어려운 상황 앞에서 머릿속에는 의문이 꼬리에 꼬리를 물고 날아다녔다.

그뿐이다. 망자는 대답이 없다.

오 씨는 읍내든 읍 밖이든 여기 사람이 아님은 분명했다. 여기 사람이라면 토박이 어른들이 모를 리가 없다. 노인네들은 어지간한 집들은 한 집 다리 건너, 두 집 물 건너 그 집 족보와 내력에 훤하다.

그런데 오 씨는 아는 이들이 없었다. 그는 홀홀단신에 친척도 인척도 사돈에 10촌도 없다. 하긴 새벽대장도 같은 처지다. '임진강'을 아는 사람은 읍내에서 똥꾸와 산적뿐이니까.

오 씨는 새벽대장과 달리 말투가 토박이들과 비슷했다. 이곳에 흘러들어와 사는 사람들 대부분은 함경도 피란민들이라 말과 억양이 다르다. 오 씨는 달랐다. '회양' 사람이라는 말도 돌았다. 사실인지 어떤지는 몰라도 회양이라면 이북 고성 안쪽에 붙은 곳이다.

맞는 것도 같다. '삼팔따라지'라도 이곳과 같은 생활권에서 살다 내려왔다. 이곳에는 철선 드나드는 큰 항구가 있고, 38선으로 끊어지긴 했지만 일제 때 개통해서 10년 동안 운행했던 경원선~동해북부선 종착역도 있다. 사람도 물건들도 여기에 모이고 퍼져나갔다.

일제~해방~인공~수복… 체제가 번갈아 뒤바뀌고 사변 난리가 휩쓸고 간 전쟁의 그늘은 깊고도 깊었다.

식민지 때보다 더 잔혹하게 벌어졌던 이웃 간의 총질과 밀고… 학살은 사람들을 갈갈이 찢어놓았다. 서로 못 미더운 세상이 됐다.

돌아볼수록 후벼 파는 고통의 되새김질이다. 꼽추 오 씨는 형편없는 이 세상을 한바탕 휘저으며 놀다갔다. 돈벼락은 오 씨가 세상에 던진 또 다른 돌팔매였다. 새벽대장과 똥꾸 산적은 푸대 자루를 어깨에 걸머지고 뚝방으로 올라와 리어카에 실었다.

자루는 무겁지 않아도 다리 밑 움막을 허리 굽혀 나들다가 천정에 머리통을 몇 번 들이박았다. 모두 여섯 자루 반이었다. 다리를 오가는 몇 안 되는 사람들이 힐끗 힐끗 쳐다봤다. 자루 안에 지폐 현찰이 가득 찼으리라고는 꿈에도 생각하지 못 했을 것이다.

새벽대장은 쌓아올린 포대자루를 이리저리 단단히 질러 맸다. 똥꾸 산적은 호위대로 뒤를 따라 유막동으로 향했다. 풍월패다. 이 돈이면 지붕 몇 채는 올린다. 세상에 다시 일어설 수 있는 큰 힘이다.

"대장님유, 혹시 말인데유… 이 돈 자루는 오 씨 아저씨가 세상에 남긴 화해의 메시지가 아니었을까유?"

"글쎄 말이여… 잘 모르겠네. 힘든 사람들끼리라도 사이좋게 살라는 선물인지 모르지!"

그 새 눈발은 그쳐 있었다!

3. 흐르는 강

그는 고등학교 때까지 나름대로 열심히 공부했다. 고등학교를 졸업하던 해 봄에 지방행정직 '5급 을乙'에 합격했다. 경쟁이 높은 건 아니지만 그렇다고 쉽지도 않은 공무원시험이다. 그런데 마지막 절차인 신원조회에서 걸렸다. 직종을 바꿔 합격해도 번번이 그랬다.

"넌 안 돼!"

국가의 이름으로 내리는 선고였다. 원천봉쇄다.

그는 아버지 얼굴을 모른다. 남겨진 사진 한 장 없고 엄마한테서 들은 말도 없다. 그런데 그 아버지 쇠사슬에 목줄이 감겨 산다. 이후로 그는 밖으로만 돌았다. 당구장에서 살다시피 했다.

그렇게 세월을 보내더니 재작년부터는 내기당구로 빠지면서 동시에 투전판에도 들어갔다. 화투다. 손 감각은 아버지 내리씨앗인가도 싶었다. 아버지가 동네에 소문난 투전꾼이었다는 어른들 얘기다.

그러다 사기도박에 걸려 물려받은 문전옥답 죄다 팔아먹고 인민군 나갔다가 죽었다고 했다(앞서 새벽대장이 말한 최선봉이다).

어머니는 미련 없이 다섯 살 자식을 데리고 개가했다. 그 손재주가 자식을 통해 되살아난 거라는 말을 들을 만 했다. 그러다 작년 가을 군대에 갔다. 이제 1년 됐다. 혹여 고문관 노릇 하다가 잘못될까 걱정이다. 매사 의욕상실에 말수 뚝 끊어졌던 그다.

그와 비슷한 처지의 형들이 읍내에 몇몇 있다. 신원조회에 걸려 공무원 시험에서 최종 탈락돼 방황하던 아랫말 근수 큰형이 자신의 생을 스스로 마감했다. 얼마 전 일이다.

3년을 차가운 골방에 틀어박혀 있다가, 어느 날 야밤에 제집 뒷마당 감나무에 목을 매 자살했다. 근수에게서 들은 얘기로는, 그 형이 여섯 살 적에 서울에 사는 백부의 대를 잇는다고 아버지가 호적상으로 입양을 시켰다. 그런데 백부는 해방공간에서 남로당하다 월북했다.

호적으로만 큰집 자식이지, 실제로는 친부 본가에서 컸다. 형은 거기에 가본 적도 얼굴을 본 적도 없고 입양 사실도 몰랐다. 그땐 그런 일이 흔했다. 똥꾸 백부도 조부 4촌 형님한테 입양 갔는데 친부 슬하에서 아버지와 함께 컸다. 그래도 가끔씩 가서 지내다 왔다.

입양도 둘째나 막내가 아니고 대부분 첫째를 들이더라! 그 때가 그랬다. 왜 첫째인지는 지금도 아리송하다. 근수 큰형도 태어나서 세상 뜰 때까지 친부 슬하에서 동생들과 함께 자랐다. 그런 그 형과 가족들에게 신원이상자 탈락은 청천벽력이었다.

근수 아버지는 묵묵부답이었다. 시골 농사꾼인 아버지는 그 일이 있기 전까지 그런 제도가 있는지, 자식이 그 해당자인지 몰랐다.

말단공무원 뽑는 데는 신원이상자니 신원불량자니 퇴짜 놓으면서 군대에는 잘도 뽑아갔다. 행정병은 군사비밀도 만지는데 그건 더 큰 문제 아닌가 싶었다. 그런 연좌제라면 군대도 가지 말아야 한다.

그런데 그런 이들이 신체이상만 없으면 무학자도 다들 군대에 갔다 왔다. 웃기는 얘기다. 형들을 보면서 똥구의 생각은 분명해졌다.

근수 큰형은 자기 의지와 상관없는 인생 먹방에 갇혀 목숨을 끊었다. 스물일곱 살이었다. 친부 호적에 있는 형제들은 무사했다. 똥구와 동생들이 큰엄마 자식으로 돼서 무사한 것과 닮은꼴이다.

근수는 똥구와 산적의 친구다. 근수네 집에 놀러 가면 맨 끝 골방이 근수 큰형 방이었다. 놀러갈 때마다 댓돌위에 형의 신발은 있는데 얼굴을 본 일은 거의 없었다. 거의 두문불출이었다.

그러던 어느 날 밤 뒷산 부엉이 울 때 사람 우는 소리도 같이 섞여 들리더라고 했다. 근수가 후일 들려준 말이다. 묏 부엉이 울던 그날 밤 근수 형은 부엉이 따라 하늘로 아주 갔다. 근용 형이다.

그 때 근수 작은 형 근하는 월남전에 돈 벌러 가 있었다. 똥구 이부異父 형 일구와 동기동창이다. 군대도 같은 날 같이 갔었는데, 일구는 독자라고 월남에 못 갔다. 나라님이 연좌제라는 걸로 앞길은 막으면서 남의 집 대를 잇는 걱정은 해주는 꼴이다.

그 때 형들은 거길 서로 가려고 했다. 하나뿐인 목숨을 걸어야 하는 전장터를 경쟁을 벌이면서 간 거다(먼 후일 근수는 초등교사로 임용되었다. 그리고 교장으로 제대했다. 형과 반 끝 차이였다).

일구 형은 근용이 형처럼 그토록 깊은 비관에 빠진 것까지는 아닌 듯해서 식구들이 마음을 놓았다. 남들 다 하는 술 담배도 않고 사방공사장에 나가 일당으로 받아오는 480호 포대 밀가루도 살림에 큰 보탬이 됐다. 마음 잡고 사는가보다 했다.

그런데 어느 땐가부터 '내기' 잡기에 빠져들기 시작했다. 당구와 화투로 벌이는 돈 따먹기 노름이었다. 일도 관두고 집에 들어오는 일도 점점 뜸해졌다. 들려오는 말로 알았다. 점점 판이 커져갔다. 여관방을 빌려 하는 큰 도박판이다. 그래도 군대 제대했으니 좀 달라질 걸로 부모는 기대하고 있었다.

똥꾸 아버지는 일구 형에게 계부라서 말발이 서질 않는다. 아버지라고 불러본 적이 없고 말을 거는 걸 본 적도 없다. 아버지도 뚝뚝하긴 매한가지다. 한 지붕 세 갈래 가족구성이다. 불편한 집안 분위기를 누그리고 붙이는 건 똥꾸 몫이다.

소년 똥꾸가 성인이 된 각기 다른 계열의 형과 누나를 아우르고 동생들을 챙기고 신경 쓰는 건 쉽지 않은 일이다. 형은 자유인이었다.

쇼리 똥꾸 보기에 형의 당구 판, 화투판 출입은 못 끊는다. 그게 그냥 재미로 하는 게 아니다. 판돈이 오가는 내기 판이고 도박판이다. 담배나 술보다 더 진한 중독성이 있다. 그거 못 끊는다. 100%다.

-이 이야기는 연좌제에 관련한 '최일구'라는 한 인간의 생애 보고서 축약이다. 여기서 그의 이후까지 조금 자세히 언급하고자 한다. 그(일구)를 알면 산채에서의 논점이 대강은 추려진다. -필자 註

그는 남들이 가지지 못한 특출한 재능을 지니고 있다. 그 중에서도 당구, 낚시, 화투 세 가지는 읍내 바닥에서 천하가 알아주는 발군이다. 당구는 고수, 낚시는 달인, 화투는 도사다. 별명이 '금바위'다. 타고난 재능에 본인의 노력이 더해진 것이다. 복잡한 가정환경 탓에 그리로 빠진 것인지 알 수 없는 미스터리다.

원인이 무엇이든 그의 재능이나 능력만큼은 대단하게 평가받는다. 쇼리가 보기에도 그렇고 그 세계 꾼들이 하나같이 동의하는 평가다. 쇼리는 죽었다 깨도 그 방면에는 발뒤꿈치도 못 따라간다. 곁에서 지켜본 대로 얘기해보고자 한다.

　그가 고등학교를 졸업한 초기에는 당구에 푹 빠진 편이었다. 지방직 공무원시험에 억울하게 떨어진 뒤부터다. 쇼리 보기에 다른 두 가지는 당구만큼은 아니었다. 당시 읍내에는 극장 건너편으로 서울당구장과 명동당구장이 있었다. 서울당구장은 주로 아버지 세대의 나이 든 어른들이 애용하는 곳이라 젊은 사람들은 얼씬도 못했다.

　대신 명동당구장은 젊은이들로 북적거렸다. 당구장 겸 건달 백수들의 '만남의 장소'였다. 서울당구장도 그랬지만 명동당구장을 가보면 일단은 다들 여기서 모여 무슨 일이 꾸며지고 시작되었다.

　김천근, 천칠도, 팔만이, 구독사, 강무사 등등 본명인지 어쩐지 이름도 무시무시한 20대 중·후반의 내로라하던 건달들은 그 곳이 아지트였다. 최일구 패는 그들 바로 아래 또래였다. 그들은 협력과 경쟁의 묘한 선후배 관계였다.

　그 때 읍내에서 당구 최고 고수는 점수가 '1,000'을 웃돈다고 했다. 때로는 인근 도시의 고수가 와서 시합도 벌이곤 했는데 이기고 지고 했다. 종이 한 장 차이로 그날의 컨디션이 승패를 갈랐다.

　최일구 당구 실력은 800을 왔다 갔다 했다. 초짜들은 상상할 수 없는 실력이다. 그런데 희한하게도 1,000을 자랑하는 고수는 말할 것도 없고, 서울서 왔다는 1,200 프로도 그에게 번번이 깨졌다.

　숫자는 무의미했다. '짠 다마'라고들 수군거렸다. 그러니 최고수는 아니라도 고수 소리는 들을 만했다. 그는 고등학교 다닐 적에 탁구선수로 도 대표에 뽑혀 전국대회 입상한 경력도 있다. 돌아가는 판세에 대한 수 읽기와 눈치가 대단히 빠르고 민첩하다.

그렇다 해도 타고난 감각과 운동신경이 뒷받침되지 않으면 안 된다. 그는 대뇌 구조가 유난했는지 그런 능력을 타고난 듯했다.

당구장을 드나든 지 얼마 되지 않아서 잘한다는 소문이 돌았다. 가끔 구경삼아 가면 어느새 내기 당구로 이어졌다. 당구장에 있던 모든 이들은 저희들 하던 게임을 제쳐두고 구경에 몰입했다. 할 때마다 숨죽이는 승부였다. 전쟁 게임이었다.

어디서 돈을 조달하는지는 몰라도 내기 액수도 점점 커갔다. 그와 상대방의 승패에 구경꾼들끼리 돈을 거는 경우도 흔했다. 그런데 그가 잃는 경우는 어쩌다 한 번이었다. 따는 경우가 훨씬 많았다.

동생이 밥 먹으라고 부르러 가든지 어머니가 무슨 일로 불러 오라고 해서 가면, 그는 이미 그 상황에서 빠져나올 수 없는 경우가 대부분이었다. 이럴 때면 어쩔 수 없이 구경만 하다가 가는 동생에게 호주머니 지폐 몇 장을 꺼내서 집어주며 입막음했다.

받는 액수도 꽤 컸는데, 주머니 속에 얼핏 비치는 지폐뭉치는 엄청났다. 집에서 하루 장사해서 버는 돈보다 훨씬 많았다. 당구장은 온통 뿌연 담배연기로 자욱했지만 승부는 늘 깨끗하게 끝났다.

그게 그 바닥의 룰인지 몰라도 가타부타 군소리 없이 신사적이었다. 어쩌다 구경 가는 쇼리는 당구장에 오는 사람들이며 내기 당구며 분위기가 체질에 맞지 않았지만 그 탁하고 한숨과 침묵이 교차하는 이상한 분위기에 잡혀서 매이곤 했다.

얼마 더 지나니 작지 않은 읍내에서 그를 당해낼 사람이 없다는 말은 소문이 아니라 사실이 됐다. 누구나 공인하는 최고수가 됐다.

그가 고수 이외에 '달인'이라는 소리를 듣는 게 있다. 낚시다.

달인이라고 하지만 고수나 도사라고 붙여도 이상할 게 전혀 없는 달인 중의 달인이다.

달래천에는 은어가 주로 서식하고 있다. 황어도 있고 연어도 있지만 황어는 바다와 만나는 하구에서만 노는 물고기이고, 연어는 1년에 딱 한 번 늦가을에 알을 까러 올라오는 걸로 끝이다. 읍내 사람들에게 낚시 의미는 은어잡이다.

꺽지 부러지 피라미 미꾸라지 등속은 뭉뚱그려 '뚜거리(외지사람들은 뚝저구라고 하더라)'라 통칭한다. 이런 건 낚시 감 아니다. 양손으로 펼치고 몰이꾼이 몰아 잡는 그물반도를 쓴다. 천렵할 때나 홍수로 범람할 때 그 물반도를 갖고 나가 잡아서 탕으로 끓여먹는다.

달래천 주인은 누가 뭐래도 은어다. 은어는 사시장철 여기에서 산다. 달래천 상류에서 알을 낳고 부화하고 커서 봄철에 하구에 내려가 살을 찌워 다시 올라와 산란하고 죽는다. 은어는 귀족어류다.

체형도 쭉 빠져 귀티가 나는데다 맛은 물론이고 무엇 하나 버릴 게 없는 최고급 어종이다. 이런 은어가 그를 따라다닌다고 말하면 잘 모르는 사람들은 도통 이해를 못한다. 그러다 한 번 따라다녀 보고, 다른 낚시꾼들과 비교해보면 대뜸 고개를 끄덕이게 된다.

많은 이들이 달래천에서 은어 잡이로 살다시피 하는 광경은 가관이다. 이웃지역에서도 산란기 철에는 꽤 많이 원정을 오는데, 최일구에 대해서는 깍듯하다. 그에게 한 수 배우려고 찾아오는 이도 많다.

어느 해 당뇨병이 심해지면서 그는 특히 더 강에 나가 살았다. 그리고 의사로부터 완치됐다는 판정을 받았다. 잡아 올린 은어를 그는 물속에 선 그 자리에서 낚싯대를 든 채 생으로 씹어 먹었다. 그렇게 딱 1년만이었다. 은어 뱃속의 온갖 플랑크톤이 약이었다.

은어를 매개로 물속의 여러 이로운 유기물질을 생식으로 장복한 탓이 아닌가 생각된다. 일구 형은 그런 효과를 믿고 병원에 가지 않고 그 방법을 선택한 것 같다. 그야말로 순수자연요법이다.

최일구의 낚시와 관련한 전설적 이야기는 지금부터다.

서울의 '꾼'들도 여름 가을철에는 적잖이 달래천으로 모여들었다.

그들은 강 양쪽 편에 횡대로 쭈-욱 늘어서 낚싯대를 열심히 들이밀었다. 그러나 대부분이 어쩌다 피라미 은어 한 마리 낚아 올리기에 급급했다. 반면에 최일구는 2~3분 간격으로 큼직한 '살백이'를 연신 잡아 올렸다. 주워 올린다는 표현이 맞다.

원정 온 이들은 온종일 낚시에도 허리에 찬 족대(그들은 반도라 하더라! 이곳과 반대로 쓴다)에 반에 반도 채우기 힘든데, 일구 형 족대는 반나절도 안 돼 차고 넘쳤다. 하루 서너 번씩 집에 가서 부려놓고 다시 족대를 가져오는 족대 교대는 쇼리 몫이었다.

"그 자리 좀 양보해 달라~!"

그의 주변을 맴도는 낚시꾼들은 염치불구하고 통사정을 한다.

"예, 그러시지요 뭘~"

그는 빙긋이 웃으면서 선선히 자리를 내 준다. 자리의 중요성을 낚시꾼들은 안다. 좋은 자리를 선점하려는 경쟁은 치열하다. 그들은 그의 성품을 익히 아는지라 그의 자리를 서로 차지하려고 저희끼리 다투기도 했다. 자리 값을 주겠다는 이들도 있다.

자리를 넘겨준 그와 족대잡이 쇼리는 사람들이 뜸한 저 아래쪽 여울로 내려가서 다시 낚싯줄을 내린다. 쇼리의 역할은 늘 같다. 족대와 '도모쓰리(미끼 은어의 왜말)' 은어 통을 집어 들고 부지런히 쫓아다니는 거다.

낚시 바늘에 걸린 놈을 물 한가운데 조심스레 들어가서 낚싯줄 들어 올려 족대에 받는 일이다.

쇼리는 그의 무관심과는 달리, 그의 자리를 차지한 낚시꾼이 얼마나 잡아 올리나 계속 돌아본다. 도무지 줄 당기는 걸 보지 못하겠다.

사람들이 목이 안 좋다고 덤벼들지 않는 지금 이 자리에서도 그와 쇼리는 연신 은어를 끌어 올리느라 바쁘다. 쇼리가 궁금하기도 해서 양보해 준 그 양반 족대를 가서 보면 처음 그대로다. 그 이도 고개를 갸웃거린다.

낚시꾼은 답답한지 우리 자리로 와서 족대를 들어보고는 또 입이 따악 벌어진다. 사람들이 다시 그의 자리로 하나 둘씩 슬슬 내려온다. 그러면 그는 자리를 다시 양보하고 그 사람들 자리로 되올라가서 줄을 내린다. 상황은 되풀이된다.

"은어가 사람 따라 다닌다…!"

낚시꾼들은 은어가 사람을 가려서 따라붙는다고 믿기 시작했다.

봄에는 파리낚시로 강 하구로 내려가는 물목에서 은어를 잡는데 잘고 많지 않다. 이때는 주로 동네 아이들이 직접 만든 대나무 낚싯대를 들고 강을 차지한다.

은어 낚시는 여름부터가 본격적이다. 부화된 새끼들은 씨알이 굵어지고 숫자도 엄청나게 불어났다. 어미들 역시 한껏 물이 올라 때깔이 윤이 난다. 이때는 '도모쓰리' 낚시를 한다. 도모쓰리는 낚싯줄 끝에 달린 코뚜레에 끼운 미끼 은어의 꼬리부분에 2겹 또는 3겹의 낚싯바늘을 매달아 물속에 풀어 놓는다.

군집 본능을 지닌 미끼 은어가 다른 은어 떼에 합류하거나 다른 은어들이 미끼 은어에 접근하다가 꼬리에 달린 낚시 바늘에 덜컥 걸리는 것이다. 어느 부위든 한 번 꿰이면 아무리 몸부림쳐도 풀리는 일이 없다. 몸

부릴칠수록 더 단단히 매이는 건 올무와 똑같다.

여름철 도모쓰리 낚시로 잡히는 은어는 일품 횟감으로 친다. 펄떡거리는 은어는 고운 때깔과 고유의 향내로 입가에 침을 돌게 한다.

머리부터 꼬리지느러미까지 통째로 초장에 찍어 두 입 거리로 씹는 맛은 고소함을 넘어 천상의 맛이다. [魚頭一味]란 진짜로 은어를 두고 하는 말이다.

이렇게 잡는 은어가 한창 물이 오를 때는 하루 삼사백여 마리… 20여 두름에 달했다. 술안주로도 최고급이라 장사에 여간 도움이 되는 게 아니었다. 회를 쳐서 먹고, 팔기도 하고 주변에 나누는 넉넉함에 많은 이들이 함께 푸짐했다.

찬바람 부는 가을부터는 낚시도 도모쓰리에서 '덤벙질'로 바뀐다.

이때는 강 하구에 있던 은어들이 알을 낳으러 떼를 지어 상류로 올라간다. 제 고향 찾아 회귀하는 은어의 귀소본능을 사람들은 절호의 기회로 삼고 만반의 준비를 한다.

일명 '고래심줄(말이 그렇다)'로 만든 긴 낚싯줄에 3겹 낚싯바늘을 여러 개 줄줄이 매달아 놓는다. 그리고 저녁에 나가 강물 한복판에 서서 꼬박 밤을 새운다. 여름철 도모쓰리가 낚시 본래의 잡는 재미라고 한다면 이 '덤벙질' 낚시는 애오라지 '어획'이다.

즐거움보다는 돈을 만들기 위한 의지 하나로 버티는 정신적 육체적 고된 노동이다. 캄캄한 밤중에 야전 등 하나로 불을 밝히고 차가운 강물 속에 두 다리를 세우고 있노라면 추위와 배고픔도 크다.

그렇게 긴긴 물속 직립고행으로 날밤 지새우며 가을이 익어간다.

은어 뱃속은 알이 꽉 차서 배가 불룩하다. 피부도 누르스름하게 변한

은어는 이제 수명이 다 해 가면서 여름철의 탄력은 간 데 없고 영양도 알집에 집중되어 한 마디로 꺼칠하다.

뚝방에서 보면 달래천 온 사방이 등불로 강물이 번쩍거린다. 마치 야밤중 바다 한 가운데 늘어선 오징어잡이 배들의 채광등 불빛을 연상케 하는 광경이다. 이렇게 밤새워 고생해서 아침에 돌아오는 그의 보따리는 어깨가 처질 정도다.

'덤벙질'은 한 번에 서너 마리 이상 줄줄이 매달려 올라오는데, 물 한가운데 서서 팽팽해진 낚시 줄을 당겨 올려 낚시 바늘로부터 묵직해진 은어를 일일이 떼어 족대에 담는 일은 녹록치 않다. 대단한 인내심과 세심함이 필요한 작업이다.

이맘때면 식당에 손님들도 늘기 시작해서 바빠진다. 알배기 구이 은어를 맛보러 오는 것이다. 쇼리는 초저녁에 연탄불 갈고, 음식재료 '시꼬미'를 거들고 각방 청소하고 정리하느라 정신이 없다.

그러다 손님들이 들이닥치면 전쟁이 시작된다. 밥상 나르고 치우고, 손님 잡심부름에 부엌일, 경리일 등 1인 다역이다. 이럴 땐 달래천 강물에 함께 들어갈 수 없다. 일구 형 혼자 사투를 벌인다. 장소만 다를 뿐 둘 다 전쟁이다. 따라가도 다음날 등교해야하니 자정 전에 집에 들어온다. 새벽까지 형이 혼자 하는 건 마찬가지다.

집이야 바쁘거나 말거나 본시 관여를 안 하는 그는 요즘 하루도 거르지 않고 달래천에 나가 밤을 샌다. 그의 덤벙질 낚시는 다량의 은어를 잡아들이기 때문에 남들과 달리 족대 외에 큰 푸대 자루 두어 장을 더 준비해 간다.

족대가 금새 차고 족대 안에 가득 찬 은어는 물가로 나와 자루에 옮겨 쏟아 붓는다. 이때도 다른 사람들이 잡아 올린다면 그는 주워 담았다. 밤

새 잡아 온 은어를 수돗가 물통 속에 쏟아놓으면 천 마리는 가볍게 넘었다. 60~70두름에 달했다. 재수 좋은 날에는 100두름 되는 경우도 흔했다. 전설 같은 사실이다.

그는 방에 들어가서 밤새 얼어붙은 몸을 녹이며 잠에 곯아떨어졌다. 벨을 따는 게 또 큰일이었다. 어마어마한 양이다. 시장바닥에 양미리 부려놓듯 마당 한 가운데에 은어가 한 차다. 한 두 명이 해서 될 일이 아닌 거다. 동원 가능한 식구들이 모두 달라붙는다.

쇼리 형제는 일 중간에 허겁지겁 학교에 가고, 남은 식구들이 한 나절 손질한 은어는 말려서 대꼬챙이에 끼운다. 둥글게 만든 진흙화덕에 비-잉 둘러 세우고 몇 시간에 걸쳐 은근한 약불에 구우면 유명한 '달래천 구운 은어'가 된다. 사람이 교대로 계속 지키면서 불 조절을 잘 해야 한다. 그게 기술이다.

20마리 한 두름으로 새끼줄에 엮어내면 1급 상품이 되는데 가격을 비싸게 쳤다. 서울 사람들이 놀러왔다가 주로 사 가는데 그들은 고급 영광굴비를 선물하듯 친척이나 회사 높은 사람들에게 이걸 선물로 돌렸다. 굴비보다 더 귀하게 대접받는 상품이었다.

"은어와 대화를 한다…"

일구 형이 쇼리에게 평소에 하는 말이다.

"은어가 일 없이 그냥 나를 따라다니겠냐? 나 허구 다니면 심심하지 않거든. 억지로 잡히는 게 아녀, 달래고 얼러서 잡는 거여~"

그의 은어 낚시는 오랜 경험과 타고난 감각, 끈기와 무욕이 빚어낸 예술이었다. 쇼리 보기에도 충분히 그럴 수 있다고 믿어졌다. 그의 별명은 읍내뿐 아니라 은어가 잡히는 동해안 지역과 서울의 은어 낚시꾼들 사이에는 그렇게 호가 널리 났다.

사람들은 그를 '달인'이라 칭하다가 '은어 황제'로 불렀다.

4. 타짜 최일구

그가 은어낚시에 뜸해지더니 화투로 돌기 시작했다. 예전에 내기당구로 종일 당구장에 살다시피 세월을 보내다가 건강을 잃었던 그다.

술도 그렇고 담배도 입에 못 대는 체질인데 끼니 대신 그 많은 연초 연기를 다 들이마시며 버티더니 심각한 호흡기 질환과 폐기종이 왔다. 낚시에 빠져든 연유다. 병원 대신 강을 택했다.

그렇게 건강을 되찾은 최일구가 화투 본색이 발동됐다. 그의 화투실력 또한 타고났다. 집에서 어쩌다 재미삼아 놀아주는데 귀신같았다. 상대편이든 패를 훤히 들여다보는 듯 했다. 불가사의를 넘어 신비로웠다. 뉴스에 나오는 '짜고 치는' 사기는 아니겠지… 한다.

쇼리는 그가 그런 수법을 섞어 하는지 어쩐지 알지 못한다. 만약에 그런 식으로 한다면 오래 못 가서 들통이 날 것이다. 설령 들통나지 않아도 계속 그 바닥에서 해먹질 못할 텐데 10년 이상을 그 바닥에서 해대는 걸 보면 그렇지 않은 것은 확실했다.

대개 그런 수법은 외지인들이 들어와서 한탕 치고 빠질 때 쓰는 방법이라고 한다. 눈만 뜨면 매일 마주 하는 토박이들끼리 어울려 하는 화투에 그렇게 하기는 어려운 노릇이다. 판을 키우려고 이웃한 양쪽 市지역 전문꾼들도 자주 오가곤 하는 모양이다.

하루 이틀 상대하는 게 아니니 그도 그렇다. 화투판은 뒤가 늘 깨끗했다. 그에게는 '하숙집'이나 다름없는 자기 집의 종업원들도 한가할 때는 화투로 시간을 보내는 경우가 많다. 그래서인지 화투에 다들 나름의 일가견도 있다.

어른들이 집에서 놀 게 그것뿐이니 고수 빽치는 수준이다. '고수'를 자처하는 중간쯤 고수도 꽤 있다. 그런데 그와 붙으면 아니다.

전혀 게임 상대가 안 되었다. 처음에는 10원짜리 동전으로 시작해서 백원 동전으로 놀다가 점점 잃게 되면 흥분해서 오백 원… 천원 지폐로 단위가 올라갔다.

그는 몇 번 따다가 한 번 져 주고, 큰돈을 따고 잔 푼 잃어주는 식으로 장난을 쳤다. 상대들은 약이 바싹바싹 오르고 얼굴이 벌개져 제 정신이 아니다. 옆에서 고리를 뜯는 쇼리도 마음이 편치 않다.

그는 그래도 실실 웃어가며 여유 만만이다. 상대는 가진 돈이 떨어지면 저희들끼리 서로 돈을 꿔주고 받으면서 어떡하든 판이 깨지는 걸 막았다. 반전의 기회를 잡기 위해 판 유지가 필요하다.

문제는 이걸로 해서 더 큰 낭패를 당한다는 것이다. 막판에는 패 넘겨주기 공조를 대놓고 했다. 그래도 최일구는 개의치 않고 대범했다. 결과는 달라지지 않았다. 이쪽 완승, 저쪽 완패다.

도가 지나쳐 한 달 월급을 몽땅 걸고 달려드는 경우도 있었다. 그렇게 해서도 결국은 다 잃고 허무해하는 모습을 보면 민망스러울 지경이다. 애꿎은 담배연기만 쏘아대며 허공을 쳐다보는 입맛은 쓰다.

재미삼아 장난삼아 벌인 노름이지만 거기에는 승부가 있다. 승부의 고비에서 평상심을 잃으면 여지없이 깨진다. 곁에서 개평 뜯는 쇼리에게 화투는 인생의 교훈이란 생각이 들었다.

최일구, 그는 프로였다. 상대들은 저희끼리야 난다 긴다 해도 아마추어였다. 그는 웃으면서 거둬들인 돈을 한 푼 남기지 않고 도로 다 돌려주고 자리를 털었다. 상대는 자존심이 상하기는 해도 그의 실력이 자타공인이란 걸 안다. 혹시나 했다가 번번이 그랬다.

고수와 하수는 미농지 한 장 차이다. 그런데 결정적인 순간에 늘 이긴다. 백척간두 집중력과 광속의 분석, 연산력으로 과감한 선제적 패 돌리기를 한다. 상대의 패 돌리기 타이밍을 댕겼다 늘였다 해서 그 패를 내 것처럼 갖고 논다. 고난도 기술이다.

화투짝에 표시를 넣는 따위는 사기잡범들 수법이다. 눈만 뜨면 갖고 노는 화투짝이다. 48장 각 장을 손 안대고 자신의 눈으로 머릿속에 개별 암호화 시킬 수 있다. 이것도 하수들에게는 별반 쓸 필요를 느끼지 않는다. 선 칠 때 짝패 바꿔치기 손장난도 금기다.

최일구는 몇 가지 중요한 원칙을 일러주었다.

무엇보다 줄 건 주고 잃을 땐 확실히 잃어주는 강약완급 조절력이 중요하다. 자잘하게 자주… 더러는 좀 세게 잃어도 준다. 나를 감추고 상대의 리듬을 깨는 유인수다. 진지하게 잃어줘라. 그러면 내 수가 감춰진다.

다음으로, 판을 내려다 봐라. 신발코만 보면 코가 깨진다. 배짱도 겹 배짱이라야 한다. 지금 얘기는 중·하수 상대다. 고수들끼리는 비등비등이다. 이걸로 안 통한다.

결정적인 무기는 의외로 싱겁다. 농담이다. 유머 말이다. 시시껄렁하면서 맥없이 실실거리게 하는 조잡스런 얘깃거리가 그에게는 아주 많다. 판은 판인데 머리에 서릿발 세우고, 눈 핏줄 시리게 날을 세워 사투를 벌이는 살얼음판에서 유용한 수단이다.

"짝… 짝…"

숨소리, 마른침 한 점 들리지 않는 침묵의 바다에 내리치는 화투짝만 허공을 나른다. 이 때 손에 든 패를 바닥에 세게 갈겨대면서 참는 듯 마는 듯 나직한 헛기침 소리를 슬쩍 뱉어 낸다. 일순 팽팽했던 고무줄이 흔들리고 기침 끝자락에 그의 중얼거리듯 짧은 우스개가 '판돌이'들의 귓구멍을 슬며시 간지른다.

"새끼는 에미 젖 먹고 살고, 에미는 서방 물 먹고 산다는데 내 물건은 맨날 여기서 썩어 자빠지니 원…."

손은 쉬지 않고 빠르게 놀려대는데 실실거리는 소리가 여기저기서 새나온다. 다들 자기 얘기다. 미동도 않던 정신은 흐트러지고 패 계산 헷갈려진다. 상황에 따라선 슬쩍 한 마디 더 내뱉는다.

"겉물 씻겨 나온 놈도 여자 맛은 안다는데, 난 이거 흑싸리 조 껍데기 맛도 못 보니…."

판판이 엄살이 자기들 얘기니 이젠 배꼽이 흔들린다. 상대들과 달리 최일구는 흘리는 말과 머릿속이 따로 논다. 그의 손바닥은 지남철이다. 짝패 속도가 더 빨라지고 패 회전을 더 바쁘게 돌려댄다.

밤샘 노름에 너 댓 번 간격으로 너 댓 번 바닥쓰리를 거둔다. 상대들은 든 자리도 모르고 난 자리도 모른다. 이건 야매도 야로도 아니다. 판돌이들은 따서 웃고 잃고도 웃는다.

지금까지 쇼리가 보고 들으며 겪은 그의 투전방식이다. 얘기를 듣다보니 문득 그의 화투판 습관에서 새로 알게 된 사실 하나가 있었다. 대단한 발견이었다.

"형아! 형아는 판 벌일 때 항상 바닥을 안 보구 사람 얼굴만 보구선 치대야?"

그랬다. 그는 시종일관 약이든 피껍질이든 걸어 들일 때나 바닥을 내려보지, 그 외는 판판이 상대들 면상만 보면서 쳤다. 패는 눈 감고도 그냥 돌린다. 눈은 문서에 고정하고 손으로는 자판기 두들기며 눈과 손이 따로 노는 타자수의 긴밀한 유기성… 그런 거다.

상대의 손에 든 패와 깔린 패를 한순간에 훑는다. 전혀 안 보면서 막 치는 듯하지만, 손은 보조역할이고 진짜는 머리와 심리전이다.

"세 가지가 있어. 흔들고… 읽고… 감추고…!"

"뭔 얘기여, 형아?"

"얼굴을 계속 보면서 치면 상대가 위축되지. 위압당하는 겨~ 그러면 마음이 흔들려. '흔드는 겨~' 글구, 들고 있는 패가 얼굴에 다 그려져 있어. 눈을 보면 뭘 가지구선 고민하고 있는지, 지금 뭘 노리는지 '읽혀져~' 속일 수가 없어. 상대는 그걸 감추려구 바닥만 내려다보면서 치는 거지. 근데 되려 내가 '감춰지는 겨~ 흐흐흐~'"

그는 이걸 다른 의미로 일타삼피—打三皮라고 했다. 고도의 손 감각이 따라야 가능하다. '신의 손' 아니다. '신의 머리'였다. 쇼리에게 말해주는 비법이다. 그러나 애석하게도 쇼리는 이런 것과 애초 거리가 멀었다.

그런 그가 한바탕 웃겨주고 거둬들인 돈 일부를 돌려주고 능청스런 입담으로 체면까지 세워주니 판돌이들은 시원하게 자리를 털곤 했다.

그 바닥에선 아주 크게 따면 상대들에게 일정하게 되돌려주는 관행이 있다.

그가 벌이는 화투는 그냥 화투가 아닌 직업적 도박이었다. 시내 어느 여관, 어느 집에서 하는지 장소를 말해주지 않으므로 전혀 알 길이 없었다. 가족들도 더는 알려고 하질 않았다.

최일구는 며칠씩 들어오지 않는 경우가 다반사였다. 집에서는 체념하고 간섭이 없으니 마음 편하게 '파 놀이'에 전념하였을 것이다

가끔씩 집에 들어오면 빈방에 들어가 냅다 늘어지게 잠을 잔 다음 쇼리

를 불러 앉히고 위아래 안주머니 바깥주머니 등 사방 주머니에서 구겨지고 접혀진 돈뭉치를 꺼내 방바닥에 풀었다.

쇼리는 신바람 나서 지폐를 정리해서 액수를 세었다. 늘 집의 두 달 치 생활비 금액이 족히 되고도 남았다. 그는 뭉칫돈 중 일부를 세어보지도 않고 쇼리에게 뭉텅 떼어 주었다. 쇼리는 그가 받는 쥐꼬리 한 달 용돈보다 몇 배 많은 그 돈을 아껴서 요긴하게 쓰곤 했다.

들리는 말로는 인근 서너 개 시·군 지역 타짜들 중에 그를 당할 사람이 없다고 했다. 쇼리 친구들 중에도 껄렁껄렁 읍내 또래 패들과 어울려 제법 노는 흉내를 내는 애들이 있다. 하나같이 최일구의 실력이 '감히 접근 금지'라고 했다. 자기들은 감히 쳐다볼 수 없는 추종 불허 대선배라며 혀를 내둘렀다.

"야들아, 그런 걸 유식한 말로 '군계일학'이라고 하는 거여~"

조금은 으쓱해진 쇼리의 대꾸다. 그렇지만 쇼리는 늘 불안했다. 그 사람들이 무섭지는 않았다. 다들 양순했다. 만나면 웃어주고 돈도 집어주며, 공부 열심히 해서 훌륭한 사람 되라고 격려도 해줬다. 돌아서서 생각하면 좀 웃기는 얘긴데 진정이라고 믿는다.

실력 대 실력의 세계에서 억지강짜나 폭력은 낄 틈이 없다. 영화에 등장하는 끔찍한 스토리가 실재하는지는 모른다. 과장이 많을 거다. 사제 칼, 총을 들이대고 손발을 자르는 그런 건 게임도 도박도 아니다. 그냥 잔혹한 조폭이다. 문제는 경찰단속이다.

'저러다 한 번 된통 잡혀가면 큰일 당하는 것 아닐까?'

이상한 건 순경들과도 형님 동생하며 다들 친했다. 인사이동이 없는 토박이 순경들이라 더 그랬다. 그는 딴 돈으로 밑천을 삼는 식이라 집에 돈을 축 낼 일도 없고, 집에서 용돈을 줄 형편도 안 되었다. 본인이 알아서 제 맘대로 살면 됐다.

그가 어느 땐가 시골 색시와 살림을 차렸다. 생활비도 그렇게 조달했다. 이런 생활방식은 직업이 된 것 같았다. 중간 중간에 '부동산 기획'이다 뭐다 브로커 일도 하면서 손대는 일도 있지만, 지나고 보면 그런 건 다 겉간판에 불과했다.

그러던 최일구가 얼마 전 간암을 얻어 갑자기 세상을 버렸다. '버렸다'가 맞다. 한 잔 술에 발바닥까지 벌개지는 그는 술에 관한한 고수도 달인도 도사도 전혀 아니었다. 술은 이제껏 놀던 그런 것과 전혀 다른 상대였다.

신의 손도, 날카로운 두뇌도, 귀신같은 감각도 술에 대해서는 무관한 일이었다. 그에게 알콜을 들이키는 일은 고역이다. 그런데도 무슨 작정한 사람처럼 마셔댔다. 언젠가부터 술에 그렇게 매달렸다.

사람 좋은 그를 주위에서 끊임없이 불러냈다. 낮이고 밤이고 가리지 않고, 사람들이 그를 찾고 불러냈다. 어울리는 이들의 진폭이 아주 넓었다. 뼈 없는 처신을 하니 적이 없었다.

읍내 사람들 다수가 그의 친구 아니면 선·후배로 어울렸다. 그렇게 어울려 시도 때도 없이 술을 펐다. 가족의 지청구도 소용없었다. 술도 사람도 마다하지 않던 그가 두 해를 넘기기 전에 그렇게 떠나갔다. 그 길을 택한 것 같았다.

연좌제에 막히고 가난에 찌들린 외진 청춘을 그렇게 풀어내던 그는 쇼리가 숨죽여 지켜보는 가운데 인공호흡기 속에서 소리 없이 숨이 멎어갔다. 그의 나이 서른셋이었다. 쇼리가 똥꾸다 똥꾸의 이부﹟﹖ 형 최일구 이야기다.

· 9부 ·
늪

1. 비대칭 전선

세상이 또 뒤집혔다. [1.21 사태가 일어났다. '김신조'다.

"어젯밤 8시 경 청와대 뒷산 부근 세검정파출소 자하문 초소에서 우리 군경이 북괴군 특수부대원들로 추정되는 무장 괴 집단과 교전을 벌여 현재 추격 작전 중… 시민 여러분께서는 작전지역 반경에 접근하지 않도록 엄중 주의…….."

꼽추 오 씨가 죽어 장례를 치른 지 딱 2주일 지났다. 22일 아침 라디오를 켜니 긴급뉴스로 날벼락이 터졌다. 북괴군에 의한 '청와대' 습격이라고 했다. 전쟁이 다시 터지는 건가 싶다. 그날 밤 산채에서 밤새 듣고 나눈 이야기가 지금 이걸로 이어졌다.

1930년대 새벽대장 꺽정 아저씨 고향 해주에서부터 시작됐던 이야기 속 역사의 인과가 현재진행형이다. 1968년 정초부터 온 사회가 남북 간에 전쟁이 다시 터질 것 같은 긴박한 위기감에 휩싸였다.

읍내에 침투한 무장간첩 두 명을 가지고도 난리 난리 친 게 얼마나 됐다고 겨우 그 두 달여 조금 더 지난 새해 첫 달부터 또 이런 사태라니…

"전쟁은 아직도 진행 중이여…"

그날 밤 새벽대장 말이 다시 떠올랐다.

읍내 무장간첩 사건은 류도 아니다. 이건 수십 명 떼거리로 다른 곳도 아닌 청와대를 야밤을 이용해서 코앞에까지 쳐들어왔다. 긴급사태다. 뉴스 시간이 따로 없다. 종일 교전상황 중계를 하고 있다.

반절짜리 [호외]를 끼어 배달된 석간신문들은 4면 모두 이걸로 도배됐다. 그야말로 '비상한 상황'이다. 실제로 오늘 아침 서울 경기 일원에 정부는 비상사태를 선포했다. 의아한 건, 정부나 언론이나 마치 물 만난 물고기마냥, 가뭄 끝에 만난 오뉴월 단비인 듯 분주하고 신바람이 난 것처럼 보인다는 거다.

국민들은 사색이 되어 벌벌 떠는데, 불안감을 넘어 공포심마저 일으키는 '포고'와 '속보'가 경쟁의 경쟁이다. 곳곳에 뻥뻥 뚫린 휴전선과 수도 서울 경계망에 대한 책임을 언급하는 보도는 없다.

모든 신문들이 똑같이 1면 상단에 뽑은 톱 제목은 [북괴군특수부대 청와대 기습]이다. 다음날 석간신문(지방은 조간도 석간으로 본다)에는 더 충격적인 사진이 실리고 무시무시한 말이 나왔다.

특수부대원 중 1명인 '김신조'가 교전 첫날 생포됐는데 파괴된 시내버스 주변에서 현장 생포되어 멱살이 잡힌 모습이었다. 살기등등한 눈빛과 억센 몸체가 한 눈에 들어왔다. 현장에 뛰어든 어느 신문기자가 군경의 제지를 뚫고 그에게 접근해 특종을 했다. 똥구 기억에는 구독하는 일곱 개 신문 중에서 '이병철 중앙일보(다들 그렇게 칭했다)'에만 1면에 이 사진이 실렸던 것 같다.

"내래 청와대를 까부수고 박정희 모가지 따러 왔소"

다음날 아침 김신조는 기자회견을 했다. 라디오가 생중계했다. 거침없이 튀어나오는 언사는 죽음을 각오한 사람만이 할 수 있는 대담한 말투였다.

김신조의 회견 요약은 이랬다.

"남조선 괴뢰정권의 수괴 박정희 목을 따고, 수하 간부들을 총살하는 것이 부여받은 우리의 목표!"

침투 목적을 묻는 기자에게 그는 한 치의 망설임 없이 대답했다.

원래의 계획은 31명 중 본대는 청와대를 기습하고 다른 대원들의 목표는 미 대사관과 국방부 공격 및 요인 암살, 교도소 공격 후 공화국(북한) 공작원과 죄수들 석방이다. 그리고 삐라를 뿌려서 남한 내 반정부 세력의 의거로 꾸미고, 그들과 동반 월북을 할 예정이었다.

그런데 침투과정에서 나무꾼에 발견되고 그를 살려주는 우愚를 범했다. 실수나 착오는 늘 얘기치 못한 데서 생긴다. 또한 자하문 초소에서 시내버스를 적의 군경 지원병력 차량으로 오인하여 총격전이 벌어져 침투대원 전원의 청와대 기습으로 작전을 바꿨다는 것이다.

그리고 차량을 탈취하여 얼어붙은 임진강을 건너 북으로 돌아갈 계획이었다고 한다. 김신조가 들어온 임진강 루트다. 왜 그쪽 지점이냐고 기자가 물었다.

"거긴 미군 2사단 담당인데 남조선군대 구역과 경계가 모호한 '구멍'이니까 기렇소…."

그는 18일 기지를 떠나 19일 밤에 임진강을 건넜다고 했다. 그리고 딱 이틀만인 21일 밤 청와대 왼쪽 뒷문이자 경복궁 북문인 '숙정문' 건너편 자하문 검문소에 도달했다는 것이다. [124군] 부대다.

그동안 눈 덮인 파주 뒷산에서 나무꾼에게 한 번 보인 것 외에는 남쪽 군경을 본 일도, 검문검색 받은 일도 없었다고 했다. 나무꾼 형제가 신고했다는데도 그랬다. 똥꾸가 지도책을 뒤져봤다.

임진강북안에서 자하문까지는 산 능선을 타고 왔다는데 짧게 잡아도 200리는 넘었다. 하루에 백리씩 내처왔다는 말이다. 지난 가을 읍내 무장간첩 두 명의 '하룻밤 백리'와 같은 속도다. 그냥 야밤 백리가 아니다. 군장 30kg을 달고 백리다. 이북 공작원들 기본이다.

그 이동 속도를 모르고 이미 가고 없는 뒷길을 따라다녔다. 말하자면 이북 특공대가 청와대 바로 뒤 '인왕산' 정상에서 서울시내와 청와대를 내려다보면서 밤이 될 때까지 쉬며 놀며 하는 걸 남한 군대도 경찰도 보지도 못하고 알지도 못하고 있었다는 말이다.

인왕산 정상 너머 저쪽이 파주다. 그들은 거기 야산에서 나무꾼 형제와 마주쳤고 이들에게 엄포를 잔뜩 주고는 풀어주는 실책을 했다.

꼬리는 잡혔던 것이다. 그런데 청와대 뒷마당까지 무인지경으로 들어왔다는 것 아닌가! 안보 정권이 거덜 났다. 이들이 애초 계획대로 미국대사관 국방부 교도소를 일시에 공격한다면 설령 실패하고 사살당한다고 해도 그 자체만으로 끼치는 국민적인 혼란은 엄청나다.

"철통같은 방어… 국민여러분 안심하시라!"

60만 국군 8만 미군이다. 박정희와 미군사령관이 입만 열면 하는 말이다. 6.25 때 이승만이 국민에게 되뇌던 상황과 닮은꼴이다.

31명이다. 김신조 특수부대원 서른 한 명이 수도 서울 심장부를 일시에 타격할 수 있다는 사실에 사람들은 깜짝 놀랐다.

그런데 다시 생각해보면 김신조 부대가 지금 정권을 위험에 빠뜨리는 게 아니라 되려 강화시켜주는 핑계가 될 수 있다. 명분이다. 위기는 기회라는 말도 있지 않은가? 스스로 물러나지 않는 한 더 세게 권력을 부릴 수도 있다. 이런 걸 '프로파간다'라고 하더라!

고도의 정치적 선전 선동수법이다. 나치 정권 괴벨스가 이 수법으로 대중을 흥분시키고 현혹해서 히틀러를 총통으로 올려 영구집권체제를 완성했다. 결말은 재앙이었다. 결과적인지, 의도적인지 알 수 없지만 뭐가 수상쩍다. 김일성이가 박정희를 도와주는 역설이다.

박정희가 주동한 5.16 혁명공약 첫째가 '반공을 국시로 한다!' 안보 최우선의 [반공 안보] 정권이다. 이걸로 정권을 잡은 '안보 전문' 정부다. 군인들이 통치하는 정부니 어련하랴… 그 뒤통수다.

똥꾸 산적이 국민학교 2~3학년 때 운동장 조회에서 이것(혁명공약) 3장을 못 외우면 교실에 들어가지를 못했다. 코흘리개 아이들에게 그렇게 알지도 못할 무슨 공약들을 주입시키며 생고생을 시켰다.

그래도 아이들 대부분은 끝내 외우지 못해 운동장에서 한 시간을 서서 허비하다가 교실로 겨우 들어갔다. 벌 중의 가장 심한 벌이었다. 똥꾸는 외웠다. 지금도 줄줄이 외운다. 이걸로 지탱하는 정권인데 지금 이 사태로 혁명 공약은 실패했다. 그런데 이걸로 다시 살아나고 있다.

[비대칭 전선]이다. '게릴라 전'이다. 월남에서 엄청난 전투장비와 화력 보급력을 지닌 55만 미군과 100만 월남군대, 그리고 20만 파병동맹군이 10만 베트콩한테 질질 끌려 다니고 있는 요즘의 '월남전'이다.

"…김일성이 그걸 새로운 전술교본 모델로 삼아 처음으로 써먹은 것이다… 군사용어로 '비대칭 전략'이라는 건데요…."

언론에 나온 군사전문가들의 말이다. '비대칭 전략… 비대칭 전선'이라는 말뜻을 똥꾸는 신문 스크랩하면서 정독했다.

똥꾸 보기에도 [1.21 사태]는 '비대칭 전략'에 의한 '비대칭 전선' 전술이 맞는 것 같다. 전통적인 강대 강 전면전이 아니다. '게릴라 전'이다. 빈약한 무기와 소수 병력으로 치고 빠지는 지구전을 벌인다. 상대의 압도적인 무기와 병력을 끝없이 소모시키며 전투력을 와해시켜 나가는 전술이다. '월남소식'에 자주 나오는 '게릴라 전법'이다. 이젠 여기서도 게릴라 전법이다. 처음 들어본 말이다.

이 전술이 성공하기 위해서는, 울창한 밀림 정글이든… 험한 동굴 산악이든 천혜의 자연지형과 숨겨주는 같은 편 백성들이 아주 많아야 한다. 민심을 얻는 것이다. 말하자면, 그들을 감싸주는 민중의 지지가 절대적이다. 그들이 은신처와 인적 물적 보급원 역할을 할 때 가능하다. 무기와 병력 숫자로 이기는 게 아니란 걸 보여준다. 앞으로 는 실패든 성공이든 이런 일이 곳곳에서 일어날 거라는 예감이 든다.

똥꾸 알기로 게릴라전법의 원조는 모택동이다. 그의 유일한 밑천은 무기도 자금도 아닌 착취당하는 농민들이었다. 그들의 절대적인 지지 속에 농촌이 군사 기지가 되고 숨을 곳이 되고 식량 보급도 받으면서 농민군을 모아 소총 한 자루로 덤벼들었다. 미국 등 서구 열강의 막강한 무기 지원을 받는 장개석 군대는 앞에서 이기고 뒤로 내뺐다.

그런데 똥꾸는 요즘 '체 게바라'다. '체'는 작년, 그러니까 1967년 남미 볼리비아라는 나라 밀림에서 게릴라 전투 중에 붙잡혀 죽었다. 10월 9일이다. 그 이틀 후인가 쯤 국내신문 3면 국제면의 아래쪽 중간에 그의 사진과 함께 기사가 실렸다. 기사로 봐서는, 그가 어떻게 잡혀 어떻게 죽었는지… 그가 정의한인지 악당인지 내막은 알 도리가 없다.

미국이 벌이는 전쟁은 '적파민파'다. 이기기 어렵게 되어있다. 우리 얘기다. 문득 작년에 본 권투경기가 생각났다. 김기수 선수다.

똥꾸는 운동에 별 관심이 없는데 권투는 좋아한다. 학교에서 단체영화 관람을 갔는데 본 영화 시작 전 월남 소식에 이어 이런저런 문화 뉴스 영상이 나온다. 그런데 거기에 김기수 선수가 나왔다.

한국 최초의 세계 권투챔피언에 오르는 경기였다. 주니어미들급인데 상대는 이태리의 현 챔피언 '니노 밴베누티'였다. 근육질의 단단한 김기수에 비해 키가 크고 호리호리한 밴베누티는 대단히 빠른 아웃복싱을 했다. 김기수와 정반대다. 치고 빠지기였다.

인파이팅을 하는 김기수는 그의 치고 빠지기와 긴 팔에 번번이 막혀 고전을 했다. 발이 빠른 선수가 치고 빠지기를 잘한다. 아웃복싱 위력을 알아봤다. 경기는 시작부터 끝까지 그렇게 흘러갔다. 그런데 김기수가 이겼다. 똥꾸 보기에는 결코 이긴 경기가 아니다.

밴베누티를 한국에 불러오는 댓가로 엄청난 돈을 집어주고 심판들도 구워삶아서 이긴 게 맞을 것 같았다. 왜냐하면, 박정희 대통령까지 나서서 성사된 경기였고, 김기수가 며칠 후 청와대에 승리 신고까지 하러 갔었거든!

"하면 된다"

권력자의 대국민 구호에 이만한 본보기는 없다.

'치고 빠지기' 위력을 가장 확실하게 보여준 선수는 '캐시어스 클레이'다. 4년 전인가? 지난 64년 헤비급 세계챔피언 살인주먹 소니 리스튼을 7회에 케이오시켜버리고 새로운 챔피언이 됐다. 그는 이 경기 직후 취재기자들과 중계방송 TV앞에서 의외의 선언을 했다.

"새로운 세계의 왕은 노예 이름을 거부한다. 이제부터 내 이름은 '무하마드 알리'다!"

개명뿐 아니라 이슬람교로 개종을 선언했다. 그가 그 때 시합직전 떠들어댄 호언장담이 너무도 멋있어 일기장에 그대로 옮겨 놨다.

"나비처럼 날아가 벌처럼 쏜다"

더 기가 막힌 것은 몇 라운드에 케이오 시키겠다고 말하고는 꼭 그대로 된다는 거다. 그의 엄청나게 빠른 발놀림에 상대는 허겁지겁 쫓아다니다 생각지도 못한 카운터펀치에 나가 떨어졌다. 알리는 플라이급 선수 같이 동작이 가벼웠다. 그 부분에 훈련을 집중한 것 같다.

주먹의 강도는 속도에 비례한다는 말을 확실하게 증명했다. 밖으로 돌며 잽을 날리다가 기회다 싶으면 놓치지 않고 전광석화로 일격에 쓰러뜨렸다. 권투도 과학이라는 사실이 수긍됐다. 이게 게릴라 전법이다. '치고 빠지기'의 교범이다. 베트콩 전법과 무하마드 알리의 전법이 겹쳐 보였다.

클레이가 리스튼을 때려눕힌 게 재수 복 터진 행운이 아니란 것은 그 다음에 이어서 증명했다. 플로이드 패터슨, 조지 쿠발로, 어니테렐, 조 프레이져 등등 내로라하는 상대를 모조리 발놀림 하나로 누였다. 지금은 월남전 징집거부로 정부로부터 세계챔피언 자격은 물론 선수 자격까지 모두 박탈당한 상태다. 그래도 알리는 죽지 않는다.

-'체'의 그 이후 이야기 : 먼 훗날, 똥꾸가 40대 중반까지 간간히 단편적으로 알게 된 정보를 그 시점에서 묶는다. '체'는 아르헨티나 출신 의사이자 쿠바인으로 귀화한 혁명가다. 그는 '특정한 나라에 소속된 국민' 개념을 거부한 세계단위 지식인행동가다. 제3세계 민중에 대한 각별한 애착이 정의와 평등을 추구하는 혁명전선으로 그를 끌어낸 원천인 것 같다.

'체'는 그날 오후 1시께, 볼리비아 차코의 작은 시골 학교 교실에서 최후의 순간을 맞았다. 전날 생포된 그는 오른쪽 장딴지에 총상을 입고, 수염이 뽑히고, 두 손이 뒤로 묶인 채였다. '체'는 권총을 든 볼리비아 정부군 하사관 마리오 테란의 눈을 똑바로 쳐다보며 말했다.

"쏘아, 겁내지 말고! 방아쇠를 당겨!"

마리오 테란은 떨었다. 테란은 옆에 있는 볼리비아군 장교들과 미국 중앙정보국(CIA) 요원들의 재촉에도 발사를 주저했다. 방아쇠를 당긴 것은 술을 몇 잔 마신 뒤였다. 총알은 정확히 맞지 않고 빗나갔다. 체의 숨은 조금 더 시간이 흐른 뒤 끊어졌다. 주검은 10월 10일에서 11일로 넘어가는 사이에 볼리비아 바예그란데에 주둔하던 군 기지로 옮겨졌다. 그리고 다음날인 11일 외딴 곳에서 화장됐다.

그리고 30년이 지난 후 그의 혁명동지 카스트로가 권력을 쥐고 있는 쿠바로 귀환

했다고 한다. 그의 네 자녀가 궁금하다. -필자 註

그런데 또 엄청난 사건이 기다리고 있었다. 김신조가 기자회견을 벌인 23일 그날 이북 청진앞바다 '북한 영해'를 침범하여 정보를 수집하던 미 해군 정보수집함 [푸에블로호] 나포사건이 터졌다.

다음날(24일) 아침 라디오 뉴스와 저녁 신문에 이 사건이 덮쳤다. '1.21'에 '푸에블로'에⋯ 지면이 모자란다. 이번에는 미국이 난리가 났다. 푸에블로 호 안에 있는 미군 정보와 선체 구조가 몽땅 다 북한에게 넘어 간 거다. 소련에 넘어가는 건 시간문제다. 치욕이다. '1.21'이 문제가 아니 다. 이건 자기 나라 문제다.

"즉각 풀어주지 않으면 '북폭'을 하겠다⋯!"

미국은 국무 국방 장관 합동으로 으름댔다. 하지만 평양은 꿈쩍도 하질 않는다. 한반도에 제2의 6.25 전운이 감돌기 시작했다. 지금 북베트남에 가하고 있는 북폭 공습을 북한에도 하겠다고 선언했다.

-이건 엄포로 끝났다. 그러면 전면전에 소련, 중공 개입이다. 선체는 버려도 승무원 80명은 빼내야 한다. 연말까지 갔다. -필자 註

두 개의 전선 동시 수행전략이 지금 미국 전략이다. '비대칭 전선'과 '전 면전 대치전선'이다. 전혀 성격을 달리하는 전선이 월남과 한반도에서 미 국 주도로 벌어지고 있는 거다. 지상과 해상에서 벌어지고 있는 양상도 똑같다. 그러나 이쪽은 '대치'다. 상황관리다.

25일에는 미국의 요구로 [한반도 사태]가 유엔 안보리에 긴급의제로 상 정됐다. 숨이 넘어간다. 서울 한복판에서는 쫓고 쫓기는 추격 소탕전이 계 속 이어지고, 라디오와 신문에서는 '1.21' 과 '푸에블로 호'외에 다른 뉴스 가 낄 틈이 없다.

"어제는 5명 사살, 오늘은 12시 현재 3명 사살전과 남은 잔당 몇 명…
포위섬멸 작전 중이니 국민 여러분은 안심하시고 생업에 종사하시라!"

어른이고 애들이고 종일 이걸로 눈과 귀를 붙잡는다. 영화관에서 보는
'월남소식'이 '서울소식'으로 하나가 더 늘었다. 지금 수도 한 가운데에서
전투가 벌어지고 있다. 실제 상황이다. 삶이 흔들린다. 대동강에는 미국군
함이 잡혀있다. 미국과 북한이 자존심을 걸고 일촉즉발 힘겨루기를 벌이고
있다. 그런데 박정희는 책임추궁 대신 권력이 더 강해지고 있다. 작년 6.8
부정선거에 대한 대학생들 데모도… 야당 의원들의 국회 농성도 쑥 들어
갔다. 묘하다.

1월 마지막 날 31일에는 나라밖 전쟁뉴스가 한반도에 또 폭탄을 터뜨렸
다. [베트콩 테트(구정) 대공세였다. 구정(음력 설)의 임시 휴전을 이용해
서 베트콩(VC)이 미국대사관과 월남대통령궁, 주요관공서등 월남 전역 40
개 도시에서 동시 대공세를 시작했다는 뉴스였다.

월남 대통령 구엔반티우는 행방불명이다. 내 뛰었다.

"비대칭 전략 전술에서 한 발 더 나아가 '전면전 전술'을 가미한 춘계
대공세의 서막!"

신문 국제면 해설기사에 나오는 제목이다. 국내 일각에서는 휴전선이
불안하다… 월남에 보낸 병력을 철수시켜 우리 앞가림이 더 급하다는 여
론이 일고 있다.

그 한국군이 지금 월남에서 베트콩 구정공세를 막아내느라 혈전을 벌이
고 있다. 박정희가 5.16 승인 대가로 백악관에 찾아가서 케네디한테 맹약
하고 파병 한 것이다. 지금 철수가 될 말인가?

도무지 안팎이 어떻게 돌아가고 있는지 똥꾸는 복잡했다 주변 사람들
은 겉으로 무심한 것처럼 보인다. 고래 싸움에 새우 등 터진다!

"어제 밤 자정을 기하여, 북괴 124군 특수부대의 청와대 기습 침투사건에 대한 작전을 종료합니다! 우리 군경은 열흘간의 작전에서 29명 사살, 1명 생포, 1명 도주…."

국방부 발표다. 아침 7시 라디오 뉴스다. 베트콩의 '구정 대공세'가 벌어지던 31일 아침 날이다. 다른 보도에서는 '28명 사살, 1명 생포, 2명 도주(월북) 간주… 작전종료'라고 했다. 도주한 2명은 탈장이라는 부상을 입었음에도 판문점 인근 철책선을 넘어가면서 미군 헌병 3명과 한국군 헌병 3명을 사살했다고 했다. 상상하기 힘든 일이다. 이쪽도 민간인, 군경 32명 죽고 50명이 부상당했다고 했다.

-40년 후 일설: 일설에 복귀한 2명 중 한 명은 바로 사망하고 한 명이 살아남았는데, 그 이가 2007년 10월 노무현 대통령 방북 때 '송이 선물'을 직접 전달한 인민무력부 총정치국장 박재경이란 사람이라고 하더라! -필자 註

1.21 사태는, 비록 작전이 종료됐다고 해도 사회적 불안감과 남북 간 적대적 이질감이 더욱 깊어졌다. 상종할 수 없는 '북한괴뢰도당'이 됐다. 6.8 부정선거니 박정희 영구집권 음모니 하는 정치 뉴스는 언론에서 아주 사라졌다. 김일성은 박정희에 도움 될 일을 했다. 세상에 대가 없는 공짜라는 걸 똥꾸는 믿지 않는다.

"김일성이 남한의 자주국방을 위한 중공업을 시작하게 해줬다…." 어느 신문에 실린 사설이다. 해준 게 이것뿐일까…? 하는 거다.

"박정희 독재를 막아야 한다. 3선 개헌 음모 막아야 한다…."

재야 인사들의 경고다.

-그 4년 후, 중정부장 이후락이 비밀협상 차 평양에 밀북하여 무슨 초대소에서 심야에 김일성을 만났는데, 그가 말하기를 "공화국내 일부 극좌분자가 저지른 일이다… 철칙(해임)했다.

박정희를 죽인다고 남한이 없어지는 것도, 자기를 죽인다고 북한이 없어지는 것도 아니니 박정희를 죽일 이유가 없다… 박정희한테 미안하다고 전해달라"고 했다는 후일담이다. 서로가 서로를 걱정이다!

우호적 관계에서나 나올 수 있는 말이다. 무슨 동반자같이 들리는 언동이라 의아스럽기 짝이 없었다. -필자 註

2. 흥정

그러나 국내 상황과는 무관하게 '푸에블로 호' 나포사건과 월남에서 베트콩의 '구정 대공세' 여파는 남과 북 가릴 것 없이 한반도 전체를 심각한 전쟁의 공포감으로 짓누르고 있다. 두려운 것은 미국이 정말로 북한 땅을 폭격해댈 것인가의 여부다.

협상전략도 상황이 달라지면 진짜가 돼버린다. 소련 중공이 뒤를 봐주고 있는 북한이 순순히 미국 요구를 들어줄지도 의문이다. 지금 동해 앞바다에 띄워놓은 4척 항공모함에 실린 전폭기만 수백 대다.

[북폭]은 선전포고다. 제 3차 6.25 세계 대전이다. 미국이 베트남 전쟁에 개입한 구실도 바로 [통킹만] 사건을 빌미로 한 '북폭' 시작이었다. 그게 지금으로부터 4년 전이다. 1964년 8월 한여름이었다.

미군 전폭기가 북베트남(월맹) 해군 어뢰 소함정 3척을 공습하여 사건을 유발했다. 월맹 해군도 이에 대응하다 모두 격침됐다. 북베트남군(월맹군)이 본격적으로 남베트남에 군사개입을 시작하게 된 배경이다. 그 전에는 남베트남(월남)내 민족통일전선 조직인 베트콩이 중심이고 북부는 군사지원을 해주는 정도였다.

그런데 미국의 북폭이 전면전 양상으로 확전되는 고리가 됐다. 미국은 그때나 지금이나 북베트남을 차단하지 않으면 친미 월남정권의 안정을 기할 수 없다는 게 전략적인 판단이다. 그러나 미국이 지키려는 월남정부는 쿠데타의 악순환에 부패 그 자체다.

똥꾸는 우리나라와 베트남 역사책을 뒤져봤다. 보잘것없는 자료라도 알아야 잠이 오는 똥꾸에겐 민족 존망이 걸린 일이다.

'통킹만 사건'은 일제가 1931년 이른바 일본의 괴뢰정부 [만주국]을 세우기 위해 꾸민 자작극 '노구교' 사건이나 [중일 전쟁]을 일으키는 구실로 만주지역 마적단을 끌어들여 꾸며낸 '훈춘 사건'이 모델이었다. 지금 돌아가는 상황이 거의 비슷한 거다.

38선을 미국이 그었다고 하는데, 그 앞에 일본 식민지배가 있고 또 그 앞에 미국 일본의 조선에 대한 담합이 있었다. 이게 뭐냐면 미국과 일본이 남의 나라를 두고 제 물건처럼 몰래 흥정을 한 거다.

"조선을 줄게 비율빈을 다오!"

필리핀과 조선을 서로 나눠먹은 거다. '1907년 카쓰라:태프트 밀약'이 중학교 2학년 국사교과서에 나온다. 일본군이 조선에 없었다면 무장해제하러 미국 소련이 왜 들어왔겠나 이 말이다. 그러니 민족분단의 큰 책임은 미국과 일본에게 있는 게 분명하다. 일본이 조선 땅에서 청, 러와 싸움질 할 적에 미국은 전적으로 일본을 편들었다.

영국 프랑스도 그랬다. 그러니 일제가 안 이기고 배기나? 근본적으로는 조선 스스로가 망해갔던 거다. 똥꾸는 이래저래 울화가 치민다.

"영국·미국 타도 성전…."

일제 때 일제 욕하면 '사회주의자'라고 하더니, 일제가 세상에 둘도 없던 동맹 미국 영국과 갈라서니 돌변해서 '미제 원쑤… 영국 원쑤' 외치면서 강연회다 좌담회다, 입으로 글로 詩로 소설로 치떠들던 친일파들이다. 그들이 요즘에는 미국을 뭐라 하면 '빨갱이'라고 을러댄다. 썩어빠진 외세기 생충 매국노들이 뻥뻥치 는 우리나라의 맨 얼굴이다. 똥꾸는 기가 막히게 한심하다. 주변에 아무도 없다.

며칠 전 뉴스에 미국 맥나마라 국방장관이 의회에서 보고한 내용이 나왔다. 작년 1967 회계연도에 자기 나라가 월남전에 쏟아 부은 전쟁비용이 495억 달러라고 했다. 그런데 이번에 베트콩의 '구정 대공세'로 다시 전황이 불투명해졌다.

기사에 '테트'라는 말을 하도 섞어 써서 헛갈렸다. 사전을 찾아보니 구정… 설날이라는 영어다. 알아듣지도 못할 영어를 원어랍시고 남발하는 가짜 유식쟁이 언론도 얼이 나가기는 똑같은 놈들이다.

월남을 완전히 평정하려면 올해 전쟁비용이 550억 달러 이상 필요하다는 요지였다. 미국은 회계연도 시작이 매년 7월 1일이다. 그 다음해 6월 30일까지다. 그러니까 지금 500억 달러 가까이 들어가고 있는데 7월부터는 더 쓰게 해달라는 거다. 이 돈이 도대체 얼마인가? 미국 전체 국방비의 1/3이 넘는다고 했다.

"그럼 우리나라 올해 1년 치 정부예산은 얼마인 거여~?"

지난해 연말 국회 통과한 예산 스크랩기사를 찾아보니 1,960억 원이다. 달러와의 환율이 275원이니, 7억2천만 달러다. 같은 해인 올해 미국이 월남전에 쏟아 부은 전쟁비용이 495억 달러이고, 내년(1968~69) 전쟁비용으로 의회에 제출한 예산이 508억 달러다.

그러니까 미국이란 나라가 대한민국 1년 예산 69배의 돈을 남한 전체면적에다 전라도+경상도 면적 보탠 땅에 전쟁비용으로 해마다 쏟아 붓는다는 말이다. 그런데도 기약이 없다. 그 돈으로 금덩어리 사서 땅에 깔면 덮고도 남겠다는 생각이 든다.

작년에 세계 프로권투 헤비급 챔피언 캐시어스 클레이(올해 무하마드 알리로 개명했다)가 월남전 참전을 거부해서 챔피언 타이틀을 박탈당했다. 미국 내부에서는 요즘 반전 데모가 한창 일어나고 있다.

"이기고 있다는데 왜들 저러지?"

똥꾸는 생각을 하고 또 해본다. 매일같이 쏟아지는 외신 기사 대부분이 월남전 얘기다. 날마다 몇백 명 사살 생포에 북폭으로 하노이가 초토화됐다는데 뒤로는 지고 있는 것 같다. 베트콩을 '부시(VC)'라고 하던데 전투는 져도 전쟁은 이기는 판으로 돌아간다.

"누구를 위한 전쟁일까? 미국일까? 아니면 월남 국민들일까…?"

알 수 없는 비애감이 몰려온다.

"한국 군대 월급이 미국에서 나온다…."

얼마 전에 들은 얘기다. 믿기지 않았다. 국회 대정부질문 때 야당의원이 정부 예산문제를 따지는 와중에 당국자 답변 중 튀어나온 말이다. 우리 군대 월급은 당연히 우리 정부가 주는 걸로 알고 있었다.

그런데 미국이 준다니! 미국 돈 받고 미국이 원하는 나라에 가서 원수진 일도 없는데 싸우고 죽고 한다는 것이다. 이런 것도 미국과 맺은 한미 군사동맹 조약에 있는 건지 의아하다.

'우리가 6.25 때 미국의 도움을 받아서 그 은혜를 갚기 위해 자원해서 참전했다고 말하는데 월급은 왜 미국이 줄까? 돈이 없으니 몸으로 때우는 건가, 아니면 남의 돈 받고 보내는 용병인 건가! 요즘 아프리카 프랑스식민지 로디지아에서 프랑스 용병들이 거기 독립운동세력 소탕을 위해 전투를 벌인다는데 뭐가 다른 거지?'

미국이 혼자 싸우기 찝찝하니까 동맹국들 끌어들여 '공산주의 대 자유주의' 싸움으로 돌려서 치는 거란 생각이 들기도 한다. 설마 하면서도 그렇다. 애들도 이런 것쯤은 안다. 애나 어른이나 하는 짓은 똑같아 보인다. 머릿속에 들어오는 생각은 스스로도 어쩌지 못한다.

국민이 보냈다기보다 박정희가 보냈다. 이게 진실인 것 같다. 그래서 해마다 미국이 또 군사원조다 경제개발 협력자금이다 해서 4~5억 달러씩 유상 무상으로 돈과 물자를 빌려주고 땡 처리 한다. 이 돈으로 무역수지 경상수지에 정부살림 해마다 펑크 나는 걸 메운다. 한 해도 나라살림이 남는 것 없이 빚만 쌓인다. 이거 없으면 박정희는 쫓겨난다. 똥구 생각이다. 수십만 목숨을 저당 잡혀 자기 권력을 보호받는 거다.

그런데 그게 다는 아닌 것이 분명해 보였다. 역사 자료나 신문에 보도된 월남전 진행일지를 곰곰이 뜯어보면 그렇다. 베트남은 프랑스로부터 100년이나 식민 지배를 받았다. 1945년 제2차 세계대전이 끝나고 많은 식민약소국들이 해방되면서 종주국들이 철수하는데도 프랑스는 거기에 꾹 눌러앉았다. 그래서 독립전쟁이 시작됐다. 1954년 결정적으로 프랑스군 5만 명이 베트남독립군 8만 명한테 '디엔비에푸'에서 확실하게 깨졌다.

장비와 고지대 지리지형의 압도적인 우위에도 대패했다. 프랑스군 5천 명이 죽고 1만 명 이상이 포로가 됐다고 했다. 물론 독립군은 더 많은 사상자가 생겼다. 이 전투를 계기로 프랑스군은 완전히 물러갔다. 드디어 독립을 이룬 것이라고 다들 생각했다.

이 싸움의 중심은 '호지명'을 중심으로 한 사회주의 베트남독립군이었다. 그들은 식민 지배국과의 10여년에 걸친 끈질긴 무장독립투쟁으로 프랑스를 패퇴시키고 자주독립국 쟁취의 역사성과 정통성을 국제적으로 인정받았다. 그런데 프랑스는 곱게 물러가지 않았다.

디엔비에푸 전투 와중에 제네바 협상이란 걸 해서, 한반도 분단 그대로 본을 떴다. 우리는 북위 38도선, 베트남은 북위 17도 선….

호지명 군대는 북쪽으로 몰아넣고 남쪽엔 그들이 내세운 정부가 들어섰다. 귀에 못 박히게 듣는 '자유 민주주의 국가' 월남이다. 미국이 프랑스로부터 인수인계 받아서 세운 나라다. 힘겨웠던 독립투쟁의 결과는 외세에 의해 도로 물거품이 됐다. 식민지배 아래서는 그나마 민족이 하나였는데 해방이 되자마자 민족이 두 동강이 났다. 피식민지배-해방-분단-전쟁… 우리 민족 처지와 너무 똑같다. 강대국들의 무슨 공식이 있는 것 같다, 프랑스와의 전쟁과 다른 점은, 민족 독립전쟁 대신 이념이 지배하는 공산주의 대 자유민주주의 대항전이라는 구도로 전쟁에 내거는 간판이 변질됐다는 것이다.

'다시 세계 초강대국 미국을 상대로 끝이 언제일지도 모를 힘겨운 통일 독립전쟁을 계속 벌일 것인가, 분단을 운명으로 받아들여 주어진 이대로 살 것인가? … 당신이라면?'

지금 월남전이다. 자유 수호 전쟁인지, 민족독립전쟁인지 누구 말이 옳은지 가짜인지 똥꾸는 외로운 열여섯 애늙은이다. 물어볼 곳도 들을 곳도 없는 침묵의 바다를 떠도는 표류자다.

똥꾸는 월남전에 맹호부대원으로 가 있는 근하 형의 동생이자 친구인 아랫말 근택이에게 물어봤다.

"근택아! 느네 형 월남에서 돈 잘 보내 오냐?"

"응. 지금 병장 말년인데, 석 달 있으면 귀국한다구 연락이 왔어. 근데 왜?"

"음… 필요한 자료가 있어서 물어볼 게 있어 그래."

근택이는 시사박사 똥꾸를 잘 안다. 버덩말에 소 끌고나가기 바쁜 근택이에게는 시내 정보소식통이다.

"한 달에 4~5천원 쯤 보내줘. 형 말로는 자기가 받는 월급의 거의 90% 라고 하더라구. 형 말로는 귀국할 때 일제 녹음기를 여러 대 가지구 들어 올 거라고 하더라. 그게 큰 돈벌이래!"

4~5천원이라면 적은 돈이 아니다. 장교도 아니고 사병으로 가서 고참 면서기의 반 달치 월급을 받는 거다. 여기 있는 사병 월급의 열 배~열다 섯 배 사이다. 그런데 나도는 말로는 정부가 더 많이 떼고 준다고 했다.

"정부가 월급에서 엄청 많이 떼고 주는데도 5천원이나 돼?"

똥꾸는 신문기사며 다른 자료를 더 찾아보기로 했다. 경향인가 어느 신 문엔가 있었다. 월남전 한국군 최고 계급은 중장이다. 채명신 사령관이다. 채 사령관이 전투수당으로 미국정부에서 매월 받는 돈이 작년(1967, 미국 의 현재 회계연도) 기준으로 300달러다. 환율 1달러275원으로 8만3천원이 다. 병장은 56달러 우리 돈 1만5천원이다.

장군은 모르겠고, 우리나라 사병은 미군 사병의 이십분의 일(1/20) 정도 로 추정된다. 말도 안 되는 기준이다. 우리나라 수준을 감안했겠지만 그래 도 이건 아닌 것 같았다. 한국군 스무 명 목숨이 미군 한 사람 목숨만도 못하다는 말인 거다. 그런데 그 형편없는 전투수당의 2/3를 정부가 또 떼 어가는 것이다.

-정부가 그 돈을 돌려줬다든지 보상했다는 말은 먼 후일까지 못 들었다. 죽은 병사 5,500명의 전투수당 외 보상금은 또? 전사자 보상금은 미군 사망보상금과 똑같이 나 온다고 했다. 1980년대 미 국무성 기밀해제 문서를 취재 확인했던 고 문명자 기자의 자료에 따르면 환산액이 물경 16조원이라고 한다. 얼마라도 유가족에게 주긴 주었을 텐데 정확한 국가 기록이 아무 것도 없다고 했다. 그 중 많은 액수가 박정희 일가로 세탁돼서 흘러들어간 것이라는 문 기자의 히교록과 그에 관련한 이ㅡ 월간지 기사를 인터넷 자료로 본 적 있다. -필자 註.

그 많은 돈은 누가 다 어디에다 썼을까? 공장 짓는 데 다 썼을까, 아니면 경부고속도로 만드는 데 다 쏟아부을 요량일까? 경부고속도로는 야당의 반대에도 얼마 전 4차선으로 착공됐다. 야당은 지역차별이 심화된다며 영·호남을 잇는 동서 고속도로 착공을 먼저 해야 한다고 했다.

그러나 박정희는 거부했다. 유권자가 3배 많고 자신의 고향인 영남 지방이 표가 된다. 경부 고속도로다. 모든 정책이 그에게는 정치다. 71년에 또 나와도 임기를 채운 후 순순히 물러갈 것 같질 않아 보인다. 그 때는 진짜 그만둔다는 것도 상상이다. 그런 상상이 전혀 들지 않는다. 주위 어른들이 그 말을 믿는 이들 별로 없다.

그는 헌법이든 법이든 제 맘대로 바꿀 수 있는 철권 독재자다. 그 힘 때문에 물러나기가 어려울 거다. 죽을 때까지… 그는 왕이다!

'5.16' 이후 벌인 일도 많고 터져 나온 사건들도 너무 많다. 권력의 위세가 너무 엄청나서 그대로 물러났다간 무슨 일을 당할지 모른다. 그게 똥꾸 눈에도 보이는데 그는 오죽할까싶다. 그에게 온갖 충성 바치는 자들을 보면 그의 권력이 영원히 갈 것 같은 믿음이 있다.

뒤를 걱정할 일이 없는 듯하다. 그가 그들의 믿음을 저버리는 순간 몰락이다. 갈 데까지 가는 거다. 처참한 죽음은 역사의 교훈이다.

박정희는 작년 '6.8 총선'으로 국회의석 60%를 가져왔다. 3.15 부정선거가 되살아났다고 연일 데모로 어수선한 시국이다. 4.19 데모와 비슷한 모습인 것 같다. 그러거나 말거나 이제 야당 국회의원 다섯 명만 더 데려오면 개헌 정족수 2/3를 채운다. [3선 개헌]을 할 생각이 전혀 없다는 말을 믿기가 어려워졌다. 3년 후인 1971년 대통령 선거에 또 나올 수 있다. 그럴 거다. 믿을 건 고향이다.

표를 얻으려면 그 전에 이 공사를 끝내야 한다. '계산'이 저절로 된다.

그래서 428㎞ 고속도로 대 역사를 1970년 7월까지로 군대식 못을 박은 거다. 무대뽀 정주영이다. 공사기간 29개월, 2년 5개월이다.

"하면 된다"

지금 박정희는 특명을 내렸다. 세계 신기록을 세운다고 했다. 기사를 뒤졌다. 총사업비 370억 원이다. 1년 정부예산의 19%가 2년 반 동안에 들어가는 거다. 월남전 전투수당 떼놓은 것 말고 보탤 돈이 없어 보인다. 1961 집권 이후 무역도 나라살림도 모두 빚잔치다.

전사자 보상금은 정부 공식 입출예산에서 뺐다. 3년 전 [한일국교 정상화로 받은 차관 5억 달러하고 보상금으로 받은 3억 달러는 이미 재벌들에게 모두 저리융자로 나갔다. 그런데 같은 거리의 고속도로를 만든 일본의 공사비용에 비하면 1/5 수준이다. 전문가들이 계상한 1,500억 원에 비해서도 반에 반도 안 들여 벌이는 공사다. 그래도 가능하다고 자신한다.

"밤송이 까라면 까라~!"

법도 국가기관도 지금 박정희 이 사람에게는 권력의 전리품이고 개인 사유물이다. 일본은 공사비의 14~5%가 토지보상비용인데, 지금 정부는 그걸 0.4%로 금 그어 놓고 시작했다. 땅 주인들에게 지금 무슨 심각한 일들이 생기고 있는 것이다. 똥꾸 생각이다.

의문이 꼬리를 문다. 우리나라 1년 예산의 69배나 되는 그 엄청난 돈이 과연 월남 땅에 폭탄 투하되듯이 살포되고 있다는 얘긴가? 그건 아니라는 생각이 들었다. 쉽게 말해서 전쟁은 무기와 사람을 들여서 하는 거다. 그렇다면 그 많은 무기는 누가 거저 주는 게 아니다.

군인도 사람이고 직업이다. 입히고 먹이고, 재우는 집도 있어야 하고 월급도 줘야 한다. 훈련도 시켜야 하니 그 비용도 만만치 않을 것이다 그렇다면 그런 게 지금 월남에서 만들어져 나오는가?

아니다. 전쟁으로 성한 데 없이 조밥이 되는 좁은 땅에서 뭘 만들어낸 단 말인가? 월남군인 한국군인 월급으로 조금 나가긴 하겠지만 그게 몇 푼 되겠나? 월남정부 원조금?

똥꾸 어림 계산으로는 500억 달러에서 450억 달러는 도로 미국 자기나라에 풀려지는 돈이다. 전투기 군함 대포 모두 자기나라 군수공장에서 만든 걸 사들이는 것이다. 군인들 C-레이션 빤쓰 치약 칫솔 양말까지 모두 제 나라에서 만든 걸 팔아주고 사들이는 거다.

돈이 결국에는 제 호주머니로 되들어간다. 무기와 전쟁으로 국가가 돌아가는 이상한 나라다. 전쟁이 없으면 나라 경제가 큰일 나는 경제구조다. 전쟁은 늘 밖에서 벌어진다. 무기 생산과 군수물자를 만들어 팔아서 국민들 절반을 먹여 살리는 나라가 로마제국이나 있었나?

2차 세계대전-한국전쟁-월남전쟁… 5~15년 주기다. 앞으로 또 어디서 어떻게 될지 모른다. 아니라고 부정할 수 없는 전쟁 주기설은 사실이다. 저주의 피를 먹고 사는 불가사리… 똥꾸는 성악설을 믿는다.

월남전은 지금 비대칭 전쟁이다. 미국이 점점 더 깊은 진창으로 빠져들고 있다. 월남은 남베트남이다. 그냥 [베트남]인데 프랑스가 쫓겨 가면서 남북으로 갈라놓아 북베트남 남베트남 이 된 거다.

우리나라 언론이나 정부는 북쪽을 '월맹' 남쪽을 '월남'으로 부른다. 옛날 왕조시대 '월지국'이 그 연유인지 모르겠다. 여하튼 의아한 게 한둘이 아닌 세상이다. 생각 없이 따라가기는 똥꾸의 적이다.

베트콩은 북베트남과 별개로 남베트남 체제 아래서 자생한 민족통일을 위한 무장투쟁조직체다. 북베트남 사회주의 정권의 지원을 받고 사상적으로 가깝다. 그렇다고 북이든 베트콩이든 사상이나 이념이 민족의 통일독립

위에 있는 것으로 보기 어려운 역사적 과정이 있다.

베트콩이 월맹이 아닌 것도 분명해 보인다. 주도권 갈등도 있을 거다. 하지만 대의大義로 연대하고 뭉쳤다. 분파 분열은 죽음이다.

여기에도 북부군 남부군이다. 단일민족 하나의 국가가 갈라진 거다. 북군에 몸담으면 북군, 남군에 들어가면 남군이다.

"쟤네 처지나 우리 처지나 뭐가 다른지 모르겠다. 그렇지 않냐?"

산적에게 대충 얘기해주고 구하는 동의다. 산채 식구들은 의식이 뚜렷해도 현재 돌아가는 세상일은 입을 열지 않는다. 마음으로 나눈다. 그 삼촌들은 지금 없다. 오리무중 행방불명이다.

새벽대장은 읍내에서 일에 충실하고 있다. 똥꾸도 거리를 두면서 먼발치다. 가끔씩 우연을 핑계로 거리에서 잠깐씩 조우한다. 이 넓은 세상에 말이 통하는 친구도 어른도 찾아보기 어렵다. 얼굴을 가리고 속마음 감추고 사는 처신이 안전하다는 걸 안다. 서로 감시하고 감시받는 독재자 치하다. 학교 선생님이라고 다르지 않은 게 제일 슬프다. 묻고 싶지도 않고 들을 말도 없다. 졸며 시간 떼우기다.

존슨 대통령이 뭐라 하든 번디 안보보좌관이 뭐라 하든 간에 제 3자가 보는 한에서는 미국이 현재 월남전에서 지고 있다. 틀림없다.

'구정 대공세' 후 미군이 전투현장 곳곳에서 수세에 몰리면서 사이공으로 자꾸 기어들어오고 있다. 신문기사 행간에서 언뜻 눈에 띄게 느껴진다. 싸울 의지가 없는 거다. 집에 돌아갈 꿈만 꾼다.

하버드대 교수인 40대 초반의 키신저가 협상 얘길 꺼내고 있다. 그는 올 11월 존슨의 후임 민주당 대선후보 배리골드워터와 겨룰 공화당 닉슨을 편든다. 닉슨은 4년 전인 1964년 당시 존슨과 붙어서 깨졌다. 그 때는 전쟁 초반이라 베트남전 지지율이 훨씬 높았다. 지금은 반대다. 파병 상주병력이 50만에 사상자 수만 명… 지금까지 들인 돈이 2천억 달러가 넘는다지 않은가?

그런데 [구정 대공세]에 시달리고 국제사회 비난받고 제3세계에 소련 중공 지지세만 키워주는 안팎곱사등이다.

케네디가 전쟁을 개시하고 존슨이 통킹만 북폭 확전으로 베트남전면전이 진행된 8년 결산서다. 미국 국민들이 뿔났다. 병역자원이 이탈하고 '징병제 폐지' 주장이 대세를 타고 있다. 이제는 미국 정부도 이리저리 발을 뺄 궁리다. 파리에서 북베트남과 몰래몰래 만난다고 한다. 닉슨이 여러모로 이번 선거에서 당선이 유력하다는 분석이다.

김일성이 최근의 전후 상황 전개를 눈여겨보면서 벌인 것이 [1. 21 사태] 전술인지도 모른다. 남한에는 미군이 있고 남쪽 전역에 미국 핵무기가 있다. 휴전선 철책선 밑에 묻어놓았는지 미군 벙커 안에 있는지 혹은 똥꾸가 사는 동네 미군부대 어디인지 아는 이는 없다.

비대칭 전략이든, 핵폭탄 전쟁이든 남북한에 또 6. 25 같은 전면전은 어렵다. 다 같이 죽는다. 개미새끼 하나 살아남지 못할 게 뻔하다. 어디 6. 25에 비할까? 남북한 삼천리금수강산 온 강토가 무덤이 된다. 애들도 다 안다. 그런데 모르는 거다. 인간도 짐승이다.

겁나는 사태다. 만약에 터지면 진짜 짐승만도 못한 일이다. 정부는 북괴군 땡크가 얼마고 병력이 얼마고 전투기가 몇 배… 게다가 잠수함까지 보유… 무시무시한 북의 무장력을 자상하게 언론을 통해 알린다. 안보 정보 공개가 도리어 겁을 주는 꼴이다. 꼭 전쟁이 일어나길 바라는 투다. 안심시켜도 걱정인 판에 협박에 가깝다.

정부 예산에 30%를 국방비로 쓴다는 군대는 그럼 뭣 하러 있는 건지…

국군 전체 화력보다 더 세다는 미군 4개 사단은 왜 휴전선 앞뒤에 늘어서 있는 건지… 이런 판에 월남에는 5만 명이나 되는 군대를 왜 보낸 건지 앞뒤가 들어맞지 않는다는 생각이 똥꾸 머릿속에 맴맴 돈다. 친구들은 천진난만하게 노는데 열중하고, 하루하루 먹고살기 바쁜 어른들 입은 자꾸 닫혀져 간다.

똥꾸도 알게 모르게 현실에 점점 익숙해져가고 있는 것 같다. 세뇌를 강요당하는 느낌이다. 박이 김을 닮아가는 것 같다.

3. 신민(臣民)의 부활

[1.21 사태]는 똥꾸가 사는 대한민국 사회를 뒤흔들어놓고 있는 중이다. 당장 군대 복무기간이 누구 명령인지 법의 명령인지 몰라도 30개월에서 장장 6개월이 늘어났다. 근하 형이 월남에서 지금 귀국 날짜를 손꼽는다는데, 귀국은 하겠지만 '제대'는 못한다. 지금쯤 알고 있을 거다.

일구 형이 며칠 전 말년 휴가를 나와서 쏟아놓은 불만은 이만저만이 아니었다. 돌아가면 중간 졸병으로 되돌아간다. 다시 6개월을 더 해야 할 것을 생각하니 눈앞이 캄캄하다고 했다. 진짜 힘들어진 건 제대하려고 보충대 대기하면서 '시간 죽이기'로 긴긴 나날을 보내던 대기병들이다. 이들은 "눈이 돌아간다"고 한다.

일구 형보다 더 캄캄한 신세다. 육군과 해병대는 6개월이 늘고, 해군 공군은 3개월이 늘었다. 모두 36개월 3년으로 같아졌다. '70만 국군'이라고 했는데 지금은 '120만 국군'이 됐다. 병력 90%가 육군과 해병대다 1년에 각 25만 명씩 입대와 제대를 한다. 그게 6개월 늘어나고 또 6개월은 새로 들어온다. 25만+25만=50만 명이 늘어났다.

70+50=120만 명이다. 6개월 후부터 다시 조금씩 줄어든다. 최소 1년은 간다. 그래도 들어오는 신규병력부터는 3~6개월씩 늘어난다. 그렇다면 95~100만 대군이다.

"와~ 당나라 백만 대군……."

그래도 불안하다. 누가? 권력이 불안한 거다. 똥꾸 생각이다. 북괴군 100만에 근위대 교도대 적위대 1천만이라고 하는데 남한도 그 이상이다. 똥꾸의 어림계산이다.

'1.21 사태'를 구실로 만들어진 준군사 조직은 북괴를 훨씬 추월한다. [전투경찰] [향토예비군]이 지난 3월에 전격적으로 창설됐다.

전투경찰은 벌써 3선 개헌 반대운동을 진압하는 시위진압부대로 변질됐다. 부대마다 경찰마다 '5분 대기조'가 만들어지고 민간인 간첩 신고망도 조직됐다. 전투는 군대가 하고 동원예비군들이 하는 거다.

경찰은 치안유지다. 국방부가 아니다. 누구와 전투를 한다는 건가!

향토예비군은 제대병들 뿐 아니라 18~45세 대한민국 장정이 모두 들어갔다. 아버지와 자식이 함께다. 사실상 장애자로 분류되는 18~20세 제1~2 보충역 자원도 들어가고, 남녀 모두다. 박박 긁어모아 100만 동원예비군, 200만 지역, 직장예비군! 300만 명의 새로운 거대 군사조직이 탄생했다. 실미도에 특수훈련장도 만들었다는 뉴스다.

북한 124군 부대와 똑같은 걸 만든 거다.

-이 부대는 북한에 한번 가지도 못하고 서울에 잠입해 민간인 살상하고 몰살되는 최후를 맞는다. 2년 후다. -필자 註

거기에다 45~60세는 '민방위대원'으로 들어갔다. 엊그제 경제기획원 발표에 따르면 우리나라 국민의 평균수명은 60세다. 말하자면 죽을 때까지 군사조직원이다. 여기에서 벗어나면 '저승 대합실'이 기다린다. 신념도 지향도 없는 권력의 화신 박폴레옹 세상이다.

동이조선 한반도는 1968년에도 암울하다. 똥꾸가 산다. 역사의 응전은 권력자의 몰락을 재촉한다. 권오병 문교장관이 오늘 전격 발표했다. 고등학생 군사교련 시행이다. 이건 진짜 몰락의 시작이다.

신문에 나온 이 사람 프로필을 보니 일제 때 고등문관 사법과 시험에 합격해서 고위직을 지냈다. 친일파들이 내놓고 행세하는 이런 세상을 어떻게 해야 하나? 이런 걸 경력으로 올리는 정부나, 실어주는 언론사나 같은 편이라서 그렇다. 똥꾸는 숨이 막힌다.

"내가 일제 때 그래도 뭘 했던 사람이야~!"

다들 이런 식이다. 술 한 잔 들어가면 부르는 게 일본 노래다. 있는 놈, 없는 놈… 그 시절 한 자리 해먹은 놈이나 박박 기었던 놈이나 무슨 향수에 젖은 듯한 감정으로 부르는 군가 식 노래다.

일제사범 소좌계급 대우를 받는 국민학교 교사 박정희가 혈서를 쓰고 만주군관 수석졸업에 또 본토 육사까지 나왔다고 63년 선거 때 나돌았다.

"아아~ 그래? 대단한 사람이다!"

사람들은 동족을 때려잡은 친일매국노로 생각하는 게 아니었다. 능력을 보증하는 경력으로 본다. 상식이 있는 건지, 역사의식은커녕 오래지도 않은 제 당대의 기억을 어느 똥구멍에 처 박았는지…….

권오병은 기자회견장에서 똥꾸가 처음 듣는 말을 덧붙였다.

"… 또한 6.25 때 있었던 '학도호국단'을 다시 부활시킬 계획… 올해부터 서울지역 고등학생들에게 군사교련과목을 시범 시행하고 내년에는 시 지역, 후년에는 전국 모든 고등학교에서 군사교련 과목을 시행한다…!"

이 계획대로면 똥구도 내년 고등학교 들어가면 군사교련을 받는 준 군인이 된다. 6.25 때 인공치하 '민청회원'이다. 역사는 닮아간다.

그런데 발표 내용이 이게 끝이 아니었다. 갈수록 태산이다.

"남학생뿐 아니라 여학생도 똑같이 받는다… 대신 여학생은 총 말고 간호교련을 받는다… 각 학교마다 예비역 장교들을 교련교사로 배치할 것이다…!"

덩치도 큰 사람이 시커먼 안경을 쓰고 고압적 자세로 발표하는 게 꼭 내무장관이나 국방장관인 줄 알았다. 이런 자가 교육의 최고 우두머리라니 사람 골라 쓰는 박정희가 대단하다.

문교부장관은 이 해 연말인 12월 5일 [국민교육헌장]을 선포했다.

뭔지는 모르지만 학생들을 추운 운동장에 모아놓고 선포식을 엄숙하게 거행했다. 그리고 느닷없이 다음날부터 외우기 학습이 시작됐다. 방학 때까지다. 그 때까지 외워내지 못하면 방학이 없다고 엄포를 놓았다. 드디어 방학 전날 담임선생한테 시험을 봤다. 기억력 좋은 똥구도 가까스로 외워 합격했다. 393자인가 그랬다. 숫자가 특이했다. 대부분의 급우들은 끝내 못 외우고 어쨌든 방학에 들어갔다.

다음해 고등학교 들어가니 모든 교과서 첫 장에 그놈의 국민교육헌장이 실렸다. 그리고 교무실도 교실도 액자가 모두 걸렸다. 모든 식전 행사 때 울려 퍼지고 시험문제로도 나왔다. 안 외울 방법이 없게 만들었다. '5.16 혁명공약 3장' 외우기가 다시 살아난 것이었다. 나중에 들으니 일제 교육 칙어 [황국신민서사]를 모방한 것이라고 했다.

대학생도 예외가 아니다. 고등학교 군사교육 실시에 맞춰 대학생도 71년부터 군사교련을 필수과목으로 시행한다고 한다. 이수하면 1년에 한 달씩 '복무단축' 특혜를 준단다.

"그러면 대학을 못 다닌 사병들은 어떻게 되는 거여?"

이제 대한민국 모든 학생들은 북괴의 '붉은청년근위대'와 같아지는 거다. 100만 동원 예비군은 북괴의 '교도대'이고 200만 향토예비군, 300만 민방위 대원은 '노농적위대'다. 한민족 모두가 병영국가로 거듭난다. 동이 배달겨레 다. 이건 전 국민을 군사조직으로 묶어세우는 부분에 해당되는 얘기다.

더 큰 게 시행됐다. [주민등록증]이다. 만 18세 이상 남녀노소 전 국민 을 개별적으로 일련번호를 매겨서 11월 1일부터 일제히 '증'을 만들어주고 있다. 아무 곳에서나 불심검문으로 불순분자나 불온 사상자를 잡아들이기 쉽게 하려고 만들어낸 아이디어다.

주민등록번호 하나면 그 사람의 모든 걸 기록대장에서 바로 확인할 수 있다고 한다. 앞은 생년월일, 뒤는 성별 여섯 자리다. 남자는 100000… 여 자는 200000이다.

엊그제 뉴스에 톱으로 나왔다.

"박정희 대통령과 육영수 영부인께서 첫 테이프를 끊으셨다…"

보란 듯이 발급받은 주민등록증을 들고 폼을 잰 사진이 신문마다 실렸 다. 공표 금지인데도 자발적으로 공개했다. 박정희는 100001, 육영수는 200002다. 대통령 부부를 검문할 일도 뒷 번호 안다고 감히 어떻게 할 것 도 아니다. '빨리 등록하라"는 재촉이다.

한 가지가 더 생겼다. 통, 리, 반이 정식으로 행적조직에 편입되어 법제 화됐다. 리, 반은 한 달에 한 번 이상 반상회를 하도록 의무화 했다. 여기 서 정부의 전달사항… 반원들의 시시콜콜한 민원이 모두 올려질 모양이다. 친목도모는 겉으로 미화하는 말이다. 정부가 사사로이 친목 챙겨주려고 이 런 일을 벌이는 게 아님은 확실하다.

"**목적**이 무엇일까?"

똥꾸는 반공시간에 들은 북한의 감시조직 [5호담당제를 떠올렸다.

혹시 그걸 본 딴 건 아닐까? 거기는 다섯 집마다 한 집이 감시조인데, 우리는 열~열댓 집마다 조직으로 묶어놓고 반장이 감시자다.

거기에 더해 반상회 때는 공무원이 반드시 입회 참석하고 '복명서'라는 걸 낸다. 일손이 딸리니 학교 선생님들도 나간다. 복명서라는 게 신하가 왕에게 엎드려 보고한다는 건데 지금도 왕조시대다.

사회선생님이 수업시간에 흘려준 얘기다. 주민동향 보고서다. 똥꾸네 집 반상회가 그렇게 돌아가고 있다. 이제 대한민국 병영화는 완성단계로 진입해가는 것 같다.

아놀드 토인비가 그러더라! 얼마 전에 읽은 '대화'에서 말이다.

"머지않은 미래(서기 2000년쯤으로 짐작)에는 폭악한 독재체제끼리 세계적으로 서로 결속되는 '독재의 평화'가 지탱되는 세계를 생각할 수 있다… 이런 연합된 독재체제는 절대적인 권위의 무조건 용납에 위협을 준다고 여겨지는 사람을 죽이거나 고문하는 데 조금도 주저하지 않을 것이다…"

그러면서 그는 현재의 예로, 소련 브라질 그리스를… 과거 예로 나찌 독일과 파시스트 뭇솔리니를 들었다. 50년간 역사를 연구한 결과가 그렇다고 했다.

그의 말대로라면, 미래를 기다릴 것도 없이 현재의 남·북한은 '독재의 연합'이 딱 맞다. 브라질 그리스가 한반도보다 훨씬 낫지 않은가? 거기에 전투경찰이 있고 향토예비군이 있나, 학생들에게 총을 쥐어주는 교련이 있나 학도호국단이 있나? 인간에게 매기는 고유번호는 더욱 없을 거다. 토인비는 왜 지금 눈에 보이는 남북한은 빼고 얘기를 하는 건지 모르겠다. 똥꾸는 머리가 늘 복잡하다.

그가 또 말했다.

"…이들을 혁명으로 바꾸면 더 포악한 독재가 생겨날 수도 있다. 역사가 그걸 보여준다…"

이 말을 국어시간에 배운 '반어법'으로 풀어본다.

"그러니 이것도 다행으로 여겨라. 권력이란 본래 필요악이다!"

자기 나라 영국이 그런 나라가 돼도 이런 말을 할까? 꿈보다 해몽이라는데 똥꾸 보기에는 토인비가 '사실의 역사'보다는 해몽에 자가도취돼서 떠드는 주관이다. 역사학은 학문이되 과학은 아니다. 교훈을 얻는 예측이다. 반동도 많고 반복도 많다. 인간의 역사다.

인간은 법칙이나 원칙이나 정해진 계산 따라 움직이는 절대불변의 존재가 아니다. 혼돈과 혼란의 소용돌이가 내면에서 잠시도 쉬질 않는다. 그래서 불확실하다. 변덕 많고 욕심 많고 자기중심적이다. 그걸 역사의 역동성 논리로 말하는 젊은 철학자가 있더라!

토인비가 무슨 예언가도 아니고 정치학자도 아니고 턱없는 궤변이다. '대영제국'에 우쭐해서 깔보는 지식쟁이다. 똥꾸는 반발한다.

"그래서 인류 역사가 정의는 사라지고 독재로 점철되어온 건가? 그러는 당신은 지금 아주 신사적인 조국에서 민주니 사회정의를 훈수하며 부귀명예 누리고 살지 않는가?"

똥꾸의 자문자답 독백이다.

[1.21 사태] 작전 종료일과 동시에 겨울 방학도 끝났다. 꼽추 오 씨 아저씨의 죽음과 이어지는 북괴 무장 게릴라들의 청와대 기습사태에 '푸에블로호 나포' 사건으로 온 나라가 공포에 휩쓸려 보낸 나날이었다.

학교에 나가니 새로운 일이 기다리고 있었다. 김일성과 북괴 규탄 궐기대회다. 동원행사가 연일 이어졌다. 학교 행사로, 군민궐기대회로 여기저기 불려 다녔다. 만만한 게 학생이다. 여기저기서 '혈서'를 쓰고 화형식 벌이고 난리가 났다. 작년 11월 이후 잠잠해졌던 에르나인틴(L 19) 정찰기가 다시 머리 위를 나르면서 삐라를 뿌려댔다.

군사작전 끝났다고 끝난 게 아니었다. 이제부터는 대민 작전이다.

'1.21'은 또 한 명의 영웅을 등장시켰다. 작전종료 발표가 얼마나 지났을까? 이번에는 새로운 영웅이 신문의 지면을 장식했다.

'최규식 총경'이다. 자하문 검문소에서 124군 침투 게릴라와 최초 총격전 때 순직한 사람이다.

"고 최규식 총경의 아버지는 6.25 때 북괴 인민군에게 학살당했다…"

구체적인 이름 석 자도 없이 최 총경 유족이라는 사람의 말을 빈 기사가 크게 났다. 다음 날 여러 신문에 이 내용이 인용 보도되었다.

3월 새 학기 문교부장관 추천 어린이 반공도서에도 같은 내용이 실렸다. 그런데 탈이 났다. 확인해보니 최 총경의 아버지가 학살당했다는 얘기는 사실이 아니었다. 작은 할아버지가 유명한 한글학자로 지금도 살아있는 '외솔 최현배' 선생이라는 것도 알려졌다. 진짜 훌륭한 분을 저렇게 망가뜨리는 일이 벌어진 거다.

"영웅은 난세에 태어난다"고 했는데 똥꾸 보기에 요즘 영웅은 권력이 만들어낸다. 원래의 영웅과는 경로가 다르다. 진짜 영웅은 민중의 입으로 구전되고 전설이 된다. 이순신 장군이 영웅이다.

갑자기 기관단총에 맞아 죽은 사람은 영웅이 아니다. 동상을 세우고 추모를 열심히 해도 아닌 건 아닌 거다. 죽어서 급조된 영웅은 그에게 되려 '욕'이 된다. 팔자는 모른다. 똥꾸가 영웅이 될런지!

여하튼 '1.21 사태'는 나라를 병영국가로 만들어준 한국판 '테트(구정)

대공세'였다. 똥구의 중 3은 '1.21'로 시작해서 '10.30'으로 끝났다. 10.30?
울진·삼척 무장공비 침투 사건이다.

'십 삼공'은 백두대간을 중심으로 그 안팎 해안 내륙과 똥구네 지역을
그 해 말까지 두 달 동안이나 헤집어 놨던, 16세 소년 똥구 일생에 최대
의 전란이었다.

고노골이다. 임진강이다. [비대칭 전선]이 확대된 두 번째 실험이었다.
위력과 한계를 함께 보여준 '이중 전선'… '복합 전선'이다.

전술을 가장한 전투, 전략을 실험한 새로운 전쟁… 히틀러와 스탈린의
재림이다. '국권 수호'로 치장한 양측 독재 권력의 파시즘이다. 이해관계를
함께 하는 둘 사이에 묵계된 동맹 전선이다. 말 만 못 할뿐 다들 안다. 그
걸로 적이 뒤집지지 않는다. 내부용이다.

똥구의 중학교 시대가 그렇게 저물어갔다. 어딘가에 점점 빠져드는 느
낌이다. 숨겨진 소용돌이다. 수렁이다. 며칠 전 마틴 루터 킹 목사가 암살
됐다. 저격수다.

'늪'이다. 늪인데 누가 놓은 덫이다. 한 번 걸리면 헤어날 수 없는 덫!
몸부림 칠수록 더 강하게 조여 오는 보이지 않는 덫 말이다.

누가 걸릴까? 똥구가 걸려들지, 어느 집 개가 걸려들지 누구도 모른다.
걸리면 죽는 건 개나 사람이나 같은 거지.

'아, 이거구나! 늪……'

4. 해방전쟁, 이념전쟁

'**반공**'… '반미'… 남과 북의 사생결단 정세가 마치 전쟁 직전의 시국이

다. '1.21 사태'이래 끔찍한 전쟁공포가 재발됐다. 없던 증을 새로 만들어 쥐어주고, 뭘 만들고 또 뭘 창설하고 등등 숨 돌릴 틈을 주지 않고 몰아친다. 그런데 한도가 설정된 쇼윈도 대결 같다.

미운털 단단히 박혀 공공연히 폐간 압력을 받는 '사상계'가 생각났다. 그 잡지 최근호에서 읽은 내용이 절절하다. 똥꾸 머리에 콰-악 박혀왔다. 잡지 말미 '특집 좌담회'다. 살벌한 시대의 확실한 단도직입이었다. 시대의 양심이자 평생의 스승이 된 지식인의 본이다.

먼저 젊은 헌법학자 한 선생이 말을 꺼냈다. 처음부터 끝까지 촌철직설이었다.

"…매카시즘 논리 그게 최후의 카드인데요, 우리나라 우익엔 민족이 없습니다. 왜냐하면 일제시대에 전부 친일파로서 투항을 했던 매국노들이니까 이 사람들의 유일한 논리는 '반공'이에요. 반공으로서 아직까지 정당화했거든. 반공할 것이 없으면 용공분자를 만들어내는 거예요. 반공 하나밖에 없어요. 유일한 생명선이 반공밖에 없어요. 그런데 그것도 가짜 반공이지요."

똥꾸가 감당키 어려운 말들이 많이 나왔지만 논리와 맥락은 이해가 됐다. 방담은 이어졌다.

"그게 문제입니다. 반공만 가짜인가요? 박 정권이 떠드는 민족도 가짜지요. 그건 정치 구호일 뿐이고 그들 머릿속엔 민족이라는 정신 자체가 없습니다. 친일 매국노 짓 할 때 이미 민족은 시궁창에 내다버린 겁니다. 그게 이승만 박정희 독재를 받쳐주고 있는 거예요…

'우익'도 '보수'도 가짜가 되는 겁니다. 자칭하는 거지요. 일제 장교로 남로당 프락치로 권력을 쫓아 사상적 전전을 하던 박정희 머릿속에 민족은 없어요. 그런 사람이 반공이니 민족을 떠들어대니 지나가는 개도 웃는 겁니다. 가슴 아픈 일이에요….”

장 선생님 말씀도 참 대단하다. 거침이 없다. 지금이 그 박정희 치하다. 여기에 나온 분들이 그렇다. 아부 칭송은 아무나 해도 이런 건 아니다. 다칠까봐 겁이 난다. 장 선생님 말씀은 계속된다.

“일제시대 독립운동을 했던 민족 인사들이 진짜 우익이고 보수인데 그 분들이 암살당하고 지금 죄다 돌아가시고 없단 말씀이에요. 우리 국민들이 진짜 가짜를 잘 구별해서 보실 줄로 우린 믿고 있습니다.

그 힘으로 싸우고 있는 거지요. 잃어버린 민족정기를 되찾고 걸레 조각 된 민주주의 국가를 제대로 만들어서 통일된 민족… 통일된 국가를 후손들에게 물려주자 이거 아니겠습니까? 그게 제 2의 6.25와 동족상잔의 피 비린내를 막을 수 있는 근본적인 방책입니다!”

이때 다른 참석자가 마르크스 얘기를 꺼냈다.

“민족 얘기가 나와서 말인데요, 우리가 처한 냉혹한 현실도 문제지만 마르크스에게도 ‘민족’이 없는 게 문젭니다. 이 때문에 가짜 반공주의자들이 민족이란 말을 또 써먹게 되는 거라고 봐요. 그런데 거기는 민족이 본시 없잖습니까? 계급하고 자본주의만 있지. 거기 살았으니 그게 마르크스의 한계입니다. 인간의 한계라고 봐요. 그 사람은 거기에서 지독하게 막나가는 자본주의의 끝을 본 사람이에요. 그래서 자본주의가 발달한 나라에서 공산주의가 꼭 온다고 말한 거 아닙니까? 그런데 그게 거꾸로 된 겁니다. 아주 후진적인 농업국가에서 그 계급이론을 써먹으면서 혁명이 일어난 거예요.”

똥꾸는 이제껏 학교에서 공산주의와 소련 중공은 ‘악의 근원’이라고 귀에 못이 박히도록 배웠다. 그런데 왜 그런지는 들은 게 없다.

‘마르크스’라는 이름은 어쩌다 어디선가 얼핏 들었어도 그에 대한 정보는 신문에도 잡지나 책에도 나온 게 없다. 금기다. 김일성은 이름 석 자만 나오고 얼굴은 나오지 않는다. 공산당의 사상적 모태라는 마르크스는 아예 없는 사람이다.

"그 나라가 소련 중공인데, 그 나라가 또 묘한 게 모두 민족단위로 자치공화국을 해요. 그걸로 연방공화국이 만들어진 겁니다. 민족단위 통치구조 안에서 지주 자본가 계급만 없앤 거지요. 무산계급 중심의 각급단위에 '위원회'라는 걸 만들어서 하부구조가 상향식으로 밀어 올리는 의사결정 구조 말입니다. 그런데 무산계급을 끌고 나가는 사람들이 누구냐 하면 또 '지식 계급'이에요. 그러니까 그들이 사적 재산을 공적으로 이전한 새로운 형태의 유산가 계급이 된 겁니다. 옷만 바꾸어 입은 거에요. 그래서 그 안에서도 분명히 또 다른 계급이 엄존하는 겁니다. 결론적인 얘긴데요, 제 생각은 그렇습니다.

소련 중공 공산주의가 계급이론이나 이념은 마르크스를 따왔는데 자기들 현실에 맞게 잘 적용해서 성공한 거다… 이 말입니다. 문제는 새로운 체제 속에서 발생하는 마르크시즘의 한계적 문제를 어떻게 극복해내느냐 하는 건데요, 잘 하면 오래 가고 실패하면 어느 날 갑자기 망할 수도 있다고 보는 겁니다. 영원한 건 없는 것 아니겠어요?

같은 논리로 영원한 실패도 없겠지요. 이를테면 변형된 신 마르크시즘으로 재생할 수도 있겠지요. 그런데 중요한 건 공산주의 국가체제가 망하면 뭐가 들어서겠느냐… 하는 겁니다. 앞에서도 말씀드렸는데요, 결국은 민족만 다시 남는 겁니다. 소련이 지금 16개 민족… 혹은 시베리아 같은 데는 부족단위인데요, 여하튼 그 숫자만큼의 독립된 민족국가로 쪼개져 들어설 가능성이 아주 높다고 봅니다. 그것도 아주 강한 민족국가들로… '소비에트 연방체제'의 반사작용으로 충분히 그럴 수 있다고 봅니다 저는. 중공요? 거기도 현재 54개 민족단위로 묶어 통치하고 있는데 비슷해지리라 보는 거지요. 그러니까 소련 중공의 현재 통치체제를 뜯어보면, 민족 단위의 하부구조가 국가체제라는 거대한 상부구조를 받쳐주고 있는 겁니다. 중·일 전쟁 때 일본군이 천지사방 짓밟고 헤집어도 장개석이 맥을 못 써요. 부패한 탓도 크겠지만 인민들이 다들 강 건너 불 보듯 했다는 얘깁니다. 왜냐?

민족과 종족단위 중심의 원심력으로 인해 국가적 응집력은 지리멸렬했던 것이지요. 그러다 보니 비록 제한적이긴 하지만, 모택동이도 자치를 통한 소수민족들의 주권과 다양한 문화를 인정할 수밖에 없고 그게 공산주의 체제를 큰 거부감 없이 받아들인 핵심요체 아니겠습니까?"

여기까지 세 분 선생님의 말씀은 지난 해 늦가을 산채에서 새벽대장이 힘주어 말했던 그 말과 같은 얘기다. 진실은 하나였다.

"그렇다면 북한의 체제는 어떻게 보아야 할 것 같습니까?"

방담의 사회자가 이번에는 함 선생님에게 물었다. 그런데 '북한'이라고 했다. 세상이 모두 '북괴'라고 하는데?

"음… 그러니까 북한 체제의 정체성이 무엇인가? 하는 문제라고 봅니다. 앞에서 김 선생이 쭈욱 말씀하신 마르크스의 한계와 소련 중공 체제에 대한 내용을 들으면서 생각되는 겁니다만, 결국은 계급주의나 계급 운동하는 사람들이 민족 또는 민족의 문제를 모두 '계급 관점'에서만 바라보거나 계급으로 그 문제들을 해결 또는 덮을 수 있다고 본다면 그건 지적知的 만용이고, 사상의 교조성에 함몰될 경우 그런 현상이 나타날 수 있다고 봅니다. 레닌, 마오가 그걸 유념했던 겁니다. 자본주의라는 것도 결국은 사람이 만들었고 현실적으로도 솔직히 인간의 본성에 가장 충실한 체제 아닙니까? 따라서 거기에서 마르크스가 지적하고 갈파한 어떤 원리가 자동적으로 에스컬레이터 되는 건 꼭 아니라고 봐요. 고치고 수정하고 거기도 자꾸 변하는 겁니다. 살아남기 위한 불가피한 선택이지요. 미국이 그걸 보여주었잖습니까? 케인즈 경제이론과 그걸 수용한 뉴딜정책 성공이 그겁니다.

서로 닮아가는 겁니다. 소련 중공도 마르크스 이론이나 예언과 전혀 반대적인 현실 속에서 혁명을 성공시켰거든요. 사회과학의 한계이고 계급이론의 허점이라고 봐요. 계급도 좋지만 '민족'을 소홀히 보면 안 되는 이유입니다. 부르주아나 매국집단들에게 내주면 안 됩니다. 그 거대한 강대국이 만약에 거대한 단일 민족국가라고 생각해보세요! 그건 대단히 위험하고 파멸적인 재앙입니다. 저는 그렇게 생각해요. 민족이란 것도 약소국이 살아남기 위한 최소한의 자기방어기제라고 봅니다. 자기 정체성의 멘탈리즘입니다. 공격과 침략의 기제로 작용되는 도발적인 '민족주의'는 제국주의지 민족이라는 원초적인 개념과는 다르죠. 민족주의=제국주의가 아닌 겁니다. 우리의 '민족'이 바로 이겁니다. 인류 보편성에 근거한 정의 평화 공존이지요."

함 선생님이 말하는 이 말도 임진강의 그것과 똑같다. 서로 본 일도 만난 일도 없다. 똥꾸 보기에는 임진강이 함 선생 이름 석 자를 만고에 들어볼 일이 없었을 텐데 말이다.

"많이 돌아온 것 같습니다. 이제 북한과 현재의 시국에 대해서 의견들을…"

"네, 제 얘기를 마무리 짓겠습니다."

함 선생님은 기독교다. 기독교인데 퀘이커교도인 무교회주의자라고 한다. 열여섯 살 촌놈이 무슨 말인지 잘 알지는 못해도 여하튼 '민족과 씨알

백성'에 대해 열정과 논리가 대단하고 앞날을 내다보는 예언자적 식견과 역사관을 지닌 분이다. 백발의 도인이다.

함 선생님을 똥구 당대에 만난 건 큰 복이다. 제일로 닮고 싶은 분이다. 인생의 푯대 선생님의 길을 따라가고 싶다. 이 분 말씀으로는 지상 세계에서 인간이 아주 오랜 기간 삶을 이어오는 방식으로서 종족이나 민족, 그 울타리인 국경을 무시하는 그런 '하나님'은 아니라고 한다. 그의 민족은 다름 아닌 인류애다.

"북한 체제의 출발은 일제 말 동북만주에서 항일무장 독립투쟁을 벌인 조선인 빨치산들입니다. 그 중심이 김일성 최현입니다. 이들은 사회주의입니다. 엄밀히 말하자면 '강경 사회주의'… 그러니까 공산주의지요. 소련 중공의 스탈린 마오가 모델입니다. 유격전 근거지가 도시 아닌 농촌인 점도 그렇고, 무산계급의 중심을 농민으로 내세워 정권을 출생시킨 것도 같습니다. 그러니까 말하자면 민족 사회주의라고나 할까요? 이게 말이 되는 겁니다. 마르크스와는 상당히 다르거나 배치되는 거지요? 모순 대 모순을 마르크스의 이론을 되 빌려 '정반합'적으로 해결한 겁니다. 말하자면 서로 부딪치는 게 아니라 몸체에 날개를 달아준 겁니다. 겉으로는 무산계급 체제인데 그 힘의 동인은 민족입니다. 민족의 모순이라는 게 내부적으로는 계급이고 토지 아닙니까? 그걸로 민족이 해체되고 그 나라나 왕조가 망하는 것인데요, 그런데 이 문제를 맑스 적으로 해결하면서 오히려 민족에 대한 애착심이 더 강해지고 동질적 균일적 민족 정체성이 생겨난 겁니다. 친일이라는 식민지 매국 계급이 청산되고 분배든 국유화든 토지 문제가 깨끗하게 매듭지어진 겁니다. '내 민족'… '내 나라'라고 하는 민족, 사상, 체제의 세 마리 토끼가 잡힌 겁니다. 그 중심에 '수령'이라는 상두꼭지가 있다고 봐야 할 것 같습니다. 우리가 이걸 이해해야 됩니다. 그래야 민족문제나 체제의 상대성을 바로 봅니다."

"**그렇다면** 말이죠, 북한 정권이 말하는 민족이다… 민족 해방이다… 민족 통일 전쟁이다… 하는 것들이 그런 체제의 특수성이나 이쪽에 대한 상대성 속에서 바라보아야 하는 것일 수 있겠군요?"

사회자의 요점 질의에 제일 젊은 최 선생이 말했다. 이 분은 공산권 문제와 한반도 문제 전문가다. 30대 대학 강사다.

"그렇습니다. 북한 인민들을 묶어내고 동원하는 정치적 이념적 민족적인 방법이죠. 문제는 인민들이 권력에 끌려가는 게 아니라 자발적으로 '체제를 보위한다'고 하는 주체의식입니다. 이런 생각이 전적으로 무슨 사상 교양이나 학습 세뇌의 결과라고 보기는 어렵습니다. 앞에서 함 선생님이 말씀하신 그러한 역사성과 현실적인 체제 창출의 과정이 있었던 것이죠. 북한이 몇 년 전부터 '김일성 주체사상'이란 걸 대대적으로 내세우는데요, 그게 방금 말씀드린 그런 상황 속에서 나오고 수용되어가는 과정으로 봅니다…"

사회자가 지금까지의 방담 내용을 중간 요약삼아 짚어 주었다.

"그러니까 여러 분께서 말씀하신 우리의 역사적인 상황과 민족적인 특수성 그리고 해방 및 남북의 상이한 정권 수립에 따른 분단의 고착화가 6.25 한국전쟁의 명분이 됐다… 그런 전체적인 맥락 속에서 외부적으로는 외세의 세계단위 전략 속에서의 개입이 작용했지만 민족 내부적으로는 통일에 대한 열망이 피차 더욱 강렬해졌다. 또한 전쟁의 단초는 이미 해방과 동시에 가져온 분단으로 잉태되고 확대되어왔다… 전면전의 총구를 누가 먼저 당겼는가는 현상의 문제이지 본질적인 문제는 아니었다… 이런 말씀으로 정리되겠군요."

"그런 것으로 봐야 되겠지요. 만약에 소련 중공처럼 다민족 연방체제라든가 민족적인 이질감이 아주 깊거나 또는 두 민족 연립정권이 분열되었던 것이라고 한다면, 어느 쪽이든 전쟁을 먼저 일으킬 명분이 있겠습니까? 전쟁도 광의의 정치라고 하는 것인데… 그러니까 남한도 이참에 아주 이북 압록강 두만강까지 쳐 올라가 통일시켜버리겠다고 38선을 넘어선 것 아닙니까? 38선이란 게 따지고 보면 아무 것도 아닌 거거든요. 국경선도 휴전선도 무슨 선도 아닌… 그냥 외세가 금 그어 놓은 거거든요. 그러니 별다른 심리적 저항감 없이 내 땅 내가 찾는다고 북진한 겁니다. 서로의 당위이자 민족의 당위인 겁니다.

그런데 여기서 남북한 체제 출범선상에 연유된 중요한 차이가 개입합니다. 그게 뭐냐 하면 말이죠, 이북이 보기에 남한은 친일파 청산도 토지개혁도 된 것이 없고 역사성을 상실한 권력이란 겁니다…

가장 중요한 게 남한 인민들의 마음입니다. 1946~48년 3년 어간에 미군정청이 남한 내 20세 이상 성인 2천여 명을 대상으로 해마다 10여 개 항목의 여론조사라는 걸 했습니다. 체제에 대한 민심 조사지요. 그런데 80%가 사회주의 체제를 원했습니다. 자본주의는 그 1/6~7 인 10~14% 선에 그쳤습니다. 비타협 항일무장투쟁을 일본의 패망직전까지 수행한 독립투쟁 집단이 김원봉과 마오의 팔로군계열 무정… 국내파 박헌영 및 박열의 의열단… 동북항일연군 등등 주로 사회주의 세력이었다는 것을 대중들이 인식하고 있었다는 겁니다. 김일성은 압록강 넘어 보천보 일본군 지서 습격사건 이외에는 사실 그다지 알려진 바가 없었습니다. 그러니까 남쪽 인민 대다수의 바람이자 요구를 요약한다면, 신생 정부는 민족 자주성에 근거한 인민의 자유와 권리가 보장되는 온건 사회주의 공화제하 '통일정부' 수립으로 귀결됩니다. 이게 71~87%에 이릅니다. 강경 사회주의는 아니라고 봅니다.

　이래야만 일본은 물론 인접 강대국에 대항할 민족의 힘이 결집되어 제2의 '경술국치'를 막을 수 있다고 보는 겁니다. 또한 매국노 처단과 더불어, 대부분이 농업인에 또 그 대부분이 소작인들인 농민의 소망인 토지개혁을 통한 토지분배가 힘 있게 추진될 거라는 희망을 품고 있었던 겁니다. 그러니까 지금과는 다른 아주 강한 민족정신이 그 때는 있었던 겁니다. 그 결과가 미군정 여론조사에 그대로 투영됐던 거죠. 남로당이 이런 토대 위에서 활동한 겁니다. 그런데 미국이 전략적으로나 현실적으로 이걸 받아들이기 어려운 겁니다. 이승만과 친일파들이 다시 득세하게 된 배경입니다. 10%가 80%를 뒤집은 겁니다.

　그러니까 김일성 북한이 볼 적에는 남한정권이야말로 일제 식민지 연장이고 미국의 '괴뢰정권'이라고 보는 겁니다. 여기에서 '민족해방 전쟁'… '민족통일 전쟁'이라는 명분적 역사성을 가지게 되는 겁니다. 따라서 6.25의 프로파간다 헤게모니는 북한… 김일성한테 있었다고 보는 게 객관적입니다. 이념적 지리적 동맹국인 소련의 막대한 잉여 군수물자와 중공 팔로군 출신 수만 명의 전투경험을 가진 조선인 병력 귀환도 전쟁수행에 대한 자신감이었죠. 그러니까 북은 '민족 해방, 통일 전쟁'으로 명분과 성격을 규정한데 반해 남쪽은 '민족'이 빠진 그냥 '북진 멸공 통일'인 거죠. 말하자면 북쪽은 '민족…'인데 남쪽은 '이념 전쟁'이 돼버린 겁니다."

　"그렇게 되는 것이군요. 사실 구미 여러 나라 석학들과 언론, 전쟁 사가들의 견해가 그렇게 일치하고 있습니다. 우리만 언급을 있는 사실대로 하기 어려운… 뭐랄까 일종의 금기 같은 선이 그어져 있습니다. 이건 대학에서 연구하는 사람이나 일반 국민들이 다를 바 없는 것 같아요."

　최 선생과 사회자의 대화로 똥꾸의 머릿속 안개가 걷어지고 미로가 교통정리 된 듯하다.

"그렇다면 정초의 1.21 사태와 그 이후의 국내외적인 정세 변동 그리고 '10.30 울진삼척 무장공비 사태'로 벌어지고 있는 작금의 정치 시국을 어떻게 보아야 할까요? 여기까지가 오늘 방담의 마지막이 될 것 같습니다만…."

사회자가 마무리 주제를 던졌다. 편집주간이자 정치 평론가인 장 선생님이 입을 열었다.

"제가 볼 때에, 박 정권에게 주는 명암이 대단히 모순되면서도 극명하게 나타나고 있습니다. 길게 볼 때 작금의 시국 상황이 꽤 길게 갈 것으로 봅니다. 틀이 바뀌는 전환기적인 사태가 금년에 나라 안팎으로 나타났던 겁니다. 줄여 얘기하자면, 박 정권의 전매품이자 권력유지의 명분인 '안보'와 '경제개발'이 뻥 뚫려있다는 것을 적나라하게 보여주었습니다. 우선 북한 군인들이 떼를 지어 청와대 뒷산까지 아무런 제지 없이 무사통과했다는 것은 치명적인 사태입니다…

'안보'가 정권유지 명분에 불과하다는 보수야당의 비판에 유구무언이 됐습니다. 다른 하나는 미국이 한국군 월남파병으로 인한 공백을 메워준다며 주한미군 병력 일부의 철수를 유보했습니다만, 이번에 거기가 뚫렸습니다. 울진·삼척 사태도 연인원 군경 20만 예비군 30만이 동원됐지만 한 달 이상 작전이 지속되고 이쪽 사상자 피해도 막심합니다. 그나마 조금씩 들어오던 외국자본이 떠나가고 국내 경기는 바닥이 됐습니다. 이 시점에서 미국의 군사 경제 원조수준이 한국의 목줄을 좌지우지하는 견인력이 더 강화됐다고 봐야 할 것 같습니다.

한 마디로 우리나라와 박 정권의 명운이 미국에 달린 것인데 그 예속성이 더 심화된 겁니다. 권력 취약성이 그대로 노출된 겁니다. 그런데 현

정부의 이러한 악재가 정치적으로는 호재로 작용하고 있다는 현실이 문제입니다. 지난 1963년, 67년 대선 당시 민정당 윤보선 후보가 공화당 박정희 후보의 남로당 전력과 군사재판 언도 경력을 문제 삼아 그의 아킬레스건을 건드렸습니다만, 그의 '반공' 정치가 오히려 더욱 탄력을 받는 형국입니다. 분열된 야당 신뢰도 문젭니다.

더 이상의 박정희 개인 전력에 대한 시비도 이제는 큰 힘을 못 쓰는 형국입니다. 올해 이루어진 일련의 국방과 사회전반의 밀어붙이기 변화가 그걸 말해주고 있습니다. 야당이 안보를 비판하면서도 그 안보에 되려 붙잡혀 맥을 못 쓰고 있습니다. '1.21 사태'로 극명하게 드러난 무방비 안보 현실에 대한 국민적 공포감이 되려 집권세력에게 호재로 작용하고 있다는 것이지요. 이런 정치 방정식은 상당히 오랜 기간 힘을 쓸 것 같습니다. 말이 나와서 말씀입니다만, 3선 개헌도 이런 분위기에서 공수표로 끝날 것 같지 않은 현실적 예측이 가능합니다. 그렇다고 한다면 현 집권당이 3선만 하고 물러날 것이냐 하는 의문이 또 남게 됩니다. 이승만의 '사사오입 3선 개헌'과 자기들은 다르다는 생각을 하는 것이죠. 결과적으로는 현 정권이 북한 정권으로부터 큰 도움을 받아 위기탈출을 하는 것 아닌가 하는 이른바 '적대적 공존'의 개연성에 눈길이 가는 것도 사실이지요. 김일성 정권도 그런 점에서는 같은 처지가 아닐까 하는 거구요. 국내 언론에는 안 나오지만 해외언론에서는 공공연한 비밀로 취급합니다. 묵겝니다.

정치적인 묵계라는 것은 적대관계 속에서 더 힘을 발휘하는 것이거든요. 겉으로는 싸우면서 뒤로는 협상하고 타협도 하면서 정치적 공생을 하는…! 그러려면 만나야 하는 것 아니겠습니까? 그게 한두 번 만나 될 일도 아닌 거고, 이면으로 제 3의 특사를 서로 보내는 것도 있구요. 꼭 대면 안 해도 정치적 이해관계를 타산하면서 묵인 묵계가 이루어진다고도 봐야지요. 다시 말하자면 이 쪽, 저쪽 군경과 게릴라들은 전술로 죽기 살기 싸우지만, 정치권력은 그 것을 지렛대 삼아 전략적으로 서로를 대응하고 주고받는다는 겁니다. 유무상통입니다.

잘은 모르겠지만 청와대와 만수궁 사이에 핫라인이든 다른 접촉 채널이 있다고 봐야지 않겠습니까? 그게 그런대로 이용도 되고, 우발적인 대형 충돌이나 전면전을 서로 견제 예방하는 일종의'안전판'이라고 볼 때는 필요합니다. 그런 개연성이 드러나게 된 오늘의 남북관계의 겉과 속이 아닌가 소견됩니다. 그렇게 볼 때, 저는 국내외적으로 올해의 전혀 새로운 양상 전개가 우리 국민에게는 어떤 '늪'이 되는 것 아닌가… 거기에 빠져 들어가는 시발점이 아닐까? 굉장히 우려하는 게 사실입니다. 그렇게 결론삼아 말씀 드립니다."

아, 똥꾸와 세상이 그 늪에 빠져들고 있다. 늪… 새로운 늪!

10부

깃발

1. 전투의 시작, 돌아온 고노골

3월은 참 바쁘다. 새 학기 시작 첫 달이라 바쁘기도 하지만 진로 문제로 마음도 어수선하다. 똥꾸의 중학교 3학년은 '쇼리' 일로 바쁘고 나라 안팎 걱정으로 바쁘고 고등학교 진학 여부로 마음 복잡하다.

고등학교를 가는 비율은 연례적으로 이곳 읍내에서 반반이다. 반은 올라가고 반은 집안일로 또는 돈 벌러 사회로 진출한다. 서울로 많이 간다. 여자 애들은 공순이로 남자 애들은 이발소 양복점 보조 혹은 가게 점원이다. 똥꾸는 집안일을 본격적으로 떠맡을 생각이다. 그래야 엄마가 건강 잃지 않고 몇 년이라도 더 사실 것 같다. 이대로 가면 엄마는 3년도 못 가서… 그러니까 똥구가 고등학교를 졸업하는 꼴도 못 보고 돌아가실 게 눈에 보인다.

아버지는 무기력하고 이부 형은 바깥으로 돌다가 지금 군대 가 있는데 모르긴 몰라도 제대해 봤자 뾰족한 수가 없어 보인다. 배운 게 도둑질이라고 당구 화투판으로 돌 게 확실하다. 배다른 누나는 엄마가 계모다. 콩쥐다. 스스로 외롭게 나날을 보낸다. 그래서 장남 똥꾸의 양 어깨는 더 무겁다. 진학을 않으려는 이유는 또 있다.

학교에서 배우는 게 시시하고 가르치는 선생도 시답지 않다. 먹고 살려고 어쩔 수 없이 촌구석에 내려와 억지 수업하는 냄새가 풀풀 난다. 뭐 배울 것도, 배우고 싶은 사람도 없는데 굳이 월사금 내면서 거길 가야 하나?

　그렇지 않아도 입학금 6,250원이 없어서 중학교를 한 달 늦은 4월 초에 겨우 뒷문으로 들어간 똥꾸는 중간치 키로 맨 뒷 열에 앉아 공부했다. 운동장 조회 때는 출석번호대로 줄을 세워 맨 뒷줄 키다리들 사이에 서는 바람에 웃음거리로 1년을 보냈다. 비참했다.

　그 때 담임선생의 무심하고 매정함은 교육자가 아니었다. 그 뿐인가? 제 때 월사금을 못내 등교정지 처분을 받는 게 예사였다. 결석은 한 번도 한 일이 없는데 출석부에는 수십 번 결석생 빗금이 그어져 3년 개근상은 커녕 1년 개근상도 받지를 못했다. 국민학교 6년 개근상 받은 똥꾸 중학교 3년 출석표다.

　그런 친구가 많았다. 식당을 하는 덕분에 잡곡이라도 세 끼 밥은 먹고 신문 전화기는 영업상 있어서 가정환경 조사서는 괜찮았다. 그런데 부모 형제 식구만 9명이다. 주방장과 일하는 아줌마 합쳐 열 한 식구 입을 모두 해결하기에는 시골 식당 수입이 힘에 부쳤다.

　실질적으로 돈 버는 사람은 엄마 한 사람 뿐이다. 똥꾸가 그 입 하나를 덜어줘야 하는 것이다. 형도 나가고, 누나도 집안 허드렛일 하면서 계모와 갈등하지 말고 어디든지 집을 나가주는 게 서로 좋다.

　이 속을 모르고 친구 놈들은 똥꾸를 부러워했다. 자기들은 두 끼 꽁보리밥이다. 똥꾸의 중1 때 그 치욕과 모멸감은 죽을 때까지 잊지 않을 것이다. 지금도 그 상황이 이어지고 있다. 고등학교 들어가면 월사금도 껑충 오르고 동생도 중학교 입학해야 한다. 3년 터울 형제들의 앞날도 캄캄하다. 진학해도 모멸감만 연장된다. 똥꾸는 신문으로 라디오로 학교보다 훨씬 더 많은 세상과 지식을 섭렵하고 있다.

　"그까짓 '중'이 뭔 대수라고… 이 더러운 세상!"

3월이 거의 다 가던 어느 날 대장 임진강이 똥꾸네 집을 오랜만에 들렀다. 쉴 사이 없이 터지는 무장공비다 뭣이다… 난리 통에 읍내 공무원들은 삑 하면 비상근무에 서정쇄신 감사대비 등등 핑계로 발길을 끊다시피 했다.

읍내 가게들 돈 나올 구멍이래야 관청에서 공사 벌이고 공무원들 월급 풀고 '480 밀가루'를 풀어야 돈다. 그게 막혔다. 겨울은 공사 중단 뿐 아니라 장사도 개점휴업이라 개는 물론 닭도 못 잡는다.

대장 얼굴 보기 힘든 까닭이다. 대장이 똥꾸네 집을 들렀다. 학교에서 돌아와 연탄불 한 바퀴 돌고 홀에서 신문 뒤적이던 똥꾸의 어깨를 툭 친 이가 그였다. 슬쩍 건드린 것 같은데 어깻죽지는 전기가 찌르르 흐르는 것 같다.

"어, 대장님!"

"노는 날 시간 되면 거기 한 번 가 보시게!"

"예~?"

"며칠 전에 돌아왔네… 허허허~"

똥꾸는 알아차렸다. 삼촌들이 돌아왔다. 넉 달 전 무장공비 사태는 잊혀지고 누명 뒤집어 쓸 위급함은 해소됐지만 아직 1.21 사태의 여진은 진하게 남아있다. 그러나 거긴 서울이다. 그 시점에 산채 식구들은 돌아왔다.

이틀 후 토요일 오후다. 집에서 옷을 갈아입고 똥꾸는 산적을 불러내 함께 갔다. 오 씨 아저씨 장례를 거기서 치루고 다시 두 달 20여일 만이다. 하늘은 맑았다.

"여~, 오랜만일세~ 똥꾸~ 산적!"

구렁털 아저씨였다. 삼촌들과도 반가운 포옹을 나누었다. 1주일 전 쯤 돌아왔다고 했다. 깨끗이 정리된 산채는 아무 일도 없었던 듯 예전 그대로 다. 식구들 얼굴은 오히려 이곳을 뜰 때보다 더 좋아진 것 같았다. 대체 어디서 어떻게 보낸 걸까?

"허허~ 따뜻한 남쪽 나라에서 잘 보내다가 제비 따라 다시 돌아온 거지…."

"세상에 따뜻한 남쪽 나라라니 월남에 다녀오신 건 아닐 테구유!"

그날 새벽 구렁털 식구들은 고노골 산채 바로 뒷산 문수봉 8부 능선을 타고 남쪽 방향으로 직진했다. 대간 정상 마루금 직선거리 20여리 간격을 유지하며 남진했다. 대간 마루금을 중심으로 양쪽 5부~정상 능선은 주된 작전 구역이다. 그걸 피해 이동했다. 대간에는 영마루도 참 많다. 북에서 남으로 진부령~미시령~한계령~오색령~구룡령~조침령~대관령~선자령~삽달령~백봉령 등 이어지는 영마루가 똥꾸 아는 것만 열 개쯤이다. 험하고 복잡하다.

이 루트가 지형지물로나 직선 이동경로로나 최단거리다. '터널'같은 지름길이다. 군경 작전의 종심 반경이자 특수부대원들 훈련코스다. 남파 공작원들 루트이기도 하다. 이런 것쯤은 이 곳 지역에서 다들 안다. 6.25 때도 그랬고 그 후 있었던 수많은 사건들이 그랬다.

알아도 몰라도 이쪽저쪽 다 여전히 유효한 대간 루트다.

구렁털 일행의 목적지는 '방앗골약수' 지역이었다. 이건 똥꾸가 전혀 생각하기 어려운 곳이었다.

"아~! 거기였구나…."

대장 임진강은 물론 알고 있었다. 똥꾸는 그러리라 충분히 짐작은 했다 그러나 대장에게 더는 묻지를 않았다. 일종의 금기다. 궁금했지만 여태껏 참고 있었다. 그걸 이제 알았다. 그리고 삼촌들은 모두 무사하게 살아 돌아왔다. 똥구의 우울했던 3월이 시원해졌다.

"방앗골약수터가 어디예유?"

묻고 찾고 했다. 오대산 북대~서대 사이 바깥 골짜기에 있는 곳이다. 이름이 제법 알려진 약수터라 깊은 산속이긴 해도 사람들이 더러 들르는 곳이다. 고노골에서 국도를 따라가면 200여리이고 능선을 타고 이동하면 대략 140여리 쯤 된다.

그 날 종일 구렁털 일행은 해안 쪽 능선을 타고 문성읍 남서쪽 야산까지 90리를 내려가 행군을 멈추었다. 그래도 밤길 100리보다 훨씬 수월하게 이동했다. 작전반경에서 최대한 벗어나기 위한 속도전이었다. 사실 이정도는 식은 죽 먹기다.

하룻밤 숙영을 하고 다음날 오전이 목표지점 방앗골약수터다. 여기서부터는 서쪽으로 방향을 틀어 고갯길을 넘는다. 그 유명한 '헐떡 고개'다. 험한 고개만큼 최단거리다. 넘어서 남쪽 십여 리 들어가면 상월사 일주문이 나오고, 서쪽방향 30리 직진 후 좌회전을 하면 마침내 목표지점이 나온다. 도착 시간은 정확했다.

"그런데 왜 하필 '방앗골약수터'예유?"

"허허허… 거기 똥구 이모가 계시잖어!"

"예? 뭔 말씀이세유? 화자 이모가 거기 계신다는 말씀이래유?"

그랬다. 갈근골에 머물던 화자 이모는 큰 맘 먹고 구렁털과의 이별을 감수했다. 갈근골 약수터 용천수가 분출을 멈춘 것이다. 주변에 머물던 같은 처지의 사람들이 떠나고 약수터도 자연 폐쇄됐다. 길 따라 내리고 오르고 10여리 북쪽에는 또 다른 약수터가 있기는 하다.

소문만 요란하지 산출량이 아주 적고 사람들은 미어진다. 게다가 장마철 계곡물이 넘쳐 잠기기 일쑤다. 화자 이모가 멀리 남쪽 방앗골 약수터로 옮겨간 까닭이었다. 거기는 산출량도 풍부하고 물맛 좋고 들르는 이들이 그다지 많지 않아 머물기에 좋았다. 북쪽으로 시오리 길 나가면 제법 큰 읍내라서 우편물을 부치고, 생필품이며 약 구입이 용이하다. 남쪽으로 십 리 거리에 인심 좋은 탄동 마을이 있다.

작년 봄이다. 이모는 똥꾸와 산적을 산채에서 만나고 딱 1년 후 그리로 갔다. 이모와 구렁털 아저씨는 말하자면 연인 사이였다. 마음으로 주고받는 거지 그 이상은 아니었던 걸로 보인다. 똥꾸만 몰랐지 편지로 오고간 정분이 천리 성은 쌓은 것 같았다. 그곳이었다.

화자 이모네 옆 빈집을 손보고 머물렀던 것이다. 그 동네는 온 산이 산약초와 산더덕 자연삼 천지다. 읍내 약초 시장은 현지 집산지로는 전국에서 제일로 크다. 산속에서 단련 수행하는 구렁털 삼촌들은 무림의 고수일 뿐만 아니라 산약초도 내로라 하는 고수들이다. 거기에 갔을 때가 늦가을이었다. 이 무렵부터 나오는 겨울 근초 산약초가 진짜다. 방앗골약수터 윗자락을 출발해서 표고 뽕느타리 산뽕상황 참싸리 능이 영지 등 버섯을 훑는다.

조금 더 들어가면서 산도라지 산더덕 산당귀 천궁 천문동 맥문동 하수오 하늘영지 등속을 만나고 이제부터 깊은 산속으로 들어간다.

여기서부터는 아무나 아니다. 특히 참라(참나무 겨우살이) 송라(소나무 겨우살이) 석청은 해발 1,200~1,500m 급에서나 본다. 보통 20~30m 높이 근처에서 새집처럼 뭉쳐 자라는 참나는 황금색 가지로 약용 효과가 뛰어나고 값도 실하다. 송라는 30m 근처 그러니까 맨 꼭대기 가지 바로 밑 잔가지에서 지렁이 늘어지듯 자라는데 결핵 항암 부인병 진해거담 피부 등 약효가 뛰어나 부르는 게 값이다. 말린 것 20g이 쌀 한 가마다. 석이 버섯 참나무상황도 여기에 있다.

이들의 공통점은 모두 나무 꼭대기와 높은 절벽 중턱에 있어서 여간 사람 손을 타기가 어렵다는 것이다. 노루궁뎅이 자연삼도 이들 나무그늘에 숨어산다. 석이 참상황 노루궁뎅이 등 버섯은 식용보다 약초다. 노방봉은 가외수입이다. 그러니 효능도 효능이지만 그 높은 곳을 아무리 긴장대로도 재려가지 않는 성역이라 어지간한 산꾼들도 힘들어한다. 그래서 더 비싸다. 따라다녀 봐서 안다.

그걸 어렵잖이 거둬들이는 삼촌들의 수확물은 만만찮은 수입이 됐다. 그것도 10여 명이 거둬들이는 약초 물량은 대단했다. 참라 송라 석청 참상황 노루궁뎅이는 팔지 않고 화자 이모가 모두 쟁여두고 달여 먹는다. 그 중 궁뎅이는 고단백이라 고기삼아 구워 먹기도 한다.

결핵으로 요양 중인 이모에게는 더없는 효자 약초들이다. 구렁털은 화자 이모가 완치되기를 누구보다 더 간절히 기도한다. 그곳을 떠나올 때 화자 이모에게 만들어준 돈이 3년은 지낼 수 있는 액수라고 했다. 이별 전날 구렁털 아저씨와 화자 이모가 처음으로 합궁을 했다.

흑치 삼촌이 귀띔을 했다. 형수가 됐다. 똥꾸와 사돈지간이다.

"히히히… 히히히히!"

똥꾸와 산적은 공연한 웃음이 새나왔다. 삼촌들은 읍내에 일을 나가기 시작하고 읍내도 따뜻해져가는 날씨만큼 평화로워져 갔다.

읍내의 평화는 똥꾸 생각보다 그리 오래가지 않았다. 1년도 못 갔다. 사람들은 다시 보따리 쌓아야 한다고들 했다. 하긴 똥꾸도 전쟁이 터져 가족들이 뿔뿔이 흩어지고 헤어져 알 수가 없을 지경이면 별 수 없다. 일단 전쟁이 터지면 남쪽 끝까지 피란을 간 후 매월 보름과 삭망 날 정오에 영도다리 중간 난간에서 해질녘까지 기다리자고 약속을 해 두었던 터다. 모두 만날 때까지… 그런 약조를 해둔 집들이 흔했다. 머리에 이고 산다.

"탕~ 타타탕 탕 타앙~~"

라디오에서 흘러나오는 반공연속극 장면으로 들렸다. 그런데 그게 아니다. 숨가쁜 긴급 교전 보도였다.

"아~~~!"

또 터졌다. 어쩐지 한동안 조용하다 했다. 이번엔 똥꾸네 동네가 직격타에 들어갈 것 같은 짙은 불길함이 느껴졌다. 산채식구들이 돌아온 지꼭 일곱 달 만이다. 공부는 무슨… 그야말로 똥꾸네 시대는 '난세 중의 상난세'다.

'왜 맨날 이렇게 살아가야 하지?… 난 왜 이런 나라에서 태어난 거야…'

이번에는 비대칭 전선 제2차 대전이다. 1차는 댈 것도 아닐 게 틀림없다. 뭣이든지 다시 붙으면 점점 세지고 독해진다. 느낌은 '촉'으로 온다. 생명에 관계되면 아주 민감해진다. 장대비 쏟아지기 전에 개미는 먼저 땅속에 들어간다. 본능이다.

그런데 서울이 아니라 한반도 남쪽 제일 외지고 궁벽한 백두대간 산골짜기다. 도내 전체가 삽시간에 작전 지역으로 선포되고 전투장이 됐다.

'아……'

2. 어둠 속의 방문자들

왜 이럴까? 각자 제 살 궁리만 하고 살면 안 될까? 그것도 바쁠 텐데 왜 서로 보내고 찝쩍거리고 지랄들이지? 누굴 위한 거여, 누굴?

화딱지 나서 못 살겠다. 똥꾸의 반복되는 원초적 자문이다. 알 듯 말 듯 늘 제자리 질문이다. 전투는 전쟁이고 전쟁은 정치의 연장이라고 어느 대학교수가 말하더라! 정치 똑바로 잘 해야 할 것 아니여?

불길한 방문자들이 찾아들었다. 드디어 어둠을 타고 똥꾸네 산골로 들어왔다. 올 것이 왔다. 이름만으로도 소름 돋는 '무장공비'들이 떼로 몰려왔다는 소문이 마구 돌았다. 어떤 이는 수백 명이라고 하고 다른 이는 대대 병력이 내려왔다고도 했다. 6.25 초기와 비슷하다고도 했다. 사람들은 공포심에 떨고 민심이 흉흉해졌다.

지난 번 1.21 사태에 비할 바가 아니다. 간첩은 숨어서 정보를 탐문 수집하는 것이라 주민들 안위와는 직접 상관이 없다. '공비'는 다르다. 산속에 숨어 이동하고, 여기저기 불쑥 민가에 들이닥쳐 뺏고 살상하고 그런다는 것이다.

'글쎄, 소도 비빌 둔덕이 있어야 서는데 그러면 누가 편을 들어줄까? 진짜 그럴까…? 왜 그럴까? 작전일까? 마지막 수단일까? 북파 됐다 돌아왔던 망까나 그 대원들도 거기 가서 그랬을까.'

이번에는 그 숫자가 120명에 이른다고 했다. 생포된 포로의 입을 통해 알려진 것이라니 거반 맞는 것도 같다. 1.21 때 31명보다 네 배다. 124군 같은 부대다. 북괴군 최정예 특수부대라고 했다. 이 정도면 1.21 때 공비라기보다는 민간복으로 위장한 정규군 부대의 침투 작전이라는 게 똥꾸 판단이다.

이건 게릴라전을 한 번 대차게 벌이겠다는 거다. 뭘 믿고 그러는 건지 현재로는 알 길이 없다. '공비'는 이쪽에서 붙인 이름이다. 모르긴 몰라도 이쪽에서 보낸 무장 공작원들도 그쪽에서는 똑같이 '공비'라고 할 것이다.

전쟁이다. 그런데 왜 이렇게 큰 전쟁의 결전장이 하필이면 똥꾸네 동네

이어야 하는가 이 말이다. 한숨 반 두려움 반이다. 신문과 라디오 뉴스로는, 10월 30일부터 11월 2일까지 나흘에 걸쳐 1개 분조 15 명씩 모두 8개 조가 세 차례에 걸쳐 고포해안으로 침투 상륙했다는 것이다. 고포 해안이면 파래김 돌미역으로 유명한 고포항구다. 십 리 북쪽이 강원도 삼척과 경계다. 관할 경계가 모호한 그 사이로 들어왔다는 거다.

고포 항 울진은 원래 강원도다. 이들은 상륙하고 불과 두 시간 만에 곧바로 오십 리 산을 타고 대간 중심부에 진입했단다. 그 속도는 군경이 상상하기 힘든 속도다. 돌아보면 그랬다. 개미새끼 한 마리 못 넘어 오는 철통같은 철책선과 해양 수호를 외치지만 말뿐이지 번번이… 맥없이 뚫렸다. 열 명 순사가 한 명 도둑을 못 잡는다는 말이 있긴 해도 이건 그게 아니잖은가 말이다.

저쪽도 마찬가지인 것 같다. 망까가 몇 번씩 드나들며 살아 돌아왔으니 말이다. 당국 발표로는 화전민들을 여럿 죽이고, 조 단위로 흩어져 작전에 들어갔다고 했다. 신문에 보도된 이런 내용은 생포된 공비의 진술로 알려진 것이다.

"…월남전처럼 남한의 산악지대와 농촌에 혁명 기지를 구축하고 민중봉기를 유도하여 게릴라 활동이 가능한지 연구하고 있었으며 이를 확인하기 위해 대규모로 공비들을 침투시켜… "

정부의 발표 보도다. 분석인지 공비 진술인지는 몰라도 그런 것 같았다. 문제는 여기가 산악은 많아도 정글 월남은 아니잖은가?

"해방 정국에서 남한 인민들의 사회주의 지지율 80%가 아직도 견고한 지지율로 남아있는 걸로 확신했나? 화전민들은 왜 죽일까? 그들이야말로 남한 사회에서 제일 밑바닥 삶을 사는 '무산 계급'인데 그들을 죽이고 무슨 혁명기지 만들고 민중봉기를 유도할 수 있을까?"

지식이 늘어가는 만큼 많아지는 호기심에 비례해 의문도 늘어나는 애어른 똥꾸다. 언제인가부터 매사 끝까지 따져보는 습성에 익숙해졌다. 그러려면 논리적이고 객관적 상식적이고 공정하게 이쪽저쪽을 바라봐야 한다는 지론이 생겼다. 그래야 정확하고 올바른 판단으로 행동의 중심을 잡을 수 있다. 지식을 장사해먹는 이는 지식인이 아니다. 그걸로 한 자리 욕심을 내면 곡학아세 전락한다. 함 선생님 장 선생님, 한 선생님, 최 선생님, 김 선생님… 이런 분들이 참이다.

그나저나 전시사태 전개양상이 알듯 말듯 모르겠다. '난다 긴다'군사 전략가들이 머리 쥐어짜내 우려낸 전략이다. 냉혹한 양쪽 독재자들이 벌이는 정치전이다. 그 속을 어찌 알랴!

북쪽에서는 어떤 상황이 벌어지는지 우린 전혀 듣는 게 없다. 북으로부터 일방적으로 당하기만 하는 착한 나라 국민이다.

10월 30일 새벽에 침투한 공비와의 첫 교전은 그날 오후였다. 신고 정신은 투철했다. 신사복 농민복 군복 노동자복 등 갖가지 차림새로 위장하고 대간 화전마을에 잠입한 이들의 집단 교양과 지폐 살포에도 빠져나와 신고했다. 그들의 회유와 협박은 일부 주민의 신고로 인해 같은 마을 사람들에 대한 학살로 이어졌다. 30리 길을 맨발로 뛰어 내려가 신고하는 그 고단한 화전민의 속내가 진정 무엇인지 똥꾸는 지금도 모른다. 도망쳐 신고를 하면 남겨진 가족과 이웃들 생사가 더 큰 위험에 빠지고, 신고를 안 하면 살아남아도 나중에 '동조자'로 몰려 잡혀갈 수 있다는 두려움 속에 큰 갈등에 빠졌던 건 아닐까?

그는 결국 신고를 택했다. 잡히면 본인이 죽고, 신고하면 가족이 죽는다. 분명한 것은 살아남기다. 그 날 이후 대한민국 온 천지는 '북괴무장공

비 소탕전'으로 아수라장 됐다. 정치도 국회도 사라졌다. 살벌한 공포감만
남한 전체를 짓누르고 있다. 120명에 20만이 붙었다. 게릴라전이다. 휴전
선은? 최후의 결전이 뚱꾸네 읍내로 점점 가까이 오고 있다. 작전 56일
째… 두 달이다. 사살 생포된 공비가 100명이라고 했다. 신문에는 벌거벗
고 총탄에 벌집이 된 공비 시신들이 가마니에 덮여 눈벌에 늘어져있는 사
진들이 연일 도배되고 있다. 이쪽 인명 피해도 수십 명에 이른다. 신문
보도다.

그들이 북상하고 있단다. 읍내 예비군들도 달래천 뚝방 아래에 참호를
파기 시작했다. 한동네 동원예비군 형들은 벌써 군부대에 소집됐다. 노땅
예비군들은 그동안 번갈아가며 뚝방에 보초경계 서 왔는데 이젠 24시간 종
일 참호 경계를 선다. 본업도 생계도 대책이 없다. 무보수 헌신이다. 뚝방
너머 달래천 강가를 따라 하구 비얏돌 부터 대간 바로 및 논골 입구까지
30리에 달하는 긴 거리에 수백 개의 참호가 불과 며칠 사이에 구축됐다.

이발소 강 씨, 양복점 추 씨, 양장점 기둥서방 장 씨까지 35세 이하 남
정들은 모두 칼빈 소총을 메고 강가에 나갔다. 한겨울 강바람은 매섭다.
대간에서 내려꽂는 폭풍 바람은 사람도 날려버린다. 얼어붙은 강가 좁은
구덩이 안에 머리 쳐 박고 긴긴 날 밤을 세는 건 가히 살인적이다. 읍내
가게의 라면이 동이 난 지 오래다. 그래도 어디서 위문품이고 뭐고 심심
찮게 들고 와서 허기를 달랜다. 장사고 뭐고 없다. 어제부터는 통금이 밤
12시에서 10시로 두 시간 연장되었다. 가가호호 연결된 스피커에서는 계
속 같은 방송 반복이다.

"밤 8시부터는 집 밖을 나가지 않는 게 좋습니다! 좋습니다!"

달래천이 졸지에 휴전선 됐다. 달래교 통행이 해 떨어지고부터 다음날
동 틀 때까지 금지되고, 다리건너 월골 새골 상두곡 가평 개매골 등지 주

민들의 읍내 왕래도 낮 시간으로 엄격히 제한됐다. 전시 상황이 됐다. 도는 소문에 의하면 현재 잔존 무장공비 20여 명이 북상하고 있다. 대간 쪽은 군경의 강력한 봉쇄망으로 인해 포기하고 해안 인가 마을과 대간 쪽 중간 산악 능선을 갈 짓 자로 분산 이동해 올라오고 있다는 소식도 들려온다.

그리고 보니 구렁털과 삼촌들이 지난번 산채를 떠나 방앗골약수터로 가고 왔던 그 이동로 그대로인 것 같다. 맞다. 왜냐하면 방앗골약수터 바로 아랫마을인 '탄동'에서 동네사람 여럿이 북상중인 공비들 손에 죽었다는 보도가 있었다. 2~3일 전이다. 그 지점에서 여기까지의 이동경로 외에 다른 루트는 딱히 없다는 것이다. 그렇다면 아무리 지치고 추위에 허기진 공비들이라도 거기서 읍내까지 사흘이면 족하다. 오늘 내일이다.

갑자기 작전 지휘소 천막이 공설운동장에 설치되고 헬리콥터 에르나인틴(L19)이 다시 나타나기 시작했다. 증원된 군 병력들은 구룡령 정상 좌우로부터 논골 입구까지 곳곳에 배치됐다. 논골 초입부터 달래천변 뚝방을 따라 읍내를 관통하여 비앗돌 까지는 지역예비군 담당 구역으로 역할 분담이 이뤄진 듯 했다.

읍내는 폭풍전야와도 같았다. 거리는 몰아치는 강풍에 깨진 기왓장이며 떨어진 아크릴 간판들이 이리저리 날아다녔다. 날리는 기왓장이고 간판 쪼가리에라도 맞으면 그냥 '골로 간다'는 바람이 온 읍내를 휩쓸고 있다. 서부영화 'OK목장의 결투', '석양의 무법자'의 황량함 그대로다. 학교는 일찌감치 휴교령이 내려졌다. 인적도 끊어졌다.

들려오는 말로는 읍내와 달래천이 북상중인 공비들을 저지하는 최후의 마지노선이라고 했다. 읍내부터 북쪽 철책선 까지 150리가 6.25 수복지역이다. 그 작전 상징성도 크다는 게 달래천을 마지노선으로 설정한 이유

같다. 여기가 뚫리면 철책선까지 그냥 들어간다고 했다. 1.21 때 서울 한 복판에서 철책선 넘어로 돌아간 1명의 공비로 인해 줄줄이 옷 벗은 별들이 많다고 했다. 지리적으로 봐도 대간과 연결된 달래천 같은 큰 폭의 하천 자연방어선이 더는 없다.

민통선에 공비들이 접근할수록 최전방 병력을 직 후방에 투입하기 어려워 작전의 운신 폭이 극히 좁아진다. 자칫하면 아군 내 혼란이 일어나고, 월경 시 북괴군 엄호지원사격이 나면 비무장 지대를 사이에 두고 일대 총격전이 발생할 수 있다. 상황이 통제의 틀을 벗어나면 피아 모두 전쟁의 홍수로 떠내려간다. 전면전이다. 그래서 읍내가 마지노선이다. 전운 감도는 달래천 강물 위로 초승달이 흐른다.

3. 최후의 대전 1 ···'조우'

달래천을 사이에 두고 북쪽 읍내와 남쪽 달골 저쪽은 완전히 다른 세상이 됐다. 군부대는 아래쪽에서 백두대간 동쪽 능선을 중심으로 공비들을 뒤쫓아 올라오고, 북쪽에서는 북상중인 그들을 저지하기 위해 경찰과 예비군 부대가 읍내 쪽 뚝방에 방어선을 치고 비장한 태세를 갖추고 있다. 국경선이 따로 없다. 다리 건너 읍민들은 버려진 거나 진배없다. 이북지역 같다. 선택 당했다. 주권 국민이 아니라 군사작전 대상이다.

군 병력은 백봉령-운두령-대관령-구룡령을 연결하는 광범위한 대간일대를 종간 횡간 전술로 곳곳에 산개하여 작전을 벌이느라 어느 한 곳을 고정하여 방어진지를 구축하기 어렵게 돼있다. 이게 게릴라전에서 나타나는 비대칭 전선이다. 어느 곳에 한두 명이라도 출몰했다고 신고가 들어오면 그 곳에 수백 수천 명이 벌떼같이 달려들어 샅샅이 훑는 토끼몰이 전술을 벌이는 형국이다. 그럴 수밖에 없다.

끌려 다닌다. 수백 배의 상대 전력을 묶어놓는 효과가 있다. 한 놈이 천 명을 갖고 논다. 성동격서다. 120 명을 상대로 하는 전투에 군·경·예비군 뿐 아니라 방범자경단이니 무슨 협의회니 별별 봉사회 등 이제껏 듣도 보도 못했던 띠 두른 벼라 별 관변민간조직까지 총동원이다. 연인원 수십만 명의 엄청난 인력과 군수·보급물자가 투입되고 있다. 그러니 이건 전쟁이다.

어린애와 죽을병에 걸린 노인들을 빼곤 누구나 다들 어느 한 가지에는 걸려있는 것 같다. 북괴의 5호담당제 못지않게 동원체제가 빡빡하게 조직돼 있다는 걸 똥꾸는 확실히 알았다.

만약에 남북한이 동시적으로 상대 지역 곳곳에 이런 식으로 수천 명씩 뿌려 놓으면 어떤 상황이 벌어질까? 게릴라전은 결국 국지전이든 전면전이든 전쟁의 일종이다. 지금 그 전쟁이 똥꾸가 사는 동네에서 일어나고 있다.

남과 북은 지금껏 국제법적으로 '정전'상태다. 정전 협정이라고 했다. 이건 사회 교과서에서 나오는 얘기다. 전쟁이 일시 쉬고 있는 상태라는 뜻이라고 한다. 그래서 휴전이고 휴전선이다.

말하자면 아무 때고 다시 전쟁이 재발해도 이상할 게 없다는 말이다. 어느 일방이 전면전을 도발한다고 해도 '침략'이 아니다. '전투 재개'라고 한다. 그게 지금 여기에서 벌어지고 있다. 무시무시하게 살벌한 낮도깨비 같은 모습으로 말이다. 무슨 '조약'도 종잇장처럼 구겨지는 판에 전쟁을 잠시 멈춘다는 종이쪽지 몇 장이다.

6.25가 끝난 지 십 몇 년이 지났어도 여태 남파간첩이다… 북파요원이

다… 1.21이다… 무장공비 사태다… 끊이질 않는 원인이 이 때문이라는 생각이 절로 든다. 하다못해 '종전선언' 같은 거라도 그 종이쪽지에 한 줄 있었더라면 시도 때도 없이 벌어지는 이런 망할 놈의 사태가 일어나는 일은 없었을 거다. 똥꾸와 산적은 지금 전쟁상태를 살아가고 있다. 그걸 몰랐다.

남은 20명… 그들이 지금 올라오고 있다. 군경 작전은 늘 그들 뒤 꽁무니를 쫓는다. 그들의 이동 속도가 상상하기 힘들 정도의 기동력을 가지고 있다는 것을 이제야 아는 것 같다. 분산 광역 작전을 벌이다보니 부대 간 틈이 생긴다. 구멍이다.

"가보자!"

똥꾸는 결단을 내렸다. 산채에 가보기로 한 것이다. 산적을 끼울까 말까 하다가 찾아가니 주저 없이 가자고 해서 힘을 얻었다. 삼촌들이 읍내에 일을 나오지 못 하고 있다. 아침까지 다리가 통행금지이니 건너올 수가 없다. 물을 못 건너올 건 아니지만 건너편 예비군들 카빈총이 불을 뿜을 것이다. 달골 등 달래천 저쪽 주민들은 요즘 낮에도 건너오지 않는다. 장도 서지를 않는다.

시간이 없다. 산채가 작전지역 되면 식구들은? 오싹하다. 다행히 고노골은 아직 읍내 사람들에게는 귀신이 머무는 무주공산 같은 일종의 소도蘇塗다. 인적 없는 낮에 들어갔다가 해 지기 전에 일찌감치 나올 요량이다. 다리 입구에는 장갑차 두 대가 양 편에 세워져 있고 헌병과 경찰 몇 명이 검문을 하고 있었다. 똥꾸 산적의 키는 어른만큼 돼도 빡빡머리 학생들이라 통과허가를 받았다. 다리위로 내려 부는 버덩말 바람은 마음까지 쪼그라들게 했다.

이 다리가 유사시 이런 목적으로 세워진 군사용이란 것도 알게 됐다.

수십 대의 탱크가 끄떡없이 건너가는 다리이면서 전쟁나면 가차 없이 끊어버릴 다리라는 것도 알았다. 전쟁 터지면 살고 죽는 것도 복불복이다. 그 때는 자연풍수 보다 국군의 작전풍수가 개인과 가족의 길흉화복에 결정적이라는 것을 '달골'의 고립무원을 보고 깨달았다. 그 동네에는 학교친구도 여럿이고 외삼촌 등 외가친척도 많다.

그런데 자칫 공비들에게 피해당할 위험에 처한 국민이라기보다는 지금 그들에게 협력할 수도 있는 요주의 주민들로 취급되는 것 같은 불안감이 느껴진다. 인공시대를 살다 수복된 지역이라는 꼬리표다.

'연좌제'를 아는 똥꾸는 무섭다.

똥꾸 산적은 발걸음을 재촉했다. 초조 불안 공포가 엄습한다. 뛰어가면 예민해 있는 군경의 눈에 띌까봐 참았다.

산채에 들어서니 고요했다. 의외다. 뭔가 어색한 평화로움인 듯하다. 직관이다.

"철컥!"

몇 걸음 더 들어가는데 어디선가 쇳소리가 나는 듯 했다.

"산적, 지금 뭔 소리 못 들었냐? 잘못 들었냐?"

둘은 서로 손을 꼭 잡고 짐짓 천진한 소년의 발걸음을 옮겼다. 여기서 걸음을 되돌리면 이상해진다. 총알이다. 저기서는 우리를 보고도 남을 충분한 거리다. 삼촌들이 안 보인다. 그러나 누군가는 분명히 보고 있다. 늘 그랬다.

"철컥!… 철컥!"

점점 가까이 갈수록 심상치 않은 소리가 간헐적으로 들려왔다. 확실했다. 권총소리다. 소총소리는 예비군들 카빈 '찰카닥' 소리를 하도 들어서 안다. 삼촌들이 내는 소리가 분명 아니다. 뭔가 일이 잘못 돌아가고 있다. 까딱하면 어떻게 된다.

이판사판이다. 간이 졸든지 붓든지 죽긴 매한가지라면 배 밖으로 나오는 게 낫다.

'그래, 어디 쏠 테면 쏴라!'

20대 건달이 10대 건달과 부딪치면 도망간다. 겁이 사라졌다. 사방은 사람 그림자도 없는데 인기척은 점점 짙게 느껴진다. 구렁털 오두막이 보인다. 검정 고무신 한 켤레가 놓여있었다.

"산적, 저건 구렁털 아저씨 신발이야. 가보자!"

"그래, 그런 거 같다…."

간은 배 밖에 내놨어도 보이지 않는 위축감에 둘의 목소리는 기어들고 있었다.

"대장니임!"

똥꾸가 낮은 목소리로 조심스레 불렀다. 그런데 소리가 없다. 밝은 대낮인데도 둘은 허리를 굽혀 조심조심 오두막을 한 바퀴 돌면서 눈짓을 주고받았다. 이윽고 산적이 문을 조심스레 열었다. 방문을 여니 갑자기 컴컴해져 얼른 사람이 보이지 않는다.

"어, 자네들인가… 들어오시게!"

구렁털 말투가 평소와 달리 엉거주춤하다.

"어서들 오시게 소년 동무들!"

"어, 예에~?…… 예에~!"

분명히 '동무'라고 했다.

'아~! 이랬구나….'

'이젠 죽었다….'

둘은 동시에 똑같은 생각을 했다. 방법이 없다.

놀라웠다. 불과 오리길 조금 더 되는 달래천 다리에 삼엄한 군경 검문소가 있고 그 강 북안에 주욱 늘어선 참호 안에 예비군들이 들어가 주야로 총알을 장전하고 지켜서 있다. 코앞에 공비들은 이미 들어섰다. 군경은 그들이 아직 백리 밖에서 올라오는 줄 아는 것 같다.

도망가도 총에 맞아 죽고, 방에 들어가도 구렁털 아저씨랑 함께 죽을 목숨이다. 이판사판 개죽음은 같은 거다. 어차피… 다, 들어가자!

똥꾸 산적은 극도로 긴장한 나머지 잠시 흙벽에 손을 짚고 몸을 기대어 큰 숨을 들이쉬었다. 잘도 드나들던 아이 키만큼도 안 되는 방 문짝 위턱을 이마로 들이받고 튀나온 문지방 턱에 발가락이 찧었는데 아픈 것도 몰랐다. 피할 곳이 없는 외통수다.

고꾸라질 듯 말 듯 둘은 조심스레 안으로 빨려 들어갔다. 한낮이라고 해도 어두침침한 좁은 방안에 귀신인지 사람인지 시커먼 그림자 둘이 어른거렸다. 처음 와 본 것 같은 낯설음에 몸이 움츠러졌다.

그런데도 이상하게 몸도 마음도 사시나무 떨 듯 그 정도는 아니었다. 구렁털 아저씨가 있다는 믿음이 있어서 그런 거다.

"동무들은 작년부터 내 이미 알고 있소. 반갑소 동무들 허허허!"

말을 붙인 사내가 손을 내밀었다. 똥구와 산적은 얼떨결에 그와 악수를 했다. 지금 무장공비와 악수를 한 거다.

"나는 공산당이 싫어요…."

세상은 온통 승복이 얘기로 분노가 하늘을 찌르는데 열 살배기 어린애 입을 찢어 죽인 그 극악한 공비와 악수를 하다니……

방안 공기가 점차 눈에 익으면서 보니 낯선 이 둘이 더 눈에 들어왔다.

'어…!'

가슴이 뚝뚝 끊기고 숨이 컥컥거려졌다. 겨우 숨을 내쉬며 정신을 차렸다.

"옛? 방금 뭐라구 말씀하셨지유?"

"동무들을 작년 이맘 때 알았던 사람이요, 그래서 반갑단 말씀이오들 허허~!"

"예에? 아저씨들이 어떻게 저희를 작년… 부터라니요?"

'침착해라, 산적아!'

"그러니까 말이요, 내가 작년 시월에 여기에 들려서 하루 낮을 신세지고 간 사람이요. 글 때 우여곡절 끝에 돌아갔다가 이번에 다시 상부의 명을 받아 내려와서 들른 것이요 동무들 허허… 글 때 저 대장 동무한테서 얘기를 들었소. 생각 많고 용감한 아주 좋은 친구들이라고 하셨소. 내 들르기 전날에 다녀갔다고 그 때 얘길 들었소… 그러니 어찌 아니 반갑겠소? 허허허."

30대 초반으로 보이는 이 사내는 "동무"란 말만 아니면 이북 사람인 줄 모를 것 같았다. 경기도 표준 말투에 어린 우리한테도 존댓말을 썼다. 그러니까 한 사람은 읍내에서 총에 맞아 죽어 똥꾸 산적이 거적을 덮어준 그 간첩이고, 지금 이 사람이 도망간 그 간첩인 거다.

'아~! 이 사람이구나?! 대단한 생존력이네 참….'

그 때 군경이 생포했는지 사살했는지 어쨌는지 흐지부지 끝나고 말았던 것 같았다. 철책선을 넘어 북으로 살아 돌아간 그 사람이 틀림없다. 그리고 이번에는 안내원 겸 무장공비 8개 조 중 한 개 조장을 맡아 내려온 것이다. 그리고 북상 중에 다시 찾아온 것이리라!

'말은 웃으며 해도 우리한테는 저승사자다. 그런데…?'

뜻밖의 차림새다. 무장공비들 모습과 딴판이다. 셋이 모두 양복 차림에 얼굴은 의외로 깨끗하고 잘 생긴 것 같다. 뭔가 조금씩 똥꾸의 긴장이 풀려진다. 숨이 크게 쉬어지고 입술도 좀 녹았다.

사내가 묻지도 않은 말을 다시 건네 왔다.

"별명이 똥꾸라고 들었소. 재미있는 별명이요. 근데 신문을 여러 가지 보고 아는 게 많아 보통 동무가 아니라고 들었소. 내 짐작이요만 요새 남반부 신문에 우리가 사람들 참 많이 죽이고 돌아다닌다고 날 거로 알고 있소. 그렇질 않소?"

"예에, 그렇게 나오고 있는 게 맞아유우. 사진을 보면 실제로 그런 것도 같구유우. 공비들두 많이 죽어있는 사진도 나오구유~"

'앗차, 말 잘못했구나. 어떡하나⋯⋯.'

'공비'가 순간적으로 튀어나왔다. 이젠 진짜 죽었다.

"공비? 흐음⋯⋯ 공비는 공비지. 우리가 아무리 혁명전사라고 해도 여기서 그렇게 부르면 그게 맞지. 그런데 말이요. 똥꾸 동무! 사실 아이들 죽인 건 속사골이 처음인데 그건 말이요, 핑계 같지만 우리 조가 그랬던 건 아니요. 다른 분조 동무들이 과격한 짓을 한 거요. 내부적으로 비판 엄청나게 받았소. 그담부턴 아이들은 아니요."

너무 솔직해서 어안이 벙벙하다. 죽진 않을 것 같다. 간이 붓는다.

"예에, 그랬으유? 저희가 뭐 아나유? 근데 아이든지 으른이든지 꼭 죽여야 돼유? 그러믄 무서워서 혁명전사 편에 설 수 있겠나유?"

구렁털 아저씨는 침묵이다. 다른 두 사내는 경계를 늦추지 않고 임전태세다. 산적이 똥꾸 등 뒤에 붙어 앉아 등 밑을 쿡쿡 찔렀다.

"글쎄 말이요. 똥꾸 동무, 우리는 명령대로 사업을 벌였는데 막상 내려와 보니 교양 받은 내용과 아주 많이 다르더란 말이요. 남반부 전체 인민의 80%가 농민이고 20%가 노동자라고 들었소. 1%도 안 되는 부르주아

지주 특권계급이 친일파와 작당해서 남반부를 도탄에 밀어넣고 있다는 이 말이요. 실지로 지금 우리 북반부 공화국이 사는 건 아주 잘 살고 있소. 해마다 중국 인민공화국에 쌀이고 생활 물자도 보내주고 있소. 그 나라도 우리한테서 사가는 물건이 아주 많소… 남반부 동포들이 지금 미제가 보내주는 밀가루 수제비로 연명하고 있다는 것도 알고 있소. 그래서 조금이라도 환영받을 줄로 알았소.

그런데 말이요, 작년 내려왔을 때도 조금 느꼈소만 말이요, 가난한 무산대중이 본인의 계급적인 자각을 스스로 못하고 있는 것이 의외였소. 그 중에도 가장 대접받지 못하고 사는 이 곳 화전하는 인민들도 그런 것 같소. 남반부 대부분 인민들이 해방 당시에도 그랬고 지금도 마음은 사회주의 혁명을 지지해줄 것으로 믿었단 말이요. 그런데 우리를 환영하지 않고 신고를 하기 바쁘더란 말이요. 그러니 혁명 근거지를 만드는 것도… 유격전 벌이는 것도 다시 생각해 볼 일이 된 것 같소. 탈경에 성공해서 복귀하면 고대로 보고할 참이요!"

사내의 말은 무척 진지하다. 자신들의 작전 잘못이나 오류 가능성에 인색하지 않은 것처럼 보였다.

"그랬으유? 어린 눔들이 뭐 알어유? 근데 명령 받구 내려들 오셨다구 하셨는데유, 그럼 화전민들을 신문 사진에 나온대루다 그렇게 죽여두 된다는 허락도 받구들 그래셨나유?"

"그런 건 아니었소, 동무. 처음부터 그러라는 명령이구 그럴려구 작심하구 작전벌이는 그런 일이 가당한 일이요? 단지 피아를 구분해서 우호적인 지역이나 인민들은 잘 대해주고 그렇지 않은 인민들은 적당히 겁도 주고… 심한 반동은 처결하라는 재량은 받고 내려온 게 사실이요. 지금 이 형편에서 가릴 말 있겠소 똥꾸 동무? 유격 근거지를 일부라도 확실히 마련할 수 있다면 목적은 달성되는 거였소. 근데 뜻대로 안 됐소. 같은 무산계급을 해한 손실이 너무 크오. 그것도 고통스럽게…."

똥꾸는 이 사람의 신사적인 태도에 점점 간이 부풀어졌다.

"그런데유, 속사골 이승복이란 애를 꼭 그렇게 죽여야만 했나유? '공산당이 싫다' 한다구 그래셨대유? 열 살배기가 공산주의가 뭔지를 뭐 알아서 그랬겠으유. 그것도 아저씨 말씀대로 하면 교양학습 결과가 아니겠으유? 아저씨두 고향에 자식이나 조카들이 있으실 건데유?"

"음……."

잠시 멈칫거리던 그가 말을 이어갔다.

"우리끼리 통신을 하는데 말이요, 얘길 들어보니 이랬소. 그 애 애비가 말을 해보니 말이요. 무식하게 처음부터 벽이더란 말이요. 우리가 달러도 집어주고 애들 사탕도 준비해 갔는데 말이요. 해볼 도리 없이 반동이더란 말이요. 그래서 작전을 바꿔 겁을 좀 주었는데 이 자가 말이요 처자식을 내버리고 신고하러 튀더란 말이요. 그래서 명령대로 본보기 '처결'을 했다고 하드란 말이요. 전투든 전쟁이든 혁명이 일어나면 그런저런 불행한 일들은 항시 있기 마련이요. 음… 그리고 말이요, '나는 공산당이 싫다'고 했다던 그 아이 얘기는 듣지 못했다고 하더란 말이요. 했더래도 뭐 알고 그랬겠소? 그것은 꼭 아니요."

"그렇구만유. 그렇다믄유 조심스럽긴 한데유, 남반부 학살이나 북반부 학살이나 서로 뭐라구 하기가 어렵잖아유? 죽여두 곱게 죽이는 게 낫지 않나유? 나는 안 그래야 상대가 저질른 일도 지적할 수 있질 않나유?"

똥꾸는 어눌하게 더듬거리듯 말을 붙였다. 목숨을 걸었다. 한 마디 까딱 또 실수하거나 말투가 대들 듯 해서 비위장 건드리면 승복이 꼴 난다.

이 사람들은 지금 생사기로 마지막 순간에 와 있는 거다. 똥꾸는 그러면서도 이 사내와 말을 잔잔하게 많이 나눌수록 상대도 누그러진다는 것을 이용하는 것이 있다.

똥꾸는 과감하게 '대시'를 했다. 품속에서 이틀 치 신문 두 장을 꺼내 방바닥에 펼쳤다. 이건 사실 구렁털과 삼촌들한테 지금 돌아가는 상황을 보여주려고 갖고 온 것이다. 1면이고 사회면이고 참살당한 양민들의 모습과 역시 마찬가지로 벌집이 된 사내의 동료들 사진이 대문짝만하게 실려 있다. 현장 사진만큼 확실한 증명은 없다.

"⋯⋯."

사내들은 한참 응시하더니 이내 눈을 감았다. 묵묵부답이다. 이젠 살아난 것 같다. 애들 힘이 어른보다 강하다. 말을 다시 걸었다.

"여긴 언제 당도하셨으유?"

"어젯밤에 왔소. 미안한 말이요만, 지금 동무들과 똥꾸 동무 둘은 우리의 인질이 된 것이요. 어쩔 수 없는 상황을 이해 바라오."

이들은 군경의 예상보다 훨씬 빨랐다. 이번에도 그랬다. 지금 군경 작전은 저 아래 문성읍 서쪽 능선을 훑으며 올라오고 있다. 백리 대 오십리다.

"그러믄유, 지금 우리 삼촌들은 어디에⋯?"

"안전하게 잘 계시고들 있소. 삼촌 동무들 곁에 우리 동무 열 명이 있소."

"예에?"

똥꾸 산적은 놀라 소스라쳤다. 지금 무장공비 열 세 명이 고노골 산채에 있다. 신문부두로는 120명 침투해서 현재 5명 생포되고 95명이 사살됐다고 했다. 그렇다면 북상 이동 중인 생존 무장공비 20명 중 13명이 이곳에 집결해 있다는 말이다. 남은 7명은 각개 약진으로 흩어져 험한 산악지역을 헤매고 있다는 것이다. 엄청난 충격에 지금에서야 사지가 마구 떨린다. 구렁털 아저씨는 침묵무언이다.

그러니까, 작년 시월 하순 같은 시기에 이미 정찰을 통해 충분히 지리 지형을 숙지하고 전반적인 산지 주민생활상을 익힌 리더의 경험이 결정적이었다. 이런 리더를 만난 분조원들은 행운이다. 다른 6개 분조원들은 이미 대부분 죽고 잡히고 남은 분조원 일곱은 생사가 불분명하다. 지금 두 개 분조원이 한 개 대오로 여기까지 온 것이다.

"똥꾸 동무, 나도 열다섯 명 중 다섯 동무를 잃었소. 다른 분조 전사 셋이 합류해서 지금 열 세 동무들이 여기서 하루 반을 보낸 것이요. 결과적으로 현재 지점에서 우리는 이번 작전에 실패했음을 인정할 수밖에 없이 됐소. 소중한 혁명 동지들을 잃고 남조선 인민들 민심도 얻지 못했소. 오히려 크게 잃었소. 우리 부대의 남반부 현지에 대한 분석이 잘못된 것이 근본적인 원인인 것 같소만 이제 어쩔 수 없는 일이요. 우리가 죽든 살아 돌아가든 어버이 수령께서 우리를 잊지 않으실 거라는 마음으로 끝까지 조국에 충성하고 명예를 다할 것이요."

사내의 얼굴이 다시 굳어졌다. 그는 말을 조금 더 이었다. 본론이다. 인질… 인질이었다.

"동무, 우리가 여기서 살아 돌아갈 생각은 애초에 없었소. 상부에서는 작전계획대로만 실행되면 전원 무사히 원대복귀하고 적지 않은 명망 인민을 포섭 대동할 수 있을 것이라 했소. 그러나 그걸 믿고 살아 돌아가리라 생각한 동무들은 거의 없소. 우리는 특수부대원들이요. 목은 이미 떼다 바쳤소. 연 전에 내가 살아 돌아간 건 천운이 따라준 구사일생이었소. 덕분에 영웅칭호도 받고 가족들이 잘 살게 되었소. 이젠 죽어도 아쉬울 게 없이 되었소. 그러나 지금 한 사람의 동지라도 더 살아서 돌아가게 하는 게 내 책임이 됐소. 지금 말이요.

약간의 희생은 무릅쓰고 기필코 여기 동무들 다수는 '탈경'에 성공할 것이요. 그러니 좀 힘들더라도 우리가 지금부터 동무들에게 하는 걸 잘 받아주길 바라오. 그러면 동무들도 살아날 수 있을 것이요! 아시겠소, 똥꾸 동무?"

4. 최후의 대전 2 ··· 암호명 2017

사내 이름은 '2017'이라고 했다. 숫자가 이름이다. 암호명이 분명했다. 그것도 진짜 암호 이름인지 둘러대는 숫자인지는 알 수 없다.

이들은 휴대용 라디오같이 생긴 무전기를 들고 수시로 뭔가를 주고받았다. 단파 방송으로 계속 북괴 본대로부터 암호 지령을 받고 또 보고하는 게 틀림없어 보였다.

옆에 똥꾸가 있든 누가 있든 그랬다. 어차피 암부호로 주고받으니 옆에서 보고 듣고 해도 알 일이 없는 허깨비다. 똥꾸가 가끔씩 라디오 주파수를 돌리다 듣게 되는 그런 거다. 평양 방송은 매일 밤 자정까지 정상적인 라디오 방송을 하다가 자정이 되면 주파수를 단파로 바꾸어 암호를 내보낸다.

"여기는 평양입니다. 187 263 985 667 807 511 ······."

세 자리 숫자를 여자 아나운서가 또박또박 끊어서 20여 분 읽어 내려간다. 암호와 암호 자재는 매일 바뀐다. 암호를 해독하는 암호 자재가 암호 안에 다 들어있다. 전쟁은 암호로 한다. 승패는 적의 암호 해독이다. 그것도 한 발 앞서야 한다. 똥꾸도 심야에 뒤척거리며 라디오 주파수를 돌리다보면 '지지지-익' 하면서 평양 방송이 걸리고, 이런 암호단파방송도 걸린다. 누구나 흔한 경험이다.

들으려고 듣는 게 아니다. 우리 쪽에서도 대북공작원들에게 발신하는 암호통신이 있을 텐데 경로가 다른 것 같다. 한 번도 듣지 못했다. 저쪽은 암호 방송을 매일 내보낸다. 대남 심리전이다. 남쪽에 '고첩'이 많은 것처럼 혼란을 주려는 것도 있는 것 같다.

그런데 간첩 식별 요령 중 하나가 '심야에 이불 뒤집어쓰고 북한 방송을 청취하는 사람은 간첩'이라는 것이다. 대체 누가 남의 이불 속 라디오 듣는 걸 볼 수 있다는 말인가? 같이 자는 가족은 혹 알 수 있을지 모르겠다. 이어폰을 꽂고 들으면 꽝꽝 울려도 옆 사람은 모른다. 알아도 가족이 신고 가능한 일인가? 똥꾸 생각이다(똥꾸는 훗날 군대에 가서 진짜 암호병이 됐다).

'2017'은 암호도 혼자서 풀어내고 지시하고 그러는 것 같았다.

얼마의 시간이 더 흘렀다. 똥꾸와 산적은 집에 못 돌아간다. 내 놓은 목이 됐다. '2017'이 다른 두 사내에게 눈짓을 보내자 둘은 소리 없이 뒷문으로 빠져나갔다. 신발이 거기에 있었다. 날은 점점 어두워지고 있었다. 탈경脫境 작전이 개시되는 것을 직감으로 알았다.

'우릴 어떻게 처리할 것인가?'

똥꾸 산적의 불안한 속내를 안 듯 '2017'이 마지막으로 헤어지는 말을 던졌다.

"똥꾸 동무, 우리는 이곳을 떠나려 하오. 이 말은 지금 할 수 있을 것 같소. 바다로 가오. 대신 대간은 조금 시끄러워질 것 같소. 명예를 조국에 바치겠다는 동무 셋이 그리로 갈 것이요. 지금은 우리 조국과 당신네 조국이 분명히 다른 것 같소. 언젠가는 하나의 조국이 될 것이라고 믿소. 그리 돼야 하오. 우리는 하나의 민족이요. 두 동무에게 개인적으로 그리고 함께 내려온 우리 동무들을 대신해서 미안하다는 말을 남기고 싶소. 죽음을 당한 남조선 인민들에게 진심으로 사과하오. 조국의 명령이었소. 이해 바라오. 전쟁은 아직 끝나지 않은 것이요, 훌륭한 사람 되시오!"

말을 마친 '2017'이 똥구의 머리를 슬며시 매만지듯 하더니 순간 양 귓가 위쪽 급소를 동시에 눌렀다. 똥구는 깊은 잠에 빠져 들었다.

죽음이었다.

멀리 대간 쪽에서 엄청난 폭발음이 들려왔다. 헬기 케리바 오공 기관포 쏘는 소리도 요란했다. 그 소리에 눈을 떴다. 정신을 차렸다.

산적도 몸이 움직인다. 방안에는 아무도 없다. 문 밖을 나가니 칠흑같은 어둠을 해치고 세찬 바람이 얼굴을 사정없이 후려쳤다. 그래도 하늘에 별은 총총했다. 이리저리 돌아봐도 무장공비고 구렁털이고 삼촌들이고 개미새끼 하나 없다.

그 많은 공비들은 대체 어디서 삼촌들을 인질잡고 하루 반의 낮과 밤을 보내다 어디로 함께 사라졌을까? 그야말로 '바람과 함께 사라지다' 영화 제목 그대로였다. 시계가 없어 몇 시인지 알 수는 없지만 분명한 건 다리를 건너갈 수 없다는 것이다. 건너다 예비군들 총에 벌집이 된다. 다리 건너 읍내에는 불빛 하나 없다. 모르긴 몰라도 다들 문을 닫고 숨죽이며 상황을 주시하고 있을 것이다.

너댓 시간은 기절해 있었던 것 같다.

"아, 여기는 안 돼! 군대 공격지점이 될 수 있어. 어디로 가야 하나? 그래, 상두곡말 효성이네 집으로 가자!"

효성이는 같은 책상을 쓰는 친구다. 샛골을 넘으면 20분이지만 달골 앞 찻길로 걸어가기로 했다. 그게 더 안전하다. 40분 거리다.

이때였다. 몇 걸음 옮기기 무섭게 터졌다.

"쾅 쾅… 쾅쾅쾅~~ 타타타타타~ 타타타타타타~~"

갑자기 산지사방에서 수십 발의 조명탄이 벌떼같이 올라가더니 사정없이 터졌다. 이어서 기관총소리와 소총 소리가 뒤섞여 숨 돌릴 틈 없이 천지를 울려댄다. 소리는 점점 읍내로 가까이 내려오고 있다.

이윽고 대간 쪽에서 읍내까지 달래천 이 쪽 저쪽 가리지 않고 사방에서 난사되고 터진다. 구룡령 쪽은 산불이 난 것 같고 논골 부터 읍내까지가 대낮같이 훤하다. 똥꾸 산적은 뛰다시피 효성이네 집 쪽으로 내어달렸다. 고개 하나를 돌면 다와 간다.

얼마나 달렸을까, 달고개 초입에 들어서는 순간 이번에는 다리 건너 뚝방 참호에서 카빈 총소리가 요란스레 들볶았다. 다리 건너 우리 쪽으로 쏘는 거였다. 수백 명이 갈겨대는 총소리에 고막은 찢어지고 식은땀이 온 몸을 적셨다. 지난해 이맘때 악몽이 현실이 됐다. 총소리는 마치 똥꾸 산적을 목표로 하는 듯 둘의 이동 방향과 일치하며 아래쪽으로 이동해 갔다.

"어이쿠!"

똥꾸가 길바닥에 박힌 큰 돌부리에 걸려 나뒹굴었다. 신발은 벗겨지고 팔이 부러진 듯 움직일 수 없다. 얼굴은 까지고 코피까지 터져 볼때기에 흘러내렸다. 산적은 이런 사정도 모르고 저만치 열심히 혼자서 내뛰고 있다.

그 때 뜻밖의 공격이 터졌다. 고노골에 갑자기 헬기가 나타나더니 기총소사를 해대는 것이었다. 전혀 예상하지 못한 곳이다. 조금 후에는 그 근처 상공에 예의 조명탄 수십 발이 올라갔다.

대간 쪽에서 다수의 군 병력이 고노골 방향으로 이동해 오는 소리도 들려왔다. 그 쪽에는 천변을 따라 산판과 군용 겸용인 비상도로가 있다. 그 길로 병력을 실은 GMC 군용트럭들이 내려오고 있는 것이다.

똥꾸 산적이 1~20분만 늦었어도….

똥꾸는 억지로 일어나 몸을 추슬렀다. 호주머니 속 메모지를 꺼내 비벼 콧구멍을 틀어막고 다친 오른팔은 겉옷 윗 단추 두 개를 풀어 거기에 걸쳤다. 여기서 얼른 벗어나지 않으면 개죽음이다. 무장공비에게 잡혔다가 살아나온 것도 천운이지만 지금 야밤 길바닥 비명횡사하면 개똥 된다.

똥꾸는 절뚝거리며 산적 뒤를 부지런히 쫓아갔다. 그런데 달고개를 돌자마자 이번에는 달래천 하구 쪽에서 야광탄이 솟아오르더니 총소리가 콩 볶듯 쏟아졌다. 그러니까 지금 대간 쪽과 고노골 산채 그리고 강 하구 세 방향에서 전투가 벌어지고 있는 것이다.

생각이 났다. 그 세 명이 대간 쪽으로 내 달려 가서 먼저 총격전을 댕긴 거다. 그러다가 흩어져 각개 전투를 벌이는 와중에 뒤따라 북상 중이던 다른 일곱 공비들이 서로 연락 끊긴 상태로 고노골로 잠입해 들어오다가 일부가 발견 된 것이다. 그게 아니면 설명이 안 된다.

바다를 통한 탈경을 성공시키려면 안쪽에서 계속 시끄럽게 해주는 거다. 그런데 똥꾸 산적을 기절시키고 간 게 벌써 몇 시간인가?

바다로 나갔어도 벌써 나갔을 텐데! 아니면 돌출 변수로 공작선 접속시간이 늦어져 지금 강 하구 어딘가에 은신해서 시간을 죽이고 있을지도 모른다. 하구는 바다와 만나는 곳이다. 고노골에서 직선거리로 정확히 4.5㎞다.

하구 양쪽은 유명한 해수욕장이 있어 해변 창고에 모터보트들이 잘 보관돼있다. 그걸 이용해서 탈경하려는 것 같다. 칠흑 같은 밤중에 모터보트로 일단 연해만 벗어나면 경비함이 잡아내긴 쉽지 않을 것이다. 산악로 대신 바다로 튼 것도 뒤통수를 치는 것이다. 공작선 접선 탈경은 예상 못한 경로일 가능성이 높다. 삼면이 바다인 한반도 지형에서 첩보공작원 해상 침투는 철책선보다 훨씬 수월한 경로다.

이런 해안경계의 허점은 강력한 주민 신고 망으로 대체했다. 하지만 이건 다르다. 부대단위 공비들의 해로를 통한 대거 탈경 시도는 전례 없는 일이라 작전반경에서 밀렸다. 이게 사실일 경우 작전개념 변경과 관할 경계부대는 물론 상급단위 문책은 불가피하다.

전투반경은 점점 좁혀지고 있었다. 고노골과 하구다. 군에서도 해로 가능성을 인식한 것 같다. 뚝방 참호 속 예비군들은 진지전이고, 군인들만 이쪽 저쪽 옮겨가며 12월 마지막을 필사적으로 오르내리고 있다. 달고개 위에서는 양쪽이 다 보인다. 똥꾸 산적은 추위도, 다친 것도 잊었다. 밤새 고갯마루에 몸을 숨기고 전황만 살핀다.

강안을 따라 대낮같은 조명 속에 군인들이 고노골 일대와 하구 쪽에서 교전하는 모습이 보였다. 그런데 이쪽의 콩 볶는 소리만 요란하고 상대는 감감해 보인다. '2017'은 분명히 '바다'라고 했다.

하구에서 공비일당을 정말로 발견하고 교전을 벌이는지, 첩보를 받고 무차별 올빼미 작전을 벌이는지… '2017'이 똥꾸에게 가짜 정보를 흘린 건지, 교전 중에 다들 죽었는지! 아니면 이미 바다로 빠져나갔는지도 모를 일이다. 도통 알 수 없는 전투상황은 밤새 계속됐다.

똥꾸 산적은 효성이네 가는 것을 포기하고 달고개에서 날밤을 샜다.

5. 떠도는 진실

　새해를 사흘 앞둔 12월 28일 군 합동작전본부는 '10.30 울진·삼척 무장공비 침투사건'의 작전종료를 선언했다. 고노골~하구 전투가 끝난 지 며칠 후였다. 순수 작전판단인지, 국민적 피로감이나 경제 위축을 감안해 해를 넘기지 않으려는 정치적 판단인지 알 수 없다.

　불신은 크다. 강압적 철권통치 대가다. 경제개발도 안보도 교육도 뭣도 거기에 귀착된다. 모든 게 권력유지 방편으로 이용되는 것 아닌가? 하는 사람들의 의구심이 뭉글뭉글 퍼져가는 시국이다.

　똥꾸네 읍은 무사했다. 사수됐다. 군 당국 발표에 따르면, 공비들은 달래천 방어선을 넘지 못하고 완전히 소탕됐다. 무장공비 120명 중에서 생포 7명 사살 113명이었다. 살아 돌아간 자는 단 한 명도 없었다. '아 측'은 군인 민간인 합쳐 사십 몇 명 전사 또는 사망, 부상자 30명이라고 했다. 군은 작전상의 문제점도 발표했다.

　"예비군 및 군의 장비 부족·부실… 산지주민(화전민)들에 대한 당국의 허술한 관리는 작전 수행에 대한 심각한 문제점을 초래…."

　6.25 때 정부 발표와 어딘가 닮은 것 같았다. 안보를 책임지고 있는 정부와 군의 책임소재는 흐릿하고 무기 부족과 주민관리 소홀이 주된 책임으로 들렸다.

　"그렇구나…! 어린 똥꾸가 뭐 아나?"

　작전 종료 발표 날 밤이다. 잠이 오지 않는 똥꾸는 라디오를 틀었다. 중고 휴대용 트랜지스터인데 잡음이 많다. 방송국 사정인지 라디오 탓인지 수신감도도 낮과 밤이 달라 빙빙 돌리는 게 일이다.

　이리저리 돌리다 이북 방송이 잡혔다. 평양방송이다. 이 난리를 이북에

선 뭐라고 그러는지 궁금하다. 우리 군은 완전소탕 했다는데, '2017'부대가 무사히 돌아왔다고 하는지 어쩐지도 그렇다. 무엇보다 사라져버린 구렁텅 아저씨와 삼촌들의 생사가 심각한 관심사다.

'혹시 무슨 단서라도 얻을 수 있을까…?'

아무런 얘기가 없다. 여전히 암호 숫자만 내보내고 있다. 오늘 최종 작전종료 발표를 했으니 저쪽은 아직 이번 사태에 대한 내부적 최종 입장정리를 못했을 수 있다. 암호를 평소와 다름없이 날리는 건 남쪽에 공작원들이 많다는 과시다. 모두 남조선 자발적 활동가들이라고 선전한다. 글쎄, 자생도 있겠지만 남파겠지. '2017'이 증명이다.

다음 날 밤에 다시 돌렸다.

"지지직- 지지직-"

예의 암호 방송이 또 시작됐다.

"에이…."

꺼버렸다. 그러다 혹시나… 하고 다시 틀었다. 드디어 나왔다.

"…우리 공화국의 용감한 전사 40명이 부여된 임무를 무사히 마치고 전원 본대로 복귀했다…."

어디에서 어떤 임무를 수행하고 돌아왔다는 내용은 없다.

'10.30 사태'가 분명했다. 들으면 안다. 40명이라니! '2017'은 15명 단위 8개 분조 120명이라고 했다. 군 당국은 100% 완전소탕이라고 하고 저쪽은 40명 복귀라고 한다. 이 숫자가 어디서 나온 걸까?

고노골에 잠입했던 공비가 13명, 잔당 일곱 합쳐도 20명인데!

전원 복귀와 전원 몰살은 같은 의미다. 살면 다 살고, 죽으면 다 죽는다. 소형 상륙정이면 20명 탑승이 가능하다. 해병대 영상뉴스에 나오더라. 40명이 맞다고 하면 귀환 공작선 두 대. 총탄세례를 받아 뒤집히면 캄캄한 바다 한가운데서 거센 파도에 쓸려 다 죽는다.

누군 살고 누군 죽겠는가? 특수대원이라도 야밤 150리 헤엄으로 바다를 넘는 건 불가능하다. 다 죽은 게 맞을 수 있다. 전원 복귀는 상상키 어려운 주장이다. 숫자는 심리전, 선전전이다. 군사작전으로 정치를 한다. 40명, 120명이다. 아군 측 발표도 일반 국민이 사살자 확인을 할 수 있는 게 아니니 정확한 진실은 모른다. 군사비밀은 성역이다. 머리가 어지럽다. 숫자 문제 아니다. 산채 식구들 때문이다.

진실은 무엇일까?

① '2017'이 산채 식구 열한 명을 대동 월북했을까?

② 폐기된 인질들을 강 하구에 모두 버려두고 저희들만 내뺐을까?

③ 월북을 거부하자 모두 죽이고 저희들 13명만 복귀했을까, 복귀하다 공격을 받아 모두 물귀신 됐을까?

①의 경우, 그리 됐으면 '2017'은 대성공이다. 그건 아닌 게 확실하다. 40명이라 쳐도 죽은 대원들 뺀 거지 전원 아니다. 10명일 수도, 1명일 수도, 전원 사망일 수도! 산채 식구들이 함께 왔다면 당장에 대대적인 선전전을 시작했을 거다. 그런 게 전혀 보이질 않는다.

② 삼촌들이 거부하자 일정 장소에 격리조치 해두고 자기들만 바다로 나갔다? 가능성 희망 섞인 반반이다. 그들이 나가다 죽었는지 살아서 돌아갔는지는 별개다.

③ 같은 연장선에서 '2017' 태도로 봤을 때 식구들을 죽이지는 않았을 것이다. 그들이 물귀신 됐는지 어쨌는지는 알 바가 아니다.

구렁털 식구들이다. '2017'은 자신들만 떠날 때 공작모선과 약속된 접선시간을 고려해서 식구들에게 어떤 사전조치를 취했을 것이다.

모선에 오른 이후는 '배 떠난 후'다. 혹여, 그 시간동안 마땅히 붙잡아 둘 방법이 없어서 신고 원천봉쇄를 위해, 그리고 차후 남파 공작대원들 활동을 위한 이들의 이동 경로 보안을 위해 '처결'했는지도 모른다. 식구들이 살아오질 않으면 그럴 가능성이 확실하다.

공작선이 격침돼서 모두 수장됐는지, 강 하구에서 교전 중 총격 사살됐는지 사실 똥꾸는 알지 못한다. 하구에서 교전한 건 있는데 공작선 해상 전투 격침… 그런 내용은 발표문에 없다.

그건 그렇다 치고 삼촌들이 거기서 함께 죽었다면 시신이라도 있어야지! 아무 것도 없다. 흔적조차 없이 사라졌다. 오리무중이다.

아, 구렁털 아저씨! 삼촌들… 어디 계셔유? 가려거든 말이나 하시고 가시지유!

"가려나~ 갈거나~ 햇살 퍼지면 가려나~ / 엄동설한 어둔 길~ 야밤 길에 가려나~ / 동구 밖 우물에서 신~새벽 김~올라 / 두레박 정수로 차 한 잔 마시고서 / 떠나도 늦지 않으련만~ / 그대 그래 꼭 가야하나~ / 그래 가면 찬바람 들어오는 대문을~ / 어이할까 어찌~ 비켜설 수 있을까 ♪"

똥꾸 산적은 학교 파하면 돌고, 공휴일은 종일 돌았다. 물살쎈데-비얏돌-하구종착지 모래밭을 샅샅이 훑었다. 흔적도 종적도 없다.

대장 임진강이 안 보인다. 새해가 3주나 지났다. 69년 벽두다.

어찌 된 걸까? 어디로 갔을까? 똥꾸는 애가 타들어갔다. 산적과 함께 임진강 의형제 세 사람 집을 모두 찾았다. 염쟁이 황씨, 대장간 도선생, 빽치(백정) 쇠칼 아저씨다. 셋도 집에 없었다. 모두 홀몸들이다. 참짜로 기괴한 일이었다. 갑자기 공포감이 밀려왔다.

'늪'… '덫'이다. 누군가가 머리를 내리쳤다. 주변 사람들한테 물어봐도 아는 사람은 아무도 없다. 기이하다. 우연이 아니다.

그 즈음 다시 열리기 시작한 장터에 갑자기 나타나지 않는 사람들이 몇 있었다. 떠도는 소문으로는 모두 '고첩'으로 잡혀 들어갔다고 했다. 똥꾸가 다른 사람은 몰라도 약장수 그 아저씨는 안다.

그 아저씨는 등에 큰 북을 걸머졌다. 등짐만 한 큰 북 양쪽에 매단 방망이를 줄로 구둣발바닥에 매달고 엄청 큰 검정 테 안경에 콧수염 붙인 가짜 코를 붙이고 약장사를 하던 사람이었다. 이름은 모른다.

그 사람도 간첩이었다는 소문이 돌아다녔다. 똥꾸는 시장 통을 끼고 있어 장터 소문은 아주 잘 안다. 뭔가 수상했다. 고노골 산채가 불에 타고 여기서 무장공비 일망타진한 걸로 끝난 줄 알았다.

또 왠 날벼락인가? 읍내 민심은 다시 흉흉해지기 시작했다. 숨 돌릴 새 없는 세상은 해가 바뀌어도 여전하다. 고등학교고 뭐고 절에 들어가 중이 되고 싶다. 아버지의 내력 물림인가보다.

똥꾸 아버지가 늦은 저녁 날 오랜만에 개 잡이 부탁하러 임진강 집에 갔다 왔다며 무슨 '증'을 주었다. 사람은 없고 빈 방에 이게 구석에 있더라고 했다. 동사무소 골방 식어버린 방바닥 윗목구석에서 낡고 달아빠진 작은 수첩을 아버지가 발견하고 가져온 것이다.

그가 남긴 유일한 흔적이었다. 자세히 보니 '반공포로증명서'다.

까만 겉장 안쪽에 깨알 같은 몇 글자가 눈에 들어왔다. 한자이긴 해도 똥꾸는 다 알아봤다. 똥꾸는 신문 박사다. 흐릿한 줄 칸 위에 증 제목이 박혀있고, 그 아래에 간단한 인적 사항이 적혀있었다.

맨 하단에는 '대한민국'이라는 빨강색 네모 도장이 찍힌 걸로 봐서 중앙 정부가 발행한 '증'이다. 내용은 다음과 같았다.

"본적 황해도 해주군… / 성명 임진강… / 부산 제2포로수용소… / 수용번호 2848-9414** / …를 증명함. / 이 者를 불법 감금 시 엄중처벌 /

1953. 6. 18 대통령 리승만"

[반공포로 증명서]다. 도민증 주민증과 같은 신분증이다. 이들은 어디에 가서도 이 신분을 철저히 숨기고 산다. 전향할 사상조차 지닌 것 없어도 세상은 전향자 또는 위장된 빨갱이로 본다.

"아~! 대장님……."

다음날 늦은 오후, 똥꾸는 혹시나 하는 마음으로 임진강의 집을 찾아갔다. 아버지 말씀 그대로였다. 구석구석을 다시 한 번 샅샅이 뒤졌다. 무슨 단서라도 찾고 싶었다. 한참 후 포기할 무렵이다. 낡은 판자선반 위 작은 대나무 바구니 속에서 밀봉된 편지 한통을 찾아냈다. 적어놓은 지 얼마 안 된 듯했다.

쓴 사람은 이름은 없고 뒷면에 '이 군!'이라고만 적혀있었다. 똥꾸에게 남긴 편지였다. 똥꾸는 억제할 수 없이 두근거리는 가슴을 안고 집으로 돌아왔다. 그리고 곧장 빈 방을 찾아 들어갔다.

"이 군 보시게!"

이제 내 삶도 끝을 맺을 때가 가까이 온 것 같네. 편지를 쓴 이유네. 주변에 어둠의 그림자가 어른거리고 있다네. 살아온 경험의 법칙이네. 사실 별 미련은 없다네. 비율빈에 가서든 6.25든 벌써 죽었을 목숨인데 참 오래 지상에 붙어있었지. 그 때부터 '여생'으로 살아온 것일세.

나이 숫자로만 가늠하기 어려운 저마다의 삶이 있지. 30년, 40년을 살았어도 100년의 무게를 지나온 사람이 있고, 80년을 살았어도 그 반의 무게로 산 사람이 있네. 나는 시대의 무게로 곱절을 살았네. 내 삶의 결산이니 참고하시면 고맙겠네.

-역사 혹은 '어제'에 대하여!

역사는 유식함을 자랑하는 지식이 아니라고 생각하네. 삶을 잡아주는 끈이네. '현재'의 앞뒤가 바로 역사네. 내가 사는 이 세상과 끊어진 역사가 따로 존재하겠는가? 불가의 말을 빌면, '인·연·업·과'가 동시 현재로 하나의 알 속에 들어있다고 하네.

역사의 힘은 바람에 흔들리는 사람을 붙들어준다는 것이네. 그걸 잊거나 모르면 살면 늘 현실에 속아 사는 거지. 자기만의 속으로 도망치게 되지. 배리와 역리가 안간힘 써도 결국은 바다로 흘러가 물고기 먹이가 되네. 바다는 강물을 거부하지 않지. 역사의 진보를 굳게 믿는 '낙관'의 근거네. 마음의 평화 위로를 얻네. 역사는 그래서 희망이고 실존이네. 그 희망으로 살아왔지. 자네가 이어 주시게.

오늘은 어제로부터 심판당하고 내일은 오늘에게 심판당하네. 개인이든 집단이든 역사는 심판이지. 지금 우리가 그 심판을 받는 것이네. 심판은 썩은 살 도려내고 새 살을 돋우려는 치유라고 보네.

피할 수 없는 섭리의 작용이 지배하는 게 역사네. 그 중심에 인간의 양식과 지성이 있지. '정의'네! 나는 바람에 이리저리 흔들리면서도 그것으로 세상 불의와 불공정에 대항했네. 자네는 동반자일세!

-삶에 대하여!

이 문제는 간디의 말을 일부 인용하여 내 생각을 섞겠네.

"나는 삶의 경험을 통하여 진실이 바로 신神 또는 섭리인 줄을 확신하게 되었네. 진실을 깨닫는 길은 오직 해탈뿐이라네…"

모든 생명의 궁극이라고 여기네. 진실은 진리로 들어가는 북두칠성이네. 해탈을 이루면 진리 진실의 온전한 모습을 볼 수 있다고 생각하네. 관계의 틀 속에 사는 모든 이들이 자기 정화를 통해서 새로운 세상을 열어가기를 간절히 바란다네.

비겁해지지 않고 당당한 세상을 살아가길 바라네. 해탈은 근심도 욕심도 비운다는 것이니 행복이 거기 있네. 가장 비천한 곳에 가장 먼저 진리의 빛은 찾아온다는 말이 맞네. 내가 보았네.

-죽음에 대하여!

죽음은 누구나 피할 수 없는 진리네. 진리는 신념과 마음의 평화를 준다네. 진실하게 살면 진리에 대한 신념이 생기고 그에 가까워지지.

내가 태어나고 살아온 이 시대의 행, 불행이 어찌 보면 어버이의 어버이 적부터 이어져 지금의 내가 지은 업이라고 보네. 할 수만 있다면 우리 시대가 뿌린 불행의 씨앗을 모두 안고 떠나고 싶다네.

사람이 어찌 좋은 것 나쁜 것 골라 살 수 있겠나? 지상에서 이별이 새로운 씨앗으로 뿌려져 더 좋은 열매가 맺어지면 좋겠네.

'개체의 죽음은 종의 번식'이네. 종 안에 개체는 영속하네, 삶도 역사도… 그러니 이별을 슬퍼 마시게. 새 세상 여는 그 희망 안고 저 바다로 떠나는 나는 작은 종이배일세.

-마지막 당부!

조급해하지 말고 진실의 배를 타고 진리의 바다로 노 저어 가시게나. 세상에 절망적인 희망은 없다고 하네. 꾸준히 노를 저어가면 자네가 꿈꾸는 그 새벽은 밝아온다네.

인간이라서 선과 악이 있네. 세상사는 동안 피할 수 없는 싸움이지. 어른 되시더라도 자신의 신념 사상 노선 방식을 불변의 진리로 고집하지 마시계. 겸손을 잃고 집착 교만에 빠지기 쉽네. 근거 없는 확신이나 믿음 또한 에로스일세. 진리 지성은 아가페네.

읽고 배운 지식에 잡히지 마시게, 세상 바로 보기 어렵네. 속는 줄 모르고 가네. 어떤 일이든지 결과에 연연 말고 깊은 연마와 치밀한 준비로 임하시게나! 매미는 하루를 울기 위해 땅속에서 7년을 애벌레로 산다고 하지 않는가? 그 며칠의 울음을 세상은 기억하네.

이 군이 든든한 증인되시니 참 고맙네. 안녕히 계시게! -임진강.

꺽정 아저씨가 사라졌다. 아무도 그가 언제 어디로 왜 사라졌는지 알지 못했다. 알아야 할 이유도 까닭도 사실 없다. 그건 온전히 똥꾸 몫이다. 돌아가신 건지, 아주 먼 곳으로 삶의 터를 옮겨간 건지…

이후 그를 봤다는 사람은 아무도 없었다. 그 크고 깊이를 알 수 없는 눈망울로 아이들 동심을 빨아들이던 그를 세상은 더 이상 궁금해하지 않는 듯했다.

세상은 '꺽정 아저씨'가 없어도 여전히 잘 돌아갈 테니까……

6. 사라진 영웅

편지를 받은 일주일 후 달래천 용바우에 시신 하나가 떠올랐다. 좁은 읍내라 소문은 삽시간에 퍼졌다. 실시간 수준이다. 어떻게 알았는지 몇 사람이 모여들었다. 똥꾸도 그 중 한 명이다.

읍내 사람들은 임진강 이름 석 자를 알 일도 없었고, 그가 어느 날 어떤 이유나 흔적도 없이 실종되었다는 사실을 알 수도 없었다. 다만 언제

인가부터 그가 보이지 않는다는 사실을 문득 생각하는 이들은 있었을지 모른다. 그를 실종신고 하는 이들도 없었다. 1.31일이었다.

다리 밑으로 내려가 보니 강가 자갈밭에 흰 천으로 덮여진 남자 시신이 누워 있었다. 똥꾸는 단번에 알았다. '임진강'이다. 단순 변사나 취중 익사 또는 실족사다. 그런 모습으로 장면을 만들어놓은 게 틀림없어 보였다. 물속 10리를 간다는 잠수 실력에 술은 입 근처도 안 가는 대장이 한 겨울에 난데없이 강물에 빠져 죽었다는 거다.

순경은 통상의 익사자들과는 달리 접근을 막았다. 웅성거리는 사람들 틈새로 시신 아래쪽에 기어들어갔다. 덮개 밖으로 삐져나온 양쪽 다리정강이 아랫부분이 눈에 들어왔다. 내의도 입지 않은 홑 바지자락이 물기에 말려 붙어 맨살이 노출된 것이다. 신발은 벗겨져 없다.

똥꾸는 찬찬히 살펴봤다. 시퍼런 멍이 한 눈에 들어왔다. 한 곳이 아니다. 예삿일이 아니었다. 널려진 개울 자갈돌에 넘어지고 부딪쳐서 생길 상처가 아니다. 뭔가에 타격을 당한 거다. 경험이다.

다른 경찰관 한 명이 일꾼 둘을 데리고 내려왔다. 둘은 광목천에 덮인 시신을 당카(들것)로 조심스레 옮겨 싣고 뚝방으로 올라갔다.

똥꾸는 다리를 건너 염쟁이 황 씨 집으로 내달렸다. 임진강이 돌아왔다면 그이들도 돌아왔을 것이다. 읍내에 염을 할 사람은 황 씨뿐이다. 대장의 시신은 분명히 그리로 향할 것이다. 앞질러 황 씨 집에 당도하니 예상대로 황 씨 아저씨가 있었다. 대장간 도선생, 빽치 쇠칼 아저씨도 함께였다. 어떻게 된 걸까?

얼마 후 예상대로 대장의 시신이 왔다. 경찰은 행려병자로 처리하기가 난감했다. 일가친척도 없었다. 결국은 황 씨에게 넘기기로 했다. 임진강과 그들 사이를 알고 있다. 아는 정도가 아니라 이번에 같이 '모처'에 갔다가 돌아온 내막을 경찰은 아주 잘 알고 있다.

작년 1월 꼽추 오 씨 아저씨에 이어 대장 임진강의 장례를 또 치르게 됐다. 유막동 풍월대장 위 씨 아저씨와 모든 식구들이 내려왔다.

3형제가 상주 되고 풍월식구들과 똥구 산적이 일가친척 유족이 되어 상을 치르기로 했다. 장지는 오 씨가 묻힌 고노골 산채다. 불과 한 달 며칠 전 야광탄을 쏘아대고 무장공비들 마지막 소탕작전을 벌였던 곳이다. 달리 갈 데가 없는 처지라 선택의 여지도 없었다.

"산적, 거긴 어떻게 됐을까? 아마도 박살이 났겠지? 어디 고노골 뿐이겠냐, 그 일대가 죄다 불바다였는데! 산불이 바람을 타고 사흘이나 날려 다녔는데 말이야…"

거기서 무장공비 잔당 6명을 사살하고 대간 쪽에서 7명, 강 하구 율포 언저리에서 10명 등 23명을 전원사살 했다는 것이다. '2017'이 말했던 생존자 20명과 아귀가 맞지 않는다. 이런들 저런들 뭔 상관이랴! 그리고 그 며칠 후 작전종료를 선언했었다.

이제 그 곳을 임진강 대장 시신 앞세우고 찾아간다. 이번엔 힘 좋은 산적이 리어카를 끌고 풍월대장 위 씨가 다시 요령을 잡았다.

"댕그렁~ 댕그렁~"

위 씨가 구슬픈 선소리를 시작했다. 데오라기 상두꾼만가와 회다지는 오 씨 아저씨 때나 같았는데 하나가 더 붙었다. '산염불'이다.

이 노래는 만가 아닌 황해도 구전 민요인데 장례풍속에도 흔히 쓰인다고 했다. 황해도에서도 해주 지역 중심의 가락이라고 했다.

아~! 임진강의 고향이다.

"*아하에~ 에헤에~ 에헤이~ 어허미~ / 타아하~ 어히야~ 어허미~ 불이로다 / 북망산천아 말 물어보자 영웅호걸 죽은 무덤이 / 몇몇이나 되며

절대가인 죽은 무덤 몇일러냐 / *아하에~ 에헤에~ 에헤이~ 어허미~ / 타
아하~ 어히야~ 어허미~ 불이로다 / 서산낙조 떨어지는 해는 내일 아침이
면 다시 돋건마는 / 황천길은 얼마나 먼지 한 번 가면은 영절이라 / *아
하에~ 에헤에~ 에헤이~ 어허미~ / 타아하~ 어히야~ 어허미~ 불이로다 /
오동복판 거문고에 새줄 얹어 타노라니 / 백학이 제 지음하고 우줄우줄
춤을 춘다~ / 활 지어 송지에 걸고 옷은 벗어 남게 걸고 석침 베고 누웠
으니 송풍은 거문고요 두견성은 노래로다~ / 아마도 이 산중에 사무친 한
은 나뿐인가 하노라~ / *아하에~ 에헤에~ 에헤이~ 어허미~ / 타아하~ 어
히야~ 어허미~ 불이로다……

구렁털 아저씨와 삼촌들은 아주 사라진 게 틀림없었다. 영영…

신문에도 라디오에도 그들에 관련된 이야기는 전무했다. 산채식구들이
혹시 똥꾸 어린 시절처럼 호적이 없어 죽어도 '본래 없는 사람들'인가?
몇 날을 똥꾸도 울고 혼령귀신도 울었다.

사람은 사람이되 사람이 아니다. 똥꾸와 동생 셋이 그랬다. 똥꾸 국민
학교 4학년 때 아버지가 넷을 일괄 출생신고했다. 그 것도 호적상 살아있
던, 피란 가서 돌아가신 큰엄마(첫 부인) 앞으로 말이다.

자식들은 오랫동안 무無호적이었다. 그 후 막내가 하나 더 생겼는데 막
내는 제 때 큰엄마 앞으로 신고했다. 똥꾸 4남매는 12년~2년을 살인당해
도 범죄 불성립으로 가해자 피해자가 없는 무적자로 살았다.

왜 그랬을까? 시퍼렇게 살아있는 자식들 생모인 제 마누라 두고!

'자식타작 반타작'이라, 죽을 걸 대비해서 두 번 신고 번잡하다고 출생신
고를 미루는 풍조가 시골에서는 여전히 만연해 있다.

똥꾸 아버지는 그런 류가 아니다. 왜 그랬을까?

-알게 된 건, 고등학교 입학원서에 붙는 호적등본을 똥꾸가 직접 떼면서다. 아버지에게 묻지도 따지지도 않았다. 답은 아버지 사후 10년 뒤 취업할 때 나왔다. '연좌제'다. 똥꾸 아버지는 사회상황을 주시했다. 뭔가 제도 변화를 기대하며 보낸 갈등의 세월이었다. -필자 註.

구렁털과 삼촌들도 그런 건가? 아닐 거다. 구렁털은 6.25 때 참전도 하고 삼촌들도 성인이고 이름 석자 분명 달고 살았을 텐데! 그걸 밝혀줄 유일한 이가 대장 임진강이었다. 그런데 그 임진강도 죽었다!

임진강을 하관하고 흙을 덮으면서 3형제는 통곡을 했다. 생전에 그렇게 목을 놓아 우는 어른들은 처음 봤다. 똥꾸 마음도 비할 바 없이 비통했다.

"행님~ 행님요~ 우리를 살려놓고 그렇게 떠나 가신기요? 행님~~ 엉~ 어~엉~~ 이제 우리 우찌 살라고 그렇게 떠나가시는 기요 행니~임~ 여태 참고 살았는데 뭘 더 못살게 있다구 이리 가시는 기요 행님~ 행님요! 어~ 엉~어~엉…."

불에 탄 겨울 산자락은 몰골이 흉측스러웠다. 울울창창했던 소나무 전나무 참나무며 산채 주변 버들강아지조차 시커멓게 타버렸다. 치열한 전투처럼 보였지만 일방적인 교전이었다. 공비들 무기는 경기관단총 권총 수류탄을 나눠 지닌 개인용 경장비였다. 전투용 군장이 아닌 농민복 신사복 노동복 등 갖가지 민간복장인데다 산악지형이고 장거리 야간이동의 편의성, 현지민 교양 포섭 등 임무 특성상 '부대단위'라고 해도 중화기는 갖추지 못했다. 또한 흩어져 쫓기는 유격전은 수세일 수밖에 없다. 숨바꼭질 전법이다.

이에 비해 이쪽은 동원예비군 포함 20만 대규모 병력에 여러 개 사단정규전투부대를 투입했다. 탱크 장갑차 곡사포 케리바 50 등 중화기와 전투헬기 정찰기 등 육·공 합동작전을 폈다. 무제한 물량전술이다. 따라서 작전지역내 대부분은 군성 삭선으로 망가진 것이다. 월남진 미군 전술이 응용됐을 거다. 대 게릴라 전… 초토화 작전이다.

군은 흩어져 북상하며 숨바꼭질 저항하는 공비를 잡기 위해 무차별 저인망 작전을 벌였다. 불가피한 비대칭 전투 특성일 수도 있다. 압도적인 화력에 인가든 초목이든 산골 살림이 남아 남기 어렵다. 대가가 가혹한 게릴라전법이다.

낯익은 하나가 눈에 들어왔다.

"야아~ '깃발'이다~!"

진또배기에 걸린 남색 천 조각 하나가 펄럭이고 있었다. 마치 단단히 매어놓은 것처럼 지지난해 가을 삼촌들이 동트는 새벽 산채를 뜰 때도 펄럭이던 깃발 아닌 깃발이 지금도 펄럭이고 있다. 기적이었다… 기적!

"너는 살아남았구나! 그날을 증거하고 있구나, 네가? 그래 이 똥꾸도 대장 임진강을 증언해주마 그래……."

느닷없이 화자 이모가 찾아왔다.

"어?…"

똥꾸도 놀라고 똥꾸 엄마 아버지도 놀랐다. 6년만이었다. 똥꾸네가 식당을 차리고 처음에 들어와 1년을 함께 고생하면서 보냈던 화자 이모가 꼭 6년 만에 찾아온 것이다. 똥꾸 부모는 화자 이모의 갑작스런 출현이 반갑기도 하면서 그냥 지나가다 들른 줄로만 알았다.

똥꾸는 화자 이모가 여기를 찾아온 까닭을 안다. 구렁털 아저씨다.

이모는 똥꾸를 보자마자 팔을 붙들고 빈방으로 끌고 들어갔다. 방에 들어서자마자 선 채로 똥꾸 어깨를 부여잡고는 대성통곡을 했다.

정신없이 울어대는 이모의 통곡 소리에 식구들 눈이 휘둥그레졌다.

서서 울다가 힘에 부치니 방바닥에 주저앉아 울었다. 얼마나 울었을까, 화자 이모의 양손에 잡힌 똥꾸도 눈물을 쏟았다. 구렁털은 이모의 연인이다. 혼인만 안 했을 뿐 신랑 아닌 신랑이다. 특히나 이모의 구렁털에 대한 사랑과 의지하는 마음은 컸다. 어린 똥꾸도 안다.

끝이 없을 것 같이 눈물을 쏟아내던 화자 이모가 울음을 뚝 그쳤다. 목소리는 가라앉았지만 개운해진 모습이었다. 실컷 울고 나면 뭔가 마음이 편안해지는 그런 거였다.

"준아, 그래 잘 있었어? 참 많이도 컸구나 응? 언니 집에 처음 왔을 때 네가 3학년인가 그랬지, 참 귀엽고 잘 생겼었지. 재작년 봄인가? 거기서 널 만났을 때 깜짝 놀랐지. 어른스럽게 큰 네 모습도 그렇구 어떻게 그런 생각을 다 하고 삼촌들을 만났는지 이해가 잘 안 되더구나. 그런데 그 양반하구 편지를 주고받으면서 네 얘기를 많이 하더라. 그래서 다시 알게 됐지…."

똥꾸는 겸연쩍어 뒷머리를 벅벅 긁으며 잠자코 있었다. 이 때 이모가 가방을 열고 뒤적거리더니 뭔가를 꺼냈다. 빨간 색이 칠해진 통소다. 왠지 낯이 많이 익은 친근감 어린 물건이다.

"준아, 이거 말이다. 그 양반이 지난번 방앗골 약수터 우리 집에 왔을 때 떠나가면서 나한테 맡긴 거다. 때 되면 너한테 꼭 전해주라고 신신당부하고 갔었지!"

말하면서 이모는 다시 서럽게 울기 시작했다. 똥꾸도 눈물이 마구 난다. 엄마가 놀라 방문을 열었다. 퉁퉁 부은 이모의 얼굴과 벌겋게 달아오른 아들의 얼굴에 똥꾸 엄마는 당혹스러워했다.

이모로부터 받아든 통소는 따뜻했다. 취구는 구렁털 아저씨의 침이 묻어있는 듯 진한 체취가 묻어났다. 화자 이모는 똥꾸로부터 그간의 사정을 주욱 듣고 또 대성통곡했다.

그날 저녁 이모는 버스를 타고 조용히 떠나갔다. 똥꾸가 본 화자 이모의 마지막 모습이었다. ♣

- 에필로그

"필릴리~ 필릴리~"

통소는 대금에 비해 소리가 조금 가볍지만 음색은 비슷하다. 배우기 쉽다. 화자 이모가 넘겨준 그 통소다. 울적하거나 공부가 안 될 때 이걸 불면 마음이 편해진다. 똥꾸는 두 가지를 조금씩은 불 줄 안다.

칠이 벗겨지고 반들반들해진 통소를 불고 있는 지금 이 곳은 고노골 산채다. 오늘은 대장 임진강의 양력기일이고, 똥꾸 이부 형 최일구 음력기일이다. 같은 날이다. 두 대장의 기일이 음력 양력 같이 겹치는 건 처음인 것 같다. 이제는 '임진강 선생', '일구 형님'이다.

일구 형님 묘도 몇 년 전에 이곳 고노골로 옮겨왔다. 원래는 차마골 남의 문중 산 외진 곳을 얻어 썼는데 365일 응달이라 떼가 다 죽고 봉분은 내려앉았다. '신의 손' 최일구였는데!

임진강 선생은 그 6년 앞서 용바우에서 떠나갔다. '하늘로 간 이무기'였다. 현세를 마감한 그는 고노골에서 영면에 들었다.

그런데 지금 똥꾸가 앉아있는 산채가 그 산채는 아니다. 지명은 그대로인데 그 고노골도 산채도 아니다. 예전의 그 자리가 지금은 군립 공원묘지다. 상전벽해가 됐다. 몇 년 전에 고노골 산채 바로 이 자리를 중심으로 큰 공원묘지가 들어선 것이다.

똥꾸의 영원한 대장 임진강 선생 곁에 오 씨도 있다. '세 영혼'이 함께 잠들어 있다. 똥꾸의 몸은 늙어가도 가슴은 그대로다. 그 때 그 가슴이 오롯이 남아 있다. 그 힘으로 평생을 살아왔다. 항심이다. 지금도 두 팔에 힘 불끈거리는 뜨거운 가슴이 있다.

임진강 선생과 오 씨는 공원묘원이 만들어지는 과정에서 무연고묘로 간

주되어 군에서 화장하여 공원 동산에 뿌렸다.

참으로 세상 일이 묘하다는 생각이 든다. 배우는 출연한 영화를 따라 가고 가수는 자신이 부른 노래를 따라 간다고 했다. 山도 마을도 江도 그 이름을 따라 가는 것 같다. 이런 일이 참 많다.

'고노골'이 진짜 대규모 공원묘원이 될 줄 누가 알았겠나? 한번 들어가 면 아주 "골로 간다"고 해서 붙여진 그 고노골이다. 참짜로 한 번 가면 영 원히 돌아오지 못할 영면의 안식처가 된 것이다. 사랑도 삶의 이야기도 가슴에 안고 모두들 그렇게 떠나갔다.

'소도'에 펄럭이던 깃발은 모양만 바뀐 채 여전히 그곳에서 펄럭인다. 산채는 지금도 똥꾸 가슴 속 깃발로 펄펄 살아있다. 사회인 되고 가장이 되어서도 불의한 세상, 험한 삶에 기죽지 않고 대들며 살았다. 그리고 증 인이 됐다. 대신 가족들이 받은 고생은 대가다.

하늘이 푸르다. 구름 저편에 얼굴… 얼굴들을 새겨 넣는다. 다시는 돌 아오지 않을 그리운 사람들이다.

'아, 형아~ 대장님~ 구렁털 아저씨~ 삼촌들~ 오 씨 아저씨~~'

소리 없이 힘껏 불러보고 또 불러본다!

"똥꾸가 퉁소 한 곡 올립니다. 같이 부르며 한바탕 춤 좀 춰 보세유~ 그 때 산채에서 그랬던 것처럼유…."

♪ **어린 날** 만난 철부지 임은 / 어랑천에서 떠나더니 아니 돌아오네 / 아리랑 아리랑 아리랑 / 임 찾아 나도 갈까 / 임의 길은 하늘가 떠도는 구름이요~ /어디에서 임은 설운 이 밤 보내나 / 찬자리 돌배개에 단잠이 나 오실는지 / 아리랑 아리랑 아리랑 / 임 찾아 나도 갈까 / 임의 길은 하늘가 부는 바람이요~ / 혼자 남아 지키는 어두운 이 한밤 / 어느 길 나

그네가 풀피리 불어주나 / 아리랑 아리랑 아리랑 / 임 찾아 나도 갈까 임의 길은 하늘가 떠도는 구름이요~

(대간 자락에 구전되어 온 '임 찾아 아리랑'이다!)

어디선가 진군소리가 들려온다. 쿵쿵 가슴을 흔들어댄다. 아……!
부모 떠난 빈들에서 성인이 되고 가장이 된 똥꾸의 7~80년대 신 새벽은 이 노래로 시작된다. 역사의 시그널은 이렇게도 온다.

♪ **사랑도** 명예도 이름도 남김없이 / 한평생 나가자던 뜨거운 맹세 / 동지는 간 데 없고 / 깃발만 나부껴 새날이 올 때까지 흔들리지 말자 / 세월은 흘러가도 산천은 안다 / 태어나서 외치는 뜨거운 함성 / 앞서서 나가니 산 자여 따르라 앞서서 나가니 산 자여 따르라…

‘6.26’ …

최후의 연장전

1

"아악!"

느닷없는 비명소리에 아내가 기겁을 하며 흔들어 깨웠다. 입은 한껏 헤벌린 채 이유 모를 숨을 헐떡거리며 새벽잠을 헤매던 남편의 잠꼬대가 섬뜩했다.

"여보, 여보! 당신 어디 아파요?"

아내의 채근에도 얼른 일어나지 못하는 남편의 얼굴에 식은땀이 배어 있었다. 아내는 소심한 남편이 또 심장발작 난 것 아닌가 겁이 덜컥 났다. 한참동안 천정을 멍하니 바라보던 남편이 힘겹게 상체를 일으켜 세웠다. 아내는 얼른 이마의 땀을 닦아주고는 냉수 한 사발을 갖다 주었다. 벌컥벌컥 단숨에 들이마시고 한숨 찾은 그가 맞은편 벽시계를 보니 7시를 가리키고 있었다. 새벽 1시에 들어왔으니 1시간 늦게 깨웠다. 벌써 30분 전에 집을 나섰어야 할 시간이다.

박 과장은 이른바 저유가 저금리 저 달러를 지칭하는 '3저 호황'에 한껏 재미를 보고 있는 수출전문 무역업체에 다니고 있다. 회사 중견으로 활약하고 있는 30대 중후반의 엘리트 샐러리맨 박 과장은 남들이 독재정치다 뭐다 시국을 걱정하지만 이런 호경기가 레이거노믹스와 전두환의 카리스마 덕이라고 생각한다.

그에게 지금의 경제상황은 박정희 유신 때 비할 바가 아니다. 어쩌면 단군 이래 최대의 호시절이라는 생각도 든다. 박 과장은 그런 자신을 당당한 대한민국 중산층이라고 자부하며 산다. 그런 그에게도 늘 머리에 이고 다니는 리스크가 있다.

'한반도 위기'다. 김신조 1.21 사태나 울진·삼척 무장공비 사건 때는 학생 시절이라 몰랐다.

사회에 첫발을 내딛고 더구나 무역회사에 몸을 담그면서부터는 그런 뉴스가 자신과 가족에게 만만찮은 현실 문제라는 것을 피부로 느끼기 시작했다. 국내 언론보다 외신의 위력이 훨씬 강력하다는 것도 알았다.

사실이든 아니든 한반도 관련 대형뉴스가 터질 때마다 외국 바이어들은 거래를 줄이거나 손절매 하는 일이 다반사다. 정부가 야심차게 시행하고 있는 외자유치활성화 인센티브에도 외국인 투자자들은 고개를 돌리기 일쑤다. 이런 일이 70년대부터 지금까지 5~6년을 간격삼아 주기적으로 일어나고 있다. 회사는 휘청거린다.

그럴 때마다 정부가 환차손 보전이다 수출액 달러 당 지원금 얼마다 등등 개입으로 살아났다. 그리고는 언제 그랬느냐 식으로 다시 활황이 이어졌다. 이 정부 들어서서 4년 전 '아웅산 테러사건'을 빼고는 특별한 사태가 없이 여태 잘 굴러왔다.

'86 아시안 게임'도 잘 끝났고 이제 '88 올림픽'을 기회로 사세를 뻗쳐가는 일만 남은 창창한 시국이다. 박 과장이나 회사 관계자들은 「수출보국 달러애국」 사훈 아래 정부의 지원과 간섭을 당연하게 여긴다. 반정부는 곧 반국가다. 정권에는 든든한 자금줄이고 우군이다.

남들이 '정경유착'이라든 뭐든 상관없는 일이다. 박 과장이 흉몽을, 그것도 악몽을 꾼 건 느닷없는 일이었다.

그 날도 그는 상관 김 부장과 다른 부서장 서넛이 함께 1차를 거쳐 스탠드바에서 신나게 몸을 풀고 일행과 헤어진 후 김 부장과 단 둘이 예의 '9회말'에 들렀다. 오래된 단골집이다. 이 집은 11시쯤이 돼야 손님이 꼬이는 3차집이다. 할매의 간판메뉴 '텍사스술국'을 찾는 술례객으로 이미 자리가 찬 듯하다.

'텍사스'는 인근 뒷골목에 양공주 촌이 있는데 일명 '텍사스 촌'이라 불린다. 그걸 따다 붙인 건데 묘한 기분을 준다. 통금도 없다. 없어진 지 벌써 5년이 넘었다. 새벽까지 여는 집도 많고 파출소에 끌려갈 일도 없다. 얼마나 자유로운 세상인가! 둘은 할매가 가리켜주는 구석의 빈자리를 찾아 들어갔다.

박 과장과 김 부장은 앉자마자 부서 실적문제로 갑론을박을 이어갔다. 둘은 고향 까마귀이자 초중고교 6년 선후배지간이다. 그런데 지금 500명이나 되는 회사의 같은 부서에서 상하관계로 있다.

더 기이한 건 박 과장과 김 부장 집이 같은 지번에 집 '호수'만 다르다는 거다. 그러니까 주택업자가 땅을 사서 10여 채 단독주택을 지어 팔아먹은 건데 그 집들을 산 것이다. 한 지번 이웃사촌이다.

생면부지 김 부장이 입사를 도와준 것도 부서원으로 끌어온 것도 아닌 생초면 사인데 어느 날 회식 2차에 가서 취중 속을 트다 알게 된 겹 인연이었다. 그렇다고 회사가 둘의 이런 특출한 관계를 알 일도 없다. 사실 조그만 사무실에서는 이런 관계도 말이 나면 불편해진다.

끌어주고 당겨주고… 연고주의 시각이 생겨날 수 있다. 이건 순전히 우연이다. 집에까지 이런 관계가 이어지는 건 아니다. 지척지간이라고 해도 일단 들어가면 끝이다. 사적 왕래를 전혀 하질 않으니 부인들도 서로 둘의 존재 자체를 모른다. 회사와 회식자리까지 만이다.

사실 둘의 관계는 서로 편치가 않다. 업무관계든 사석에서든 사사건건 견해충돌이다. 더 웃기는 건 기질이나 정치성향은 물론 행동주의적 정의감도 닮은꼴이다. 다른 것도 있어야 한쪽이 숙일 때도 있고 보완재도 된다. 그게 아니니 견해가 다르면 충돌이 일어날 수밖에 없다.

구조적으로 피할 수 없는 외나무다리다. 회사든 술자리든 어디든 때와 장소를 가리지 않고 양보 없이 논전을 벌이는 요인이다.

매사에 자존심 깔린 건곤일척 질긴 입심마저 엇비슷하니 애증의 2중 관계다. 논전인지 논쟁인지 다툼인지 뒤섞여 무시로 벌어지는 명석 판을 흥미롭게 관전하는 이들은 염려 반 즐거움 반이다.

그래도 둘만의 이런 자리에서 비로소 편안한 말문이 터진다.

"내가 형님 시다바리요? 왜 사사건건 이래라 저래라 참견하는 겁니까?"

"야, 이 시키야! 네가 누구 땜에 잘나가는 부서에 계속 목이 붙어 있는 줄이나 알어?"

목소리 큰 둘의 언성에 주변에서는 진짜 싸우는 줄 알고 뜯어말리려 드는 이들도 있다. 주모는 말릴 생각 없이 빙긋거린다.

'9회말'을 나온 둘은 또 두 집 건너 '연장전'으로 들어갔다. 여기도 단골이긴 한데 가끔씩 들른다. 다음 날 출근길이 고생길 되기 십상이기 때문이다. 여기서 또 1시간여 술을 푼 둘은 마침내 헤어졌다.

인적 끊긴 고개바위 좁은 길을 비틀거리며 들어가는 박 과장 손에 식칼이 들려있었다. 이런 사실을 의식도 못한 채 횡한 밤거리 이슬바람을 맞으며 걸어가는 그의 머릿속은 오히려 점점 맑아지고 있었다. 커지는 동공에 비례해 어둠속 사물이 차츰 명징하게 그의 안광 속으로 빨려 들어왔다.

그런데 저 앞에 이상한 물체가 어른거리는 게 아닌가! 유기견인가 사람인가… 뭔지 모르지만 움직이고 있었다. 그가 뒤따라갔다. 소심하기 짝이 없는 박 과장도 술만 들어가면 간이 배 밖으로 나온다. 물체는 사람이었다. 그가 멈춘 곳은 어느 집 담 밑이었다.

잠시 머뭇거리던 그는 별로 높지도 않는 그 집 담을 어렵잖게 타넘고 있었다. 도둑이 분명했다. 아니면 강도일 수도 있다. 도둑으로 들어갔다가 세 불리하면 칼을 내미니 같은 거다.

박 과장은 깜짝 놀랐다. 그 사람이 월담해 들어간 곳은 바로 자기 집이 아닌가! 갑자기 머리가 아뜩해졌다. 정신을 수습한 그의 바른 손아귀에 자기도 모르게 힘이 들어갔다. 뭔가 묵직한 게 잡혔다. 그게 뭔지, 왜 자기 손에 들려있는지 알 필요도 그럴 겨를도 없이 박 과장은 쏜살같이 집 쪽으로 내달렸다.

야심한 시각 그 상황에 벨을 누를 경황도 없는 박 과장은 단숨에 제 집 담 위로 몸을 날렸다. 어디서 그런 스피드와 몸의 중심이 생겼는지 모를 일이었다. 놀란 건 상대방이었다. 캄캄한 마당 뜰에서 다음 동작을 준비하던 그의 등 뒤로 번개같이 날아든 사람의 출현은 예상키 어려운 당혹감이었다.

박 과장은 일말의 주저함도 없이 칼을 휘두르며 그를 쫓아 들어갔다. 자기 집 마당이니 야밤도 대낮이나 별반 다를 바가 없었다. 낯선 지형에다 난데없는 돌출자의 익숙하고도 민첩한 공격 앞에 침입자는 뒷걸음을 치다 화단경계석 돌부리에 걸려 그대로 가시장미 넝쿨더미 위로 나자빠졌다. 박 과장은 온 몸을 날려 침입자를 덮쳤다. 그리고는 놈의 몸뚱이 위로 젖 먹던 힘을 다해 손아귀에 든 것을 찔러 넣었다. 뭔가 끈적 거리는 액체가 손목위로 전해져 왔다.

박 과장은 혹시라도 놈이 칼을 꺼내 반격할까 싶어 아예 '초전박살'을 내기로 작정했다. 유신군대 출신이라 군 생활 3년 동안 입에 붙은 구호다. 박 과장은 놈의 상체 여기저기를 사정없이 찔러댔다.

잠시 후 놈은 축 늘어졌다. 경황 중에 놈의 얼굴을 뜯어보았다.

"아~악, 이럴 수가…!"

박 과장은 기절초풍했다. 김 부장이었다. 이 게 어떻게 된 일인가?

김 부장은 박 과장 한 집 건너 옆집이다. 그렇다면 김 선배가 술에 취해 제집인줄 알고 잘못 찾아든 건가? 사모님한테 미안해서 그냥 담을 타넘은 건가?

돌이킬 수 없는 사태에 박 과장은 후들거리는 두 다리를 간신히 세워 휘청거리며 집안 댓들에 올라섰다. 그리고는 이내 현관문 고리를 잡은 채 정신을 잃었다. 뭔가 인기척에 가슴 졸이며 조심스레 문을 열던 박 과장의 아내는 온 몸이 피투성이가 된 채 쓰러져 있는 남편을 보고는 소스라치게 놀라 외마디 비명을 질러댔다.

"아~악!"……

꿈이었다. 아주 고약하고 상상할 수 없는 끔찍한 꿈이었다. 아내는 남편의 비명소리에 놀라 흔들어 깨우고, 남편은 꿈속 아내의 비명소리에 놀라 잠을 깼다. 요즘 기분 나쁜 꿈이 자주 꿔진다.

박 과장이 밤새 시달린 악몽의 시발점은 이달 초 어느 유력 일간지 박스기사다. 6월2일치 ㄷ일보에 실린 기사인데, 로이타-연합통신 발 「뉴욕타임즈」에 게재된 '88올림픽 직전 한반도 전쟁시나리오' 기사의 전문을 인용 보도한 것이다.

내용인 즉 88년 5월, 올림픽 4개월을 앞두고 벌어질 남북한 간의 가상전쟁시나리오다. 그 시나리오의 결론에 따르면 미국과 소련의 '핫라인'을 통한 양 정상간 긴급협상 타결로 전쟁은 국지전에서 일단 멈춘다는 것이다. 이 와중에서 남한의 군부는 국민의 지지를 얻지 못하는 현 정권을 무너뜨리고 쿠데타를 통한 정권장악을 기도할 것이며, 북한의 남침의도를 고

무시킬 우려가 있다는 이유로 미국이 견제하기는 하나 끝내 쿠데타를 통해 집권한다는 불길한 내용이다.

또한 미국은 한반도에 가진 '준 절대적 이해관계'로('사활적 이해관계'인 일본, 중동 아래 등급) 내키지 않는 협상을 새로운 군사정부와 벌인다는 것이다. 여기서 문제는 미국이 한국을 포기하느냐 마느냐의 결정에 따라서 우리의 운명이 결정되어진다는 논조의 얘기다.

역으로 보면 중·소의 북한에 대한 관계(지지)는 상호 우호(군사동맹)조약 규정에 의해 절대적 이해관계의 동맹이다. 이에 비해 남한은 '…그럴 수도 안 그럴 수도 있는 선택권이 전적으로 우리 미국에 있다. 너희는 우리 말을 듣지 않으면 안 된다!'는 식이다. 다분히 위협적 논조로 일관되어 있다. 이 기사를 읽는 박 과장의 진지함과 상관없이 그의 현실적 시국관은 분명했다.

"…나와 가족의 운명, 그리고 남. 북한 민족 전체의 생사여탈권이 주변 강대국 손에 쥐어져 있다는, 그런 비판적 정치 평론은 내게 중요한 게 아니야…"

박 과장 처지에서는 이런 기사가 나올 적마다 당장 그가 담당하는 거래 바이어들의 동향이 심상치 않다는 사실이 그의 관점을 지배하고 있다. 실적이 좋으면 연간 보너스 1,000% 말고도 이런저런 복지 급양비를 장난 아니게 손에 쥔다. 대신 가정도 휴가도 없는 일벌레로 살아야 하는 대가는 치른다. 그게 대수랴!

그런데 이런 일이 터지면 곤두박질이다. 진짜가 아니라도 이런 뉴스 몇 방에 다 날아간다. 현상유지만 해도 눈치 보이는 이 호경기 판에, 미국의 대변지라는 세계에 힘깨나 쓰는 언론이 변방국에 대한 특집기사를 내는 건 보통 일이 아니다.

문제는 우리나라처럼 아니면 말고 식 기사가 아니라는 데 더 심각한 걱정이 들었다.

"휴우~~"

한숨이 절로 나온다. 미국이 우리 정부에 예방주사를 놓는 건지 실제로 그런 프로세서가 돼 있다는 건지 알 수 없는 박 과장에게 거래처와 해외 바이어들을 설득해낼 힘은 없다. 이건 그의 손을 떠난 국제 문제다. 이럴 때마다 정부의 무기력한 대응에 속 타는 일이 반복된다. 타다 못해 속이 부글부글 끓는다. 간부들도 웃는 게 우는 거다.

요즘은 국제문제도 아닌 국내정치·사회문제로 회사 일도 경제도 계속 꼬인다. 지난 1월에 터진 박종철 학생 '물고문 치사 은폐조작사건'도 그렇고 이후 '4.13 호헌' 발표와 재야의 격한 반대운동 사이에 낀 시국이 교착되면서 덩달아 외국인 주식 철수가 줄을 잇는다.

상반기 경제성장률이 반토막나는 터에 「뉴욕 타임즈」기사는 회사 처지에서 엎친 데 덮치는 꼴이 됐다. 회사가 어수선해지니 능력 있다는 이들은 벌써 다른 회사로 갈아타는 일도 생겨나고 있다.

박 과장뿐 아니라 대부분 사람들은 '4.13 중대발표'가 있다고 해서 전두환 대통령이 통 큰 양보를 할 걸로 짐작했다. 그런데 그 반대였다. 예상을 뛰어넘는 초강경이었다.

"88올림픽 때까지 일체의 개헌논의 금지… 대선은 현행헌법대로!"

계엄도 아닌데 초법적인 '포고령'이다. 목에 잔뜩 겹 주름 잡힌 거만한 표정과 위압적인 말투로 읽어 내려가는 요체는 체육관 선거를 강행하겠다는 것이다. 노태우를 대통령 만들어 정권교체 아닌 '정부 이양'을 하겠다고 했다.

시국이 안개속이니 정치판을 살피는 회장님도 갈팡질팡이다. 상공부 교섭도 관리들 복지부동으로 지지부진하고, 부수사업인 수입 고급소비재도 재고만 쌓이는데다가 바이어와 자본투자유치도 어렵다.

박 과장과 김 부장이 머리를 맞대고 타개책을 찾으려고 애를 쓸수록 쌓이는 스트레스는 깊어만 갔다. 이에 비례해 둘의 술자리도 더 빈번해지고 3차 4차까지 흘러가는 일이 다반사인 나날이다. 새벽에 나와 새벽에 들어가니 애들 얼굴도 가물거리고 부부 사이는 최악이다.

'수출보국 달러애국'에 매진하는 무역전사로 허울 좋은 중산층 살림유지에 호구 잡힌 속이 타들어간다. 이 달 들어 연일 터지는 대학생 데모열기만큼이나 바싹바싹 말라간다. 이런 와중에 좀체 없던 꿈도 꾸고 내용도 사나워졌다. 꿈자리가 뒤숭숭해지더니 급기야는 사람 죽이는 잠꼬대 꿈까지 꾸는 지경이다. 그것도 김 부장을 말이다.

스트레스가 우울증 되고 충동행동을 벌이는 정신질환이라는 애기를 들은 바 있어 박 과장은 더욱 우울했다. 박 과장은 벌써 달포 전에 나왔던 「뉴욕 타임즈」 기사를 ㄷ일보가 왜 그 시점에서 박스 기사로 내보냈는지 분석해 볼 필요를 느꼈다.

이런 유사 보도는 보통 국제면 하단에 1~2단으로 처리하는 게 통례다. 크게 다뤄 좋을 게 없기 때문이다. 이 건 상당히 예외적이란 느낌이 들었다. 만약에 미국 정부가 흘린 시나리오대로 흘러간다면 이건 박 과장에게도 치명적인 재앙이다.

'과연 그럴까? 왜 지금인가…?'

진짜로 그렇게 될지 해프닝으로 끝날지… 무슨 불순한 복선이 깔린 공작성 기사는 아닌지 여하튼 최대한 알아보는 게 밥줄 걸린 박 과장에게는 중요한 과제였다.

그리고 보니 6월 2일이라는 보도시점에서 냄새가 났다. 이 날의 앞뒤는 '1.14 종철이 사건' '4.13 호헌조치 발표' '6.10 민정당 대통령후보선출 전당대회'와 역시 같은 날 저녁 6시 명동성당 앞으로 예고된 [국민운동본부]의 대규모 '6.10 민정당 전당대회 규탄대회'라는 양보 없는 소용돌이 혈전이 진행되는 시국 한 가운데다.

국민운동본부 발표로는, 매일 열리는 저녁 6시 길거리 국기 강하식 종소리에 맞춰 이 날 전국 30여 곳 도시에서 일제히 대규모 시위집회를 연다. 정면대결이다. 같은 말, 같은 일도 주체가 누구냐에 따라 성격이나 횡간 해석이 달라진다.

ㄷ일보는 유신시절 정부에 비판적인 기자들을 제일 먼저 잘랐다. 그리고 이 정부 들어 허문도가 주도하는 '언론 통폐합' 정책에도 앞장서서 수십 명에 이르는 양심적인 기자들을 대량해직 시킨 언론사다.

말하자면 세간에 친정부 보수언론의 대표지다. 그런데 쫓겨난 그 기자들이 지금 [국본]을 끌고 가는 주된 전술역량이 되고 있다. 예전 같으면 제아무리 거센 학생·재야세력의 투쟁도 전투경찰을 풀어 모두 진압했고 여론도 이내 시들해지고는 했다. 지금은 그게 아닌 것 같다.

연일 터지는 투신 분신 사건에다 전국 각지에서 대학생들의 시위 중간중간에 다리역할을 해주는 촛불집회와 성명 발표가 봇물이다.

점점 시위 규모나 횟수, 외치는 구호도 에스컬레이터를 타는 양상이다. 말하자면 '4.13 호헌조치'로 인해 전경 몇 만 명을 투입하는 초강경 진압에도 오히려 격렬해지는 반대운동에 힘겨워하는 게 박 과장 눈에 보인다. 한 마디로 국민들을 상대로 전투를 벌이는 정부와 경찰이 밀리고 있는 형국이다.

지금 ㄷ일보의 전쟁시나리오 운운 기사는 현 정권을 옆구리에서 도와주는 작업이 분명해 보인다.

"북풍…?!"

박 과장은 변형된 '북풍' 공작 기사라는 생각이 퍼뜩 들었다.

'귤이 회수를 건너오면 탱자가 된다'는 그 말이 여기 딱 들어맞는다고 박 과장은 생각했다. 특히나 지난 4월 서울 사립 S대 학생이 '호헌 철폐'를 요구하며 학교 옥상에서 투신한 여파는 대단히 크게 나타나고 있다. 그가 여학생이라서 국민정서에 던지는 충격이 더 크다.

"…性을 혁명의 도구로 삼는 운동권…."

박 과장은 이 사건이 2년 전 '부천서 권인숙 양 성고문' 사건 때, 검찰이 몰아쳐서 재미를 본 일을 떠올렸다. 그런데 이 번엔 그 말이 쑥 들어갔다. 지금은 운동권과 일반 국민을 분리시키기 어렵게 국민 대다수가 그들을 지지하고 있기 때문이라는 생각이 들었다.

박 과장은 그 여학생의 죽음이 부모나 기성세대에게 나서달라고 요구하는 피할 수 없는 메시지가 아닌가하는 생각이 들었다. 스크랩기사를 뒤적여보니 85년 '5.3 인천 사태' 이후에만 10명 째다. 택시기사 분신자살도 일어나고 여하튼 다른 나라 사람들이 한국 뉴스를 보면 안팎으로 전쟁하는 나라로 생각될 일이다.

그런데 요즘 '4.3 호헌' 이후 대학과 재야의 계속적인 시위 뿐 아니라 각계의 시국선언이 신문광고에 토막으로 수십 개씩 붙어 자주 뜨고 있다. 새로운 방법이다. 기사를 안 써주니 십시일반 광고로 알리는 모양이다. 일반인들도 꽤나 동참한다.

「뉴욕 타임즈」 보도내용이나 그 소스인 미국무부 의도와 달리 그 기사가 우리나라에서는 정권옹호를 위한 북풍 정치로 변질된 것 같다.

문제는 이 기사가 며칠 동안 인용 재인용되면서 여타 신문 뿐 아니라 TV 9시 종합뉴스 헤드라인으로 계속 뜨고 있다는 것이다. 사람들은 뜨악해 하면서도 이걸 믿기 마련이다. 박 과장은 경제가 어찌 되건 말건 자신들의 권력유지에 몰입하는 정부가 밉다.

"이런 젠장, 왜 지랄들이여~ 한 쪽이래두 가만히 굿이나 보고 떡이나 먹지…."

전두환의 호헌선언 발표 후 각계각층의 반대성명 중 어제 처음으로 [전국 Y초, 중등 해직교사] 17명 명의의 시국성명이 '국본'을 통해서 발표됐다는 보도가 9일자 조간 사회면 중간 1단기사로 떴다.

"이젠 선생들도 나오는구만……."

요즘 박 과장은 아내가 생전 안 나가던 국민학교 자모회에 불려나가는 일을 알았다. '4.13 호헌조치' 설명회에 참석하러 꼭 나오라는 독촉이 여러 번 왔다고 했다. 거리 계도활동도 해야 한다고 했다.

"여보, 아들 녀석이 글짓기다 교내 웅변대회다 해서 원고를 써달라고 조르는데 학교가 원래 이렇게 돌아가는 거예요?"

"……."

박 과장만 그런 게 아니었다. 회사 내 젊은 동료들도 차츰 분위기가 묘하게 돌아가기 시작했다. 이런 낌새는 김 부장을 통해 확실하게 감이 잡혔다. 김 부장도 박 과장의 분석 결론과 거의 일치했다. 술자리에서 확인된 둘의 공감은 시국의 또 다른 관심으로 옮겨갔다.

경제논리로만 돌아가지 않는 배후의 정치현실에 대한 경험칙이 이번에 적나라하게 들어난 것도 둘의 일체감에 한몫 더 했다. 회장님이 6.10 전당대회 관련으로 노태우 후보한테 크게 배팅했기 때문이다.

5~6년 전 부산의 고지식한 재벌 양정모의 신발회사 국제상사가 전두환의 체육관대통령에 턱없이 적은(?) 취임 축하금으로 권력의 분노를 사 그룹이 공중분해가 됐다라고 하는 학습효과는 컸다.

"…이번에 우리 회장님이 통 크게 30억을 썼다!"

사내 카더라 통신에 돌아다니는 말이다. 대개 통신은 들어맞았다.

대신 정권의 반대급부와 보호막은 확실했다. 공기업의 막대한 수출물량을 대행해서 어려운 회사 처지에서는 아주 큰 수수료를 안정적으로 챙기고 이에 더해 수출단가연동 지원금도 넉넉하게 타먹는다. 요즘은 1달러당 135원씩 받는다. 마지못해 내는 보험금이 아니라 적극적인 이권청탁 뇌물이다.

박 과장 회사는 100여 개 납품회사에서 받는 물량을 자기회사 명의로 원산지 생산자 딱지를 붙여 OEM 방식으로 직수출하는 것처럼 한다. 수출보조금을 납품회사 아닌 이 회사가 받는 연유다. 뿐만 아니라 납품단가 후려치기, 납품기일 단축, 어음기일 늘리기 등등으로 저가납품을 강제하고 대금은 질질 끌기 일쑤다. 정권과 유착된 '갑'이다!

대부분이 영세해서 복잡한 수출절차나 바이어 확보, 해외 정보 등을 독자적으로 진행하기 어려운 사정을 이용해서 박과장 회사가 이런 영세기업들을 묶어 수출 대행을 해주고 수수료도 받고 수출보조금도 챙기는 것이다. 꿩 먹고 알도 먹는다. 땅 짚고 헤엄치기다.

박 과장은 술에 취하면 소리를 지르기 일쑤였다.

"대한민국에 안 그런 회사 있으면 나와 보라 그래, 짜~아식들!"

100년 가도 제 상표 하나 없는 싸구려 '메이드인 코리아'다. 대신 영세하청업주는 자신들의 이문을 노동자 저임금으로 쥐어짜낸다.

이게 한국 경제의 경쟁력이란 걸 박 과장은 요즘 새삼 돌아본다.

'분석의 힘은 묻힌 진주도 꺼낸다'… 라는 격언을 속으로 곱씹는다.

("그런데 이렇게 쥐여 짜이는 하청이 왜 찍소리도 못하고 있을까?")

일반인들은 의아해 하면서도 묻지 않는다. 그들이 대항할 수 있는 방법은 노조를 만드는 것밖에 없다. 그러면 바로 '빨갱이' 딱지가 붙는다. 무노조 경영이 회장님들 사이에서는 대단한 자랑이다. 노조를 하면 뭣하나, 파업은 언감생심이다.

박 과장 회사 역시 노조 그림자도 없다. 말조차 금기다. 알고 보면 같은 노동자 신세다. 월급 더 받고 펜대, 전화질로 조금 더 편하게 일한다고 그들과 다른 '중산층' 모드로 산다.

박 과장의 분석 영역은 점점 확장되어 갔다. 같은 노동자라도 원청회사에 속한 자신은 '하이칼라 샐러리맨'이고 하청은 '노무자'다.

박 과장은 선택된 사람이다. 대기업 원청과 오너가 성장 과실을 가져가고, 파치 난 과실 일부를 김 부장과 박 과장이 얻어먹는다.

"하청 노무자는?"

"그 패들이야 버리는 거 주워 먹는 상 노가다지 뭐~"

박 과장의 말에 주저 없이 내뱉는 김 부장의 대꾸가 호기롭다.

"회장이 주인이야! 이사는 심부름꾼이고 직원들은 머슴이다. 머슴이 뭘 알아…."

작년에 재판정에서 한보그룹 정태수가 내뱉은 유명한 말이다.

박 과장 머릿속에 요즘 시국의 배경이 점차 명확하게 들어오기 시작했다. 수평선 여명의 아침이랄까, 대치선의 윤곽도 선명해졌다. 요즘 알았다. 자신은 새끼 머슴, 하청은 허접한 상머슴이란 사실을 말이다.

유신 때도 그랬지만 이 정부에 사람들이 등 돌리는 게 꼭 무슨 민주화

의식이 높아지고 그 바람이 간절해서가 다는 아님이 확실했다.

먹고사는 문제가 깔려 있다. 정부는 열심히 '고도성장'을 선전한다.

'성장의 온돌방 효과'를 언론에 나와서 열심히 설명한다. 아랫목 불을 때서 윗목을 덥혀준다는 논리다. 그러나 현실의 아랫목은 너무 뜨거워 장판지가 탈 지경이고 윗목은 냉골이라 자는 사람들이 고뿔에 걸린다는 게 문제라는 비판도 많은 게 사실이다.

"그래, 성장이 분배는 아니야, 독점이지 독점! 또래 두 배 월급을 갖다 줘도 마누라 장바구니 한숨은 늘 같은 거야. 거기다 재벌만 아니라 우리 회장도 번 돈을 몽땅 부동산 투기에 쏟아 붓고 있잖아. 땅으로 떼돈 벌려고 하는데 솔직히 파는 물건이 경쟁력 있겠어?"

김 부장이 동의하는 박 과장 분석은 결론 지점에 와 있다. 목적이 순수하고 이상적이라도 자신의 밥줄과 이해관계가 생기지 않으면 절대 움직이지 않는다. 그런데 지금 시국은 이들이 움직이는 모양새다.

샐러리맨들의 저항이다. 넥타이 부대다. 밥줄이 정치다.

강권통치로 일관하는 군부정권 대 학생·재야·중하층 서민들이 한 속이 된 대치선이 분명해 보인다. 대중에게 '민주화 쟁취 대 호헌 유지'는 겉이다. 성장에 호구 잡힌 분배의 저항이 그 속이다.

박통, 전통 정부가 그동안 누구 편이었는지도 읽혀졌다. '위장취업'이다… '잠입프락치'다… 학생, 노동운동이 다 남의 일이었던 넥타이 맨눈에 뭔가 답이 보이기 시작했다. 정부가 쩔쩔매는 것도 이들이 움직이는 게 큰 이유라고 박 과장은 내심 단언했다.

문제는 '계엄령'이다. 이게 변수다. 지금 시국은 '광주 항쟁' 초반 시위보다 훨씬 광범위하고 전국적이다. 정권에 위력적인 위협이다.

그 때 신군부는 공수부대를 투입했다. 물론 미국의 사전인지와 묵인이라는 허용이 있었다. 그런데 지금 이상하게 돌아가고 있다. 경비계엄이 아닌 비상계엄을 내리고도 남을 상황인데 겉은 조용하다. 어쩌면 패를 만지작거리면서 미국에 목을 매고, 미 대사와 8군사령관은 침묵으로 시간을 질질 끄는 그들끼리의 시간싸움인지도 모른다.

상황은 그들 내부적으로 엄중하고 긴박하게 돌아가는 것이 틀림없을 테지만, 박 과장은 점차로 미국이 전두환을 버릴지도 모를 거라는 쪽으로 쏠리기 시작했다. 국민적 지지를 받지 못하는 정권을 지켜줬다가 그 지역 전체 판을 잃어버릴 수 있기 때문이다.

"출정이다!"

박 과장은 결심했다. 딱 보름 전이다. 1주일을 머리 싸매고 분석해낸 결론이다. 그리고 그 날 아침 조간에 오른 선생님들의 성명과 다음날 국본시위에 동참하겠다는 선언도 작은 자극이 됐다. 그러나 박 과장은 조직도 단체도 없는 혼자다. 머슴쟁이 월급쟁이다.

평범한 샐러리맨 홀벌이 가장 박 과장은 퇴근 후 혼자 거기에 가기로 마음먹었다. 팔뚝질 대신 길가 사람들 틈에 섞여 응원하는 선으로 마음을 정했다. 밥줄은 소중하다.

그런데 뜻밖에 큰 사건이 다시 터졌다. 박 과장이 결심했던 '9일' 바로 그날이다.

2

연세대학생 이한열이 자기학교 정문 앞에서 2천 명 학생들 대오 맨 앞열에서 대로를 사이에 두고 전투경찰 3천 명과 대치 중, 기습적으로 작전을 개시한 진압경찰 최루탄에 머리를 맞아 병원 이송 도중 사망했다는 급

보였다.

머리에서 흘러내리는 피 묻은 얼굴과 상반신이 기울어진 채 옆 동료의 부축으로 간신히 지탱하고 있는 현장 사진은 충격 그 자체였다.

종철이는 남영동 경찰 고문실에서 은밀하게 죽임을 당해 그 참담한 현장을 본 일이 없다. 분신 투신한 학생들도 마찬가지로 사건 이후에 보도를 통해 접한 것이었다. 이건 확실히 달랐다.

학생들의 잇단 비극적인 죽음은 정서적 동일체인 대학생들의 격렬한 반정부 대항뿐 아니라 자식을 둔 학부모들의 깊은 반감도 불러온 게 공통점이다. 종철이 죽음의 실체가 5.18 7주년 날 천주교정의구현사제단을 통해 정부기관대책회의에서 조직적으로 축소은폐 조작되었다는 폭로가 나오면서 민심이 아주 멀어진 영향이 커보였다.

여기에 9일 한열이의 안타까운 현장사진을 통해 많은 사람들은 1960년 4.19 혁명의 기폭제가 된 김주열 학생이 연상됐다. 그는 마산앞바다에서 최루탄이 눈에 박힌 채 수장됐다가 떠올랐다. 물에 둥둥 떠 있는 고등학생 교복차림 그대로인 그의 처참한 시신이 일부 신문에 사진으로 실렸다.

마른 들판 불씨 한 톨이 세상을 뒤집는다. 금년 시국의 시발과 분기점은 종철이와 한열이 죽음이다. 보도로는 경찰이 45도 상향 발사수칙을 어기고 '직사' 했다고 한다. 최근 들어 이렇게 쏜다는 전역 전경의 증언도 잇달았다. 증언 아니라도 요즘은 학생이고 시민이고 무차별 최루탄 난사가 이뤄지고 있다. 박 과장이나 퇴근길 동료들이 다들 보는 장면이다. 정부만 아니라고 우긴다. 국민을 소경으로 안다!

길 주변은 종일 짙고 매운 연기로 온 시가지가 뿌옇다. 손수건을 얼굴에 붙이고 다니는 게 흔한 풍경이 됐다. 길가 장사하는 이들의 아우성도 말이 아니다.

6월 10일 날이 밝았다. 박 과장은 오늘 시국이 마치 석양에 마주 선 두 건맨의 'OK목장의 결투'와 진배없다고 생각했다.

오전 10시가 되자 박 과장은 슬며시 옆 휴게실로 갔다. 이미 너댓 명이 담뱃불을 연신 빨아대며 화면을 응시하고 있었다. KBS-TV로 생중계되는 장충체육관 안은 화려했고 검은색 양복에 넥타이를 맨 한결같은 복장의 당원들이 객석과 바닥의자에 빼꼭히 들어앉아 있었다.

잠시 후 단상 바로 밑에 자리한 악단 반주에 맞춘 수백 명 국립합창단의 대통령 찬가가 울려 퍼지는 가운데 전두환 대통령과 이 날의 주인공 노태우 후보가 입장했다. 행사는 질서정연하고 일사불란했다. 집체교육장 같았다.

그런데 단상 중앙 귀빈석에 최규하 뿐 아니라 윤보선 전 대통령도 앉아 있는 건 뜻밖이었다. 윤보선이 누군가? 5.16으로 불과 몇 달 후 대통령 직에서 쫓겨나 줄기차게 박정희와 싸웠던 사람 아닌가?

전두환이 박정희 심복이자 수양아들인 군사정권 수괴라는 게 천하공지 인데 그의 핵심 동행자 노태우 잔치에 나오다니……

앞 잔치는 끝났다. 이제 밤의 향연이 기다리고 있다. 박 과장은 내심 고민했다. 명동으로 갈 건가, 아니면 집 동네 천주교 성당 앞으로 갈 건 가! 명동에 가면 익명성은 보호받을 것 같은데 귀갓길을 장담할 수 없는 게 문제였다.

박 과장은 서울 동남쪽과 행정경계가 붙은 위성도시 K 市에 산다.

회사가 마포 쪽에 있어 전철 출퇴근이 밀려도 한 시간 안쪽이다. 집값 도 싸고 거주환경도 괜찮아 거기에 10년째 산다. 퇴근은 달라도 김 부장 과는 이웃이라 아침에 늘 역에서 만나 함께 출근한다.

그런데 명동에서 또 무슨 사태가 일어날지 예측불허다. 양쪽이 총력전이기 때문이다. 어물거리다가 시간 놓치면 집까지 거리도 먼데다 두 번 갈아타는 전철도 놓칠 수 있다. K 市는 그 반대의 문제가 있다.

박 과장은 성당을 택했다. 자신의 집에서 반대방향인 도심지 주변의 작은 언덕위에 있는 천주교성당 정문 앞 공터다. 오늘 집회장이다.

하늘은 맑으나 마음은 흐리고 무거웠다. 전경들이 도로변 입구를 막아섰고, 골목골목을 모두 차단했다. 성당입구에는 20여명의 수녀. 신자들이 연좌농성하면서 찬송가를 부르고 있고 그 바로 앞에 전경들이 마주보고 앉아 대치하고 있었다. 전경부대 몇 걸음 옆에는 노인네 한 무리가 진을 치고 서 있었다.

'허허~ 살 날 얼마 남지 않은 이들이 이 시간에 여기 대체 무슨 일인 거여? 이상도 하네….'

진압전경을 응원하는 노인들의 이런 광경은 처음 봤다. 그들은 산발적으로 구호를 외쳐댔다. 열심히 하는 모양새가 자발적인 열성이 분명해 보였다. 무리 사이에서 팔뚝질을 하는 노인도 있다.

"빨갱이는 물러가라! 누굴 위한 데모냐… 경찰님들 힘내십쇼…."

노인들은 맞은편을 향해 연신 삿대질을 해댔다. 경찰이 든든한 빽인 듯 '호가호위'가 유치하고 비루해서 웃음이 나왔다.

'이 노인네들이 지상에서 사라지면 더 이상 이런 꼴볼견은 안 보겠지! 지금 장년층이 설마 저들과 똑같은 꼴이 되겠어?'

집회는 의외로 적은 참여로 조용히 진행되고 있었다.

더 이상 늘어나는 참여자는 없어 잔뜩 긴장하며 갔던 박 과장은 내심 맥이 빠졌다. 이 때 컴컴한 한쪽 구석에서 이 장면을 지켜보는 박 과장 등을 누군가가 툭툭 쳤다. 깜짝 놀란 박 과장이 돌아보니 큰 검은 테 안경을 쓴 이가 특유의 허연 이빨을 드러내며 웃고 있었다.

김 부장이었다. 반가움도 잠시… 놀라고 의아했다.

"아니, 부장님이 여긴 웬일로…?"

"이 사람아, 그런 자넨 왜 여기 왔나? 히히히~"

김 부장은 빗방울이 떨어진다는 예보를 핑계로 우산까지 들고 나왔다. 둘은 지나가는 행인인 듯 어둠속에 몸을 감추고 한 시간여를 지켜보다가 인근 도로변 가게에 들어가서 사이다 한 잔씩을 들었다.

수녀들은 계속 찬송가를 부르면서 연좌해 있고, 맞은편 노인들은 욕설 반 구호 반 삿대질이다. 보호장구와 곤봉을 차고 등에는 최루탄 발사총을 맨 중무장 전경대가 중간에서 꼼짝 않고 서 있다. 집회와 불과 5~6미터 거리다. 유신철폐 데모 이후 오랜만의 광경이다.

둘은 별 상황변화가 없을 것 같아 버스를 집어탔다. 대학후문 주변도로에 최루탄 가루가 뽀얗게 깔려있었다. 상가도 다들 셔터를 내렸다. 전혀 다른 상황이 벌어지고 있었다. 그제야 시내에서 결국 일이 터진 걸 알았다.

이곳에는 종합대학이 둘 있다. 모두 사립이다. 서울 상황과 같이 돌아간다. 직장도 대부분 서울이라 베드타운 격이다. 정치성향도 다른 위성도시들이나 비슷하다. 낡은 시내버스 차창 틈으로 스며드는 최루가스 냄새에 박 과장과 김 부장은 질질 흘리는 콧물을 연신 닦아내고 틀어막으며 집으로 돌아왔다. 남편이 살아 돌아온 듯 반갑게 맞는 아내에게 박 과장은 겸연쩍어 했다.

'6.10 규탄집회'는 시국의 새로운 시작이었다. 사태가 걷잡을 수 없이 발전해 갔다. 이제 프로야구 열기도 시들해 보일 정도로 어느 곳에서든 둘만 모이면 온통 시국담과 경제 걱정이 가득했다.

정국은 안개 속 같이 혼미하고 지방에서 시위가 서울보다 더 격렬하다. 진압전경이 무장해제당해 포로 신세가 되는 일이 여러 곳에서 동시다발로 생겨나기 시작했다. 시민들의 호응도 높아져가는 데 비례해 정부의 안보 위기감 강조도 수위가 높아지고 있다.

민정당 내부에서도 조심스럽게 다른 의견들이 대두하고 있는 모양이다. 지금 권력 내부에서는 숨 가쁜 상황이 전개되고 있다고 봐야 한다. 그럴 거다. 정권의 존망이 걸렸다. 박 과장이야 기껏 신문 방송을 보고 상식적인 짐작만 할 뿐이다. 저들은 지금 하루하루가 극적 긴박감의 연속일 게 틀림없다.

"…쟤들은 지금 겉으론 뻥뻥대도 자신들 예상을 훨씬 뛰어넘는 사태에 놀라 허둥지둥하는지도 몰라! 군대 동원해서 또 계엄령을 내릴 수도 있어. 아니면 무릎 꿇고 '항복?' 글쎄, 쟤들이 그건 아닐 거야… 음~ 무슨 기발한 기만책이 나올지도 모르지. 근데 미국이 전두환 편은 아닌 게 분명한 것 같아. 명동성당 농성 몇백 명을 손도 못 대는 것 봐라! 그 것도 정권이 맘대로 못하는 거다…."

어젯밤 '연장전'에서 김 부장이 단언했던 말이다. 지난 17일 국본 주최 제 2차 대규모 전국 시위집회에는 사상 최대의 참여자가 길거리에 나섰다. 경찰 추산으로 50만이면 실제는 150만이다. 시민들의 절대 호응에 박 과장도 자신감이 생겼다.

'이젠 혼자가 아녀~'

박 과장과 김 부장은 요즘 견해 충돌이 없다. 정전인가, 평화인가?

다음 날인 18일 목요일은 시위 인파가 더 늘어났다. 파출소가 습격당하고 대통령 사진이 길바닥에 팽개쳐졌다. 텔레비전 밤 9시 뉴스를 틀면 늘 제일 먼저 등장했던 전두환 대통령의 모습도 언젠가부터 사라졌다. 아예 뉴스판서 사라진 것이다.

박 과장도 의식을 못했는데 사람들 얘기를 듣고 보니 정말 그랬다.

뉴스 화면에는 버스 택시들이 경쟁이라도 하듯 경적을 울려대고, 박 과장 같은 넥타이 맨들이 떼를 지어 건물 안이나 시위현장 인도에서 박수를 치고 팔뚝질을 하는 그림이 나온다. 거대한 잔치판이다.

그래도 박 과장은 애초의 결심과는 달리 더 이상 길거리 나서는 게 주춤해진 며칠이었다. 김 부장과의 퇴근길 술자리도 없이 곧바로 집으로 돌아오니 아내가 놀란다. 대신 집에서 텔레비전 뉴스와 신문을 열심히 들여다본다.

오늘은 거리에 한 번 나가보기로 했다. 박 과장은 회사를 나오면서 발걸음을 가까운 영등포 쪽으로 옮겼다. 거기에도 큰 대학이 두어 개 있고 사람들이 많이 모이는 곳이다.

'휩쓸리지는 말자!'

박 과장은 다짐을 했다. 상황은 어제와 비슷했고 매캐한 최루탄 연막에 숨을 쉬지 못할 지경이었다. 박 과장은 얼른 전철을 타고 귀가해버렸다. 그런데 밤 11시경 김 부장한테서 평소 없던 전화가 걸려왔다.

"박 과장! 지금 역에 내려 들어가는 길인데 말이야, 역 광장네거리에 대학생 수백 명이 도로에 앉아 노래 부르고 있네."

박 과장은 자신을 감시하는 아내를 붙인 채 구경삼아 급히 나가 보았다. 김 부장 말대로 그 시각에 7-800명 학생들이 연좌시위를 계속하고 있는데 그 주변에도 학생수자만큼의 시민들이 삐-잉 둘러싸고 지켜보고 있었다. 심정적인 호응과 보호의 의미가 커 보였다. 시위대나 시민들 모두 금방 집에 들어갈 생각들도 아닌 듯 했다.

박 과장은 연좌한 시위대열 앞 쪽에 나가서 구경꾼인 듯 행세하며 지켜보았다. 잠시 후 시위대 일부가 우측 언덕 쪽 여학교 가는 길로 진출을 시도하고 대부분은 역 광장을 가로질러 6호 광장 쪽으로 몰려 나갔다. 박 과장과 그의 아내도 인도를 따라 같이 이동했다.

김 부장도 틀림없이 이 근방 어딘가에 있을 텐데 보이지 않는다.

시위대 목표는 시가지 중심인 중앙로 은행가와 시청 앞 광장이었다.

'5월가' '우리의 소원' 등을 부르며 스크럼을 짜고 나아가는 학생시위대 뒤로 많은 시민들이 따라갔다. 별 저항 없이 5호 네거리에 진출해서 대오를 정비한 시위대는 곧 바로 중앙로로 나아가고, 일부는 시청 앞 남부로 쪽 전경들이 국민학교 전방도로에서 시위대 쪽으로 압박을 가하자 이를 저지하기 위해 길바닥에 주저앉았다. 칠 테면 치라는 대담한 각오다.

"호. 헌. 철. 폐. 독. 재. 타. 도- 호. 헌. 철. 폐. 독. 재. 타. 도-"

끝없이 반복되는 구호는 언제 어디서나 아주 간단해서 귀에 팍팍 들어왔다. 피카소극장 앞으로 나아갔을 때 최루탄이 갑자기 요란한 폭음을 내며 날아들었다. 아내가 보이질 않는다. 어디로 갔나?

혼자 인도를 오가며 시위대에 호응하고 있던 박 과장은 시위대 선두대열 옆 인도에서 지켜보다가 가스를 옴팍 뒤집어썼다. 최루탄은 속사포처럼 비 오듯 날아들었다. 박 과장은 정신없이 대열후미로 뛰어가다 급한 김에 도로변 빵집으로 대피했다. 주인남자는 선풍기도 틀어주고 물수건도 나눠주었다. 시민들은 학생 편이 확실했다.

"후퇴~ 대오정비~ 전진~ 후퇴~"

시위 지휘부의 선창에 대열이 따라서 떼창을 하며 조직적으로 움직였다. 공방전이 몇 번 벌어진 후 시위대는 5호 네거리와 전화국 방면으로 분산후퇴하기 시작했다. 박 과장도 전화국 쪽으로 후퇴했다.

시위대는 약간의 선발대만 5호 네거리에 진을 치고 전방을 경계하는 가운데 전화국 대로변에 집결하여 다시 연좌농성에 들어갔다. 결속된 조직력의 위력은 대단했다. 흩어지고 모이면서 적을 흔들었다.

이 때 5호 광장 네거리에 재집결한 학생 200여명이 파출소를 둘러쌌다는 말이 돌았다. 박 과장도 YMCA건물 뒤편으로 돌아서 그 쪽으로 뛰어갔다. 독한 가스냄새와 함성이 뒤섞여 이수라장이다.

"비. 폭. 력~ 비. 폭. 력~ 비. 폭. 력~ 비. 폭. 력~"

일부 학생들은 질서를 외쳤으나 곧 투석과 다중의 구호에 묻혀버리고 파출소는 이내 박살이 났다. 박 과장은 종군 기자가 됐다.

몇몇 학생들이 책상을 밟고 올라가 정면 벽에 걸려있던 전두환 초상화를 밖으로 끌어내 불을 질렀다. 모두들 환호하였다. 박 과장도 순간 박수를 쳐댔다. 사관의 심정으로 취재하는 기자도 인간이다.

"불 질러, 불 질러!"

여학생의 매서운 소리가 들렸다. 파출소를 불 지르라는 거다.

시위대 대부분은 수건으로 마스크를 하고 있었다. 일부 여학생들은 돌멩이를 가득 담은 가방을 둘러멘 채 뒤를 받치며 병참역할을 하고 있었다. 남학생들은 시위를 주도하느라 기동력이 필요했기 때문에 여학생들이 돌멩이를 공급하는 역할 분담이었다. 남학생들은 넘겨받은 돌을 바지 양쪽 주머니에 가득 채우고 투석전에 임했다. 돌이 바닥나자 보도블럭을 깨서 보충하기도 하고 공사장에서 구한 각목과 쇠파이프도 상당수 들려 있었다.

박 과장은 잠시 후 이 곳 상황이 소강상태에 들자 다시 전화국 쪽으로 갔다. '불란서 제빵' 근처의 작은 광장 한 구석에서는 전경들로부터 빼앗은 한 무더기의 진압장비들을 모아서 불태우고 있었다.

무장해제를 당한 전경들 일부가 저쪽 어두운 가장자리에서 시위대에 둘러싸인 채 초췌한 모습으로 서성이고 있었다. 패잔병 모습 그대로였다. 전쟁이었다. 전투장의 인간실존을 봤다.

'왜 이 지경 되도록 전두환은 내버려둘까? 독재자 고집인가, 작전인가?'

5호 광장과 전화국 앞 교통초소 두 곳도 박살났다. K대 후문 진입도로 입구에 있는 파출소는 어쩐 일인지 아직 무사하다. 이 파출소는 대학 사찰 아지트로 알려져 있다. 경찰은 보이지 않고 방범대원들이 긴장된 표정으로 경계를 하고 있다.

박 과장 대학시절 학내 사찰은 정보과 형사들 뿐 아니라 학생 프락치들도 많았다. 학과 단위로 한둘씩은 있다는 게 통설이었다. 이들은 낌새가 보이는 족족 정보를 넘겨주니 데모가 원천 차단이었다.

프락치들은 사복이 아닌 정식 학생이었다. 누가 프락치인지 알 수가 없다. 함께 토론하고 술도 먹고 MT 가서 날밤도 새며 진한 우정을 나누는 사이다. 그들이 친구 선후배 동료를 밀고하고 정보를 팔아먹는 대가로 장학금을 받아 등록금 술값을 댔다. 양심은커녕 안면몰수 극한이다. 지금도 독재 치하다. 같을 거란 게 박 과장 생각이다.

얼마 지나지 않아 온 시가지가 돌멩이와 깨진 보도블럭으로 가득 찼다. 청소차와 오토바이도 파손된 채 길 한가운데 버려져 있다.

인근 포장마차 안에는 시위대열에서 잠시 빠져나온 학생들이 소주와 오뎅 국물로 허기진 배를 채우고 있었다. 박 과장도 슬그머니 끼어서 목을 축였다. 박 과장은 갑자기 내일 출근이 걱정됐다.

집에 돌아오니 새벽 1시 반이다. 지금 이 시각에도 6-700명 정도가 계속 시위를 하고 있다. 목을 빼고 기다리던 아내가 잔뜩 뿔이 났다. 하다 만 빨래를 해치우더니 방으로 들어가 버린다. 함께 시위현장을 구경나갔다가 아내는 내팽개치고 제 맘대로 돌아치다가 이 새벽에 들어왔으니 얄밉

기도 하고 걱정도 많이 됐을 거다.

박 과장은 자신도 모르게 격랑 속으로 들어가고 있었다. 시대는 점점 험해져갔다.

3

박 과장은 아내에게 굳게 약속했다. 더는 시위 구경 않겠다고 달래며 새벽같이 전철역으로 나왔다. 김 부장도 오늘따라 일찍 나왔다.

그 캄캄한 밤중에 이리저리 몰리는 인파속이라 만나지는 못했어도 같았을 거다. K시에서 이런 '사태'는 처음이라고들 했다. 이 날 밤도 어제 시위양상 그대로다. 전국적인 항쟁 대열이 연 3일째 참여기록을 갈아치우며 6월의 무더운 열기를 더욱 끌어올리고 있었다.

다행히 이 날은 종일 흐리다 저녁께 가랑비가 내리기 시작했다. 시위대나 전경이나 땀을 덜 흘릴 것이다. 그런데 쫓고 쫓기는 치열한 공방 속에 시위대 일부가 박 과장이 사는 주택가 골목까지 쫓겨 들어왔다. 전경대도 끝까지 쫓아오면서 최루탄을 사정없이 갈겨댔다.

순식간에 주택가는 아수라장이다. 집안에 있던 주민들은 황급히 밖으로 뛰쳐나오고 전쟁이 따로 없다. 좁은 골목어귀인데다 비까지 뿌려대는 날씨 탓에 최루가스가 도통 빠지지 않아 주택 안방까지 가스가 들어찼다. 아이들이 울부짖고 난리가 말이 아니다.

박 과장은 자정뉴스를 틀었다. KBS 보도본부 24시가 나왔다. 화면에는 이한기 총리 얼굴이 잠깐 비치더니 총리의 호소 반, 경고 반 담화문 발표 뉴스가 나왔다.

대전에서는 시위 중 버스를 뺏어 전경대에 돌진하여 4명이 중경상을 입었는데 그 중 한 명이 숨졌다고 한다. 내일 노태우가 김영삼 이민우 이만섭을 국회 내 공개된 자리에서 만난다는 뉴스도 떴다.

박 과장은 TV를 껐다. 오늘도 만리장성만큼 긴 하루였다.

시위는 다음 날도 그 다음 날도 세를 유지하며 경향 각지에서 계속 이어졌다. 이제 승부는 완연히 [국본]으로 기울었다. 정부는 주도권을 잃고 질질 끌려오는 모양새다. 이상한 것은, 전두환은 뉴스에서 사라지고 별 민심수습용 카드도 던지는 것이 없다. 계엄령 징후도 전혀 느낄 수 없는 정부의 일방적인 수세 국면의 지속이다.

명동성당에는 아직도 300여 명 항쟁 농성자들이 버티고 있다. 여기가 국본 항쟁지도부의 본거지다. 처음에는 성공회 본당이었는데 여기가 '성역'처럼 되면서 지도부가 옮겨온 것이다. 이곳이 전국 도처의 항쟁에 지침을 주고 전체적인 통일대오 관리와 투쟁방향 일정을 조율하면서 끌어가고 있다. 정부가 털끝 하나 못 댄다. 깡패용역 동원한 대리해결도 포기한 듯하다. 미국 입김이 박 과장 생각이다.

며칠 전 야간 시위 때 궁금해서 아내 몰래 거리에 나선 박 과장은 5호광장 네거리에 주저앉은 학생들 앞에 이곳 대학 총장이 사과짝 연단에 올라서 일장 훈시하는 걸 봤다.

서울 어느 S대 총장까지 했던 80 가까운 유명 법학자다. 이 사람은 현 정권에서 총리하마평에 계속 오르내리던 인물인데 작년에 이 곳 사립대총장으로 왔다. 그는 학생들의 시위를 가로막고 해산을 강하게 주문하고 있었다. 학생들은 꿈쩍 않고 자리를 지켰다. 30여 분을 떠들던 그 분은 심야에 힘에 부친 탓인지 부축을 받으며 어둠속으로 사라졌다.

박 과장은 다음 날 그 사람 이력을 알아봤다. '대일 항쟁기'에 경성제대 법학과를 나와 고등문관을 지낸 전형적인 친일파였다. 박 과장 보기에는 세월을 잘 만나 여기까지 온 거다. 아니면 광복 후 처단될 운명이 틀림없었다. 이 사람의 어젯밤 행동은 압력을 받은 건지 신념에 따른 사명감인지 모르나 결과는 국민들이 반대하는 현 정권을 두둔하는 행위라는 거다. 박 과장은 입안이 썼다.

(*경성 '제대'는 친일파들이 "경성대학에도 동경제대처럼 '제국'을 꼭 붙여 달라"는 떼를 써서 붙인 것이다. 우리는 '1류'로 알고 있으나 당시에도 '4류 대학'이었다. 동경제대가 1류… 만주건국대가 2류… 대만대가 3류였다. 만주, 대만은 '제국'을 붙여달라는 떼를 쓰지 않아서 안 붙였다. 군사정권 치하 총리를 지낸 강영훈이 경성제대를 합격하고도 일제 치하 만주건대로 간 까닭이다. 이런 이들이 꽤 있었다.)

전두환이 다시 뉴스 앞머리에 등장했다. 그저께… 그러니까 24일 수요일 마침내 전두환이 김영삼과 청와대에서 만나 회담을 했다. 그런데 전두환은 모든 정치현안을 노태우에게 미루었다. 김대중의 가택연금을 해제시켜 주겠다는 정도가 전부였다. 아직 배가 부르다. 항쟁이 더 계속되어야 할 상황이란 생각이 박 과장 머리를 스쳤다.

이 달 들어서만 시민 경찰 학생 합쳐 600여 명이 다치고 여러 명이 죽어나가고 있다. 경제도 점점 어렵게 돌아가고 있다. 거리는 해 떨어지기 무섭게 셔터문 내리고 철시하기 바쁘다.

장마당 난전도 파장이고 회사도 갈피를 못 잡고 허둥대는 티가 여기저기 나타나고 있다. 원화 환율이 급등하여 수출원자재 90%를 수입에 의존하는 기업들은 아우성이다.

레이건의 임기가 말년에 접어들면서 레이거노믹스의 역효과가 정신없이 세계경제를 흔들어대고 있다. 곡물시장에 이어 지금은 원유와 비철금속류

도 산출국이 아닌 미국. EEC 주요 메이저들의 투기시장에 편입됐다. 1~2
년 전부터 그렇게 돌아가고 있다. 박 과장 분야다.

미국도 한국의 정국안정화에 결론을 낼 때가 되지 않았을까? 자칫 실기
하면 원치 않는 국면에 들어선다. 박 과장 생각이다.

오늘도 박 과장은 어느 때와 같이 조심스럽게 현관문을 열고 아내의 배
웅을 받으며 집을 나섰다. 회사도 시국도 빨리 정리가 되어 다시 평화가
왔으면 좋겠다. 하늘은 맑고 초여름답지 않게 아침 바람이 신선하다. 토요
일은 모처럼 가족 나들이라도 할 참이다.

오늘은 국본에서 당국의 협박에도 불구하고 민주평화대행진을 벌이는
날이다. 여기는 오후 6시 중앙로네거리가 집결지다. 국본은 시민들이 국기
강하식 때 애국가를 부르고, 대행진 때 손수건을 흔들며 적극 참가하도록
권유하고 있다. 박 과장도 이건 할 수 있다,

요즘 들어 여섯시가 되면 칼 퇴근이다. 회사 방침이다. 잔업 철야가 사
라져 좋긴 하지만 시국 탓이라 마음에 걸린다. 퇴근길에 회사 근처 대포
집에 들러 혼자 막걸리 2병과 족발 1개를 시켜 배를 채웠다.

술이 들어가자 다시 배포가 커진 박 과장은 지금 쯤 시내에서 평화대행
진이 제대로 진행되고 있는지, 시민들이 얼마나 참여하고 있는지 궁금했
다. 그래도 그는 전철을 탔다. 며칠 전 심야에 시위대를 따라다니며 고생
도 했고 아내에게 약속도 했다. 민주시민 책임도 할 만큼 했다. 박 과장
은 오늘도 집으로 직행하리라 생각했다. 역에서 내린 박 과장은 미군부대
옆길로 빠져 버스를 타러 중앙로로 곧장 나왔다.

시내버스 세 정거장 가면 집이다. 그런데 길이 막혔다. 버스기사는 오
던 길을 되돌아 다른 우회로로 돌아간다고 했다. 박 과장은 거리 상황도

살필 겸 걸어서 가기로 했다. 골목길 곳곳에 학생들이 흩어져 해질 때를 기다리고 있었다. 예정된 시간이 여전히 해가 중천이라 여기는 7시에 움직이기로 했다는 것이다.

전경들 역시 긴장된 표정으로 길가에 늘어서서 만일의 사태에 대비하고 있었다. 모든 차량 진입이 끊긴 도로는 텅 빈 광장으로 변했다. 경찰이 미리 외곽으로 우회하도록 시내 진입을 통제한 탓이다.

박 과장은 이면도로를 지나가는 택시를 집어탔다. 그러나 얼마 못가 택시도 더 나아갈 수 없었다. 내려서 중앙로 쪽을 뒤돌아보니 벌써 학생 4-50명이 도로일부를 점거하고 시위행진을 막 시작하고 있었다.

양쪽 인도에는 수백 명의 시민들이 꼼짝 않고 학생들을 지켜보고 있었다. 침묵은 그리 오래가지 않았다. 전경들은 짐짓 '쿵쿵~' 거리는 요란한 군홧발 소리를 내며 위력과시를 하더니 중앙로 시청 앞 광장과 중앙 파출소 양편에서 협공하면서 기민하게 학생들을 포위했다.

이 때였다. 팽팽한 긴장감속에 연좌한 학생들 맨 앞 열에서 여학생 한 명이 일어나 대열을 향해 섰다. 팽팽했던 고요함이 한 순간에 깨졌다. 절묘한 타이밍이었다. 여학생은 핸드마이크를 들고는 카랑카랑한 목소리로 성명서를 낭독하고 구호를 선창했다. 칼이었다. 묵묵히 지켜보고 있던 인도의 시민들이 일제히 박수와 환호로 호응했다.

그 여학생은 가끔 대학 앞 서점에서 만나 눈인사를 주고받는 잘 아는 학생이다. 사회대 3학년인 이 여학생의 선봉투쟁 모습과 카랑카랑한 목소리는 꼭 80년 5월 광주에서 가두방송을 도맡았던 그 여성투사를 연상케 했다.

사실 대회를 사전조직하지 못한 지역 국민본부와 충분한 준비가 안 된 학생들은 다음 순서를 정하지 못한 채 대치 한 가운데서 어정쩡하게 연좌하면서 투쟁의 미숙함을 노출하고 있었다. 이때 총학생회 간부로 보이는 여학생의 선도투쟁 결기가 분위기를 단번에 바꿔놓은 것이다. 지역 국본 집행부는 어디에 있는지 보이지 않았다. 학생들이 독자적으로 행동하는 게 분명했다.

지금 사태 진행은 자연발생적으로 이루어지고 있다. 오히려 그것이 더 위력적이라는 생각도 들었다. 예측불가한 유동성이 크다. 이런 상황에서는 경찰이 치밀하게 대처하기 어렵다. 시민도 같은 편으로 보이고 시위대 일부로 보이기 때문에 분리 대응이 어렵다.

그러나 여학생의 선도투에 반짝했던 열기는 다시 가라앉았다. 지방대학 생들의 경험부족이 그대로 나타났다. 강철 같은 투쟁의지와 다음 단계로 나아갈 시위행진의 조직되지 못한 방법론 부재다. 상황은 학생지도부 역량의 미숙으로 경찰이 역공을 가할 태세로 돌변했다.

중앙수퍼 앞 시민들 쪽에서 상황을 지켜보던 박 과장은 이대로 가다가는 평화대행진이고 뭐고 싱겁게 무산될 거라는 판단이 들었다.

"웅차 웅차~ 웅차 웅차~"

박 과장은 인도의 시민대열 한 가운데에서 아랫배에 지그시 힘을 주고 박수를 치며 구호를 선창했다. 잠긴 물 퍼 올리는 마중물이다.

그러자 학생들이 힘을 얻은 듯 구호를 외치기 시작했다. 침잠해 있던 시민들도 박수를 치며 다시 호응하기 시작했다. 호응이 점차 열기를 더해 가자 학생들이 모두 일어서서 시청 쪽으로 움직였다. 그러자 시민, 아이들이 시위대 후미 도로 한가운데로 몰려나왔다.

이들이 결과적으로 시위대 일부가 되어 시위참여자가 졸지에 배가 됐다. 중파 쪽에서 경계 포위를 하던 전경부대는 결과적으로 시민들이 그 사이를 막아버리는 바람에 아무런 힘을 쓰질 못하게 되었다.

언제 모였는지 학생들은 그새 몇백 명으로 불어나 도로를 꽉 채우고, 구호와 시위는 더 격렬해졌다. 늘어만 가는 시위대와 그 기세에 멀찍이 밀려나있던 5호 광장 쪽 전경들이 다시 조금씩 조여들어오기 시작했다. 그러자 후미에 있던 전경들도 시민들을 도로 밖으로 밀어내며 앞으로 간격을 좁혀왔다. 이제 양 편 전경대와 시위대와의 간격은 20여 미터! 충돌 일보직전이다.

시위대와 도로변 시민들은 합쳐서 1천 명쯤이다. 박 과장을 포함한 이들은 하나가 되어 함께 시위를 하는 형국이 되었다. 박 과장은 시민들 사이를 계속 왔다 갔다 하면서 박수와 선창을 연호하며 선동을 했다. 어디서 그런 게 나오는지 본인도 모를 일이다. 열기가 더 달아오르는 것 같았다. 이렇게 10여분이 흘러갔다.

이 때 양 편에서 조금씩 포위를 압축해오던 경찰이 갑자기 함성을 지르며 전격 돌진해 왔다. 후미에서 진격해 오던 전경대열 가운데서 백골단과 전경 2-30명이 갑자기 튀어나오더니 맹렬한 기세로 연행 작전을 시작했다. 박 과장은 순간적으로 당황해서 학생·시민 한 무리에 섞여 중앙수퍼로 뛰어들었다.

그러나 사전에 역할 분담을 하고 그를 찍어 둔 듯 너댓 명의 체포조는 다른 사람들은 거들떠보지도 않고 처음부터 집요하게 박 과장만 쫓아왔다. 시민대열 속에 섞여 감시하던 사복프락치가 무전으로 그를 찍어준 게 틀림없었다.

후다다닥….

수퍼 2층 계단으로 도망쳤지만 백골단체포조는 계속 쫓아가며 옥상 쪽으로 박 과장을 밀어붙였다. 그런데 3층 계단을 올라서니 옥상으로 통하는 문이 잠겨있는 게 아닌가? 막다른 벽 앞에서 이제 도망칠 곳이 더는 없었다. 순간 두 놈의 억센 가죽장갑 손아귀가 박 과장의 목덜미를 후려 치며 목을 감싸 나꿔챘다. 목이 뒤틀리며 목뼈가 부러지는 것 같은 고통 이 밀려왔다.

목덜미가 뒤로 젖혀진 채 끌려 내려오는 모습은 영락없는 중범죄자였 다. 박 과장의 느낌이다. 도로 한가운데는 이미 닭장차가 여러 대 도착해 있고, 수십 명의 대학생들이 무릎을 꿇린 채 두 손을 머리 뒤로 깍지 긴 모습으로 아스팔트 바닥에 머리를 쳐 박고 있었다.

조금이라도 머리를 들면 군홧발로 짓밟고 그럴 때마다 비명이 터지는 게 말이 아니다. 포로다. 설사 포로라 쳐도 제네바협정에 따른 포로대우가 있다. 하물며 이들은 주권 시민이다. 전쟁터에서나 볼 법한 '법보다 주먹' 이다. 사진으로 본 광주항쟁 모습 그대로였다.

학생들 틈에 끼어 똑같이 당하려니 체면도 그렇고 자존심도 상하고 울 화가 치밀었다. 박 과장은 무릎 꿇고 머리에 깍지를 긴 채로 바닥에 엎드 리는 걸 완강히 거부했다.

"나는 선량한 시민이고 교육자다… 이러면 안 된다~!"

박 과장은 발길질 당하는 와중에도 큰 소리로 외쳤다.

'교육자~'라는 말이 통했는지 전경 애들이나 책임자가 움찔하며 더는 어 쩌지 아니했다. 조금 더 지나니 연행자가 자꾸 늘어났다. 이미 잡혀 있는 사람들은 닭장차에 강제로 태워지고 있었다. 안 끌려가려는 학생들과 경찰 사이에 옥신각신 승강이가 난투극처럼 벌어졌다.

전경 두 명이 한 사람씩 잡아 끌어들이니 결국 한명 두 명 실리기 시작 했다. 박 과장은 이대로 개같이 끌려갈 수 없다는 생각에 잠시 후 벌떡 일어나 격렬하게 항의하기 시작했다.

"누가 길을 가는 대한민국 시민을 연행해 잡아가라고 시켰나? 치안국장인가 내무장관인가? 그걸 밝히기 전에는 나는 끌려갈 수 없다!"

있는 힘, 없는 힘 다 짜내어 소리쳤다. 이 때 백골단 한 명이 가죽장갑 낀 주먹으로 박 과장 머리를 반쯤 치며 내리 눌렀다. 순간 박 과장은 분노에 떨며 고개를 돌려 그를 노려봤다. 가로등 훤한 도로 위에서 정면으로 안면이 노출된 그는 얼른 손바닥으로 얼굴을 가리면서 한 발짝 뒤로 물러섰다. 놈은 더 이상 해코지를 하지 못했다.

백골단은 헬멧을 눌러 쓴데다 마스크까지 해서 자신을 감추고 경찰복으로 위장한 깡패였다. 사람들은 자신을 감출 때 잠재해 있던 동물적 마성을 드러낸다. 그 익명성이 벗겨질 때 인간은 아주 허약해지는 법이다.

'이런 걸 어디 [국가 공권력]이라고 할 수 있는가! 깡패 동원이지…….'

박 과장의 독백은 밤하늘에 날리는 공허한 메아리였다. 공권력 이름으로 폭력을 행사하고 국가권력으로부터 엄호를 받는 백골단이 설치는 이 나라가 어디까지 추락할 것인지 서글퍼졌다.

박 과장은 갑자기 무슨 용기가 생겼는지 그 백골단 녀석의 마스크를 확 벗겨냈다. 그러자 놈은 기겁을 하고 자기편 무리 속으로 숨어버렸다. 소리치기를 몇 차례… 여기저기서 간간히 박수소리가 들렸다.

'그러고 보니 내가 선동가 기질도 있는 것 같네…!'

곡절 끝에 전경 두 셋이 결국 박 과장 입을 틀어막으며 닭장차 안으로 끌어들이려고 시도했다. 한 놈은 차 안에서, 두 놈은 바깥쪽에서 각각 팔과 엉덩이를 잡고 밀면서 억지로 쳐 넣으려 했다. 그럴수록 박 과장은 양손으로 승강구 손잡이를 꽉 잡고 완강히 버텼다. 그리고 다시 힘껏 소리쳤다.

"나는 학생들의 주장이 맞는 것 같아서 박수로 의사표현을 한 것뿐이다… 이렇게 무자비하게 시민을 대하는 민주경찰도 있느냐?"

"우-우~!"

길가 양쪽 연도에 늘어서 이 상황을 지켜보던 백여 명의 시민들이 경찰에 야유를 보내며 박 과장의 외침에 호응해 주었다. 그러자 그를 끌어들이려 사력을 다하던 전경들이 잠시 멈칫거렸다. 이 때였다.

갑자기 누군가가 뒤쪽에서 한 손으로 박 과장의 머리통을, 다른 손으로는 그의 우측 어깻죽지를 잡고 끌어내리는 듯 했다. 박 과장은 얼떨결이긴 해도 그 순간을 놓치지 않고 느슨해진 전경들의 손을 세차게 뿌리치고 재빨리 빠져나왔다.

"잡아라, 잡아!"

귓가로 경찰간부인 듯한 사내의 목소리가 들렸다. 그러나 기세 좋게 소리쳐대며 나오는 그를 잡는 전경은 없었다. 박 과장은 그 와중에도 체면은 있어 인도까지 4-5미터를 느린 걸음으로 나오면서 계속 소리쳐 접근을 막았다. 그리고는 인도로 나오자마자 터미널 방향으로 정신없이 뛰어 달아났다. 계속 체면 걸음 하다 잡히면 망한다.

시민들 틈에 섞인 사복들에게 또다시 잡혀 진짜 야무지게 당할 것 같았다. 그런데 이상한 일이었다. 빈 택시를 세워도 세워도 다들 그냥 지나쳤다. 박 과장은 천신만고 끝에 택시를 잡았다.

얼마나 고마운지 눈물이 다 났다. 지갑이고 뭐고 주머니에 붙어있는 게 아무 것도 없었다. 박 과장은 아내를 불러내 택시비를 치르고 집안에 들어왔다. 벽시계가 11시 40분을 가리키고 있었다.

아내는 집 밖에서 계속 서성거리며 남편을 기다리다 방금 들어와 대기하고 있었다. 거실 불빛에 드러난 남편 몰골에 아내는 놀라 쓰러질 뻔했다. 박 과장도 덩달아 놀랐다. 거울을 보니 끔찍하다. 단추가 모두 떨어져 나간 와이셔츠는 여기저기 찢겨진 채 넥타이는 풀어져 너덜거리고 온통 핏방울이 튀어 있었다.

맨발에다 얼굴도 어디서 흘러내린 건지 피로 얼룩져 있었다. 말 그대로 '피박'이었다. 박 과장은 조금 전 거리에 선 자신의 모습을 복기해 보았다. 비바람 흩날리는 심야 길거리에 갈가리 찢겨진 피 묻은 와이셔츠를 너덜거리며 넥타이는 풀어헤친 채 맨발로 이리저리 지나가는 택시를 향해 손을 흔들어대는 모습을!

그걸 차 안에서 내다보는 기사의 눈에 어떤 모습이었을까? 봉두난발에 영락없는 광인… 미친놈… 그 모습이었을 거다. 비로소 택시들이 연신 그를 피해 가버린 이유가 이해됐다. 태워준 기사가 대단하다.

아내가 얼른 그의 옷을 벗겨보니 몸이나 머리에 타박상만 있고 피 나오는 구석은 다행히 없었다. 아내는 가슴을 쓸어내리며 그 자리에 털썩 주저앉았다. 박 과장은 조금 전까지 거기서 지옥을 맛봤다.

어둠 속 여기저기에서 백골단이 벌이는 무자비한 폭력은 남학생 여학생을 가리지 않고 '닥치는 대로'였다. 야구방망이와 박달나무진압봉에 세무가 죽장갑을 낀 주먹을 무기로, 잡혀온 학생들을 한풀이 하듯 마구잡이로 두들겨 팼다.

"치-익… 치-익…."

박 과장 가까이서 구타당하는 학생들의 핏물 튀는 소리가 들리기도 했다. 말로만 들었던 무시무시한 공포감이다. 공권력 행사가 아니라 사적인 집단 린치였다.

"그만 해… 그만 해… 우~"

밤하늘에 메아리치는 비명소리에 연도의 시민들은 간헐적으로 구호성 야유를 보냈지만 백골단은 아랑곳하지 않았다. 도리어 그런 시민을 본보기로 잡으려 연도에 뛰어들기도 했다. 박 과장은 시위 초장에 거기서 사복 프락치 표적에 걸린 것이다.

백골단원들은 전경들과 외모부터 달랐다. 전경은 20대 초반의 솜털보숭이 앳띤 얼굴인데 이들은 20대 중후반… 더러는 30대 초까지 보이는 나이 먹은 청년들이다. 대체로 체격이 크거나 몸체가 탄탄하고 완력이 세게 보였다. 손쓰는 품새도 건달조폭 그대로다.

"카~악, 탁!"

싸~악한 가래침을 내뱉으며 의도적으로 듣도 보도 못한 쌍욕을 거침없이 해대는 모습이 섬뜩했다. 누구랄 것도 없이 다들 똑같았다.

그렇게 교육을 받은 것 같다. 도저히 선한 국가공권력으로 볼 수 없었다. 백골단은 시위대가 가장 경계하는 '공포의 대상'이었다.

후일 박 과장이 어느 날 백골단 출신에게 직접 얘기를 들었다.

"나는 '용역' 출신이다. 백골단 요원으로 공을 세우면 정식 경찰로 특채될 수 있다고 해서 들어갔다. 다들 그걸로 열심히 임무수행을 했다. 그런데 실제로 경찰이 된 친구들은 일부다. 이용당한 거다."

그러니까 경찰 아닌 데모진압용 폭력용역을 동원했다는 거다. 누가 군부독재정권 아니랄까봐 국가와 국민을 이렇게 욕보이다니!

박 과장은 생각했다. 백골단폭력에 박수 쳐대는 노인패나 이런 정권을 지지하는 층들이 자칭하는 '보수'가 이런 건가?

인간에게 쥐꼬리만 한 정의감이나 도덕적 정당성에 대한 감이라도 있다면 저들에게 표를 줄 수 있겠는가? 적어도 대한민국 20%에는 들어야 보수도 자격이 있는 거다. 돈과 지위가 지지 기준이다. 다른 것 없다. 정권과 언론이 이해관계로나 계급으로나 같은 편이다. 옳고 그름을 떠나 그럴 이유가 있는 거다. 수구든 매국이든 그런 건 개의치 않는다. 근데 하류가 무슨……

아까 거기서 누군가의 피가 박 과장에게 튄 것 같다. 백골단의 가죽장갑 주먹은 덩치만큼이나 우악하고 매서웠다. 어쨌든 크게 다친 데가 없으니 다행이었다. 박 과장은 갑자기 겁이 났다. 아까 거기서 잡혔을 때 도망쳐 나오려고 어린 전경들 정서를 이용할 요량으로 선생님인 양 고래고래 사기를 쳤다. 그 애들이 멈칫거리는 틈새에 기적같이 탈출에 성공했다. 그런데 그 직전에 주민증을 뺏긴 것이다.

이 때 고요함을 깨고 집 전화벨 소리가 요란하게 울렸다. 김 부장 집 전화였다. 아내가 망설이다가 한숨을 내쉬며 수화기를 들었다.

다급한 목소리가 울려왔다.

"거기 박 과장님 댁이죠? 지금 저희 남편이 경찰서 유치장에 있다고 서에서 연락이 왔어요. 박 과장님은 집에 계세요?"

"예에~? 김 부장님께서요? 무슨 일로요?"

김 부장이 경찰에 잡혀갔다. 김 부장이 경찰로부터 들은 연행사유는 시위대와 함께 경찰에 돌을 던진 죄라고 했다.

"설마 그 양반이 돌을 던지기야 했겠나…?"

아마 대학생들 틈에 섞여 구경하다가 도매금으로 무차별 연행 작전에 함께 걸려든 것이 아닌가하는 생각이 들었다. 김 부장 부인은 박 과장을 바꿔 달라고 했지만, 아내는 만취해서 인사불성으로 쓰러져 잔다고 둘러댔다. 더욱 안달이 난 김 부장 부인은 지금 박 과장 집에 오겠다고 했다.

김 부장 부인의 화급한 요구는 이랬다.

지금 당장 박 과장을 깨워서 빨리 회사당직에 연락을 하고 신원보증을 세워 함께 경찰서에 가서 남편이 나올 수 있도록 조치를 취해달라는 것이다.

'지금 나도 거기서 죽기 살기로 도망쳐 나왔는데! 잘못하다간 나까지 회사에 들통 나고 재수 없으면 되잡혀 갈 수도 있는 처진데 이거 원 참……'

"알겠습니다, 사모님…."

아내는 일단 전화를 끊었다. 박 과장은 생각 끝에 최 이사한테 먼저 전화를 걸었다. 최 이사는 이사 대우로 김 부장 바로 위 상사다.

"나더러 어떻게 하란 말이야?"

대답은 아주 단호했다. 뜻밖이었다. 그는 몸을 많이 사리는 소심한 관료 체질이다. 그런데 가서 어떻게 교섭하고 어쩌고 하는 사람이 아니었다. 지금 시국에 까딱 잘못하다가는 제 한 몸 탈이 나거나 찍힌다는 걱정이 우선인 듯 했다. 그건 박 과장도 오십 보 백보다.

그래도 그렇지, 보고라인을 거쳐 얼른 서에 찾아가서 신원보증 하고 데려와야 될 것 아닌가? 김 부장 부인한테서 다시 전화가 왔다.

"어떻게 됐어요~?"

이번에는 박 과장이 직접 받았다.

"네… 사모님 죄송합니다. 상무님은 원체 그런데 용해빠진 사람이라 말을 하나마나고 해서요, 최 이사한테 전화했더니 껄끄러워합니다… 이거 참!"

"아, 그러셨어요? 저도 전화를 걸었더니 왜 그런 데 어울려서 그런 곳에 잡혀갔느냐고 야단치더라구요. 그래도 그렇죠, 그런 건 나중 얘기고 우선

사람부터 먼저 빼와야 하는 것 아니에요?"

"네… 사모님 말씀 백번 옳습니다. 저도 같습니다. 근데 지금은 거기 가
도 시끌벅적하고 정신이 없을 테니 내일 회사에 나가서 어떻게 대책을 세
워보도록 하겠습니다."

박 과장은 백골단이고 어린 전경놈들한테 '요 새끼, 저 새끼' 소릴 들으
며 두들겨 맞았던 일이 맴맴 돈다.

전화기가 또 울렸다. 박 과장과 아내의 눈이 시뻘겋게 충혈돼 있다. 시
계는 새벽 한 시를 가리키고 있다.

"남편이 풀려 나왔어요. 말을 잘 했나봐요. 근데 말이 아니에요. 고맙
습…."

그녀의 울먹이는 목소리가 흘러나오다가 끊겼다.

"아~!"

박 과장 부부 입에서 동시에 안도의 한숨 소리가 새어나왔다. '하루가
여삼추'라더니 1년 같은 오늘이다. 아내가 폭삭 늙었다.

'6. 26'이다.

4

아침에 출근 직후 최 이사와 함께 같은 부서 오 대리 차를 타고 김 부
장 집에 갔다. 마침 부인은 허리 신경통으로 아침 일찍 병원엘 가고 김
부장 혼자 누워 있었다.

일어나 거실로 걸어 나오는 폼이 간밤에 단단히 당했다. 몸이나 얼굴이
한 마디로 엉망진창이다. 왼쪽 눈썹 밑에 여섯 바늘을 꿰매고 몸 여기저
기에 얻어맞아 멍투성이인데다 10만 원짜리 검은 테 안경도 박살났다. 김

부장을 보니 박 과장은 아무 것도 아니라는 생각이 절로 든다. 운이 좋았던 건지 빡세게 대들어 싸웠던 투쟁력 덕분인지 모를 일이었다.

"쳐 죽일 놈들, 보면 몰라? 이 중노인네 김 부장님을 데모꾼으로 보고 이따위로 패!"

박 과장은 최 이사를 통해 고위층에 잘못 보고될까 싶어서 먼저 분위기를 잡았다.

"이건 말입니다. 저놈들이 학생 시민 가리지 않고 아주 난폭하게 진압에 나섰다는 산 증겁니다. 그냥 넘어가면 안 됩니다. 길가 지나가는 행인을 이 지경…."

"됐네, 이 사람아! 김 부장, 회사 염려 말고 몸이나 얼른 나아 출근하시게. 내가 잘 처리해 놓겠네."

박 과장 말을 끊고 생색을 품위 있게 내는 최 이사다.

'이건 또 뭔 일이여? 책력 봐가며 밥을 먹는다더니, 이 양반이 정말 김 부장 빼온 게 맞나? 사람 한길 속 모른다더니…!'

김 부장은 일행이 나갈 때까지 한 마디 말도 없었다. 다들 힘들어서 그런 줄 안다. 박 과장도 목덜미가 아프고 고개를 쉽게 움직이지 못하기는 매한가지였다. 김 부장은 무슨 징계를 먹을지 걱정이다.

'김 부장도 보나마나 길가 인파 틈에서 소리도 지르고 팔뚝질도 했을 겨. 걔들이 아무리 밤중이래도 사람 잡는 건 '꾼'인데. 그래서 찍혀 달린 거 나만 아는 거지, 흐흐흐….'

아무에게도 입 뻥긋 말고 자기와 무관한 일로 조용히 있는 게 상책이다. 사실 박 과장도 어젯밤 일로 혹시 경찰에서 연락이 올까 근심 반, 걱정 반 종일 전전긍긍이다. 주민증이야 다시 발급받으면 되지만, 그게 경찰에 있다는 게 문제다. 하긴 걔들도 연행해온 수백 명을 조사하는 데 몇 날 며칠이 걸릴런지 정신이 없을 것이다.

주민증 하나 가지고 오라 가라 따따부따 할 겨를이 없을 거라고 박 과장은 타산하고 있다. 그렇지만 주민증을 왜 어젯밤 시위 현장에서 경찰에게 뺏기게 됐는지 추궁에 대비는 해둬야 한다. 둘러 댈 알리바이 궁리로 머릿속이 복잡하다. 회사로 돌아온 박 과장한테 김 부장이 전화를 걸어왔다. 낮은 목소리였다.

"넌 괜찮냐?"

그런데 목소리가 좀 어눌하다.

"형님, 괜찮을 리가 있습니까? 저도 말 아니게 피바가지 썼습니다, <u>ㅎㅎㅎㅎ</u>~"

"그랬어? 말도 말아라, 안경 깨지고 양복상의 행불되고 연행당하면서 백골단에 엄청 맞았다. 지금 입술 터진 게 부어올라 말도 제대로 못하겠다. 야, 근데 너 닭장차에 실릴 때 누가 네 어깨 머리통 잡고 끌어내려 도망쳐 준 거 기억 나냐?"

"예? 맞아요, 그 때 누가 뒤에서 저를 끌어내렸어요. 그 바람에 닭장차 안에서 제 손목을 잡고 있던 전경 두 놈 손을 뿌리치고 바닥에 떨어져 구루다 냅다 도망쳤지요!"

"그게 누군지 아냐?"

"예? 글쎄 말입니다. 형님이 집히는 사람이라도 있습니까?"

"있지, <u>ㅎㅎㅎ</u>~ 나야 나!"

"예? 형님이었다구요? 아, 그랬구나! 형님 이 원수 어케 갚으면 됩니까?"

"글쎄 말이여~ 나도 모르겠다. 나중에 보자 <u>ㅎㅎㅎ</u>~!"

박 과장은 더 말을 잇지 못하고 더듬거렸다. 허탈함이 밀려왔다.

'아, 그랬구나! 그게 김 부장, 아니 형님이었구나! 내 대신 잡혀가서 생

고생을 했구나…….'

"형님, 고맙고 미안합니다그려. 술 왕창 쏠게요."

"알았어, 흐흐흐….."

김 부장은 특유의 너털웃음으로 답했다. 그 날 꿈속에서 김 부장을 찌른 일이나 자기 비명에 놀라 깨어난 일이 생각난 박 과장은, 지금 이 일이 꿈이기를 바랐다. 꿈속의 일과 가해자 주체만 바뀌었을 뿐이다. 때리고 찌르고… 비명을 지르며 고통스러워하는 게 꿈이 아닌 실제 상황이다. 똑같다. 박 과장은 꿈속으로 돌아가고 싶다.

박 과장 뇌리에 문득 '검은 9월단(팔레스틴해방기구PLO 무장단체)'의 15년 전 뮌헨 올림픽 테러사건이 떠올랐다. '피의 금요일'이다.

어제 26일, 금요일… 바로 그날이다. 박 과장과 김 부장은 평생에 오지못할 '피의 금요일'을 오롯이 맞고 보냈다. 그리고 둘만의 기념일을 작명했다. '연장전'에서다! … 「6.26… **최후의 연장전!**」 ♣

*후기: [6.26] 이후 사흘은 이상하리만치 세상이 조용했다. 마치 휴전이 된 듯 했다. 그리고 29일 월요일 아침 10시, '노태우 6.29 선언'이 나왔다. 전두환 아닌 노태우였다. 예상을 빗나갔다. 兵를 숨기고 車를 내세웠다. 정치군인의 진면목이다.

소설 속 주인공 김 부장은 몇 년 전 위암으로 돌아가셨다. 그 때(6.26) 사건 이후 가끔씩 "속이 미식거린다"는 말을 자주 했다. 그럴 때면 밥을 물에 말아먹곤 했다. 그전에는 없던 현상이었다. 정신적 신체적으로 내상이 깊었던 듯하다. 그게 병마의 시발이었다.

건기 형이다. 물론 박 과장도 악몽에 시달리는 일이 그 날 이후 잦아졌다. 문득문득 묘이 생각난다. 이제는 박 과장도 은퇴하고 자연을 벗하며 산다. 그날이 있어 오늘이 있다.

"건기 형, 그립습니다… 보고 싶습니다!" (끝)

첫눈

외딴 마을 외딴 집에 한 소년이 살고 있었다. 어느 해 겨울 이른 아침, 절로 눈이 떠진 소년의 눈길은 창문을 향했다. 해가 아직 떠오르기 전인데도 동창은 훤했다. 소년은 고개를 갸웃거리며 눈곱 낀 두 눈을 비비고 창문으로 다가갔다. 그리고는 간밤 추위에 얼어붙은 창문을 끵끵거리며 반쯤 열어 재꼈다. 순간, 밤새 한기를 잔뜩 머금은 차가운 새벽 공기가 바람에 실려 방 안으로 쏟아져 들어왔다.

식구들은 잠결에 영문도 모른 채 이불을 머리 위로 한껏 끌어당겨 뒤집어썼다. 그건 해가 아니라 '눈'이었다. 눈이 지붕까지 차올라 쌓인 '눈벽'이었다. 소년은 외쳤다.

"엄마! 눈이 왔어… 눈이 왔어…… 큰 눈이 왔단 말이야…."

소년의 목소리에는 반가움이나 영탄이 섞이지 않은, 무언지 모를 물기가 젖어 있었다.

첫눈이 소리 없이 그렇게 소년에게로 왔다. 폭설이었다. 골짜기 바람에 밀려 쌓이는 눈이 더해지면 지붕을 훌쩍 넘기기 예사다.

소년은 그가 오기를 간절히 기다리고 있었다. 아침 해가 뜨면 '그 분'은 새벽같이 소년의 집으로 오기로 약속이 되어 있었다. 그런데 이토록 큰 눈이라니. 그것도 첫눈이…

소년은 지체 없이 방문을 열고 부엌으로 내려갔다. 마디마디 갈라진 흙 손가락에 물고기 비늘껍질마냥 온 손등이 튼 소년의 두 손에는 부지깽이와 아궁이부삽이 들려 있었다. 소년은 익숙한 동작으로 부엌문을 밀어내고 지붕 위로 올라가는 눈 계단을 만들기 시작했다.

지붕 위에 올라서니 보여야 할 지붕들도 모두 없어졌다. 온 세상이 사라진 듯 소년은 갑자기 울컥거렸다. 작년 이맘 때 누렸던 찬란한 눈의 세상이 아니었다. 미운 놈 고운 놈… 나쁜 놈 착한 놈 모두 도매금으로 덮어버린 눈이 공평하기는 하지만 오늘 새벽 소년의 가슴에는 막막한 돌덩어리로 밀려들고 있다.

이내 상념을 버린 소년은 일을 계속 했다. 확실한 판단… 주저 없는 실행만이 소년이 지금 '길'을 헤쳐나갈 유일한 방도라고 스스로 다짐했다.

잠시 숨을 고른 소년은 이번에는 반대로 지붕 위에서 아래쪽을 향해 눈을 파내려가기 시작했다. 눈길을 내려면 지붕부터 쳐 내려와야 한다. 이래야 소년의 집 앞마당길이 열리고 저 아랫마을로 이어지는 길을 쳐 나갈 수 있다.

얼마 가지 않아 소년의 얼굴은 땀범벅이 됐다. 그래도 소년은 쉴새없이 두 손을 놀렸다. 부지깽이로는 눈벽을 푹푹 찔러 허물어뜨리고, 부삽으로는 그 눈을 담아 옆으로 밀어내는 작업을 반복했다. 사방이 꽉 막힌 눈벽에 틈을 내 공간을 이어붙이는 도구는 이것밖에 없다.

이윽고 가늘고 왜진 소년은 자신의 몸체가 비집고 드나들 공간이 확보되자 곧 부엌 한켠에 붙어있는 헛간으로 달려가 가래를 들고 나왔다. 이제부터는 부삽 대신 묵직하고 넓은 가래다.

제 키보다 긴 가래 손잡이 중간을 두 손으로 힘껏 잡은 소년은 거침없이 눈길을 마구 열어 나가기 시작했다. 어른 한 사람이 넉넉히 다닐 수 있는 폭으로 1㎞에 가까운 거리다. 길을 내야만 한다.

소년은 시간이 얼마나 지났는지… 얼마나 눈길을 쳐 나왔는지 알려고도 하지 않은 채, 한 번도 뒤돌아보지 않고 죽자 사자 앞으로만 나아갔다. 어깻죽지가 너덜거리고 걸친 옷이 물걸레가 될 무렵, 소년의 집 동녘 골짜기 위로 먼동이 터 오기 시작했다.

소년은 그제서야 고개를 들었다. 소년은 속으로 외치고 또 외쳤다.

"살아나라… 죽지 말고 살아나라…!"

아랫마을에 산판 다니는 '재무시(GMC)' 한 대가 있다. 그 트럭이 동네에 유일한 차다. 소년의 가족은 급할 때 쌀 두 말에 옥수수 콩을 더 얹어주고 30여 리 떨어진 읍내에 다녀올 수 있다. 그것도 그 차가 일감 없을 때나 가능한 일이다. 그 차를 용케 비싼 사용료 주고 오늘 아침 소년의 집으로 오도록 부른 것이다.

행운이다. 구사일생 기회다. 소년은 가족이 맘껏 먹어 본 기억도 없는 쌀을 너덧 말 건네는 것이 조금도 아깝지 않았다. 그런데 큰 눈이 내렸다. 차는커녕 사람조차 오도 가도 못하게 길이 콱 끊겨져버렸다.

어찌해 볼 도리 없이 맞닥뜨린 사태 앞에서 소년은 지금 길을 내고 있다. 아랫마을이 손에 잡힐 듯 눈에 들어왔다. 어느 듯 해는 산봉우리를 올라섰다. 마을사람들이 애 어른 가릴 것 없이 몰려나와 자기 집 마당과 동네를 관통하는 큰길의 눈을 쳐내고 있었다.

저 큰길이 '신작로'다. 저 신작로로 우마차도 나다니고 재무시 트럭도 오고 간다. 아주 가끔씩 군청에서 운영하는 이동무료영화를 상영하는 차도 오고, 산판 감독하러 영림서 차도 오고, 보건소 방역차도 온다. 요즘에는 소년의 집 뒤쪽 깊숙이 들어간 산 속에 살던 화전민들이 정부의 성화에 못 이겨 다들 아랫마을에 내려오는 바람에 동네가 조금 복잡해졌다.

소년은 다급히 '그 분' 집을 찾아갔다. 아저씨라고 불러도 좋을 연배이긴 하지만, 소년에게는 지금 구세주 같은 분이다. '그 분'이다.

이 분 아니면 살아날 방법이 없다. 소년은 한시가 급했다. 그 분은 소년을 보자 깜짝 놀랐다. 소년이 올 줄은 생각지도 못했다. 온통 땀에 절고 물기에 젖어 녹고 있는 눈발을 뒤집어쓰고 현관 앞에 마주 서 있는 소년의 눈가에 얼핏 눈물이 어려 있는 것을 보았다.

자신을 응시하는 소년의 눈길 앞에 그는 자신의 눈을 피할 곳을 찾지 못했다. 소년의 얼굴에는 절박함과 간절한 요구가 담겨 있었다.

말은 꼭 입으로만 하는 게 아님을 그는 새삼 느꼈다. 표정으로 말하고, 계절과 날씨… 때와 차림새 등 시간과 공간적 특이성이 개입된 상태가 그가 처한 상황을 더 절절히 보여주기도 한다.

그의 결심은 오래 걸리지 않았다. 예보에도 없이 밤새 쌓인 눈을 보고 새벽부터 어찌해야 할런지 갈팡질팡 하던 그다. 그런데 지금 소년의 모습이 흔들리던 그의 마음을 단칼에 정리해줬다. 소년의 집에 누가 무슨 일이 있는지를 그는 잘 알지 못한다.

어제였다. 늦은 밤 소년과 소년의 어머니가 리어카에 쌀 몇 말을 싣고 자신의 집을 찾아와 통사정을 했다. 오늘 이른 아침에 일찍 읍내에 꼭 나가야 할 일이 있다고 했다. 그 때 그는 집에 없었다. 그의 아내가 소년과 소년의 어머니를 만났다. 이들이 돌아간 직후 귀가해서 아내에게 전해들은 얘기가 전부다.

아내는 감정이 빠진 건조한 말투로 얘기를 전해주었다. 이런 부탁이 자주 들어오는 터라 그러려니 했다. 그런데 소년은 지금 분초를 다투는 절박한 처지라는 걸 호소하고 있다.

'지금 푹푹 빠지는 눈길 속에 차를 끌고 저 아이의 집을 들어갈 수 있을까?'

그는 잠시 생각에 빠졌다. 그러다가 이내 마음을 고쳐먹었다.

'까짓 것, 산판 길도 다니는데 눈길은 못 가? 갈 데까지 가보자… 안 되면 거기부턴 걸어 들어가지 뭐….'

그와 소년은 신작로를 가로질러 산길로 접어드는 어귀에 들어섰다.

그는 눈을 의심했다. 소년의 집으로 향하는 눈길이 어른 두어 사람은 교행 할 수 있는 폭으로 치워져 있었다. 소년이 동 트기 전부터 이 분 집에 도착할 때까지 길을 내면서 온 것임을 알았다. 저 골짜기에 소년의 집 말고는 없기 때문이다.

그는 소년의 집까지 차가 들어갈 수 있을 걸로 판단했다. 낡은 미제 군용트럭을 개조한 것이긴 해도 보기 드물게 4륜구동의 강력한 엔진을 달아서 힘이 장사다. 겉만 낡았지 산길 개울 길 쌩쌩이다. 상대적으로 미끄럼에 힘을 잘 쓰지 못하긴 해도, 중량이 원체 무거운 차다.

아직 얼지 않아 푸석거리는 눈밭인데다, 운전석 쪽 앞뒤 바퀴가 치워진 눈길 바닥을 지지대 삼아 용을 쓰면 못 갈 것도 없을 성싶었다.

"부-웅, 부-우-웅…."

잠깐 헛바퀴를 돌던 재무시 트럭은 강력한 굉음과 굴뚝 연기 같은 시커먼 매연을 쏟아내며 은색 눈밭 길을 성질난 듯 달려 나갔다.

소년의 식구들은 애고 어른이고 이미 다들 일어나 소년이 돌아오기를 초조하게 기다리고 있었다. 열세 살 소년은 남동생 둘, 여동생 둘이 더 있는 5남매 중 장남이다. 작년에 아버지가 일하던 중에 뇌졸중으로 갑자기 돌아가시고, 홀로 된 어머니를 거들며 동생들 챙기기에 바쁘다.

가족은 소년이 지금 어디로 갔는지 알고 있다. 그래서 더 간절하게 소년이 빨리 돌아오기를 손꼽아 기다리고 있다. 소년의 어깨에는 지금 다섯 살 막내 여동생의 생사가 걸려 있다. 동생은 지금 '디푸테리아'라는 이상한 전염병에 걸려 생사를 오가고 있다.

며칠 전부터 온 몸에 열이 높아지기 시작하더니 그제 밤부터는 거의 인사불성이다. 숨만 가늘가늘 쉬고 있어 물수건을 머리에 얹는 걸로는 어쩌면 오늘 밤을 넘기지도 못할 것 같은 상황이 됐다.

어린 나이에 아버지를 잃어 기억도 가물거릴 막내는 소년에게 어머니 못지않게 가슴에 심겨진 불쌍하고 애틋한 피붙이다. 이 아이가 지금 무서운 전염병에 걸렸다. 어디서 어떻게 전염됐는지 모른다.

전쟁 통에는 홍역이나 장티푸스가 무섭게 돌아서 얼굴이 얽은 아이들도 많이 생겨나고 죽기도 많이 죽었다. 전쟁 끝난 지 십 년도 더 지났다. 그런데다 산골 마을이라고 해도 돌림병이라며 사람들이 가까이 오는 걸 싫어하고 경계하는 처지라 재무시 차를 부를 때도 얘기를 차마 할 수 없었다. 못 온다면 큰일 난다.

며칠 전이다. 급해진 소년은 어제 오전 아랫마을 이장네 집에 가서 읍내 보건소에 전화를 했다. 간호원인 듯한 여직원이 전화를 받았다.

소년의 상기된 표정을 보기라도 하듯 그녀가 차분하게 말했다.

"… 디프테리아는 2종 전염병인데요, 주로 위생이 안 좋거나 영양이 부족하고 병균에 오염된 음식을 먹는 어린 아이들이 잘 걸려요. 정확한 발병 원인은 아직까지 밝혀진 바 없구요… 증상은 목 숨구멍에 하얀 곰팡이 같은 얇은 막이 끼어 호흡을 가로막는 건데요, 놔두면 얼마 안 가 그 '염증 막'이 숨구멍을 완전히 막아서 질식사해요. 학생의 동생이 지금 이런 비슷한 증상이면 얼른 여기로 데려와야 해요! 하는 말로 봐선 급한 상황인 것 같네요. 지금 전국에서 이 전염병이 꽤 많이 돌고 있어요… 지금 이 전염병 약이 몇 개 남아 있는데 더 늦지 않게 데리고 와서 주사제 놓으면 나을 수….”

소년은 전화기 너머 울려오는 그녀의 말을 마저 듣지 않고 수화기를 내려놓았다. 희망이 생겼다. 살아날 길이 솟아난 것 같다. 얼른 집에 가서 어머니에게 알려야 한다.

소년은 두꺼운 이불로 온 몸을 감싼 막내 여동생을 들쳐 업고 방을 나섰다. 문밖에서 기다리고 있던 ‘그 분’은 막내를 받아 안고 차 안으로 밀어 넣었다. 그리고는 잽싸게 운전석에 올라앉고, 막내를 사이에 두고 조수석에 소년의 어머니가 탔다.

어머니는 혹여 막내가 이동 중 잘못될까 싶어 허리를 굽힌 채 온 몸으로 아이를 덮어 안았다. 그리고 소년은 ‘그 분’의 양해를 얻어 트럭 적재함에 올라탔다. 마음은 급한데 읍내 길은 눈길이 천리였다.

트럭은 오던 길을 되돌아 다시 조심스레… 그러나 점점 **빠른** 속도로 달려가기 시작했다. 신작로에 들어서자 트럭은 속도를 더욱 올렸다.

소년은 운전석 뒤컨 적재함 쇠붙이 기둥을 굳게 잡고 맞은편에서 달려드는 거센 눈바람에 저항했다. 차가운 금속성이 맨손의 소년 몸속으로 칼날같이 파고들어도 소년은 미동도 하지 않았다.

신작로길이라고 해도 돌고 도는 비포장 자갈길이다.

“터-엉… 텅~!”

양쪽 여섯 개씩 달린 바퀴살에 튕겨 오르는 돌멩이 소리에 간담이 서늘해지고 오줌보가 시큰해진다.

“휘-익… 휘-익~!”

소년의 머리 위를 시도 때도 없이 날아다니는 돌멩이는 그냥 돌멩이가 아니었다. 머지않은 철광산에서 싣고 가는 원석들이 길바닥에 떨어져 쌓인 조각난 쇳덩이 돌이었다. 작은 것이라도 맞으면 바로 골로 간다. 즉사다. 스치기만 해도 살점이 떨어져 나간다.

앞에서 날아들고, 옆에서 날아들고, 뒷바퀴에 튕겨 날아든다. 그래도 지금은 쇳가루 먼지가 날리지 않아 고마운 길이다.

"기다려라~ 기다려라~ 조금만 더… 조금만 더….'

소년은 외쳤다. 휘날리는 머플러 위로 눈이 바람에 날려간다. 사람 그림자도 보이지 않는 차가운 눈 속 바람 길을 소년은 외치고 또 외치며 달렸다. 그건 일종의 '주문呪文'이었다.

첫눈이다!

소년은 뭔가 모를 충만감으로 그득해졌다. 휘날리는 눈발이 새벽녘 그 눈이 아니다. 삶의 희망이 솟구치는 설레임의 첫눈이다.

바람찬 칼날 추위 속 눈길 위를 달려가는 소년의 가슴에는 어느 새 따스한 온기가 돌고 있었다. ♣

- 추기: 하염없이 쏟아지는 함박눈밭에 선 산방 나그네의 그 날 그 아침이다. 소년의 어머니는 이듬해 겨울 그믐때, 눈길 밟으며 아버지를 따라 하늘로 갔다. 그래도 소년은 희망을 꿈꾸며 세상에 대한 따뜻한 관심을 놓지 않은 '가장'이 됐다. 첫눈 내리던 그 그리움으로 살아간다. [끝]

[봉명 大河] '꺽정 임진강' 사진기행!

현산봉명 불초자가 오랜만에 본인의 대하 장편 『꺽정 임진강』에 나오는 현장 곳곳을 다녀왔다. 같은 곳이라고 하더라도 경치 구경삼아 배회하는 것과, 이야기 속에 등장하는 무대와 인물들을 생각하면서 다녀보는 건 아주 큰 차이임을 새삼 실감했다. 픽션이 일부 섞여 있기는 하지만 전체적으로 사실적 이야기이기 때문에 더욱 그런 느낌이 강하게 왔다. 소설 속 배경과 무대로 등장하는 현장을 둘러보며 찍어온 사진에다, 옛 자료사진… 그리고 부족한 부분은 인터넷에서 구한 사진을 보태서 현장설명을 곁들였다. '영상으로 만나는 『꺽정 임진강』'이다.

▲ '임진강' 속 꼽추 오 씨가 주름잡던 읍내 장날 풍경. 여기서 1967년 8월 남파공작원과 경찰 간 교전이 벌어져 1명 사살, 1명 도주했다. 1968년 '1.21 사태'와 그 해 10.30 '울진·삼척 무장공비 침투 사건'의 전주곡이었다. 대간을 따라 북상하며 전투를 벌인 공비집단과의 교전은 이 곳 달래천 일대에서 종료 선언됐다.
'임진강' 주 무대이자 67년 사건과 다음 해 두 사태로 인해 크고 작은 쓰나미를 맞은 민초들의 삶터다. 〈필자 촬영〉

▲ 읍내장터와 동일한 장소의 1930년대 장날 풍경. 예나 지금이나 영북 지역 제1의 장마당이다. 우측 건물은 소설 속 똥꾸의 조부가 시계, 축음기, 악기를 취급하던 당시 가게점포다. 통천~강릉까지 도·소매 했다. 〈강원교육 자료사진〉

▲ 신작로 현재 모습. 좌측 원안 4층 빌딩이 소설 속 똥꾸네 집터다. 신작로 단층집들이 3~4층 상가 건물로 변했다. 〈필자 촬영〉

▲ 소설 속 '달래교' 1950년대 모습! 사진 속 학생들은 경기여고를 함께 다니는 고모와 한 살 차이 사촌누이가 방학 때 뚱꾸 집에 내려와서 누이의 달골 외가 집을 다녀가는 길이다. 수줍음 많은 사춘기 소녀들의 뒷모습이다. 지금 80대 초반이다. 〈필자 가족사진〉

▲ '달래교'의 현재 모습. 1960년대에 콘크리트 2차선 다리로 바뀌었다가 2000년대 초 4차선으로 새로 건설했다. 〈필자 촬영〉

▲ 소설 속 구렁털과 삼촌들이 살던 산채와 주변이 공설묘원 됐다. 봉안당(앞쪽 8각 지붕건물)과 뒤쪽 주차장이 소설 속 산채가 있던 터다. 꺽정 임진강과 꼽추 오 씨의 묘는 공설묘원이 되면서 무연고로 처리돼 사라졌다. 역시 소설 속 땡꾸의 형이자 한양까지 회자됐던 소문난 '꾼' 최일구의 묘가 있다(아래, 좌). 읍내 험한 산으로 둘러싸인 一자 형 골짜기 분지였다(아래, 우). 〈필자 촬영〉

▲ (우)전면이 남서남향 대간 마루금 능선이다. 좌측이 구룡령 방향, 우측이 오색령 방향이다. 〈필자 촬영〉

▲ 저 안쪽이 소설 속 구렁털 식구들이 민족무술 하며 은거하던 '고노골' 산채다. 3㎞ 더 들어간다. 큰 길과 방향표지석이 생겼다. 〈필자 촬영〉

▲ 임진강과 구렁털 3형제는 솔바우골에서 시오리 길을 걸어 내려와 뜨물내 다리 건 너 허벌레 도사 너와집을 오가며 민족무술을 배웠다. 지금은 옛 절터와 석탑, 부도 탑 만 있다. 〈좌, 양양군청 누리집〉-구렁털과 망까가 대결을 벌인 달래교 앞쪽 달래천변 자갈밭! 〈우, 필자 촬영〉

▲ 구렁털은 곳곳 모래톱을 징검다리삼아 물위를 스치듯 건너뛰는 운보(雲步)로 물길을 지르고, 갈근천(右) 산길은 용보 호보를 쓰며 지름길로 내달려 구룡령 정상으로 질주했다. 〈필자 촬영〉

▲ 달래천 상류에서 몰려오는 홍수에 소 돼지뿐 아니라 집채 지붕도 떠내려왔다. 찰랑대는 뚝과 간발의 차이로 읍내는 용케 물난리를 피해가곤 했다. 저쪽 달골은 제방이 없어 짐 싸서 무조건 뒷산으로 올라갔다. 남쪽 법수천-어성천, 서쪽 오색천이 합친 합강이라 홍수의 위력은 대단함을 넘어 무서웠다. 홍수가 가져다 주는 선물이 '뚜거리'다. 이걸 얼큰하게 끓여낸 매운탕이 '뚜거리 탕'이다. 이곳에서는 갈아서 끓이는 추어탕이 아닌 으드득으드득 씹어 먹는 통 추어탕이다. 〈양양군청 누리집〉

▲ 달래천은 川이라기보다 江이다. 하구에서 바다와 만난다.

- 11월 초입부터 시작된 울진.삼척 침투 무장공비 소탕 작전은 한 겨울 눈 쌓인 12월 끝머리 이곳 달래천 라인에서 종료됐다. 그 때와 같은 12월의 얼어붙은 달래천과 읍내 풍경! 54년 세월에 크게 달라진 건 없어도 세대가 바뀌고 건물 라인이 높아졌다. 소년 똥꾸가 칠순을 넘기고, 그 때 집들은 모두 사라졌다.

겨레가 한 몸이면 겪지 않아도 될 일들이었다. 우리 삶이 내부는 갈등, 민족은 대결이다. 남.북이 판문점~싱가폴~평양에서 만났다. 끊기면 전란은 다시 온다. 공포를 파는 대결정치는 끝내야 한다. 민초의 몫이다. 인간은 가도 세상은 살아 숨 쉬며 새로운 역사를 만들어 간다. 유유히 흐르는 강물처럼! 〈양양군청 누리집〉 ♣

꺽정 임진강

2판 1쇄 2023년 1월 12일

지은이 | 이준연

펴낸곳 | 문학여행
발행인 | 고민정
주 소 | 서울특별시 서대문구 연희로37길 77-13 402호
홈페이지 | www.bookjour.com
이메일 | contact@bookjour.com
전 화 | 1600-2591
팩 스 | 0507-517-0001
원고투고 | edit@bookjour.com
출판등록 | 제2021-000020호

ISBN 979-11-88022-53-3 (03810)